U0929636

中／短／篇／小／说／集

高铁穿越煤窑村

成　龙／著

中国铁道出版社
CHINA RAILWAY PUBLISHING HOUSE

图书在版编目（CIP）数据

高铁穿越煤窑村 / 成龙著． -- 北京：中国铁道出版社，2017.7

ISBN 978-7-113-23185-9

Ⅰ．①高… Ⅱ．①成… Ⅲ．①中篇小说－小说集－中国－当代②短篇小说－小说集－中国－当代 Ⅳ．①I247.7

中国版本图书馆CIP数据核字（2017）第126670号

书　　名：高铁穿越煤窑村

作　　者：成 龙 著

责任编辑：王晓罡　奚　源　　　电　　话：（010）51873343

装帧设计：闰江文化

责任印制：赵星辰

出版发行：中国铁道出版社（北京市西城区右安门西街8号　邮编100054）

印　　刷：中煤（北京）印务有限公司

版　　次：2017年7月第1版　　2017年7月第1次印刷

开　　本：880mm×1230mm　1/32　印　张：11.5　字　数：290千

书　　号：ISBN 978-7-113-23185-9

定　　价：48.00元

序 言

他沿着延伸的钢轨行走……

中国文学艺术界联合会副主席 张 平

与成龙相识是在20世纪80年代，那时我在山西省文联《火花》编辑部工作。记得那是一个盛夏时节，一个20出头的小伙子拿着一篇万把字的短篇小说稿走进我的办公室，说要投稿。交谈中，我知道了他是一名火车司机的儿子，由于顶替父亲的工作，在铁路上子承父业，也成为一名火车头上添煤的司炉工。再翻看他送来的这篇小说《区间》，无论是题目，还是故事的内容，全都写的是铁路机务段火车司机们的工作与生活。

对照习近平总书记在“文联十大、作协九大”会上寄予广大文艺工作者的期望和“深入生活，扎根人民”的嘱托，30年前成龙创作的那部短篇小说《区间》正符合中国共产党一如既往的“文艺为工农兵服务”的要求与准则。

一部文学作品就得经得起岁月与时代的检验。

1987 年下半年，成龙的短篇小说《区间》在《火花》期刊发表后不久，他又给我送来他的中篇小说处女作《甲肝潮》——这部中篇小说讲的是，几个铁路职工的子女，借父母们在铁路客运系统工作之便，趁上海暴发甲肝传染病，医治甲肝的药剂丙种球蛋白非常紧缺的机会，乘坐火车从北方往上海贩运药剂的故事。读罢成龙的这部中篇小说处女作，我觉得语言生动，非常口语化，并且可读性强，揭示了当时社会现象的同时，展现了人性的善与恶。更让我惊喜的是，成龙的这部小说在风格上与当时非常畅销的王朔小说如出一辙，风格相近。可惜，那时我工作的《火花》期刊以发表短篇小说为主。

培养文学新人、发现优秀作品，是一个文学编辑义不容辞的责任。于是，在一个细雨霏霏的傍晚，我带着成龙和他的《甲肝潮》手稿，去了当时山西省作家协会《黄河》杂志的张锐锋编辑家里，把成龙连人带他的中篇小说一并推荐给了锐锋编辑。很快，这部被编辑改名为《此时，甲肝正流行》的中篇小说便发表于《黄河》。并且，著名文学评论家雷达在综合评点 1988 年小说走向的文章里，把王朔、刘毅然与成龙统评为“王朔现象”。

为了增强成龙文学创作的自信心，扩展他世界文学畅销书的视野，我曾经送过他一本美国作家马里奥·普佐的长篇小说《教父》。

记得80年代中期，成龙找到我，想借去北京铁路系统参加文学笔会的空当，拜访一下他的“偶像作家”王朔。我与王朔曾一同参加过一个文学活动，并相识。为满足成龙的愿望，我给王朔写了一封介绍他们相识的信件，让成龙带上信，去北京拜访作家王朔。这个经历，成龙曾在由王朔任主要编剧的电视连续剧《渴望》红遍大江南北的期间，在《太原日报》副刊以散文发表出来。由此可见，成龙是一个非常念旧、非常感恩师生之情的文学作者。

此后的几年里，我不断在《山西文学》《黄河》《北岳风》《都市》和《山西日报》《太原日报》《中国铁路文艺》等报刊读到成龙的小说、散文和报告文学。值得高兴的是，在我读到的成龙的各种作品中，都能看到铁路的元素与“铁二代”的情怀。

这期间，他也从一名火车头上的司炉工被调到机务段段长办公室，再调往太原铁路分局文联，从事文学创作和编辑工作。

此后的近20年里，不管我在山西省哪个单位或部门工作，始终与成龙保持着纯真的师生爱、兄弟情。尤其是他在生活和工作上遇到困惑、不悦，都会向我倾述衷肠、一吐为快。直至我调离山西，我们仍保持着通信往来。2016年12月，我从媒体上获悉成龙的中篇小说《高铁穿越煤窑村》荣获了“赵树理文学奖”，我衷心为这位相识30年的老弟、学生而高兴、喝彩！无需赘言，单从这部获奖中篇小说的标题，它就是一部描写当下的“接地气，聚人气”的现实主义作品，更是成龙坚守铁路题材创作30载的标志性作品！

文学创作是一个需要耐得住清贫与寂寞的事业。这部《高铁穿越煤窑村》中短篇小说集，是成龙30年文学创作的第一本合集。我也坚信，随着成龙在铁路文学创作方面义无反顾、一步一个枕木地沿着延伸的钢轨前行，一定还会奉献给读者第二本、第三本文学佳作！

目录

高铁穿越煤窑村

一

自从英武县人民医院的护士把我从手术台推进骨外科病房，我手机收到的短信关键词是：你；胡文成；利用高铁建设工程征用地职权；在芹泉村；袒护；勾引；煤老板前妻柴翠翠；被煤老板的保镖打断双腿……

我的确承认，人家柴翠翠三十六七岁，身材婀娜、眉清目秀、风姿犹存，前夫就是芹泉村唯一的煤窑老板，官名叫贾进财。可县、乡、镇、村里都顺着他的兄弟排行叫，人唤：贾四狗。传说，贾四狗凭借柴翠翠的二哥柴壮壮开煤窑开得发迹后，把村里的煤窑扔给婆姨柴翠翠和三个兄长，隔三差五借口外出开拓煤炭出口渠道，或与省城煤炭、安监、广电等厅局委联络感情，实则却去澳门一掷千金，飞香港纸醉金迷，住省城天天桑拿、夜夜 KTV……精明的柴翠翠察觉到丈夫贾四狗回到村里，跟自个儿钻进被窝，渐渐少吃“肉”或纯粹就不闻“肉”味儿了——狗，能改了吃肉吗？于是她断然以再往外跑就卖掉煤窑口子的毒誓，才把贾四狗又给拴回煤窑“矿长办公室”——也就拴了不到半年多，两位四川籍的一中一少母女俩，各抱着一个婴儿，可怜巴巴堵在煤窑口子上，扬言怀里抱着的是贾四狗的龙凤胎骨肉，取名叫：

贾真龙，贾真凤……

我躺在病床上，望着打着石膏，固定着木板，被床架上的牵引器高高悬吊着的整条右腿，随手把储存有数十条信息的手机扔到枕头旁，心想：什么真龙真凤的，其实这些狗连蛋的屁事与我一个高铁标段的“征拆部”部长八竿子也探不着——可躲不过的是，我铁建集团投中的高铁标段工程就在贾四狗与柴翠翠的芹泉村。

因为四川姑娘，因为刚满百天的龙凤胎，还因为离婚与不离婚，离，怎么个离法儿……总之，正当贾四狗与柴翠翠闹得人脑子变成狗脑子的当口，我们标段的指挥长岳建国拿着铁路勘测设计院划定的《高铁线路规划图》，带着我们标段几个主要部门的部长，在英武县政府“高铁建设协调办”常务副主任李拴柱的陪同下，乘五辆丰田越野，七拐八绕，驶进了芹泉村。

我们一干人身穿蓝色工装、头戴红色安全帽，徒步转了一大圈儿，来到老村外一块尚未住满人的“新农村”宅基地边上。岳建国指挥长展开缩小比例的《高铁线路规划图》，指着进村油路旁一幢门楣上喷绘有“不省心”三个字的超市店面，说，这个位置就距标段施工现场远近合适，汽车进出运送原料也方便，标段的轨枕、桥梁浇铸厂就扎这儿吧。

高铁建设项目，对地域经济发展“赛过一块肥肉”。据说，当初铁道部与省政府签订立项协议书起，当地省、市、县及乡、镇、村都曾下发过大力支持、密切配合的公文文件。所以，岳指挥长的话对陪同我们选标段枕梁浇铸厂厂址的县协调办主任、乡、镇长和村长、村支书来说，一句能顶一亿句，简直就是金口玉言。

拆！估计村长贾肖连枕梁浇铸厂到底是个什么东西都没整明白，就粗声大嗓承诺，一晌午就拆了他狗日的了。

村支书柴兴旺却慢条斯理，插话：能不能再往北面挪挪，把“不省心”

超市给让过去……

标段工程部部长确认了一下《高铁线路规划图》，指着不远处，说，不能让，我们施工的铁路特大桥的桥墩桥体就在那儿。那不，打下的桥墩桩标都能看得见……

谁让谁？县“高铁协调办”李拴柱常务副主任瞪柴兴旺支书，眼神像问：你这个支书是不是也想让让位了？

全世界都一样，一旦新建铁路线划定后，首先进入施工现场的就是我等此类的“征拆部”或曰“工程部征拆办”的人员打前站、趟浑水。此项高速铁路建设工程，我们标段在英武县内担负着四十公里铁路线的铺设和一条六公里长的隧道开凿任务，其中在芹泉村将架设一座铁路特大桥——这座高速铁路大桥是我们标段施工任务的重中之重！

刚进驻芹泉村开展征拆时，我只带了一名铁路土木工程专业刚毕业的女大学生、测量员郝雁燕。芹泉村村委会很重视，开会指定村支书柴兴旺全力负责招待、配合我们的征拆工作。铁建集团的越野车把我们扔到村委会大院里开走后，村支书柴兴旺把我和郝雁燕分别安排进两间生活备品齐全的平房里，然后提议陪我们在村委会大院里转转，熟悉一下环境。在溜达的过程中，他又翻起那天岳指挥长选枕梁浇铸厂址时他想让我们让开“不省心”超市的缘由……

柴支书是“不省心”超市老板娘柴翠翠没出五服的本家大哥。眼跟前，县信访办秘密批转给乡、乡里又悄悄批转给他和村长贾肖一封“群众来信”。信里说，柴翠翠的煤老板丈夫贾四狗，在省城与一位 KTV 小姐非法生下一对龙凤胎。贾四狗不承认是自己所为。僵持之下，小姐在省城求助了一位志愿者公益律师——律师先给县信访办写信，要求乡镇村政府按民事纠纷协调解决，如当事人拒不承认事实，更不履行应尽的法律义务的话，律师将正式启动起诉程序……眼下，只有身为合法妻子的柴翠翠一人还被蒙在鼓里，村长和村支书正悄悄与贾四狗核实，与贾家老小协商向柴翠翠挑明的时机。

老汉跟窑姐下下一对对娃，自己的“不省心”超市营生再叫你们建铁路的给拆了，我心疼我本家妹子哩！柴支书死命抽烟。

听柴支书说，三年前，柴翠翠生下第二个妮子后，坐月子没坐满就赶死赶活去窑上卖煤过磅去。结果，落下个腰疼病的根子。打那后，身子不允许柴翠翠再辅佐贾四狗窑上井下的吃喝拉撒和数钱过磅了。但柴翠翠天生不是个省心的主儿——更别说手里明里暗里还有的是大把大把沾满煤面子、黑手印的票子。于是，她抱着襁褓中的二妮子，边喂奶，边在芦泉村老村外的“新农村”宅基地里闲逛。走到一块靠近直通乡县油路的边边上，原本还没有长出牙的二妮子听到父亲四狗煤窑方向传来的一声炮响，顷刻间，二妮子像被什么惊吓了似的，用粉嫩的牙床子，朝母亲“滋滋”冒着乳汁的奶头照死里咬了一嘴。柴翠翠惊叫一声，忙用左手将乳头从二妮子的嘴里拔出，险些还把怀里的二妮子掉到地上，边骂：讨债鬼，啄死你娘娘了！当然了，被瞬间夺走口粮的二妮子，毫不客气，在母亲的怀抱中一哭二蹬三撒尿。柴翠翠一反往日母性的柔情，只是心不在焉地公家对公事地抱着二妮子，任由猫狗似的二妮子在怀里踢腾、哭嚎——翠翠仰头望了一阵子天上绵羊群般的白云，待低下头时，眼里早已噙满泪水……突兀，柴翠翠猛醒过来，觉得过得太不甘心啊：尽管自己在邻村上下是出了名的圈舍、窑上一把手，可就是自个儿的肚子不争气，五年间叉过两回腿，给人家贾四狗一叉一个逼妮子。难道俺翠翠这对对挺挺的奶头子就是专供这两个逼妮子啃的吗？照这眉眼光景下去，四狗的煤窑传给谁？传给大狗、二狗和三狗的后人吗？传给婿人哭丈母娘装三孙子的女婿们吗？想到这，柴翠翠猛地把衣襟拉下来，遮住红肿的乳头，边下毒誓：非要叉下个公的不行，哪怕个猫狗也算，只要是个公的就行！

八里地外，贾四狗兄弟们的煤窑方向，依然一声接一声地放炮。没吃饱的二妮子依旧在母亲的怀抱里踢腾、号叫。什么公的母的、男的女的，怎么说也是自家身上掉下来的一疙瘩肉。于是，柴翠翠从二妮子没吃奶吃饱，想到奶水的替代品，像米汤呀、炼乳呀、麦乳精和奶粉呀……由此，直至联想到贾四狗带她曾经一起在香港、上海和天津、北京，省城逛见过的沃尔玛、美特好和华联、物美等超市……

二

岳建国指挥长在芹泉村为标段选枕梁浇铸厂厂址是有道理的，是颇具高铁建设工程科学可操作性的。任何一个施工标段的枕梁浇铸厂都是靠近重点施工现场搭建的，只有如此，方能有利于为工程浇筑的混凝土成型构件便捷地运往施工现场，进行铺设、组合和安装施工……总之，岳指并非是看见“不省心”超市这个新奇的店名而一时冲动，想一举摆平、拿下“不省心”超市的“拍脑门子”的决定。

进驻芹泉村的第二天一大早，柴支书陪我和女大学生、测量员郝雁燕在村委会食堂吃过早饭，再陪我们从村委会出来，出了老村朝新宅基地最北边的“不省心”超市走去。路上，柴支书一脸狐疑问我枕梁浇铸厂到底是个甚东西？我的下属、测量员郝雁燕去年刚从兰州铁道学院土木工程专业毕业，一直怀才不遇，没有施展才华的机会。此刻，一听有人问到了自己的专业所长，她操着一口家乡与普通话的杂拌儿口音，就要向柴支书很专业地介绍起来……我属于党务宣传部门“编故事”出身，对工程建设专业纯属半吊子。我趁测量员郝雁燕还没拉开架势讲解，假装用领导的口气提示她：要讲就给柴支书讲简单点、通俗点，大白话最好。郝测量员倒也听话，收敛起教授的口吻，边走边告柴支书：

建铁路得架桥梁、铺钢轨吧？

嗅。不铺钢轨叫油路。

桥梁上面和钢轨下面的轨枕是什么做的？

洋灰和钢筋吗？我大小一个村支书，也不是个二百五。

对喽。浇铸厂就是做混凝土桥梁和整体轨板（枕）的。明白？

还、还明白。不就是先找个和泥泥的地方为盖房子做预制板吗……

聪明。我感慨。柴支书太大葱（聪）了！

“不省心”超市，犹如“新农村”宅基地旁的一幢乡间别墅。一楼店门两边各墩着一只大石头狮子，狮子面前就是进出村的必经之路。二、三、四、五楼像是能住人，窗户里都挂着色彩艳丽的窗帘。店面左右及后院围墙贴着一色儿的红大理石。围墙外，则是郁郁葱葱、一望无际的农田。一楼内，两百多平米的超市里，说白了就是个把吃喝拉撒、家用电器全部搁到超市铁架子上的杂货店。也就太早，超市里没有一个顾客，只有一个十三四岁女孩儿，但穿戴打扮比城里同龄的女孩要浓妆艳抹得多得多——女孩守在门口的收银台旁，正对着化妆镜往假眼睫毛上一根一根地刷油。柴支书领着我和郝雁燕测量员进了超市，低头看了眼门内地上卧着的一只大花猫，像问花猫：

仙女子，你四老姨呢？

窑上了。头前四狗子……不是，四老姨夫打手机把她唤走了。

柴支书一惊：不是四狗子闹出甚的花花事吧？

不像。四老姨梳洗抹擦美美的才开车走的。

这就好，这就好。柴支书松了口气：不要花花事堵到门门上就好……

感觉得出来，柴兴旺支书不但对超市很熟，还多少对超市有些感情：可惜了！省上县上找人找了个七沟子八弯，才张弄起来个全村头一家超市，说塌就要塌锅了，唉……柴支书感叹着，大摇大摆带着我和郝雁燕走上通往二楼的楼梯，走进一间宽大而弥漫着浓重化妆品味道的“总经理”办公室。进门，柴支书一屁股坐到大办公桌后面的老板椅上，仰脸望着楼顶板，长吁短叹：这顶子也是一层层用洋灰、钢筋浇下的，还有这上下四遭，都是拿实打实的螺纹钢盘下的——就算是地底下掏煤掏空了，这楼掉到窟窿里也是一个方疙瘩……可惜啦！见状，我劝，说等高铁建成从你们村穿过后，我们标段撤离时，绝对给你们恢复重建一个一模一样的“不省心”超市。假如乡里村里许可的话，给你们往大建也不是问题，别大过省城的沃尔玛超市就不用你们掏一分钱。

不要讲这个。柴支书顿生几许伤感，说，传说高铁像白蛇，白蛇蹿走了，许仙还不知道跑哪儿去呢……

明显，柴支书欲言又止。我想尽快岔开话题，把他领到现实的借用地和拆迁的轨道上。我说：咱们就别讲没用的了，你说，现在村委会和这“不省心”超市的合法户主打没打过高铁建设用地的招呼？户主是什么态度，是一次性经济补偿五年，还是一年一年分期补偿？

唉。柴支书长叹一声，俯视沙发上的我和测量员郝雁燕，据理力争，说，还是那话，能让开地的话，还是给翠翠让出一条活路——那边子贾四狗和窑姐下下龙凤胎的事，翠翠早晚要知晓；这边子，你们再拆了她的“不省心”。里里外外不顺心，可就把俺妹子逼到一条死路上！你们现在别拿我当村支书看，就当我是翠翠亲亲的大哥——铁路要建，翠翠也要活，咱各让一步就不行？

毫不迟疑，我的下属郝雁燕当即回复：拆是没商量的。五年后通北京的高铁铁路必须穿过英武县芹泉村更是肯定的，是没有讨价还价的。至于你们村民的个人感情和家庭琐事，在这个国家重点建设的大项目前是微不足道、不值一提的！

早听说，学理科的女生就好钻牛角、不怎么懂人情世故——郝雁燕愣头愣脑的话还没说完，柴支书猛地从老板椅上站起来，边往门外走，边强压怒火：那我也不管了，你们开来你们的推土机把“不省心”推了，我倒省心啦。他走到门口，开门，朝楼下大声喊：仙女子，给铁路上的煮上些水，我先回村上了。等你四老姨回来，铁路上的有话跟她说哩。

看柴支书赌气要走，我忙从沙发上站起来，抬手拦他，扭脸冲测量员郝雁燕责怪、眨眼、使眼色：念书念傻了是不是？建高铁建得六亲不认、不懂尊长了是不是？

郝雁燕倒也弯子转得快，也忙起身，拽住柴支书的胳膊，摇着，检讨、赔礼：柴哥柴叔柴大爷，估摸我跟您儿女也不相上下。您忍心因为我顶您几句话，就让我们胡部长扣我这个月的奖金吗？

扣奖金？说得倒便宜。我索性坐回到沙发上，点起一支烟，道：告你郝雁燕，今天柴支书要迈出去一步，我现在就给岳指通电话，不把你清退出我征拆部，我这个部长就你来干。说着，我掏出手机，拍在茶几上。你能耐你走，京沪高铁不也马上立项了么，咱集团在那儿也投标投中了几个标段——你上京沪高铁混去。原因，领导不了你么！

你们没来前，俺村有人就说，铁路上的人脾气大，一句话不对就跟人呛棒子——果真呀！柴支书反倒拉下脸跟我理论。你这一南一北讲得是个甚？咋说也还是个刚念出书来的女女家。你当部长的咋了么，搁我芹泉村煤窑老板眼里，你球也不顶……

三

不是我胡文成吹毛求疵，现在的娃娃们不能惯。我说，惯就惯出毛病了——连起码的老少都不懂了么。你没看见？

柴兴旺支书把我拉出“不省心”超市，将测量员郝雁燕一个人留在超市里。柴支书领着我在“新农村”宅基地里毫无目的地游逛。我仍装着对郝雁燕顶撞柴支书的事余怒未消、耿耿于怀。话题一转，柴支书指指远处的老村，又用脚跺跺新宅基地，说：我这芦泉村你可不了解啊……二三百户的芦泉村，祖上都是从河南逃荒逃来的，大姓以贾、柴二姓为主，极少掺杂张王李赵的外姓人。柴支书举“不省心”超市的例子，所以能独此一家建起来，不能脱尽贾、柴二大户势力大的关系。他回忆，说，那天晌午，柴翠翠抱着二妮子边从新宅基地往老村里走，边由奶头子被二妮子啃得生疼，想到了哺乳替代品奶粉、炼乳……当走进老村自家院子里，她已经打定开家超市的孬主意：翠翠手手里攥的票票，八辈子也花不完！

用城里人的话讲，柴翠翠是个敢想敢干的“女强人”。人借势，势拱手。要钱，她帮着丈夫贾四狗，拖拉着大伯子大狗、二狗和三狗，已经卖煤卖下不少的钱了；要势，丈夫本家叔叔贾肖是村长，自己老柴家的五服哥柴兴旺又是村支书。就凭这阵势，想在新宅基地油路边边上盖间小超市还能是个问题？

话说早了——还就成了个大问题了！

依柴支书推断，贾、柴两家刚把柴翠翠想盖超市的动议摆到议程上，乡里镇里便嚷成一锅粥了。这个搅茅棍的败家东西不会出了贾家，不是大狗就是二狗再是三狗家的婆姨，也就是翠翠的三个妯娌。那三个吃生婆姨对俺柴家翠翠早不服气哩，只是不敢摆到桌案子上就是了，他们三家都得靠四狗和翠翠的煤窑存活哩。暗里，三家婆姨早眼红翠翠在婆家一手遮天哩——人样，四个媳妇里更数翠翠树梢梢！

反正，芦泉村贾四狗（贾进财）家开着煤窑不说了，婆姨柴翠翠又要盖超市的消息一夜之间便被捅到了乡政府。于是，乡纪检委的干部当然得把村长和村支书“请”去，问个青红皂白了。腌酒枣的盖盖已经是被人掀开了，甜的苦的还是酸的，总得有个定论。所以，村长贾肖和村支书柴兴旺只能向组织不歇气地往出倒豆子、交实情。最后，乡纪检委书记代表乡党委与他们二位村主要领导正式谈话：

好我的大村长大支书呀，这就叫以公谋私哎，这要传到县委还了得个壶呀——不管是四狗还是翠翠，跟你们两个主要领导沾不沾亲吧？只要沾那一丝丝，搬出中纪委领导干部廉政条例哪一条，都能给你们戴上个合合适适的纸帽帽。信不信吧？

信。不啦！我回去就正告我本家侄子贾四狗，叫他断了吃月亮的念想！

断了就对了。村里的新宅基地是“新农村”建设的脸面工程，不是县上省城里的商业街、开发区。

懂了。我回去也告我本家妹子柴翠翠——你生二妮子坐月子坐下腰疼毛病，你上不了煤窑，你可以照料圈舍嘛；你实在想开超市，你可以上县里的步行街上盖去嘛……

没那么容易。咱现在建设的是法制新县城，什么也得讲求个法！

对对。开超市也得遵守工商、税务和商业法。

乡纪检委书记看着面前的二位多年的爱将，推心置腹：你们得懂得珍惜现在的工作，这不，明后年省里县里开始试点“大学生村官制”了，到时候看你们再烧包、再牛……

村长贾肖摆手：马马的可叫大学生们来吧，到时候咱也就省心了。

村支书柴兴旺点头：省心，省心，省得咱这法那法记也记不住。

省心，倒想得美！纪检委书记站起来，手点他们，你俩回去，先把“不省心”超市给乡政府摆平喽。别再让人见天往乡信访办告状、写信、发短信——反正，这屁事要叫人给传到新浪、搜狐网上，乡政府对你们是绝对不客气！走哇！

敲定在芹泉村筹建标段枕梁浇铸厂的厂址后，英武县“高铁建设协调办”李拴柱常务副主任邀请我们标段的岳指及几个主要部门的负责人，在县政府宾馆品尝当地自产的酒水、土特菜肴。酒席快收尾的时候，李副主任极力给我们推荐主食“刀削面”，说他们县宾馆的这位厨师曾在中央电视二台厨艺擂台大赛中夺得过“面点组第一名”。说话间，一名戴白帽、穿白大褂的中年厨师亲自托着托盘，逐一给我们上面。上完，厨师伫立一旁，等待众人评价。刀削面削得手艺了得，根根赛过柳树叶！众人夸赞。李副主任自豪不已，看眼谦恭的厨师，开口道：你们说我县这个芹泉村，什么事什么人它也出、也误不下。我们这拿大奖的厨师也是芹泉村的人，他亲妹妹妹夫就是……

李副主任没说完，中年厨师再托着一托盘面汤上来，打断李主任的话：原汤化原食，原汤化原食。俺们李主任全县的户口都揣在他胸脯子里——喝汤喝汤。

酒足饭饱，已是晚上九点多钟。李副主任让我们住下，再上餐厅上面桑拿桑拿、捏捏脚。岳建国指挥长却执意要带着我们坐越野连夜往省城铁建集团赶。翌日早上，刚一上班，集团董事长兼总经理吕兰新，召集我们标段的负责人听取汇报。第一个汇报的是我们标段的指挥长岳建国。我们标段（分公司）是一支参与过南（宁）昆（明）及(北)京九（龙）等铁路建设的钢班子、铁队伍。所以汇报也像是个例会，无外乎标段工程开工前的一些筹备和应急预想工作。诸如，与当地政府的接洽是否配合支持通畅，以及铁勘院已经划定的铁路沿线的自然环境，是否还隐藏着古迹、水源污染等与《环保法》相冲突的细节、处所；再是标段枕梁浇铸厂厂址的确定是否有利于汽运原料运输，和成型成品的桥梁枕板是否便于就近运往施工现场……岳指一圈汇报下来，吕兰新董事长（总经理）频频点头，表示满意。但老谋深算的吕董也提出一些政策性的“红线”：

要死死守住高铁建设用地、占地导致上访、群殴、群伤事件的不发生——这是一条硬性的红线！

岳指信心满满，说，不会，放心！我标段内的英武县“高铁建设协调办”的李副主任昨晚饭桌上还拍胸脯讲，县长、县委书记在县干部大会上下死命令了：在高铁建设这个问题上，占地用地上，全县不存在红不红的线，有的只是绿线——像韭菜一根根连起来的绿线线！

说，上面都好说。吕董意味深长，你别忘了英武县的支柱产业是靠什么——不是几亩大豆高粱，是一天一个吨价的五千大卡以上的煤！

知道是煤，还有数不清的煤窑。岳指非常轻松。可咱是打了桩标的高铁线路，求咱占用他们的窑口子、煤口子，咱还嫌采空区呢。让占，我还怕将来路基出了问题追究我标段的责任呢。

你错了。有煤就有煤老板，有煤老板的地方就不差钱！

有钱好呵。咱标段穷，咱躲着人家走么。咱建高铁又不向煤老板民间贷款，井水不犯河水么。

好。岳指，算你聪明、清醒，知道躲着煤老板走就好……

听吕董和岳指对话对到这里，不由得，会议桌旁的人表情有些不自在了：觉得话里话外有几分“廉洁自律，反腐倡廉”的味道……

四

村长贾肖和村支书柴兴旺从乡纪检委书记那儿回来，对柴翠翠和贾四狗一通苦口婆心、好言相劝：

四狗，翠翠，你们还叫不叫咱贾柴两家安生点儿了？乡里镇里不叫咱在新宅基地边边上盖超市，咱就一个老老实实开咱的煤窑、卖咱的炭；一个身子不允许上煤窑了，咱心里念着个儿子，咱就安安生生生小子、养妮子，挺舒坦、挺省心、挺体面的日子呀！为甚哭着喊着非要张闹个破超市？好听？挣钱？没见过？跟俺们小时候在圈舍偷上二斤黄米悄悄调上十块糖豆豆的供销社有球甚的上下、长短么？

张家的锅锅，李家的碗碗，没球甚个新样样。村长贾肖接住柴支书的话，也添油加醋，劝上一句。

超大液晶电视屏幕里，正播放世界杯足球冠亚决赛的点球大战，现场看台上，黄毛子、红毛子都屏住呼吸、鸦雀无声；现实中，装修得赛过县政府宾馆接待省常委套间的贾府客厅内，三个抽着“中华烟”的男人和一个嘴里含着“德芙”巧克力的女人，暂停了争执，统统直眉瞪眼地盯着电视里的一个静止的特写足球画面……

真不愧早年间在青海部队里当过副指导员。柴兴旺支书和我把我的测量员郝雁燕一人甩在“不省心”超市里，我们两个男人边在新宅基地里游逛，柴支书边跟我追忆、还原、显摆他和村长劝阻四狗、翠翠当初盖超市的那一幕。

哭闹，哭、闹嘛，不管是部队上，还是村舍下，只要能停下一样样，好办了，解决问题的眉眼快来了。柴支书说，那天，看外国人耍球看得都迷住了，甭说黄毛子赢、红毛子输，四狗、翠翠只要能稳住一刹刹的心，跟下来再宽宽两颗在福窟窿里还活不下的心，按说也就劝死开超市的念想了。可就在电视里球场裁判吹响哨子的时候，二楼上睡着的大妮子嚎开了，跟着，二妮子更是个吼。一楼这舍，贾四狗从孩孩就生性好赢人、好赌、爱耍钱，所以时时处处养成个不分出个输赢不歇心的毛病——对耍球也不例外。翠翠不懂球，她却待见得一个最后踢点球的外国男人不行行。于是，两口子便在电视里踢点球的要紧三关时，为谁上楼去哄哄两个逼妮子的事务，争执、对骂起来。相持不下，柴支书只好起身上了二楼，才又把两个妮子哄睡下。等他从二楼再下到一楼，四狗跟翠翠吵得比电视里的球迷欢呼声还要高。

四狗骂：连两个逼妮子都伺候不了，还想张闹超市？可明崭崭地告你，我煤窑上可没有给你盖超市的票票！

翠翠装不生气：逼妮子也是你四狗的种，怪球你没生小子的本事！

可老子就有不叫你盖超市的本事！不行，试晓试晓！

你四狗说的！柴翠翠拉下眉眼，一字一顿，当着咱贾柴两个本家、两个村干部，咱就试晓试晓看。我，柴翠翠——头跟前是阴历几月来？

甭说阴历几月。村长贾肖拿出本家叔叔的辈分唬小两口儿，阴历几月都得好好过、好好说！

也甭说几月了。收秋吃上新豆子的时候，我柴翠翠要张闹不起个超市来，我就到北京天安门跟跟前盖一舍。信不？！

信。贾四狗被本家叔叔推搡着往二楼楼梯走。四狗回头，笑：就个你，不等你把砖灰拉到天安门，武警就能把你关进娘娘住过的黑圈舍……

嘿！柴支书厉声呵斥四狗。不要提娘娘！

柴翠翠说到了，也做到了。

接下来的一个多月里，柴翠翠把两个妮子扔给整天养尊处优打麻将的公婆，自个儿穿戴打扮得花枝招展，开着自己的枣红色"宝马"越野车，去乡镇，上县城，跑省城……没出两个月，她拿着县里的一份公文走进乡长办公室。

全乡、全镇、全村和邻村上下，没有不服人家柴翠翠公关能力的！

张罗超市的过程中，村干部陪着乡干部，乡干部陪着县领导，隔三差五到芹泉村来——名义上是检查村里的工作，实则是来督察柴翠翠超市兴建进度，以及过程中还需要解决什么困难的。其间有一次，一位县分管基建材料的科长，发现柴翠翠从县金属公司运回的螺纹钢标号细了点，当即用手机给县金属公司经理打电话，命令马上调换大标号钢材！

几乎回回柴兴旺支书把上级干部"三陪"完送走，总要借着酒兴，红涨着脸，夸中带怨，指头点住本家妹子翠翠：

你就好好给咱芹泉村不省心哇，把我这一天到晚灌得五迷三道。

没明没夜守在超市建筑工地的翠翠，嘴不让柴支书：省心你能天天陪干部，日日吃公款么？她灵机一动，确定：张闹起来，就唤个“不省心”超市哇！

嘿，我柴家几辈子才出她这么个不省心女女呀……柴支书和我重新返回超市，远远的，他抬手指着超市门楣上喷绘的三个“不省心”书法字，说，这三个字是翠翠让省里的人从北京求（买）来的。原样纸纸她在圈舍锁着，怕挂出来风吹日晒了。

五

我部门的女大学生、测量员郝雁燕是我们标段岳建国指挥长的亲外甥女。几天前，我带着她离开省城的铁建集团时，岳指再三叮嘱我，只给我和他外甥女一周标段枕梁浇铸厂洽谈用地合同的时间，再周一一早，他将向芹泉村派出第一批拉有小型推土、搅拌等机械的工棚安装队和后勤伙食团的汽运车队，预计当天中午即可到达，必须得把时间衔接好了，以免窝工！叮嘱完我，岳指又提醒自己的外甥女郝雁燕，去了现场什么都得听胡部长的——他让你用皮尺量什么地方，你就只管量、只管把面积数据记到本本上。记住，胡部长不说话，你少说话，说不对，几万几十万的用地占地拆迁费就出去了。戴副茶杯底子一样的深度近视镜的郝雁燕听着，直冲舅舅点头……我把我与此时仍在“不省心”超市里的测量员郝雁燕之间的关系告诉柴支书，不禁一抬头，我们已经走到超市门口。柴支书拍拍超市门口停着的一辆枣红色“宝马”越野车的前机盖，说：

翠翠可从煤窑上回来了。走。进。

买不买东西，你？

不买。我在等柴支书和我们胡部长。

等支书，你不可可地到村委会等去，跑到我超市做甚？去去，走走！

柴支书和我正准备进“不省心”超市的门，听见里面有两个女人在争执。进了超市，我见一个浓妆艳抹、穿金戴银、手里握部手机的少妇，冲我的测量员郝雁燕怒不可遏、大喊大叫：

出不出去？不出去，好，我打110！

收银台前，那位十三四岁、叫仙女子的姑娘和地上的那只大花猫，吓得一声不响，瞪着大眼来回瞅两个女人争执。

打球甚的110——110来了。柴支书晃着肩膀走进超市，径直带着我往二楼“总经理”办公室走，边上楼梯，边说：翠翠，上楼来，铁路上的有公事通知你。

不听，屁公事。少妇不情愿，却跟着往二楼走。

屁公事就屁公事哇。屁公事你也得知晓知晓。

第一次与“不省心”超市的老板娘柴翠翠照面，我就感觉到迎面扑来一股霸气和浓烈的香水味儿——她甩下一楼的郝雁燕和仙女子，随我们上二楼自己的办公室。进门，柴翠翠仰起头，逼问柴支书：你们还让人活不活了？你柴兴旺还打算认不认我这个本家妹子了，嗯？

劈头挨了一闷棍的柴支书，用惊愕的目光与我对视一下，意思是说：毁了，人家已经知晓咱们来是为拆人家“不省心”超市的事由了！也罢，柴支书转脸直面本家妹妹翠翠，打开天窗说亮话……无非老一套，先是建设高铁的一番大道理、大政策，后是村里圈舍里的小损失、小贡献……道理讲到差不多时，柴翠翠强忍怒火，先大声嘱咐一楼下面的仙女子，给外来的姐姐（郝雁燕）打瓶“可乐”或酸奶。同时，她手脚麻利，用电热壶接了壶纯净水，烧上，把茶几上一套工夫茶具和“铁观音”茶叶，摆好；再从茶几下的抽屉里拿出一条“中华烟”，磕出盒烟，拆开，递给我和柴支书各一支，又自顾自点上一支，翘起半尺高的高跟鞋，坐到沙发里，扭头望着铝合金窗外，一口接一口地抽着烟，沉默不语……

六

往外倒腾“不省心”超市商品的那天中午，柴翠翠顶着一头散乱的头发，强打精神，努力睁大红肿的、贴有假眼睫毛的双眼，嘴里不时命令、训斥和谩骂十几个穿着矿工工作服的男人：

慢些！你们圈舍你们家的酒罐罐就是翻翻的箱箱往车上抱哩？

滚边子去！方便面不搂紧了，车走开一抖擞，不成碎渣渣了？

球也揽不成！咸盐布袋压住电饭锅锅，能不压成蒸馍屉屉？

……

柴翠翠带人往外倒腾超市商品的同时，我们标段第一批汽运车队已经准时抵达芹泉村——十几辆装有小型工程机械设备和工棚板房材料的大小拖挂汽车，整齐停靠在与“不省心”超市一路之隔的油路旁。按行规，我们标段的员工不允许参与征拆户私人物品的搬运任务，标段倒也不是怕出工出力出车，而是怕发生民事纠纷——过程中磕了碰了，丢了坏了，多了少了，到时候征拆户与标段甲乙双方谁也说不清、断不明，惹骚事！故此，标段——也就是我“征拆部”的人，只能等着主家搬完、腾空后，才能随主家进入被腾空的私产内，双方确认后，外加村委会作证，三方测量产权面积，方能办理《合同书》上写的有关事宜。

油路旁，汽运车队的司机们扎堆打扑克。土建和安装板房的工人三五成群，在树荫下抽烟、喝水、讲黄段子……我安顿郝雁燕上一辆没人的拖挂车司机室，让她听会儿“MP3”音乐去。我挑了辆拖挂车上背的小型推土机的司机室，坐进去——我放下推土机车窗玻璃，点上一支烟，静观往外倒腾东西的“不省心”超市。远远的，柴翠翠几近蓬头垢面，守在一部加长的货柜车下，指挥车上车下搬运、码放商品的矿工们：让什么不怕压的东西码到什么怕压东西的下面，让什么吃的东西不要和化妆品码在一起，怕串了味儿，再不好卖了……

这几天，从柴支书嘴里或多或少了解到一些柴翠翠的事情，我觉得她一个三十六七岁、只有初中文化的农村媳妇着实不易。我实实在在佩服柴翠翠的干练、泼辣、果敢：就在前几天，柴支书陪我和郝雁燕第一次去“不省心”超市之前，柴翠翠的丈夫贾四狗一个电话打来，一时不等一刻，叫她马上上趟煤窑上去，说有急事面谈！翠翠知道四狗的狗习惯，想起床上那点事，也不讲究个白天黑夜、初一十五——本来嘛，自从生下二妮子落下腰疼病，尤其是张闹起“不省心”超市后，夫妻俩大多数时间，一个吃住在煤窑上，一个没明没夜守在超市里，大妮子二妮子又全扔给公婆家，两口子基本上各忙各的事，更不怎么回老村里的那个暖洞洞的豪宅“团圆”。毕竟，贾四狗不过刚比翠翠大几岁，还不到四十二三岁的一条汉子，想老婆是正当的生理需求。

倒是四狗想老婆的借口更加光明正大：叫老婆给他往卫生间里送内衣！

煤窑上的矿工是白班夜班两班倒。大狗年龄大了，人也死相、老实，负责出窑和卖煤过磅的统计工作。二狗、三狗都是人精，屎味儿都躲得闻。四狗专门让他们一个带白班一个带夜班，统统得跟着矿工下井——四狗的理由是：省安监厅有明文要求，每个班下井必须得由一名矿领导带队！四狗是法人（矿长），一般情况下，整天坐在井口上的“矿长办公室”里，协调工商、税务、省市县乡镇里安监、煤管、环保和大小新闻媒体的“检查”“采访”……总之统揽煤窑的大局。偶尔，“矿长办公室”桌上直通井下的红色防爆电话也会响起来，这时候就说明井下出现必须由四狗定夺的大事了。每到此刻，四狗就得披挂穿戴好矿灯、大雨鞋和工作服，坐上升降车，下到井里去拿主意、出点子、拍胸脯——不知从何时起养成的惯例，四狗每从井下处理完事情升到井上来，第一件事就是回自己办公室兼卧室里的卫生间洗澡；第二件事，是要求柴翠翠必须得把他要换洗的内衣内裤亲自送进卫生间里——别人给送到卫生间门口，四狗绝对不给开门。柴翠翠不给送，他就不吃不喝不出来，可一旦柴翠翠送进去，两口子没有一顿晌午饭的时间就出不来……

柴翠翠是个多么聪明的女人呀——她理解下窑男人的心思：两门扇石头头疙夹着一块块肉，说见不上女人就见不上了，倒也恓惶！所以翠翠接到四狗急不可待的手机电话，蛮肯定是他又升上井来，要洗澡，让她马马地去往卫生间里"送衣裳"……于是，柴翠翠在"不省心"超市里，细细梳洗擦抹一番后，兴冲冲地拿着车钥匙就往超市外走。快出门，临时起了意，告给她打工的远亲小外甥女仙女子，说：今下里咱优惠一天，方便面、酸奶买一送一！

今下里不初一十五，没集没会的，优惠个甚？

今儿个四老姨高兴么。送！翠翠出了超市的门，钻进枣红色"宝马"越野车里，一脚油下去，照直朝四狗的煤窑方向驶去。

"宝马"车后欢腾起一股股黑渣渣的煤面面……

柴支书理应从事文学创作，他绘声绘色地讲述、推断、想象，依他的说法，是延续了他祖爷爷说书人的基因——柴翠兴冲冲开车上了煤窑，进了贾四狗宽敞的"矿长办公室"里，见一圈圈豪华牛皮沙发里，坐满了男女老少。

四狗像一面朝阳花，背靠老板椅子不说话，眼睛盯住吊灯抽雪茄，一副死猪不怕开水烫！

沙发上，四个狗儿的老娘抱着柴翠翠的二妮子，狗爹拿着一桶"可乐”喂四狗的大妮子——二老左右，除了大狗、二狗和三狗外，是一大一小两个一看就是外乡人的女人。她们怀里各抱着一个襁褓中的婴儿。

大人们都不说话，只有两个陌生女人怀里抱着的婴儿死命地哭嚎——这阵势，柴翠翠早已见怪不怪了，想，肯定是煤窑上的外地矿工又伤着、残着了，家里人不让了，抱着娃娃寻上门来想再多要几个赔偿费的事情。那就给嘛、举嘛，只要上面不封煤窑口子，给！举！

心里拿定主意，翠翠推开“矿长办公室”的门，踩着“嗒嗒”响的高跟鞋，迈着猫步走进去。

七

倒腾“不省心”超市的货柜车，在柴翠翠的监督下，满的开走一辆，空的又开来一台。在这一走一来的间隙中，柴兴旺支书今天从超市里第一次走出来露了面。他灰头土脸，一出来，便垂头丧气蹲到僻静的一角抽起烟。我见状，径直走过去，与柴支书蹲到一排排。半根烟的工夫，我们谁也没说话。忽然，柴支书掉脸，问我：胡部长，你说我柴家翠翠咋就这么没有享福的命呀？我愣了一会儿，喃喃自语：会有的，咱们想办法一起帮帮她，因为她替别人都想了……

既然开煤窑，就少不了发生伤残，甚至于死人的事故。柴翠翠和贾进财开煤窑的几年间，因矿工丈夫在井下伤残或死亡，遗孀或家属抱着孩子、搀着父母来窑上讨钱、闹事的也见多了。每发生这样的纠纷，只要遗孀和家属们不惊动公家，不要屁股后面带着扛摄像机的记者，柴翠翠都会代表四狗超出伤亡家属的要求，予以慷慨的经济补偿——谁家的老汉都是自家房顶上的一根根梁！

也就在与矿工和他们的家属打交道的过程中，柴翠翠学会不少他们的口头禅，比如“安逸”“要得”和“幺妹儿”……但真正到“幺妹儿”抱着婴儿迎头扑到她的怀里时，柴翠翠仍被吓得不知所措、手忙脚乱起来——走进丈夫四狗的办公室，她一屁股坐到四狗的大办公桌上，用身体挡住四狗，翘起高跟鞋，抱着双臂，环视沙发上的婆家老小，开口道：咱家里人这是做甚了，窑上的大事有我和四狗说了算，你们亲亲家是来看戏的？她的话还没说完，沙发上抱婴儿的年轻姑娘，猛然站起来就往柴翠翠的怀里拱，边操着四川口音，哭诉：

大姐呀，你得给我两个娃儿做主呀！

刹那间，翠翠的眼圈泛红了，忙从大板台上跳下来，双手扶着四川姑娘，让她坐回到沙发上——顺手，她搡了把另一个抱婴儿的中年妇女，示意腾开点儿地方，让她也坐下。中年妇女很顺从。于是，柴翠翠便镶在两个抱着婴儿的女人中间，转头，面无表情问二狗和三狗：

白班的还是夜班上的——她老汉？

都不是。大狗瓮声瓮气，说，也全是哇。

屁话。没问你。问他们两个带班下井的呢。柴翠翠瞪两个大伯子二狗和三狗：放个屁呀，她们老汉是四川哪个县哪个村的？

咱县的……二狗没好气。

也咱村的……三狗摇摇头，垂下，闷头吸烟。

哎！柴翠翠忍不住笑了，目光移到办公桌后的四狗脸上，费解：咱村的，咋头一回回见？她收回目光，左右打量身旁的两个陌生女人，装作满腹狐疑，向年轻的女子操起四川口音：

幺妹儿，你老公是俺们芦泉村的？

要得！要得！年轻女子边回答，边掀起衣襟喂婴儿奶。

四个狗儿的老爹贾贵，拿着“可乐”桶桶，满地追着翠翠的大妮子让吸吮——听到“要得要得”，一手抓住大妮子，回头没名没姓训斥：

往后来了俺村，就得把“得得”的改了，得随俺村的话说。“得得”的外路话，让邻村上下会笑话俺贾门宗！

二妮子在奶奶怀里睡着了——婆婆端坐在单人沙发里，身子直挺挺，一动不动，只有说话时，两边胖耳垂上的大金耳环才会抖动起来：

没错。你爹说得对，生下金童玉女也得守公婆圈舍的规矩！

……

渐渐地，柴翠翠的脸色变了，由红变白，从灰转红。突然，她一跺脚，从沙发上站起身，把高跟鞋踩得“嗒嗒”响，走到丈夫四狗的大办公桌跟前，探头逼问：

四狗子，你这是不打算过了吧？

……贾四狗像尊泥胎，眼不眨，气不喘。

柴翠翠没等丈夫活过来，抬腿走进带卫生间的卧室套间。一阵摔打家具、抽屉的声音后，她抱着一沓包装完好的高档内衣内裤，走到依然喂婴儿奶的年轻女子面前，仍然操着四川口音，嗓音发颤：

幺妹儿，以后四狗从井下上来洗澡，你要亲手把他要换洗的衣裳送进去！记得牢牢的！

柴翠翠把内衣内裤放到自己坐过的沙发上，头不回，转身走出“矿长办公室”。

身后，响起大妮子要跟翠翠走的哭喊声：妈呀……

不许哭！老公公训她的大妮子：再哭爷爷可就亲弟弟了呵！

八

不能说没有一丝丝迹象，不过四狗也就坐着飞机、开着汽车在外面疯了没有几个月，翠翠刚刚察觉出一点点影影，就把四狗给拴回窑上了呀。怎么就说蹦就从石头缝缝里蹦出个龙凤胎——贾真龙、贾真凤呢？柴支书和我一排排蹲在即将腾空的“不省心”超市门口，百思不得其解……

秃顶头上的臭虫明摆着——与其说贾家老少已经默认了贾四狗与四川女子杜秀美的关系，倒不如说公婆终于盼星星盼月亮盼到四狗有了儿！翠翠明白，也理解这个道理，但就是觉得胸口堵——她腾云驾雾从坐满贾家老小的四狗办公室出来，一头钻进自己枣红色的“宝马”越野车，只想快些些离开这倒霉鬼煤窑，所以连车的挡位位置都没顾上确认，本想照直走，脚下一给油，车却往后倒，还越倒越劲儿越大，直至枣红色的“宝马”越野的屁股顶到后面贾四狗的同样枣红色的“悍马”车头上，发出一声重重的撞击声，翠翠才如梦方醒，忙从车里钻出来，嘴里还本能地赔礼：二把刀，二把刀，我赔我赔……绕到车后，抬眼见是四狗刚买下不久的崭新“悍马”，开口诅咒：咋没把你狗日的撞进黑井里！

“宝马”撞“悍马”的撞击声，把四狗从办公室里招出来——夫妻二人相互对视了一会儿，都没说话。柴翠翠旋即重新钻进车里，确认挂成前进挡，临踩油门时，隔着车窗，扔给丈夫一句意犹未尽的话：

好日子来了……

贾家的这眼煤窑距村里不算远，可当年是座荒土丘，除了放羊割草的去，一般没人去。所以，路就七拐八绕还又窄。如今这条拐归拐、绕是绕的宽宽展展的水泥路，还是翠翠卖出头一个万吨煤以后顶着公婆家老小的反对、磨叨一次性投资几十万铺成的。可是再展呱呱的路，也经不住改装成百十吨的运煤汽车没明没夜地来回碾。几年碾下来，路还是路，可惜变成了一凸一凹的搓板板路——致使一辆接一辆从贾家煤窑上拉煤的冒尖尖的煤车，跑到县煤运站就能往路上抖擞下来一马车煤。

枣红色的“宝马”越野车出了贾四狗的煤窑，没走出二里地，前机盖和前风挡玻璃上已经扬上二寸厚的黑面面——视线不好，加上翠翠毛眼眼里憋闷着一汪泪水，她放慢车速，拨动雨刷器，清扫几下前风挡玻璃上煤面子，霎时，视线清亮了许多：一辆黑色的“桑塔纳”轿车逆行而来，迎头堵住翠翠“宝马”的去路。两车对头停下，村长贾肖从“桑塔纳”驾驶座里钻出来，走到翠翠车旁，不由分说，拉开车门，一屁股崴进翠翠旁边的副驾驶座。在黑红早已分辨不出颜色的“宝马”车里，村长贾肖把本家侄子贾四狗一年多前在省城桑拿、歌厅里的所作所为全盘托给柴翠翠，并出示了数封由县、乡政府信访办批转给芹泉村村委会主要领导的“群众来信”——信是由一名公益律师替委托人杜秀美写的，大意是：受四川省某某县某某乡某某镇某某村村民杜秀美的委托，贵县芹泉村村民贾进财（乳名：贾四狗）与委托人长期发生不正当的男女关系，并在省城某某别墅小区长期非法同居，致使委托人生育一男一女（龙凤胎）。现儿女已过百天，取名：贾真龙、贾真凤。然而，当事人贾进财对与委托人之间发生的关系、后果矢口否认。鉴于委托人目前不愿诉诸法律程序，恳求贵县各级人民政府协助贾、杜双方，通过民事协调，圆满解决为盼云云……车里，柴翠翠极力保持平静，一封接一封地看信，贾肖村长在一旁口无遮拦、没轻没重诅咒、谩骂本家老小：这一家子可可是叫煤给烧得活不下了。尤其我贾贵哥两口子就是两个老不死，整天价当着四狗的面，给大狗家儿子买这哇，给二狗三狗家小子吃那哇、戴那哇！四狗没儿也不是个傻逼哇——两个老不死的这就是含得口毒唾沫往四狗心尖尖上唾了么……不管这儿子还是那小子，在贾四狗和柴翠翠夫妻俩胸脯子里，都实实在在赛如一个黑哇哇的“中国结”！

手里捏着盖有县信访办蓝色编号图章的信封，翠翠木呆呆冒出一句：说张来，这些恶渣事，俺本家兴旺哥也早知晓？

早知晓。早知晓。支书和我已经做四狗的工作做了十来天了，不叫认小窑姐。可大狗、二狗和三狗不吭气、不表态；贾贵两口子老不死的非要留住四狗这个野生的后……刚才乡里给我打电话，说窑姐和她妈抱着龙凤胎上煤窑了，我这马马地就往上赶——你上去见啦？

见啦。挺招人喜的一个小媳妇子，白个洞的……说罢，柴翠翠忽然按开仪表盘上的音响开关，当音响里传出陈红的《常回家看看》时，翠翠第一声撕心裂肺的“啊”字喷然而出：

啊，我咋就是个没福的命呀……

村长贾肖坐在副驾驶座上默不作声、连连感叹。

柴翠翠仰头冲着车顶嚎累了，又趴在方向盘上哭。这时，村长贾肖换了种村干部的口气，拉着官腔，宽慰几句翠翠，接着，话题一转，正式通知，说：省上要建铁路，选中你的“不省心”超市那疙瘩地建什么厂，得先拆了，日后再还你。你思谋思谋吧！

翠翠的哭声戛然而止，缓缓抬起头，用手划拨一把脸上的眼泪鼻涕，顷刻，化有浓妆的眉眼变成一张唱秧歌的花脸——她低低道：

里里外外、上上下下，这是照死里逼迫哩……

九

第一次到“不省心”超市来见借用地的乙方法人柴翠翠，我和测量员郝雁燕完全没有料到来得真不是个好时机。

一楼超市里，仙女子操着带口音的普通话，真心实意大声劝郝雁燕喝“可乐”，要不就喝酸奶——两个女孩相互谦让的动静挺大。

估计茶几上的“铁观音”泡得差不多了，柴翠翠把手里的烟头摁灭到烟灰缸里，起身倒了三盅茶，分别递给我和柴支书一盅，鼻音挺重：盆子是盆子，碗是碗。说哇，想咋地个我的“不省心”吧？

听出柴翠翠已经知道我们的来意，柴支书也开门见山，再三强调、说明“不省心”超市这块地不属于征而只是借用，等五年后高铁通车了，超市这里还要退还给她本人。我不失时机，向她说明、解释我们铁建集团在借用土地方面的规定、政策及经济补偿办法。我代表标段甲方承诺：

签订《合同》，立字为凭！五年后保证给你在原地恢复原样建筑，还你原有的“不省心”超市。假如县乡镇政府同意扩建的话，我们再给你往大建也不成问题——我签字，我保证！

一旁抽烟喝茶的柴支书帮助我敲边鼓，说，国家建铁路可不是咱们开眼眼煤窑黑口子，要几亿、几十亿照里甩，还能讹你个“不省心”？耍笑哇。

我强调：五年用地期间，我们补偿你经济损失，亏不了你。

五年？柴翠翠眼神茫然，冷笑，道：亏不亏的，按国家的规定办就行，多一分俺也不往怀怀里装……

咋说。柴支书眉开眼笑，看吧，俺柴家妹子开通哇？

柴翠翠强颜欢笑，说：不是开通不开通，男人女人钱多了，心就往邪开开上琢磨呀……

临近傍晚，最后装有“不省心”超市的货柜车开走。我、测量员郝雁燕和灰头土脸的柴支书、柴翠翠、仙女子，伫立在已经摘去店名牌子的超市门前。郝雁燕从背包里取出皮卷尺盒和登记本，问我：进去量面积吧？我们没言声，都看柴翠翠的意思。柴翠翠沉思了一会儿，说：我圈舍里有盖它的图，肯定是没有差错——你们要不信图图，你们让仙女子领上你们进去量，我是一步步也不再想进去瞅它了。话音落，她掏出车钥匙往旁边停着的枣红色“宝马”车走。

作为我们标段征拆工作的甲方，必须得先摆出对乙方信任的态度。既然乙方存有被拆建筑物的原始图纸，我甲方无妨取来乙方的图纸与实际面积核对一下，这样核算出的经济补偿金额对乙方来说，只有更加准确、合理，还又不会遗留下日后甲乙双方不必要的纠纷。

柴支书、仙女子已经随柴翠翠坐进“宝马”车里，我朝驾驶座上的柴翠翠打个“稍等”的手势。我语速很快，告诉郝雁燕，让她一会儿去通知与汽运车队司机打“双升”的工程部部长，告现场可以进驻了。至于现场的面积，可以让工程部部长给她找个帮手，连夜把每个楼层和后院占地面积全部测量、统计下来。记住告咱们的人，今晚先进去住下，明天核实了面积再进行下一步破拆工作。说完，我疾步走向“宝马”车……

这是一座有数百年历史的农家村落。车窗外的风景像一幅画卷：时而土窑坍塌，时而深宅破败；时而校园整洁，时而楼房高低不一；时而院落鸡鸣狗叫……也就是吃晚饭的前后，村里街道上人迹寥寥，偶尔可见三五成排的老人坐在破损的石磨上、老树下，消食、聊天。我坐在副驾驶座上，柴支书和仙女子坐在车的后排椅上。柴翠翠驾着车，来到一处枣红色瓷砖贴就的院落门前，门头上，四个金色的“紫气东来”的大字也是在瓷砖上烧制而成的——车刚停下，从紧闭的院门内便传出一阵凶猛的狗叫声，粗气大嗓、咄咄逼人。仙女子主动下了车，掏出钥匙打开朱红色、镶嵌有两个铜狮面门环大门的门锁，再将两扇院门分左右推展开来。柴翠翠挂上低挡，我们驶入一处盖有五层楼的农家院落。我刚要开车门下车，柴翠翠一把拉住我，示意别动——她扭脸冲敞开的车窗外喊：

仙女子，告五狗，来戚人了，不能吼更不能咬呵！不听话，今下里没有扒鸡吃呵。

凶悍的狗叫声戛然而止。

院落地上，散落着零碎的超市商品，东西厢房的门全都大敞着，里面码放有成箱成袋成捆的商品……

看看大狗从窑上派来的这几个鬼——柴支书弯腰捡拾地上散乱的卫生纸、果冻、香皂和水果糖……边骂：都急死急活赶窑上的饭去了，饿死鬼转的？

已经鸡是鸡、狗是狗了，快不是一个圈舍的人了么。柴翠翠有气无力地从车里钻出来，说：大狗念着旧大伯子的情能从窑上给派来人和车又不叫管他们晚起的饭，咱就烧香磕头了。还有甚的长短理论呢？

显然，从“不省心”超市拉出来的商品、物件都被转移到这所院落了。

都劳顿了一整天了，晚饭没有起灶。我们走进一楼一间装潢村气但豪华气派、货真价实的客厅。仙女子在柴翠翠的指使下，跑进跑出，不多时，客厅里宽大的茶几上便摆满了各种便捷袋装食品、饮料及一壶“嗡嗡”作响的电壶开水。

黑乎将就吧。柴翠翠去别处简单梳洗了一下，回到茶几旁，跟我们客套说：胡甚来？对，胡部长。咱们今晚就将就上一顿哇，改天我领你去县宾馆吃我二哥的刀削面去。

我顺势：好，改天。今晚饭免了，你把建超市的图纸给我，我得现在回去，你们也看见了，一车队的人马刚来，我得安顿他们先进驻“不省心”里面……改天改天。得走得走。

柴支书耷拉下脸，看我：这你就见外了，瞎乎吃上口再拿上图图走，“不省心”超市就塌啦？你要见外，好，我以后甚的话也不跟你说了。走哇，你！

说话间，柴翠翠已经从客厅酒柜里取出一瓶“汾酒”，扬着酒瓶子，说：仙女子，把咱五狗放开，让胡部长一个人走哇——不怕咬断腿你就走！

十

五狗是条凶悍的纯种藏獒，毛色金黄，体硕腰肥；赛如狮子头般的脑袋上，一双绿钻石般的眼珠专注而痴迷；它脖颈上套有一条宽厚而柔软的牛皮项圈，下面垂吊着一个茶碗大的金灿灿铃铛，五狗每动一下，金色的铃铛就会“叮当”作响。

柴翠翠介绍，按他们家庭成员年龄及性别排序：五狗排在两个妮子之后，属弟弟——这是当年狗贩子从西藏那曲把幼小的藏獒贩回内地、四狗又从省城重金抱回家里时，翠翠和四狗掰开不足三个月的藏獒两腿，确认公母后，经两口子协商，一致达成：四狗是翠翠的大儿子，五狗可可地是四狗的亲弟弟，翠翠的小儿子！

豪华的水晶灯下，客厅里灯火通明。五狗威严而肃穆地端坐在我们就餐的茶几旁。偶尔，柴翠翠从茶几上拎起一个“德州扒鸡”的塑封袋，撕去塑料包装，做手势叫仙女子把熟鸡放到五狗面前的食盆里，跟着冲五狗亲昵道：

五狗吃哇，妈妈舅舅们吃，你也吃呵——亲！

“哼哼”，五狗回应两声，低头叼住扒鸡大快朵颐起来。

五狗开始吃肉，我们开始碰杯、喝酒。三杯过后，柴翠翠自顾自地喝起来，且频率快而又下酒猛。喝可乐、撕牛肉吃的仙女子劝：四老姨，别跟你五狗一样，没人跟你抢肉抢酒！此刻，我也怕柴翠翠一会儿喝多了误了正事，忘了拿“不省心”超市的建筑图纸。我趁她给“儿子”五狗喂牛肉，喂巧克力，喂奶茶……的间隙，提醒她把“不省心”超市的图纸先拿出来，再喝、再吃。酒劲已经上了脸的柴支书也帮腔说：也对，都趁精明的时候拿出图图来，晚上你就拿回去，趁“不省心”还没有弄塌了锅，跟图图上面积数数对对——吃亏占便宜咱都摆到案案上。柴翠翠尽管没接话，可立即从茶几下面的抽屉里取出一串把把粗壮霸气的铜钥匙，挑出一把，举在手里，伸到啃凤爪的仙女子面前，道：

二楼我睡觉舍，梳头台台下面门门里，拉开，右边边数第三个，密码——369！伸手，图图袋袋就在手跟前……

不去。仙女子回绝，抱怨：取图图一刹刹，也怕少喝下一口口？

还是你自家去哇。柴支书一副“红脸包公”，笑。仙女子闹差了，给你把天（津）北京上海的图图本本取张来，让胡部长冬至吃上饺子也对不出个南北跟西东……

你舍才有天（津）北京上海的圈舍了——柴翠翠站起来，按捺着内心的喜悦，绷住笑，往二楼楼梯走，反身，拿手里那把粗壮的保险柜钥匙点柴支书：明后晌，我上县里，说芹泉村支书柴兴旺，海南岛岛上有一处能耍水水的圈舍了，美国英国不敢说有没有……

有——你照直告县纪检委，就说兴旺月亮上还有圈舍了，嫦娥背着吴刚一天到晚陪我喝的都是桂花酒……

美死个你，叫俺嫂嫂听见了不打断你的腿！柴翠翠上了二楼，不多时，她拿着一个印有“英武县国土局”字样的大信封袋子下到客厅，递给我。

图纸还算正规，内外数据的标注都比较明晰，可就是“不省心”超市建筑物两旁及后院围墙没有界定限数。看着，我皱眉头。柴翠翠宽慰我：甚地方也按里头的壁壁算，省下的你就替我和俺五狗多往新铁道上钉上两根根铁钉钉——是哇，五狗？

一直沉默的五狗藏獒立刻向柴翠翠“汪汪”两声。

俺五狗真个亲疙蛋……柴翠翠潸然泪下。

兵马未动，粮草先行。上至英武县政府五大班子，下到芹泉村村委会干部，都领教了铁建集团是一个军事化的企业，说一不二、雷厉风行。我们标段的第一批汽运车队抵达芹泉村的第三天下午，“不省心”

超市及后院围墙消失了，原地取而代之的是由蓝色瓦钢顶、白色保温板工棚围成一座方方正正的院落。院内空地中央，一座简易的旗杆座上，插有三面崭新舞动的旗帜，从左到右是：标段旗、五星红旗和铁建集团旗——这只是标段建在枕梁浇铸厂内的干部办公兼食宿区的一小部分。

早晨，于前夜抵达的岳建国指挥长和部分主要干部在板房餐厅里吃过早饭，岳指召集大家去同样是板房的大会议室开会。岳指主持会议，并重申了铁建集团对各标段工程进度的要求。随后，岳指让我"征拆部"首先通报近期在标段内的征地、用地情况。我部门的女大学生、测量员郝雁燕早已给我准备好一份汇报材料，我照本宣科。

从外界看，建高铁线路没什么大不了的困难。单说此条由省城直通北京西站的高铁线路，自打铁道部与本省政府签订立项的那天起，双方都拿出"全力以赴、密切配合"的诚意，明确表示"确保五年后正式开通运营"！为此，铁道部有关司局不止一次召集在此条线路建设投标投中标段的多家铁建集团、公司的老董老总们，在位于北京西站附近的铁道部机关内举行了数次筹备会、通气会；省里也就高铁建设工作，由省发改委牵头，分管工业和交通的副省长出席，召集所有涉及的高铁沿线的直管市、地级市和县政府负责人聚集省城宾馆，明令鼎力配合、责任到人、期到必成！会上，参会负责人还逐级签订了《责任书》《军令状》，各有关厅局委和各级政府又成立了由党政一把手任主任、副主任的"高铁建设协调办公室"……有部、省的全力配合、支持，按说标段的工作表面上不难，实则难上加难——尤其是我们这个"征拆部"的工作，面对的是实打实的老百姓的地与钱、锅与勺，取与舍、多与少的利益冲突。

难！不难就是说假话么。我感慨。

我看，我们工程部要比你征拆部更难。工程部长插话，说：你前后一个礼拜动动嘴皮子，和村长、村支书喝上两顿酒，再把这超市的老板娘摆平了——没事啦！剩下的由我工程部撅着屁股三天内又拆旧的又建又搭新的。你征拆部难，咱不行换换，看谁比谁难！

我摆平超市老板娘？我掀起汇报稿，拍拍下面的“不省心”超市建筑平面图，喊——早呐！面积数合不上，借用地合同还没签字呢。摆平？

岳指马上打手势止住我，十分严肃：哎，胡文成，你甲乙双方外加村委会丙方，三方没签借用地合同，你就敢拆旧建新，你这是违反集团建设工程条例的！

噢，你岳大指挥不是给我限定的时间急吗。我不高兴了：我只能先生孩子后结婚了。

这你不合法，你甲乙双方外加村委会，日后肯定得有经济纠纷，得扯皮！

我心里有数！我嘴上这么硬，心里却怕岳指万一拿我部门当靶子，对我部门奖惩考核时扣顶“违反操作程序”的帽子，连累了全部门人员的奖金收入。于是，我重申：违反借用土地操作程序与我征拆部的其他人无关，更与同我一起来打前战的测量员郝雁燕无关。我声明呵！

岳指看一眼靠近自己的财务部部长，摆正脸，朝我说：考核只对部门不对个人，是哪个部门的，一个人也跑不了！

如果发生纠纷，我胡文成一个人扛！难道我还不如一个女人吗……

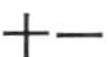

十一

好汉做事好汉当，别小看我柴翠翠是个女人！

那天去柴翠翠家取“不省心”超市的建筑平面图时，我、柴支书和柴翠翠喝酒喝到下半段，也是柴翠翠从二楼取下来图纸交给我，说了让我把补偿“不省心”超市借用地的款省出来，替她和五狗往新建的铁道上多钉两根铁钉钉的话之后，柴翠翠无论思维还是言语，都进入到了跳跃无序、豪情奔放的状态。见她已不胜酒力，我伸手夺走她面前的酒杯。仙女子起身想扶柴翠翠上二楼躺着去。

滚边子去！柴翠翠眼角挂着泪，朝仙女子吼：大的小的都看不顺眼我了——连你个小妮子也想管你四老姨了？滚回你楼上圈舍打游戏去！

仙女子不说话，死命从沙发上往起拉柴翠翠，同时，侧脸看正往下灌酒的柴支书，意思是：你当翠翠五服大哥的也不快说句话，劝说劝说？

柴支书捏起一颗莲花豆，抛进嘴里，嚼得“咔咔”响，不紧不慢，道：有火了，就叫泼一泼吧，胸口的火早晚得往出泼。唉！

仙女子跺脚，扔开柴翠翠的胳膊，大步走上二楼。

柴翠翠借着酒劲儿，开始往外泼火……

柴翠翠的娘家人也不是吃素的。虽然亲生父母在“农业学大寨”时期没明没夜在地里跌死苦，落下病根，之后没有几年相继病故了。但翠翠跟着两个亲哥哥也没受过多大的罪。长兄如父。大哥柴顺顺把翠翠拉扯到五年级时，自己报名去北京当兵去了，转业后又找了个北京姑娘，索性就在北京落户了。二哥柴壮壮凭大哥时常寄回来的钱，把翠翠供进乡中学——这时候，县城里“改革开放”了。妹子在乡里中学住校，柴壮壮自幼削得一手十里八乡闻名的“刀削面”。于是，大哥二哥北京、县城通了几封信，又在县邮局里来回打了几次长途电话，敲定：让没出五服的本家大哥柴兴旺照顾住校的柴翠翠，二哥柴壮壮应聘到县政府宾馆厨房面案，上班去了——可户口还在村里，他们的老院也闲置起来。翠翠在乡中学住校期间，亲亲的北京大哥、县城二哥，没少给本家大哥柴兴旺往村里捎寄过钱。所以，柴兴旺就拿翠翠当成自己的亲妹子对待。每逢过年过节、学校放寒暑假，柴兴旺地里的活计再忙，也要开上手扶拖拉机去乡中学接上翠翠，接回村里，引进自家——翠翠把柴兴旺早已独立门户的圈舍当成自己的家了。

妮子家一个人在十几里地外住校、生活，必然短缺管制。当柴兴旺发现翠翠不再用他接接送送，反倒是同村开着手扶拖拉机往乡里贩运苹果、核桃的贾进财（贾四狗）回回“正好好碰见翠翠”捎回来……柴兴旺警觉了、偷偷跟踪了。结果是：一个是在乡中学校门口坐在手扶拖拉机上死等；一个是不见四狗不离开校门！

柴兴旺曾经就柴翠翠与贾四狗的交往，不止一次正面当着翠翠数念过她，警告过她，反对过她！但毕竟是五服叔伯兄妹关系，打不得，重不得。无奈情况下，柴兴旺捎话求助县城里翠翠的亲二哥柴壮壮；拿一个月的纸烟钱给北京翠翠的亲大哥柴顺顺打长途汇报——柴家远近亲亲的三个兄长一致坚决反对自家妹子翠翠与贾四狗来往、结亲！理由很简单：贾贵老两口子拖拉着四个狗儿，那叫个穷得邻村上下连鸡狗、苍蝇和跳蚤都不去他圈舍；塌了院墙的三眼倒塌土窑里，别说柜柜匣匣有没有，单就吃饭连个锅碗灶筷都凑不齐。四个光棍狗儿时常因为半个窝窝头、一块块素面糕，能从村东头拼命拼到村西头。

嫁给四狗等于给另外三个狗面面前摆了一疙瘩五花肉！

北京的大哥柴顺顺两口子最上心，趁一个暑假哄骗翠翠去北京给她添置新衣裳，借机许愿，说：翠翠你将来考大学考到北京来，大哥大嫂保证给你找一个比县委书记还官大的好男人，婚宴咱就订在北京饭店的贵宾楼……出水芙蓉似的翠翠冲舌头打卷的大嫂笑笑，不置可否，一笑了之。一个礼拜的北京动物园的猴子、颐和园的楼子、全聚德的鸭子……看过照过吃过，翠翠穿上新衣裳，睡了一夜的火车炕回到省城，又从省城坐了近三个小时的长途汽车回到熟悉的县城——二哥柴壮壮又把翠翠引到县政府宾馆的厨师宿舍里，再规劝数说、承诺一番：不要思谋狗呀、猫呀的。念出初中来，二哥一保给你求求县教育局的马局长——他最爱吃二哥做的刀削面，叫他说句话、批张二指宽的纸条条，保你继续在县上念高中。高中念出来，咱就谋住往北京考大学。考到北京用不了一季季，你也跟大嫂一样样，舌头头也能打起弯弯来。劝说到这儿，柴壮壮学扮一句北京话：

您吃了吗？

没吃您也不管呐！柴翠翠笑着用京腔回应。

十二

平日里，贾贵家除了生过四个狗儿的老娘，基本上没有一个女人登过他家的门。年轻些的妮子们更是绕着贾家院门走，像是生怕冷不防从里面扑出四条狗，叼一口、挠一爪……柴翠翠在客厅里往外泼火泼得火焰子过了劲儿后，柴支书把二楼上的仙女子喊下来，两人一左一右把不省人事的柴翠翠扶到楼上去。踅回到一楼，柴支书继续给我讲……

大约是在初三毕业前的春耕时节，村里赶早下地的村民发现，天刚麻麻亮，柴翠翠背着书包从贾贵家倒塌的院门里溜出来，一路小跑往乡里赶……等麦子露出穗尖子的时候，柴翠翠已经被贾家老小宠成一尊活娘娘了！人穷义重。贾家对柴翠翠的好，激发起她定叫贾家换新天的实际行动——初中毕业后，柴翠翠没有按兄长们制定的人生轨迹念县高中、考北京的大学，而是彩礼、婚宴一切减免，只要求贾家放了三声麻雷子，便下嫁给了贾进财（贾四狗）。婚后第二天，柴翠翠召集贾家大小开了一个分工会：公婆和大狗负责承包地里的活计；二狗负责在村里挨家挨户收苹果、收核桃、收红枣；三狗负责住到乡里与外来收货的客商谈价钱；四狗负责乡村之间跑运输；她——柴翠翠全面负责财务结算！

唯一一个新媳妇，放个屁贾家老小都会异口同声，喊：香死个人！

芹泉村属于黄土丘陵地带，世代以耕种荞麦、小麦和高粱、玉米为主，气候适合苹果、核桃和大枣生长。至于煤矿和窑口子，只有十二里地外的石雕山才有个产量甚小的公家煤窑。

冬闲下来，地里没活，苹果和核桃、红枣也倒腾完了，所以贾贵和四个狗儿闲了下来，整天五个男人围着一个盛葵花叶的纸簸篮卷旱烟、耍纸牌……望着塌墙少砖的院门和门道里停放的手扶拖拉机，柴翠翠开始思谋着给婆家男人们找营生——她趁年下里到县城置办年货的机会，找到二哥柴壮壮，要他找找县上的官人，给婆家大伯子和老汉们找点活计干干。在中央电视二台厨师擂台大赛上荣获面点组第一名的柴壮壮，此时已晋升为县政府宾馆小灶面案领班了。他靠一手呱呱叫的刀削面，伺候的全是县常委，别说给几个人找个苦力活计，要不是自家妹子愣头青，自作主张嫁人早，眼下给翠翠找个县政府开卧车的司机伍的也像是喝凉水！可一旦想起当初北京、县城和村里的三个柴家兄长反对她嫁给贾四狗的往事，柴壮壮就火往脑门星涌——想不管吧，眼前从小没有爹妈亲的妹子一张张穷酸酸样，一脸脸菠菜菜绿，一对对黑豆豆的眼睛泡在苦水水里。柴壮壮长叹一声：

说成甚也不顶个甚了。行，就上石雕山煤窑哇……

打此后，贾家靠着四媳妇柴翠翠转运啦！

开始，贾家四个狗儿在邻乡的石雕山公家煤矿下井挖煤，继而，贾四狗由于脑子灵活，人也长得标致威武，加上二大兄哥柴壮壮与县煤管局、安监局的关系，很快，四狗就被矿上提拔为井下的“安全员”。又过一年，四狗再被调上井口，到了矿上的安全科，职务为“安监员”。但四狗与同一个办公室的其他人相比，依然是农民工的身份。因此，像工资呀、待遇呀、劳保补助呀，一个月下来的吃吃喝喝、穿穿戴戴、洗洗涮涮的东西能比别人少领下十矿车！

翠翠和四狗两口子心里不服，找二哥柴壮壮诉苦。柴壮壮也觉得自己做的一碗碗赛如柳叶似的刀削面，端给县煤管局、安监局科长们像是喂了狗——他理直气壮地找两位科长为妹夫四狗讨公道、要说法。

县煤管局安监科侯科长和颜悦色岔开话题，悄声给柴壮壮透露了一个即将实施的政策：不会白吃你的刀削面。下一步要放开私营开口子的布袋子——改革开放就是要让一部分人先富起来么。对哇！

贾家煤口子的位置是柴翠翠的二哥柴壮壮托人给选定的。

芹泉村的夜，月明星朗。柴支书一瓶子“汾酒”、两个“康师傅”碗面下肚，酒足饭饱后，上楼嘱咐一番仙女子如何如何等翠翠精明了，就用泡好的冬虫夏草加蜂蜜水给她往下灌，直灌得她尿尿尿得跟井水一样清亮了为止……安顿好仙女子，柴支书和我走出柴翠翠的院子。夜幕下，我拿着“不省心”超市的建筑图纸，正要与柴支书告别，回已经腾空的超市与标段的员工一起对付着睡觉去。柴支书拦住我，说，他也怕喝多酒回家婆姨念叨一整夜，让我陪他回村委会我住过的那间平房过夜去。我也怕浑身酒气回去跟工程部部长们挤在超市里一张大通铺上，影响不好，说三道四。于是，我和柴支书一起朝村委会大院走。身后，从柴翠翠院落里响起五狗如泣如诉的嚎叫声。顷刻，夜幕下的芹泉村各家的犬声此起彼伏、不绝于耳。

回到村委会我曾居住过的平房里，柴支书穿着衣裳囫囵躺在我旁边的另一张床上。我们分别躺下，熄了灯。柴支书手里的烟头一明一暗……

哥哥亲妹妹，那叫个石磨子上滚石碾——实（石）挨实（石）。柴壮壮从县煤管局安监科侯科长嘴里，得到政府即将允许私人开煤口子的消息之后，逮住县常委们去省城参加人大、政协两会的一个晚上，把侯科长单独悄悄请到县政府宾馆常委们吃饭的小餐厅，上龙虾、上辽参、上鱼翅、上“茅台”酒，当然少不下柳叶似的刀削面。真正的小灶酒席间，头戴长筒大白帽、身穿白大褂的柴壮壮，先给科长敬酒，后接着打探：

侯科长，你说，就隔着几座座土疙蛋，他石雕山有窑有矿有煤，俺芹泉村就该种荞麦、收苹果、摘核桃，就一丝丝煤面面、炭块块都没有？

不信，你就可地里挖么，像日本人进村，挖个三尺找炭去。

耍笑哇。柴壮壮用沾有面的手，又给侯科长斟杯“茅台”酒，赔笑道：你这煤管局的阴阳就不能给俺指画指画风水和南北？就一下下，保密！

侯科长猛地灌下去一杯酒，神秘地盯住柴壮壮，拇指与食指搓了搓：指画倒也能指画，但是……

在县政府宾馆大小餐厅混了几年，柴壮壮自然明白“搓手指”的意思。他一脸从容、笃定：好说。只要见了煤和炭，你尽管吭个数数，举！给！

NO！科长突然冒出句外国话，连连摇头，下巴朝餐厅电视里正播放的股市行情努了努，低语道：股市“分红”“入股”，知晓不知晓？

不太晓。柴壮壮一脸茫茫然，怪怨，说球煤口子咋又拉扯到电视上……

侯科长笑着起身，走到小餐厅门口磕上门，坐回来，耐心“点化”：股股就是份子钱。往后见了煤和炭，卖出一升升煤、一块块炭，我也要抽股股钱——行不行哇，行，我就告你，你芹泉村哪达里约摸有煤。不行，你就可世界挖，找煤去。

听上你的，要挖上个半月二十天没有见球上煤咋办了？

那就算俺放屁了。你闻了味味又能咋？

柴壮壮沉默，眼珠子转了会儿，咬牙道：行，举！给你股股。

说定了？

不就是挖上一升面面，你抽一二两两走么。说定了！

我可是“干股股”呵……

管球个你干股股、湿股股，能见了煤和炭才是硬股股。

县煤管局安监科的侯科长没失言——其实，后来人们推断贾家这个能挖出煤的位置也不像侯科长讲得那么神秘，因为侯科长给选定的那座荒山丘的背后，就是与邻乡公家石雕山煤矿形成一个屁股对屁股的地方，属于同一个地下煤层，十有八九能挖见煤来……

可是当初柴壮壮却把侯科长供成了点画成败凶吉的“阴阳先生”了——连夜，柴壮壮把县煤管局安监科侯科长说在芹泉村可能有煤的具体方位用一封信捎给村里的柴翠翠。第二天，柴翠翠带着贾家老小五条汉子，背着铁锹、锄头等工具上了山。果真，像剥西瓜皮似的，贾家父子们没有用了十几天的工夫，刨去黄土，黑哇哇的煤面子就冒了出来……

于是，自打见了煤的那一天起，县煤管局安监科的侯科长就开始坐享其成，按贾家煤窑卖出煤炭的比例心安理得地收取“干股”！

十三

拍着胸脯，我向标段岳指挥长发誓：村支书柴兴旺说了，合同，他已经交到被用地法人柴翠翠的手里。估计两三天法人和村委会就能签了转给我。你放心吧，咱标段该怎么推进工程进度就怎么推进吧。

拿不到合同，我放个屁心！岳指在他办公室兼宿舍的板房里，拉下脸训斥我，说我这次开工前的活儿干得太拖泥带水。言外之意，透出些许我胡文成很不称职的意思……

岳指的担心是能理解的。虽说“不省心”超市拆了，标段枕梁浇铸厂的干部办公兼生活区板房也搭建起来了，但枕梁厂方圆上万平米的作业区围墙却迟迟不敢画线、动土、围挡：浇铸枕板和桥梁体的水泥筒仓往哪儿立，吊装成型件的龙门吊往哪儿摆，浇铸压制枕板和梁体的成型库往哪儿盖，大批工人的宿舍、厨房往哪儿搭……反倒是前期来的几十号工人整天窝在干部们的新板房里不是打扑克，就是蒙头睡觉，等着一日三餐往起叫。

窝工啊，胡文成，我的征拆部大部长哎，懂不懂?

我懂。

懂屎呀懂！懂你不说这几天追住出租地产权人，跟住村委会干部赶快签合同。

追了。我和村支书都追出租地产权人家里了。

不是追着签合同吧，是追着老板娘喝酒去了吧——胡部长，我耳朵里可听到风言风语了，说，你胡文成趁一个煤老板家庭闹矛盾，整天围着人家老婆打转转。你要维护我们高铁建设队伍和标段的企业形象呀！

谁跟谁呀，我的岳指挥长。我苦笑，说，我要再不围住煤老板的老婆少转了，怕咱标段的干部办公区板房都没处搭喽。煤老板的老婆就是此地“不省心”超市的产权人！不信，你可以把你外甥女郝雁燕叫来问问，她你该相信吧?

我谁也不信，就信合同上的黑字红章。总之，我再给你四十八小时的时间，合同还签不下来，你考虑你的后果……

沉默。

我听见岳指板房外，工程部部长扯着嗓门儿，呵斥人：

往哪儿卸，你们——盖围墙的砖灰料你们卸到干部办公区门口，让我的人还得往二里地外倒呀，嗯?

白石灰围墙线没有，卸哪儿？你让我汽运队的人总不能卸到县政府大院吧。

爱卸哪儿卸哪儿吧，老子打我的“双升”去……

岳指坐在办公桌前，对板房外的争执充耳不闻，只瞪着眼睛与我对视，意思是说：胡文成部长，你出去告这围墙料该卸到什么地方去？

你再敢迈进柴翠翠家院门一步，小心你龟孙子的狗腿！——这是一封恐吓信。发现这封恐吓信的地点是在我门外标有“征拆部部长”的办公室兼宿舍板房地板上。我猜测，信是有人从门缝里塞进来的，至于是谁，不得而知。为此，我旁敲侧击向标段内的后勤部、工程部和保卫部的同事打探，问，见村民或陌生人来过咱们标段院里没有呀？后勤部的人说，绝对没有！保卫部的人以为我在宿舍内丢失了什么私人物品，怕被追究部门责任，影响本部门奖惩考核的月度奖金。

保卫部部长睁大眼睛，发誓：没有！连村子里的一条狗一只鸡我们都轰得远远的。虽说枕梁厂的围墙地您胡部长还没顾上给我们征借回来，可我们一律不准闲杂人员和动物靠近咱们现有的板房！胡部长，你不会是忘记什么东西了吧？

我不耐烦：不是忘不忘记少了什么，而是多想起了什么东西了……

多了好，多了好。保卫部部长嬉皮笑脸，话里有话，道，这荒山野村的，能突然多想起个管酒解闷的有钱小媳妇，那该多好呀……

倏地，我脑子里冒出岳指敲打我与村里的煤老板老婆之间的绯闻，我猜，流言蜚语肯定就出自保卫部部长之类——甭说吃了，一伙子见不着葡萄都说酸的东西！

我腹背受敌、内外交困、里外不是东西——我就是一只温顺的少女兔子，也该咬咬人了吧！我给柴支书打手机，确定他在村委会支书办公室，我说，我得立马过去一下，不然我在我们标段里连一分钟都没法儿活了！我揣上恐吓信，走出板房，大步朝老村内的村委会走着……路上，经过柴翠翠家院门口，看见院门外停有一辆白色的“路虎”和一辆枣红色的“悍马”，和柴翠翠的那辆枣红色的“宝马”越野车。三辆车的四围围有不少的男女老幼村民，他们见我路过，都朝我投来怪异的目光，并且指指点点、窃窃私语着什么……

我低头，真像做过了什么见不得人的事，加快步伐，大步走进村委会大院。进了村支书办公室，我二话没说，将恐吓信拍在柴兴旺的办公桌上。我专门与他拉开距离，挑了一把折叠椅坐下，独自点着一支烟抽了起来——我倒要看看你“芹泉村的包公”给我一个什么说法？

没球个甚，瞎日鬼你呢。柴支书看了恐吓信，一脸无所谓的样子，边说，边在办公室里踱步：退一万步说，不管村里村外的谁，明的来都好说，谁要敢在我眼皮子下耍暗的，我不收拾得狗日的给你胡部长跪下唤爷爷，我这个支书就白在乡《高铁建设保证书》上签字啦！

我仍忧心忡忡，自言自语：……那这信是谁写的呢……

我知晓。柴支书胸有成竹，骂：狗日的不惜吃的老婆子，让给建铁路的送菜送豆腐，谁叫你当的地下交通员来？

我如梦方醒。

说完恐吓信的事后，我跟柴支书提起借用枕梁浇铸厂厂区用地的事。我说：能不能将与柴翠翠签借用地的事与借用枕梁厂厂区用地的事同时进行，一并签订借用地合同？

柴支书不假思索：“不省心”超市周围的承包地人家，都看着翠翠和四狗家的态度呢，“不省心”超市能借给你们铁路，和你们签下合同来，厂区地里的人家自然就服帖了，没有人敢说半个不字的……

十四

几百年老村子里的事，有些不能、也不可能说明了、点透了，能意会到就是一种悟性与境界。刚说完恐吓信的事，柴支书的手机响起来，他接起，“哼哼”了两声，关掉手机，随手把恐吓信放进办公桌抽屉里，挥手：走，取合同字据去。

我猜，必定是去柴翠翠家，心有余悸，说我就在这儿等吧，你给捎回来《合同书》正本也一样，只要你们产权人和村委会签了字、盖了章就行。

怕啦？村干部我相跟着你，谁敢吃喝了你？

我跟着柴支书来到柴翠翠家院门外，门口两条戴墨镜、穿黑色单领制服的壮汉伸手拦住我们进院的去路，一言不发。

院内，主人家的藏獒五狗“汪汪汪”地叫着。

被拦住的柴支书背手、弯腰、左右侧脸，凑近一脸杀气的两条汉子的五官仔细打量，像是要透过他们的墨镜看看到底长的是双眼皮还是单眼皮，边狞笑：不像是邻村上下的嘛，四狗又从哪达贩回来的六狗和七狗？够瘆人的啊……

这时，院门内传来柴翠翠尖利的喊叫声：仙女子，去，把五狗放开，让把你老舅们接进来。谁拦，叫五狗照死里咬！

藏獒五狗吐着冒热气的大舌头，大摇大摆走出来，来到院门口站定，仰脖冲柴支书和我“哼哼”两声，然后分左右，做出攻击状，冲两条大汉凶猛地“汪汪”起来。陡然，两条大汉慌忙退到几米开外的白色“路虎”越野车里。

柴翠翠家宽大而豪华村气的一楼客厅里，一圈真皮沙发上坐有村长贾肖及陌生的中年男女。正对巨型液晶电视屏幕的三人沙发里，端坐着花枝招展、浓妆艳抹、戴金挂珠的柴翠翠，旁边坐着的是一位年近四十二三岁、浓眉大眼、慈眉善目的男子：他理着一头板寸，穿着一件钻石蓝带本色图案的唐装，脚下穿着一双白布底黑布面的“人”字口布鞋……从坐姿、座次和面部表情上猜测，我估计此公应该就是闻名遐迩、如雷贯耳、腰缠万贯的柴翠翠的老公：贾进财（贾四狗）。

柴翠翠和贾四狗两口子面前的茶几上，明显摆放有两沓打印有字的A4纸……

客厅里的众男女默不作声。只有仙女子哭丧着脸，端着电茶壶，给众人“金抱砂”的宜兴紫砂杯里续水。见我和柴支书进来，仙女子从套间里搬出两把大红酸枝官帽椅，再取出两个“金抱砂”紫砂杯子，放茶、沏水。

柴支书示意我坐。他也坐定，扭头一脸的不高兴，冲单人皮沙发上的贾肖村长，低沉道：

签了？

没。

咋？

等你。

柴支书环顾一圈沙发上的人，黑乎着脸，说：球也不相干的村干部、会计，挨球来了还是看秧歌来了？

村长贾肖不等众男女解释，抢话：是我让仙女子打电话把村委们唤来的——翠翠非要鼓鼓锣锣全唤齐么，不齐不开戏、不签字么。

都来了。那就签哇。柴支书看村长贾肖，问：公章圪圪带来了？

要圪圪作甚？村长贾肖纳闷，反问，两口子协议离婚跟公章圪圪有球甚的关系么？

哎，翠翠，你刚刚电话里说是要签的么？柴支书一脸费解，与故作镇定的柴翠翠核实。

没假。柴翠翠拿起茶几上的“中华”烟，点上，深吸一口，缓缓吐出一串串烟圈圈，接着说：签哇，离婚和公家用地一道道签哇。省得拖拉着村干部们为俺圈舍的恶心事左一趟右一遭地磨鞋底子——签！

贾肖村长旋即从后腰上解下一大串钥匙，扔给另一个单人沙发里的男人，命令：去，把咱村的公章坨坨取来。

取公章的村干部离开后，柴翠翠转脸，冲身旁的男人脸上吹口烟，一字一顿，心平气和：贾四狗，当着村干部，当着贾柴两个本家，再回子叮对你一遍，纸纸上写的算数哇，不是放屁哇？！

算——数——贾四狗抬头望着天花板上的水晶吊灯，面无血色。

好。有底气。像个有了儿种的男人了……柴翠翠把烟屁股拧灭到烟灰缸里，站起来，挽袖子，抡胳膊，大声道：签！谁不签谁是鳖！

与贾进财和柴翠翠的离婚协议相比，我们标段同柴翠翠签订的借用地合同就简单、明晰和现成得多了。我拿着有柴翠翠签字、村委会盖章、村长支书签字，以及我代表甲方签了字的借用地合同正本（两个副本分别留给乙方和中介方），走出柴翠翠家的院门。柴支书疾步追上我，死活要把我送回老村外的标段枕梁厂。没有推脱，我内心里非常感激柴支书。我想，他可能也或多或少受那封恐吓信的影响，怕我一个外乡人拿着得来不易的合同，万一有个什么闪失，不好向乡里县里的“高铁建设协调办”交待——也许还有另一层意思，可能他想趁着大白天村里街道上人多，给我壮壮人气。总之，往标段枕梁厂走的路上，他越是村民人多越表现出与我亲近、热情、话语不断……出了老村，油路上人迹皆无。柴支书长叹一声，隙间悲从心头起：俺翠翠真不是个一般婆姨，便宜了狗日的四川小窑姐杜秀美了……

据柴支书讲，柴翠翠和贾四狗的离婚协议的大致内容是这样的：

“不省心”超市是柴翠翠一手张闹起来的，别管她跑省里县里用了什么样招式，盖有公家公章的本本上、纸纸上都写明超市那块块地是在柴翠翠名下的；大妮、二妮的抚养权归柴翠翠，但两个女儿在煤窑上各有一份卖煤比例的“干股”，以抵四狗需支付的抚养费，直到十八岁以后为止。并且，经过夫妻双方协商同意：柴翠翠分得一套位于北京丰台丽泽桥一带的二百平米的单元房；大妮子分得一幢位于海南三亚的海景别墅；二妮子分得一套位于上海浦东的高层楼房。至于对柴翠翠个人的补偿，贾四狗一次性拿出三张共存有七位数的银行卡。最纠缠的是夫妻双方眼下居住的这个老村老院的楼房——柴翠翠不依不饶，非要分五层楼的两层半，理由是：因为老村老院的这幢楼房是他们夫妻拿煤窑上的钱盖起来的！贾四狗坚决反对：不错，楼是他们共同盖的，但地基是他贾家祖上传下来的！柴翠翠早料到这一点了，于是，她要将此老院与公婆现住的新宅基地里的那个新院新楼换——这幢新楼的宅基地可是村里明明白白分到他们夫妻名下的。之所以当初柴翠翠同意把新宅基地里的新楼让给公婆住，原因是，四狗和翠翠翻盖老宅土窑改楼房时，由于当时窑上刚刚见煤不久，手头还不怎么宽裕，还有大狗、二狗和三狗一来还都没娶媳妇，二来，一家老小八九口子都急着改善了居住条件再说，所以就违背了公婆的心愿，没有给二老在老院楼房里盘下个热洞洞的火炕。

生在火炕、长在火炕的公婆，开始睡在老宅新楼的席梦思上还觉得挺舒坦。几个冬天过来，随着老两口子年岁更大了，对“软乎乎的垫垫”新鲜劲儿也过去了，毛病就出来了——每年一过冬至，不是老爹喊腿疼，就是老娘念叨后背冷。只要一疼一冷，贾四狗和柴翠翠就得挨二老一冬天的磨叨、数念。等煤窑上的效益好起来，四狗翠翠也想过在楼房里给二老添置、盘上个火炕，可盘火炕不是件买台立式空调那么简单的事，得单墙外面再加墙，得加烟道、摞烟筒、盘土炕、垛烧柴火的灶台——更糟心的是，还得重新修改楼房里现有的土暖气管道。最不划算的是时间与精力：改火炕这一工程下来，四狗和翠翠长短得离开煤窑口子三五天吧——三五天下来，就是多少多少吨的煤，就是多少多少万的票票呀！

又一转年，镇里村里按规定，在老村外的“新农村”宅基地里给大狗、二狗、三狗和四狗各划出一份宅基地。上面三个狗各张闹各的新楼新院新媳妇去了……四狗和翠翠躺在被窝儿里一商量：在咱那份新宅基地里给两个老不死的盖楼房、盘火炕、摞烟道、垛灶台吧——不用柴火了，用煤气罐罐往起带，让把火炕冬天给两个老不死的烧得热洞洞，像烤山药、烤馍片样样地热那两个老不死的，叫活成个鳖！活成个龟！

肉贴肉的翠翠四狗，嘴上骂得有些不敬、造孽，可隔着肚皮里的两颗心却都祝福着贾贵老两口子晚年幸福呢！

老村老宅，新村新楼，都是父子名下的产业，还用改名字，换本本？住就是了么。

等贾贵老两口子搬进新宅基地四狗翠翠给盘有火炕的新楼里，邻村上下家里有老人的年轻人纷纷跑来，参观、画图、照相、丈量……一时间，煤老板贾四狗跟婆姨柴翠翠孝敬父母的美名扬遍芦泉村，传遍英武县。为此，在县里那年的“十佳孝道村民”评选中，县委宣传部、县老年协会，还把四狗翠翠和贾贵老两口子都请到县电视台：老小四个披红戴花、嘴能笑到耳根根后！

十五

商量离婚协议时，柴翠翠向贾四狗极力提出要把盘有火炕的新楼房与没有火炕的旧楼房换过来，其真实用意并不是怕贾四狗把自己和两个他亲生的妮子扫地出门，没个住处，而是想让贾贵两个真正的老不死的受受报应：四狗想小子，我翠翠给人家生不下么，人家窑子姐有本事么，翠翠我认了。可四狗跟我翠翠闹离婚，你们两个老不死的连句句公道屁都不放？白孝敬你两个老不死的一场场了！

旁观者清。明眼人都觉得柴翠翠要求与公婆换楼的想法不合理、更不合情。满客厅的村干部一顿劝说后，柴翠翠为自己找了个台阶下：“不省心”超市铁路上十年还不了、二十年盖不起，我柴翠翠跟两个妮子就占住老院旧楼房不离开！

就占着住哇，我四狗又不撵你走。贾四狗给了柴翠翠和村干部们一颗定心丸。

那么为什么柴支书夸赞“俺翠翠真不是个一般婆姨”呢？用柴支书的话说，在贾四狗与柴翠翠整个离婚过程中，从柴翠翠嘴里始终没有辱骂、怪罪过四狗的四川小老婆杜秀美及龙凤胎贾真龙、贾真凤一个字——就像杜秀美他们母子女三个根本不存在一样！

照住英武县、芹泉村婆姨们乡学，四川姑娘杜秀美可可地属于“搅茅棍”（第三者），即便你已经生有贾四狗的骨肉，身为尚在婚姻中的元配，会得理扯起嗓门子日你杜秀美的祖宗八辈子；有权拿指头头点住 “破鞋”的脑门星辱骂，日卷、恶渣你个狐狸精、烂 X 货、歌厅里的小卖 X……总归，元配夫人把“搅茅棍”骂成什么，上到县长下到地里的老汉，谁都不会怪罪，谁也不会跟元配夫人介意过。即使在“建设法制新农村”的当下，村长、村支书遇到元配耍泼骂街的场面，嘴上劝：“不要日卷别人的人格！”可背地里，村干部们心里却恨不能把元配引进村委会广播室，让元配对住话筒筒，把“搅茅棍”女人日他个家喻户晓、臭名远扬。但令村干部和贾四狗全家敬佩的是，柴翠翠这个当年力排众议，下嫁“狗窝”又帮衬“狗窝”变“金窝”的四媳妇，面对丈夫四狗忘恩负义、喜新厌旧、私生子女、决然离婚的现实，她一不当着外人哭，二不与老汉死磨烂闹，三更不去上吊。反倒是用自责自己没有给贾四狗生养一儿半子的情怀，甘拜下风、俯首称臣。

柴支书说，这几天他听翠翠隔壁院的村民们说，隔着院墙，他们时常能听见翠翠边在院子里收拾从超市倒腾回来的东西，边数说藏獒五狗：你五狗也快下岗不吃香了，人家四狗这下可真正有了会说话的五狗了，你和大妮二妮子就跟住妈妈过活吧……

一辆挂有本县车牌、前风挡玻璃内竖有一张“高铁建设协调办”牌子的丰田越野车，停放在我们标段的干部板房前。柴支书与我一走近车，他一眼就认出这辆车是县“协调办”李拴柱常务副主任的车。我们心里都清楚，李副主任肯定是来找岳建国指挥长来谈事——正好嘛，我们也想尽快把柴翠翠和村委会及我一并签好的合同书面呈岳指。于是，我领着柴支书向岳指的板房走去。

英武县“高铁建设协调办”李拴柱常务副主任是岳指亲自打电话叫来的。我猜，岳指是看我与柴翠翠、村委会迟迟签订不下来标段枕梁浇铸厂厂区的借用地合同，又扛不住铁建集团限期开工的催促。情急之下，岳指背着我和村委会便求助于县“高铁建设协调办”。

岳指板房办公室里，他们两人好像已经谈了好大一会儿了，面前茶几上的茶杯里茶色寡淡，烟缸里的烟屁股堆成一座小山。岳指、李主任喜眉笑眼、勾肩搭背，一如兄弟连襟。我一进去，立即毕恭毕敬地将签好的《合同书》正本双手呈递给岳指——他收敛起笑容，接住《合同书》，起身走到办公桌前坐下，趴到办公桌上、戴上花镜，仔细逐行逐句审阅……

李拴柱副主任坐在沙发上没动，但也收起了笑容，仰脸，一本正经批评村委会的工作，怪罪柴支书和贾村长执行政令不畅；特事没能特办；没有一丝丝全县一盘棋的意识，更没有深刻认识高铁建设对拉动英武县及芦泉村地域经济建设的巨大作用。

煤，换不来意识；钱，买不到高度。懂不懂？

知晓知晓。我跟村长吃上鱼翅也赶不上县乡干部的意识。有待提高、有待提高。柴支书点头哈腰。

不是高不高，跟跟前是快不快的问题！明白哇？

明白明白。问题是俺村里头的事得摆了东家还得劝说西家……

什么东家西家。睡在一捆捆也占不了国家大炕的一角角。

……

柴支书领教着李主任的训斥。我在岳指办公桌前，伸手在《合同书》上，就补偿数额、年限时间、拆前房屋面积等关键条目处，为其指指点点，提醒岳指。翻阅完《合同书》，岳指抬头，冲我大声纳闷儿：

这是球合同呀，签了半天，枕梁厂的借用地一个字没提呀，就签了个借用、拆、还超市的合同吗——标段的水泥仓、龙门吊、成型库、大批工人的板房……搁哪儿，都架到这干部住的板房顶子上呀？

我这不是先难后易嘛，这儿一搞定，接住就着手厂区圈地的外围用地……我觉得脸红，吞吞吐吐，还没说完。岳指把桌子上的合同扔到地板上，离开办公桌，往沙发走，边瞪我：

干了干不了？干不了说话，有的是人能干了！

……我弯腰捡起地板上的合同，仍要辩解。柴支书替我打横炮：

领导领导，怨我怨我。不怨胡部长合同拖得长，怨我俺村的事务老是屁股擦不净……

有甚擦不净的，谁敢在这高铁建设时期给我英武县跑茅房、拉线屎？李副主任站起来，抡胳膊朝柴支书喊：本主任今天就是代表县五大班子擦你芹泉村的屁股来的。擦不干净，我给你芹泉村舔也要舔干净喽！不信，咱试晓试晓！

见势头不对，柴支书当即保证：李主任不用试晓。特事特办，马上咱就画枕梁厂子的院墙，后天画不出来条白线线，你就把我这个支书的椅椅让给别人坐！

十六

农历八月，标段干部办公区板房以北的农田里，一人高的玉米、高粱、葵花和谷子、豆子即将成熟、开镰。方圆几十亩地的农作物中间，一条撒有白石灰的粗线画出个方方正正的区域。

快成熟的农作物就像婆姨们肚子里坐下胎的娃。

被标段借用为枕梁浇铸厂厂区内的承包户，统统不忍心去收割、糟蹋自己侍弄了一春一夏还尚未完全成熟的农作物。他们从接受自家承包地出租给我们标段的那一分钟起，就再也不愿意踏进承包地一步。有的进出村子，路经自己的承包地都绕到其他农田的小路上走，头也不往自家承包地的方向看一眼——尽管标段在借用地合同中，补偿给各户不菲的钱款；尽管五年后高铁开通了，各家的承包地依然要归还给他们。

清除尚未成熟的农作物，也是一项技术活儿。标段前期抵达的工人才三五十人，加上工程部的绝大多数工人都是长年跟水泥、钢筋、枕板、桥模和龙门吊、推土机打交道的，所以突然让拿起镰刀、锄头去清理半生不熟、死连深长的高粱、玉米和棉花、葵花，就显出笨拙、蛮干、出工不出力的弱项来。

岳建国指挥长，从那天在他办公室当着县“协调办”的李主任、柴支书的面照死批评了我之后，再见到我就不怎么说话了，最多也就是点点头、呲呲牙，以示还认识我胡文成这么个人——这种让人尴尬的上下级关系，使我产生巨大工作压力的同时，更促进我的工作主动性。见标段枕梁浇铸厂画了白石灰的区域清除农作物的工作非常缓慢后，我趁一天午休的时间，专门去了趟柴兴旺支书家，求他帮帮忙、找找人：

只要清理进度快，工钱好商量……

贾四狗和柴翠翠协议离婚的事传开后，村子里连鸡猫狗兔都替女方翠翠鸣不平、叫委屈、日贾家……四狗为了收买民心，当村里出租给标段承包地的村民刚闲了一天，他就统统把租出地的壮劳力全都“请”到煤窑上了，给活儿干，三顿饭全部免费——柴支书无奈，示意我他婆姨刚洗了碗筷，在隔壁才躺下。于是，他把我引到自己栽满果树、蔬菜的院子里，继续告我说：租给你们枕梁厂厂区地的劳力们在四狗煤窑上享福哩，其他补助排到一边子，单挖一吨煤按两吨算，挖两吨按三吨结，多划算的活计呀，给我也动心想去！如此这般，村里除了贾四狗爹妈一样抱孙子、外孙子的老汉汉、老婆姨，再有就是小媳妇、半老婆子，想找几个壮劳力比当年日本人盖炮楼子都难抓。

近几天，我的情绪也被岳指对我不冷不热的态度搅得七上八下不冷静。我火往上涌：那怎么办，就眼睁睁看着枕梁厂地里一个工人清理一天清不出二分地的玉米和高粱吗？拖延了高铁开工期，县里乡里和你村里都别有好果子吃……

甭学李主任唬老子柴兴旺呵。柴支书像是午饭喝了点酒，爆发了：俺烂球个村支书，别想县里的唬了你铁路上的唬，果子树多得是，这棵酸了老子摘那棵吃——改革开放了，能饿死人，那才日怪球啦！

我索性直来直去：找三五十个干过地里活的壮劳力，找下找不下吧？

柴支书从一棵结满苹果的树上，摘下一颗半青不红的苹果，递给我，眼里含着歉意之情：吃果子有的是，壮劳力实实在在找不下。知晓，你胡部长日子也难活哩……

立秋后的太阳依然能晒死个人。正午，老村里的背阴处人影皆无。恶毒的太阳下，柴翠翠剪了个利落的短发、穿一条花色的绸缎连衣裙，带着欢蹦乱跳的五狗，追逐嬉戏于空无一人的村街里……

十来天没见柴翠翠，从柴支书家院里出来，我猛一抬头，远远的还以为谁家在县城上学放暑假回来的妮子在耍笑五狗。看清是柴翠翠，我已经无路可退，硬着头皮，假装训五狗：

没轻没重扑你妈，你妈跌倒你吃啥？

五狗旋即蹲下，向我温情脉脉“哼哼”两声。

可喜，已经焕发了第二个春天的柴翠翠，素面朝天、洗尽铅华，冲我笑：咋个样么，俺五狗有良心吧，见你个两三回就把你记到怀怀里，忘不了。

是的——让我们彼此都记到“怀怀里，忘不了”吧：我会永生记住柴翠翠的！一个能从挫折中振作起来的少妇，就犹如一株成熟的谷穗，充溢而沉稳，优雅而不再轻易随风摇曳！

在老村街道上，我把找壮劳力清除枕梁浇铸厂区域农作物的难题诉苦诉给柴翠翠。她听罢，非常爽快，答应不出两三天，保证找人给我清出个平展展、亮呱呱的打麦场，并且工钱让我看着给。临别，柴翠翠还是那句话：

你能省下的话，就替我和俺五狗往新铁道上多钉上两根根铁钉钉！

第二天凌晨，我被板房外的喧闹声吵醒。我只穿条裤衩，扒在板房窗户上往外望：一眼望不到尾的铁建集团车队来了，大型拖挂车上，龙门吊和水泥筒仓构件，以及整车整车的袋装水泥、钢材和模具、模板，和浩浩荡荡的施工队伍，整齐停靠、排列在进村的油路上。岳建国指挥长、前期抵达的各部部长，身穿鲜亮的工装，头戴或红或黄色的安全帽，热情而激动地纷纷涌向大队人马……见此情此景，我手忙脚乱穿戴工装。这时，工程部部长闯进我的板房，兴高采烈嚷：

地里有个女工头，点名叫你去验收，说行与不行由你说，她只认你胡文成——快快快！

出了板房我抬头，一眼望去喜死人：被白石灰画出界线的枕梁厂厂区里，也就一黑夜，百十号头顶矿灯、手拿挖煤工具的汉子与手里握着各种农具的女人们，取代了密密麻麻的农作物，一捆捆打好结的高粱、玉米和葵花，舒舒坦坦地躺在地上……五狗先跑到我跟前绕起圈圈来；柴翠翠穿戴着长衣长衫和草帽，脖子里搭条花手巾，一脸倦容朝向我，抿嘴：不合格别给钱，合格了看着举！

这这……望着寸草皆无的枕梁浇铸厂厂区，我乐不可支：合格合格，给给！

不是给。得奖！岳指出现在我身旁，脸上乐出皱纹来：奖！重奖女工头！

别价。我忙把岳指拉到一边，凑近他耳朵，告：不敢女工头，人家是此地“不省心”超市的女老板，前夫就是这村腰缠万贯的煤老板！

岳指挥长瞬间放下架子，口气温和，和柴翠翠客套：谢谢你呀老板娘！转脸，埋怨我：知道老板娘来帮忙，为什么昨晚不通知厨房煮上两锅绿豆汤，蒸上几笼肉包子……你呀，整个一个球二能，揽不成个大事。

哼，你们胡部长要球二能了，俺们芹泉村的就全是半吊子、不精明了。柴翠翠看我乐：他还球二能了……

十七

初秋，火红的晨曦下，芹泉村“新农村”宅基地北侧的田野里，橘红色的龙门吊，纯白色的水泥筒仓，蓝色瓦钢顶、白色保温板墙的成型库、模具库、成品库和大批工人的宿舍板房……或高耸林立或蓝白相间——四周白色的围墙上，用红色油漆写着：

高铁建设利国利民！

中铁集团员工向英武县人民致敬！

第八标段职工与芹泉村百姓手挽手、心连心！

……

尽管如此，按铁建集团和此条高铁建设工程总指挥部的时间要求，我们标段的前期准备工作还是比其他标段延误了整整十六天！

铁路这营生，别说十六天，就是误个十六分钟，一级也要追一级。特别是像我们这类施工标段的单位，参与任何一条新铁路线的建设工程，都是集团千辛万苦投标投来的。所以，集团非常在乎自己参建标段的信誉度和执行力。照常规，一条高铁建设工程的沿线，集结有数家、数十家集团的中标施工标段，其中如有一个标段拖延了工期，会直接影响上下游标段的工程对接，甚至于，会导致影响整条新线开通运营的时限！

标段枕梁浇铸厂完全竣工的第二天晚饭后，我在自己板房里试着收看刚刚安装好的卫星电视。电视里的《新闻联播》已经播放过半，忽然一条高铁建设工程奠基仪式的新闻扑面而来、历历在目：画面中，锣鼓喧天、彩旗招展。主席台上，有来自北京铁道部的领导，有本省省委书记、省长和无数衣冠楚楚的嘉宾——领导们胸前戴着鲜花、或伫立微笑或相互笑容可掬低低耳语……就在零点几秒的一个镜头里，我无意中发现我们铁建集团的吕兰新董事长兼总经理，站在主席台最后排的最边上——他脸色阴沉而沮丧……电视里开始放炮、奠基、填土、埋基时，我办公桌上的电话响了起来。电话是从几步开外的“财务部”板房打来的：出纳员陆丽问我，清理厂区农作物的工钱是这个月结，还是下个月给？是付现金，还是银行转账？

我脱口而出，说：这个月，就这个月给人家乙方结了！习惯成自然，无论公、私，只要给我们标段干活的外人，我们习惯叫“乙方”。我还说，至于现金、转账，我现在打电话，问了“乙方”的要求，马上给你回电话。

可快点呵！加班加现在还没有吃饭呢……出纳员陆丽在电话里低声抱怨。

帮助我们标段清理厂区农作物的头儿是柴翠翠，我自然得找“乙方”的领导了。我先用手机拨通柴支书的手机，问他要上柴翠翠的手机号码，接着又给她打。听筒里，音乐欢歌，两个乡音浓重的女声正在歇斯底里、激情满怀高歌陈红的《常回家看看》……想必，柴翠翠是近来被糟心事弄得心里发闷，开着她的枣红色“宝马”越野车，或在县城或省城KTV包间散心呢。扯着嗓门儿，我告她我是谁，之后，又嘱咐她：先点你歌，卡拉你的OK吧，等你回到村里咱们再细说……

卡屁K。我现在就在我的圈舍家里呢——大妮子，快让仙女子先关了唱匣子！

手机听筒里，音乐与歌声顿时暂停了下来。

我告诉柴翠翠要给结工钱的事，还没等我征求她是付现金还是转账时，她抢话打断我，说：她和仙女子、五狗的工钱就全免了。剩下的工钱让我分成两份——按一份三分之一，另一份三分之二的数额分装成两个袋子。

钱多的那份你亲手交给贾大狗吧！

我费解：怎么一竿子把我支到贾大狗那儿了？工钱跟他们贾家有什么关系吗？

柴翠翠告诉我，那天她应承下帮忙我们标段找人清理枕梁浇铸厂厂区的农作物后，下午，村里午觉时间一过，她就可村里挨家挨户求小媳妇、半老婆姨们……动员她们帮助标段干活的消息不胫而走，转眼便传到八里地外的贾家煤窑上了。于是，柴翠翠憨厚的前大伯子贾大狗没有经过和贾四狗商量，擅自招呼了一干煤窑上刚下了白班、上了井口的矿工，没让脱工作服、解去腰上矿灯电池，只让美美地、结结实实吃了顿红烧肉、丸子炖粉条的大烩菜、外加个个足有半斤多的大白馒头后，操着挖煤的工具，个个头顶明晃晃的矿灯，坐上四五辆运煤的拖挂卡车，趁着夜色，一路杀将到郁郁葱葱的农田里——村里边，柴翠翠一听，忙招呼小媳妇、半老婆姨们，把家里的农具都带上，一干娘子军终于与昔日全是地里好把式的矿工兄弟，在夜幕下的田野里借着头顶上的矿灯，会合了、开战了……

凭借俺们几个小媳妇、半老婆姨，能半黑夜给你们收拾出个平展展、亮呱呱的打麦场么？柴翠翠稍豪迈了片刻，兀地感慨：

贾家就数大狗憨实哩，可他犟起来，四狗也不敢惹！

其实，柴翠翠猜错了——身为一矿之长的贾四狗，不是不敢招惹自己的大哥贾大狗，而是在矿工帮助我们标段清理枕梁浇铸厂厂区农作物这件事上，四狗反倒觉得兄长做了一件最叫他佩服的事情！所以，那天傍晚，长期居住在“矿长办公室”的贾四狗抱着儿子贾真龙，杜秀美抱着女儿贾真凤，夫妻俩一会儿把真龙抱进矿车里，一会儿让真凤坐到卖煤的磅秤架上，看似他们在从小培养龙凤胎对矿井的感性认识，以便将来真龙、真凤长大了接手煤窑，传承家业。实则，贾四狗让儿子真龙没在矿车里待了一会儿，便抱起儿子径直走进矿工食堂，用低沉而威严的腔调命令大厨：

一会儿上白班的从井下上来，馍要往大蒸，锅里要多多放“硬货”！

“硬货”就是红烧肉、丸子和宽粉条子——贾四狗怕在井下受了一整天的矿工接着又去地里跌死苦，肚里空拉拉的没力气。

谁出力谁得钱。都是个体劳动者，那就只能付现金了。我心里清楚了一多半儿，可是我只从柴支书嘴里听说过贾家煤窑上的事，让我去煤窑上给贾大狗送工钱，能行，可我没去过，也认不得路呀！最终，我跟柴翠翠商定，第二天中午，我把两份工钱装好袋子，一并送到她府上——让你大伯子贾大狗到你家里取工钱来。说定了！

大狗好不好意思再登我圈舍家的门子，不敢保……柴翠翠心怀忐忑。

给他钱他能不来？派人，总不好意思派个取钱的人来吧？

十八

胡文成，你去哪儿？

中午，标段开饭前的一个小时，我手里拎着两个装有现金的大信封袋子，走出枕梁浇铸厂大门，正要转身朝芦泉村老村方向走。一辆“现代”越野车打乡油路上开过来，停下，一声接一声地摁喇叭。我站住，见“现代”后玻璃窗放下，露出我们铁建集团“人力资源部”杨部长的大胖脸，他叫住我。

“人力资源部”每到标段即将开工前，尽带着刚分配来的大学生往下送。

我站住，笑：怎么，又送新人来了，男的女的？

老的！你先跟我去趟岳指办公室，办完，我还得往省城集团赶呢。铁道部下午十七点还有个电视电话会议。

着——嘛——急——嘛！我开玩笑，说，来一趟不容易，怎么也得喝瓶子三十年陈酿“汾酒”再回嘛。

甭扯淡！跟我来，现在手上的事下午再办。

午饭，我没吃！没胃口吃！我胡文成一个四十大几的“征拆部”部长，为甚的没有个长短理由，一张破纸命令就说把我扫地出门、打发走人？没尽职吗？贪污受贿了吗？找小姐养第三者了吗？没有吧——没有为什么不征求我本人的意见，不说个青红皂白，说让我离开第八标段就一时不等一刻立马卷铺盖走人呢……午饭时间，大部分干部在标段的板房餐厅用餐。有些人嫌热，端着大碗饭菜在板房外的阴凉处蹲着，大口大口往嘴里划拉饭菜。我一个人在自己办公室兼宿舍的板房里，边收拾个人的私人物品，边顺手对铁皮文件柜等金属物品摔摔打打、磕磕碰碰——我刚把铺盖卷像早些年解放军野营拉练时一样打成一个“井”字形，搁在办公桌上的手机响了。

连来电显示都懒得多看一眼，我接通手机，没好气：谁？

能是谁嘛？你答应谁今天中午来送工钱的？电话里是柴翠翠。她好像心情挺好，说，她院里已经来了不少的小媳妇、半老婆姨，等着领工钱呢……

我拍自个儿的脑门儿，心说：胡文成呀胡文成，你真是球事揽不成，不是顾了前脚，就是忘记了后手，我要是你领导也会趁早打发你哪儿凉快上哪儿去——球事不顶么，这不昨天答应着人家柴翠翠和贾大狗的工钱，说定今天中午送到柴翠翠府上，半中间冒出张铁建集团的调动《命令》就把答应好的事忘得一干二净了。电话里，我不想跟柴翠翠挑明我已经被调离标段的事，于是，就含糊其辞，说，刚才来了个上级领导，谈了点我个人的事……

不会是你在俺们芹泉村办借用地办得漂亮麻利，你头头们专门来奖励你喝酒吧？柴翠翠在电话里调侃我：喝就喝么，庆功酒该喝！

喝庆功酒，喝尿都没有！我这就给你送钱去！

太阳也添堵，不偏不正，直冲脑袋上的天灵盖往下烤。我低着头，闷闷不乐，手里提溜着两个装满现金的大信封，走出枕梁浇铸厂大门，走进芹泉老村，朝柴翠翠家院子走……

原来，截住我的“现代”越野车里，除了司机和我们铁建集团“人力资源部”杨部长，还坐着一个正处级干部——集团“工程验收部”的部长，尹学军。我随杨、尹二部长前后脚进了岳建国指挥长的板房办公室，岳指正抱着一饭盆面条狼吞虎咽，嚼着满嘴碎面条子，解释：早点吃喽，我得到桥墩标桩位置上走一趟——马上就动工了嘛……

杨部长摆摆手，一脸公事公办：免了，接下来的活儿让尹学军指挥长干吧！

“……”尹学军不好意思，冲岳建国呲嘴牙，笑而不语。

你、还有你。杨部长手点岳建国，再点下我，然后从拎着的公文包里拿出两张 A4 纸，命令道：这是你俩的调动《命令》，你们马上收拾东西走人，明早八点省城集团“人力资源部”待命！

事情来得太突然。我情不自禁问了个非常低级的问题：

待命是什么意思？

待命就是等候另行安排工作。明白了？

撤免与任命，前后没用了五分钟的时间。杨部长宣布完铁建集团的任命，放下两份《命令》，留下一个标段新指挥长，转身钻进“现代”越野车驶出枕梁厂大门，沿乡油路驶向省城方向。

我拿着自己的免职《命令》，木呆呆往岳建国板房办公室外走。此刻，我听见尹学军指挥长低声安抚岳建国：

你放心走，“征拆部”我会让你外甥女郝雁燕负责的。你要先放下包袱，迎接新的、更重要的工作……

闻罢，我愣神儿，回头，心说：敢情都他妈合适了，就晾起我胡某一个人了……

十九

从全身麻醉中醒来，我第一眼看到的是个盘着头发露有大脑门儿的女人——柴翠翠，在她的周围有我们标段新上任的标段尹学军指挥长、老指挥长岳建国和“县高铁建设协调办公室”李拴柱常务副主任、柴兴旺支书、贾肖村长，以及数名穿着警服的警察。我环顾一周后，目光最终落在自己打有石膏并被牵引器高高吊起的右脚上……

一个威严的男人声音传进病房：刚做手术，让病人休息，与调查无关的人先出去！

我躺在英武县人民医院骨外科的病房里，床头两侧各坐着两名警察，他们分别是英武县公安局的、和我们铁建集团公安处的——双方各有一名做笔录，另外两个你一句，他一句，让我尽可能清晰地回忆、追述那天中午在芹泉老村里发生的事件。

先说钱！一位带有英武县地方口音的老警察提示我：据说打架打得几万的票票飞了芹泉老村一大街……

对，我在警察的启发下，脑际渐渐清晰起来：没错，我躺倒在地的时候，村里的男女老少都在抢钱……

人是有情绪的动物。我供认不讳，那天中午往柴翠翠府上送工钱的路上，我的确为铁建集团突然免我的职而耿耿于怀、愤愤不平。照理说，不管是岳建国指挥长领导不力，还是怪我在与柴翠翠、村委会签订借用土地的《合同书》过程中拖延了标段枕梁浇铸厂的建设工期，总之，全线工程还没有正式开工么，这分明有点杀鸡给猴看的意思么。结果，我胡文成成什么了么——成了一只任人宰割的鸡崽儿了么……心口憋得鼓鼓的，不知不觉抬头，我已经来到柴翠翠院门头上标有金字的“紫气东来”门口。院门外，停着一辆白色的“路虎”越野车，门边左右依然杵着两个曾经被柴翠翠家藏獒五狗轰进车里的彪形大汉。他们仍然穿着黑色单领制服、鼻子上架着大边框墨镜，一脸杀气、一言不发、一如二鬼把门。

柴翠翠院门内，传出女人们一浪高过一浪的叽叽喳喳、说说笑笑的话语声。

我要往院门内走。左右二鬼照旧各伸出一只胳膊，一合拢，拦住我的进路，像两台机器人一样，不放屁、不斜视。我赔笑，说是来送钱的，里面的人都等着我手里的钱呢。二鬼充耳不闻，大墨镜下是两张冷冰冰的脸。灵机一动，我好言套瓷，搬出名震八方、大名鼎鼎的贾四狗，说：讲好了的，贾老板他大哥也在里面等着我的钱呢！不信，你们进去一个把贾大狗叫出来问问。谁骗你们谁是六狗！

二鬼木偶般仍不理不睬，反正是拦着不让我跨进院门一步。

奈何不下，我掏出电话给柴翠翠打手机。连拨数回，柴翠翠都没接电话。原本想，给柴翠翠送过来工钱，跟她告别一下，再让她替我转告一声柴兴旺支书和贾肖村长（我不想现在的情绪下见二位村干部），说我已经被着急忙慌地调回省城铁建集团，往后他们村干部无论是谁到省城办事时，抽空给我打个电话，我好请他们喝顿酒、洗个澡、唱唱歌什么的……毕竟，一条尚未建好的高铁线路曾经把我们串起过一段时光和岁月，算是缘分吧！我抬腕看看手表，想用肢体语言提示二鬼，我没时间跟他们在这耗时辰：我临打标段枕梁厂送钱出来，岳建国就在他的板房门口黑着脸，正告我：准备好行李，两点半，尹指派车送咱俩回省城集团，过时不候呵！

但，眼跟前，二鬼死活把住院门不让进哎！

装起手机，我扯开嗓门儿冲熙熙攘攘、乱乱哄哄的院里吼：

柴翠翠，出来拿钱来，他们不让我进去！

我话音没落，一鬼扑向我，从我身后一手搂住我的双臂，一手极力捂我的嘴。另一鬼，弯腰、低头，侧脸，向院门里探头探脑，脚下做出随时逃跑状……

我想，二鬼绝对是让柴翠翠家的藏獒五狗吓得落下阴影、病根了。

火喽，我也不是一盏省油的灯：我一手抓紧两个装钱的大信封，一手使劲儿掰捂我嘴的爪子。我又一次刚开口喊出一个“柴”字，一根指头伸进我的嘴里——顺势，我他妈狠狠地照爪子就是一牙床子。

只听“哎哟”一声，搂我的那鬼捂着手蹲到地上，龇牙咧嘴，操口四川腔，命令另一鬼：打！打！打死他个龟儿子！好你狠哟……

我刚分辨出句四川口音，另一鬼向我摆出打沙袋的拳击招式。他朝我头部抡来一个迅雷不及掩耳的左勾拳。我头一闪，本能地抡起手里装钱的信封袋，向他砸去……

再只听“嘭”“哗”两声，我眼前火星四溅、钞票飞舞——我瘫倒在地……

后来，我在地上觉得浑身疼痛，右腿麻木……

完了？老警警察问。

我看眼病床边的老警察，有气无力合上眼，答道：完了。再睁眼就躺这儿了……

二十

住院的前几天里，仙女子每天必定要给我往病房送一趟鸡或鱼、排骨和猪蹄熬成的汤，偶尔，还送些柳叶一样的刀削面。陪侍我的岳建国和我都劝她：不要再送，芹泉村离县城少说也有几十里的路，就算坐汽车也得半个多小时。心里领情了！

仙女子说，柴翠翠和她、大妮子、二妮子全住在县政府宾馆，骨头汤是柴翠翠的二哥柴壮壮在宾馆小灶给我熬的。

医院离宾馆不远，提上饭桶桶一刹刹就跑来了。

唉，看我这事闹的。我后悔，说，叫集团、标段、县上和芹泉村没一个不连累的……唉！

随遇而安吧，像我，卸了标段指挥长，这几天光伺候你，反倒心静多了。岳建国从病床下拿起小便桶，催仙女子：把骨头汤放下，你快回去吧。他该尿尿了。

依着我们铁建集团的意思，打人的案子由县公安局和集团公安处两家联合处理、取证。我，只要消了炎症、病情稳定住了，就转回省城我们铁建集团总医院，这样我在省城上班的妻子也好照顾我——关键是拉呀尿呀、吃呀喝呀，两口子方便又知道彼此的口味。还有，岳建国一个正处级干部也不能老盯着伺候一个科级干部吧，他还立马要被派往一个正在组建当中的南方新线标段……

铁建集团派我们总医院的救护车来英武县人民医院接我转院的当天早晨六点多一点，柴翠翠一身素装，挽着一个名贵的手包，走进我的病房。趁陪侍我的岳建国下楼给我打早餐的机会，柴翠翠告我，说：其实那天中午，贾大狗就在她家里坐着，跟她院里的小媳妇、半老婆姨们一样，等着我往过送钱呢。千不该万不该，大狗不该坐上贾四狗保镖的“路虎”车来。因为贾四狗与她闹离婚时，曾气头上给两个保镖下过死令：没有他的许可，不许任何一个男人跨进他老宅的院子：见一个，往死打一个！

这其实是冲我哩。柴翠翠愧疚地说：四狗想使唤着一个茅坑，再占住一个茅坑，怕我马马地嫁了人，他丢了人。四狗不是专对哪个猫狗，更不是专门对你。

我点头，心想：没错的，那天二鬼不是连柴支书都一视同仁拦着不让进柴翠翠的院门吗？

柴翠翠讲得诚恳，眼里始终噙满两汪惭愧的泪水。她拉开手包，取出“建行”和“工行”两张银行卡，塞到我枕头下。我拦，没拦住，再拦，牵引器上吊着的伤腿钻心地疼。

一张是我给你买吃吃喝喝的。柴翠翠手摁着枕头一角，怕我拿，继续说：另一张是四狗让大狗从煤窑上捎下来给你的。四狗还叫大狗捎话给你，等法院判下来，你们打的和被打的，他还要补报你们两面子……

岳建国端着早餐进了病房时，柴翠翠站起身，告辞说：她订了省城的飞机，下午一个人飞趟北京，等回来路过省城再去看我。

有事给我打电话。柴翠翠冲我努力咧了咧嘴，摆了摆手，冷不防，冒出一句纯正的北京话：再见您嘞！

再见！我躺着，望着她即将走出病房的背影，心里袭来一阵酸楚——我忙掩饰，道：替我问你五狗好！

汪！汪！柴翠翠回头学藏獒五狗叫。

……我发现她的眼角已经挂满了泪水。

二十一

北京西站人山人海、人声鼎沸。

五年前，我被铁建集团从英武县人民医院转院转回省城集团总医院，先养了近一年的腿伤。岳建国被压低为标段的副指挥长，被派往京沪高铁的一个标段。

至于打断我腿的那二鬼，英武县“高铁建设协调办”和铁建集团极力要向县人民检察院提起公诉前，征求我个人的意见。我在病床上琢磨了一整天，最后回复他们是：还是走民事调解，免于起诉为好！

我的腿彻底养好后，集团领导把我重新分配到集团党委宣传部（文化处），从事起集团的新闻报道工作——身为铁路新闻工作者后，我采写的一篇最出色、最有影响的新闻，就是报道经由英武县芹泉村的高铁开通的稿件。它不但发表于中央级报纸头条，还分别被数家门户网站转载。

这年，京沪高铁即将正式开通运营之前，铁道部政治部宣传部组织了一个由中央媒体和铁路媒体联合组成的“京沪高铁采风报道团”，旨在向全世界、全中国、全社会展示中国高速铁路建设新成就。出发前，铁道部政治部宣传部的领导，把我们参与“报道团”的铁路媒体的摄影、摄像和文字记者召集到北京西站附近的铁道部机关大楼内，开了一个简短的“内部通气会”，大意是：眼下京沪高铁沿线各集团公司的参建标段还没有撤离，希望我们铁路自己的记者们把镜头和文字深入到各标段里面，把铁路建设的钢筋工们的坚韧，检验员对枕梁一丝不苟的责任使命，把为京沪高铁建设无私奉献出稻田、农舍和村落的农民兄弟再现出来、讴歌起来！

我已暗自设计好一个采访计划：此次前去，好好采访一下此刻仍在京沪高铁标段里的岳建国副指挥长。我想，他在建设京沪高铁过程中的故事一定不会少的……

位于北京复兴路的铁道部机关距北京西站不过十多分钟的步行时间。“内部通气会”结束后，我与兄弟集团、公司的记者们，背着摄影摄像机和笔记本电脑、三脚架之类的器械，三三两两徒步往北京西站走——我们要去北京西站的软席候车室与中央媒体记者会合，然后，统一乘坐一列试运营列车，先睹为快、切身体验“中国高铁时代”！

绝对的，这一趟深入京沪高铁沿线采访，半月二十天肯定是吃不到我家乡的醋了！我出生在含碱度极高的黄土高原，从小养成顿顿饭离不开醋的饮食习惯，并且，南方的那种米醋我吃不惯，必须得吃我们省份用高粱酿成的醋，够酸、够浓，还淡淡有那么一点甜味儿。走到北京西站北广场，临上通往进站口的过街天桥，我把自己的拉杆箱托付给一位文字记者。我让他们先进站，自己到站前广场的商铺里踅摸上两瓶我家乡的醋。

我得带上。要不这些天我没法儿吃饭。你们先进软席，我快！

真是“缴枪不缴醋葫芦”呀。众同行笑。有人提醒我：你可快点儿，别误了开车的点儿！

走过一家麦当劳，绕过一家牛肉面……无意中，我看见一家名为“省心超市”的临街门店——店名字的背景醒目喷绘有我家乡的特产。我疾步走过去，推开明净的玻璃门。

这是一家专门销售我们省特产红枣、核桃、小米和陈醋、汾酒，辅带方便面、矿泉水、香烟等小食品的零售超市。货架前，一个身材苗条的女人正背着身，整理货架上的盒装商品……她好像听到有顾客进了店，头也没回，用纯正的北京腔，问：

要点儿什么——您？

我说：要两瓶好带的陈醋。有吗？

好。您瞧瞧这种的，装得多，又好拎着走。

她从货架上挑了一盒两瓶装的醋，转身放在收银台上，头也不抬用一块干净的抹布习惯性地擦拭盒子，边介绍：两瓶装，跟双胞胎似的，好拿。

行。多钱？我掏出钱包。

四十八块钱，您呐！她抬起头……

哎！这……

我俩人几乎异口同声：

胡文成！

柴翠翠！

喜出望外的柴翠翠瞪大贴有假眼睫毛的眼睛，回身朝货架后面喊：

仙女子，快瞜一眼哎——还认识吗，你？

一个穿着打扮时尚的大姑娘，手里把玩着一台“苹果”平板电脑，从货架后面走出来，盯住我打量了几秒钟，惊呼：

您胖了哎，您胖了哎！干吗来了，您？不会是颠到京郊昌平、怀柔伍的来建高铁的吧？

我岔开话题，推心置腹：你俩真像姐妹俩。一看就活得滋润。

滋——润——！仙女子拖着京腔。

……

二十二

这趟乘坐有中央、铁路媒体记者的高铁列车，其实就是一趟由铁路技术检测人员和部分新闻媒体记者乘坐的京沪高铁“试运营列车”，所以没有领导剪彩等诸多繁琐的仪式。列车驶出北京西站，没用了几分钟运行时间，车厢里的电子显示器就显示出 200 公里 / 小时。一等车厢里，摄像机、照相机和无数录音笔，团团围住两三位铁路技术检测人员，听介绍、录讲解、提疑问、记释惑……

我躲到一个僻静的二等车厢里，从背包里掏出笔记本电脑，摆在小桌上，插上无线网卡，照着柴翠翠在一张商店收据纸上给我写下的 QQ 号码加入我自己 QQ 群——我与一个网名叫“不省心”的网友展开一问一答式的聊天……

“不省心”网友（柴翠翠）告诉我：她从五年前离开我住的英武县人民医院病房的那一刻，就打定彻底离开芦泉村到北京发展的主意。她在北京有前夫分给自个儿的房子；她大哥柴顺顺及两个侄子又都在北京央企和金融证券公司工作。所以，柴翠翠在在英武县政府宾馆餐厅工作的二哥柴壮壮的鼓动下，在北京大哥大嫂和侄子们的帮助下，带着跟随她多年的仙女子和大妮子、二妮子来到北京住下，又很顺利地在北京西站北广场盘下现在这个门店。两个女儿现在在北京读中小学，她和仙女子继续开超市。我问她，标段借用你的“不省心”超市复原、归还了吗？芦泉村里，我认识的那些人还都好吗？

电脑屏幕上跳出：你离开的第二年，英武县实施大学生村官进镇入村，一番民主选举，贾四狗的本家村长贾肖和她五服大哥柴兴旺支书，双双被两名农业大学本科毕业的大学生取代。网友“不省心”接着往我电脑屏幕上蹦字，告我，大致内容是：她（柴翠翠）听说柴兴旺支书被大学生村官顶替后，怕她兴旺大哥曾经一个吆三喝四的人，而今扛起锄头或下井挖煤没面子，一咬牙，她就把标段尚未复原的“不省心”超市产权全权委托给她本家大哥柴兴旺了。柴兴旺在标段临复原“不省心”超市前，与标段和乡上多方协商，在超市的原址上让标段修建了一座立体式的养鸡场，又把落选的村长贾肖招收进了养鸡场……我对藏獒五狗十分挂念，我问五狗安好？柴翠翠回复说，北京不让养大型犬，她们临来北京前，大女儿大妮子把五狗留给她爸爸贾四狗了……

你做得对，五狗可不适合在北京养！我选了一个赞扬的符号，敲上去。接着敲字，问：贾家的煤窑呢？

煤窑在省政府整顿私挖乱采行动中让公家给爆破封堵了。

为什么？挺挣钱的一个窑，得让公家给个说法！

一，赶上整顿私挖乱采行动；二，据说窑上放炮挖煤对建好的铁路大桥有直接的影响。

事先，就没找找县煤管局的人通融通融？

县煤管局安监科侯科长也因收取“干股”被判刑了！

唉！那贾家的兄弟们干什么去了？

大狗在村养老院当法人，二狗三狗，一个去县城开饭店，一个去省城开歌厅。

你前夫四狗（贾进财）现在还牛吗？

公家封了煤窑，四狗以大狗的名义在村里盖了个养老院。之后，他带着小老婆和五狗、龙凤胎回杜秀美的四川老家了。

四川好，养人，心静。

静大了。2008 年四川地震，四狗在成都买了六卡车的食品，带着五狗连夜押车往汶川捐，路上发生了车祸，五狗用身体护住四狗的一条腿……

另一条腿呢？

没了。装了一条木头腿！

五狗呢？

死了！

唉！四狗呀，五狗呀……四狗现在呢？

现在四狗一家在成都郊区开农家乐。

那儿农家乐多，生意怎样？

听大狗说，四狗的农家乐名字好，生意更好。

叫什么店名？

好省心！

北京颂歌

一

“各位听众，现在播报本市新闻：据北京市有关方面负责人介绍，下周开幕的‘北京冬季图书订货会’将是改革开放以来最大的一届图书交易会，预计参会的出版社将突破历届新高……”

元旦刚过，隆冬的北京异常寒冷，机场高速公路隔离带内的越冬植物被蓝白相间的尼龙布包裹得严严实实。偶尔，隔离带内还堆积着尚未彻底消融的残雪。傍晚，陈晨穿着皮衣皮裙、足下蹬一双高筒皮靴，驾驶一辆红色夏利车，风驰电掣行驶在机场高速路上。车载收音机里播放着京城新闻——这是我一天内第六趟往返于市区与机场之间。我坐在副驾位上有些犯困，于是，抬手关掉车载收音机，把车椅往舒适的角度调整一下，冲驾车的陈晨说了一声：“开稳当点呵，我得眯会儿。”陈晨没言声，从方向盘上腾出一只手，掏烟，点火。我挺喜欢女人驾车抽烟的模样，尤其陈晨一身皮衣短打，脑后的发髻高高盘起，看上去颇有些国民党特高科女秘书的味道。

说不好出处和时间，也许是为了划分官办与私营，好些年来，做我们这行的，都管为出版社销售出版物的新华书店称为“一渠道”，管我们这些私自做书、做刊并自办发行的称为“二渠道”。在二渠道圈子里有个不成文的陈规，每年只要官办的一渠道图书订货会确定了在何省何市何日举办，我们二渠道的书会就一准傍着官方书订会提前一周召开，而且会址还要选在距官方书订会不出数公里的地方。明摆着，如此选址是为了便于二渠道书会与官办一渠道书订会的衔接，更便于公私之间互通信息、取经送宝、联络感情。不仅如此，我们二渠道里还有一个行内规矩：会在哪个省市召开，这个省市的二渠道“大户”就得尽地主之谊——会务工作全得统统挑起来：诸如，为全国各省市的二渠道老总们定会址、订房间、定会议议程、订会议纪念品、定餐饮食谱、订返程机票，还得接机接车、平衡各省市二渠道之间的关系……总之，“绝不亚于组织一届全国人代会”。

多年来，北京冬季图书订货会一成不变，举办的时间基本上是在元月十号左右。因为在二渠道里混迹的北京大户有数十家，每年轮一个老总做地主也得轮十来年，所以自打我进入二渠道的圈子还从未轮到过我当地主的机会。但是，去年秋天，我按惯例带着孔明和陈晨以及新做的十余种书刊前往湖南长沙参加二渠道书会。在一渠道书订会即将开幕、二渠道书会临近结束时，我们二渠道内三位资深大户——沈阳的李天海、长沙当地的段在军和北京的曹娟，联合起来向我授意，让我来年操办北京二渠道书会的同时，替他们二渠道的几位前辈完成一件心腹大事：秘密筹备一个事关二渠道生存与发展的会——组织举办“首届中华全国民间出版家、发行家协会”的成立大会。

特别是二渠道里的龙头老大——沈阳的李天海，暗示我：“别以为这会除了你就没人张罗了。小样儿，交给你任总的公司办是瞧得起你，绝不会亏待了你任京！”

我不愿辜负三位前辈，尤其是当着同在京城的二渠道前辈曹娟——曹姐的面。人家一个女流，在我的记忆里，已经为全国二渠道书会在北京尽过两次地主之谊了。咱再推三躲四的也忒有点不仗义、忒有点不爷们儿。于是，我十分爽快地答应了下来。三位二渠道资深前辈暗自欣喜之余，连夜在长沙二渠道书会会场芙蓉宾馆的房间内，秘密内定了一个首届中华全国民间出版家、发行家协会常务理事以上领导的候选人提名名单……并且，他们仨开玩笑似的当即委任我一个官衔：秘书长！

接受了三位二渠道前辈的耳提面命，我顿时感到自己的肩头千钧重担、责任重大。

秘书长没大小，好听不好当呐！头年一入冬，我们公司上上下下就忙得脚底朝天，除图书批发市场店面的几个员工没敢让动窝儿，坚守着岗位，其余各部部长，包括分管京郊印刷厂的副总孔明和身为公司老总的我，光为来年头里的二渠道书会尽义务了！还好，我事先开会做了具体分工：财务部，由部长刘文静总负责，负责与全国各省市二渠道大户老总去电话、发传真联系，确定参会人数及定房间数；副总孔明牵头，负责预订二渠道书会会场酒店——会场必须限定在距一渠道图书订货会会场不超出三公里的地界内；经理部部长杜丽挂帅，负责纪念品的购置、发放和与会人员的签到；业务部部长陈晨统筹、负责贵宾接待和客房、展位房间的分配；我，机动，全面负责。

这些看似简单的会议筹备工作，两个多月下来，我京华公司却付出不少的代价。进入十二月份，眼瞅着距书会召开就没些日子了，可广东、四川、浙江、吉林、新疆、哈尔滨等地的几位二渠道老总仍迟迟敲不定抵京的准日子。我真急了，亲自给他们打手机，让最后敲定他们飞抵北京的航班和落地时间。电话里，他们一个个首先向我道谢，说我辛苦了！顺着话题我也没客气，一顿抱怨，说人辛苦点倒没什么，就是我公司为此次书会做的十几本非常有市场卖点的书刊没做出来，损失有多大就不能细算啦，“开年，我公司只能是雷锋叔叔了，只有瞧着你们点钱的份儿了。”大家都是圈儿里的人，我这话放出去，他们全都许诺：“放心，只要你手里有压着的货，我们这次去保证给你下货下大点，叫你堤内损失堤外补。亏不了你任京任老板。”

二渠道内，管订货叫“下货”。

陈晨将我叫醒时，她已经把夏利开进首都机场的地下停车场了。我从车上下来，陈晨锁好车门，我们一起走安全通道，拾阶而上，向机场候机厅走去。

听候机厅里的广播预报，由沈阳飞往北京的航班在沈阳起飞时因东北下雪，晚飞了一个小时。无奈，我提议到候机厅内的咖啡屋坐会儿。中国的事情没有一个统一的标准。就说这候机厅内的咖啡屋吧，候机厅绝对禁止吸烟，而仅与候机厅隔着半人高一扇玻璃隔断的咖啡屋里只要买杯饮品坐下，谁爱怎么吸烟就怎么吸。

陈晨要了一杯咖啡，我要了一听燕京啤酒，我们面对面小口呷着，嘴上各自叼着烟卷，相对无言。

候机大厅里，中外旅客推着码满行李的手推车，或行色匆匆，或止步仰首，端详电子屏幕上滚动显示的航班到达与起飞时刻。

隔着咖啡屋的玻璃隔断，我似乎听见有人在叫我的名儿。闻声，我扭头寻找：一位风姿犹存、上身穿件大花织锦缎中式棉袄的女士隔着玻璃隔断冲我笑容可掬。

“曹姐，来吧来吧，”我起身向她招手，同时，小声告旁边坐着的陈晨，“曹娟。”

曹娟款款绕进咖啡屋，手里拿把系着宝葫芦的车钥匙，微笑着走到我和陈晨的咖啡桌旁。陈晨赶忙起身，为曹娟又是让座，又是招呼女服务员上饮料。曹娟点了一杯果汁，喝了一口，左右扫视我和陈晨的脸色，关心道：“秘书长不好当吧？瞧把我任京弟弟、陈晨妹妹给累的，一个脸色泛绿，一个眼袋都有了。会务组的活儿再忙你们也得学会忙里偷闲，否则的话，连着的一二渠道两书会外加一个协会成立大会下来，你们的身体肯定会被拖垮喽。”曹娟一脸的无微不至。我眼睛盯着桌上那把系着宝葫芦的车钥匙，憨笑：“再累，为二渠道同行尽地主之谊也是应该的。哎，曹姐，您不是来帮我们尽义务接客人的吧？”

“噢，你们已经忙了一溜够，就差最后一出接人了，我能跟你们抢着摘桃子么？那叫抢功。”曹娟换了副说正事的表情，“倒是，我也是来接机的，但和你们两码事儿。”

“那我自作多情了，”我嬉皮笑脸，“刚才刚和您照面，我这心窝子就猛地一热，心话儿：瞧瞧，还是咱北京的曹大姐，知道弟弟我忙得四脚朝天，所以就悄不声地来帮任京了。”

“任京是谁呀，那是真正的人精！甭说组织一个二渠道的书会和一个协会成立大会了，就是操办一届奥运会对你都小菜一碟儿。”

“曹姐，您这是骂您弟弟呵……”

北京的女人，特别是同行，见面都是礼节性客套一番，再往下就没话了，好像时刻保持着距离似的。陈晨假模假式地为曹娟要好果汁后，摆出一副聆听状，一言不发，只顾一支接一支地抽烟。在北京，我们京华公司和曹娟的海淀风公司不是走得很近，平时彼此各做各的，有点井水不犯河水的意思。实在躲不开的是每年各地的几个一二渠道书会。会上，北京的几位老总碰上面时也还能面子上过得去。曹娟本来就比我们年龄大点儿，加上她在二渠道属前辈那茬儿，所以接下来她与我的闲聊就像是大姐和小弟、小妹一样，透着关心、体贴。她问了我许多关于此次筹备二渠道书会的细节问题，我毕恭毕敬，一一做了汇报。最后她笑着问我，这次把她海淀风公司在书会的展位房间安排在了几楼？我开玩笑，说，地下二层停车场。

“挺好的。停车场大，又接地气，而且还能多摆点样书、样刊的，下货肯定也会下得量大。”曹娟绷着笑。

陈晨急了，终于开口，冲我：“你瞎说什么说！北京各家的展位房间全安排在最佳位置二层了，外地的才一层层往上码，最高十一层安排的是西北省市二渠道的展位。”

我望着曹娟：“听着了吧，我们这样安排算不算地域和文化歧视？”

“算吧。不过西北那几位老总每年做的书刊也的确没什么卖点——这是一个盲区，也是一个机遇……”曹娟若有所思、忧心忡忡。突然，曹娟站了起来，指着电子显示屏惊呼：“到了到了！瞧我跟你们这神聊的，差点让我误了接人。明儿书会上见！”她匆匆与我和陈晨点了点头，大步朝出关口走去。

不约而同，我和陈晨盯住显示屏：一架由温州飞来的航班正点落地……

一位戴皮礼帽、穿皮猎装，手里拎着高档真皮旅行包的五十多岁男子，随着人流渐渐向出关口走来：

“老教授您好！辛苦啦！”我迎了上去。

“李老师您好！来，我替您拎着吧。”陈晨说着，去夺李天海手里的旅行包。

沈阳飞来的航班整整晚了一个多小时，要搁在一般客人身上，我就甩下陈晨候着，自己早开溜了。但这回不行，李天海不是一般人，他是我们二渠道里的龙头老大，是二渠道里说一不二的人物。单凭全国二渠道老总们给他起的尊称，就能略知李天海的地位是举足轻重：老教授！

不知道为何，圈子里唯独陈晨见了李天海却张口闭口“李老师、李老师”的。我想陈晨如此称呼是想体现自身的素质与修养吧，就如同北大和清华的在校闺女们，见了修车钉鞋的也“老师、老师”地叫——爱装嫩装去，随便。

出了机场大楼，陈晨让我和李天海在雨棚下等会儿。她独自穿过斑马线去地下停车场取车去了。借这空当，李天海又是开启手机又是大口大口过烟瘾。我知道李天海烟瘾大，假惺惺关心“老教授”，问他一天得抽几包？他深吸一口，大模大样：“也不多，一天三盒软中华吧，瞎抽着玩呗。”

“忒多，您老为二渠道的生存与发展得注意身体。”

“任京，算你小子会说话，就忽悠我吧。”

不多时，陈晨将夏利开到我们跟前，我将李天海的旅行包放进后备箱。李天海一屁股坐进副驾位上，我钻进车后排。陈晨载着我们沿机场路，上三环，向京西方向扎去……

即将召开的是二十世纪九十年代的一届北京冬季图书订货会，会址仍选定在京西著名的京海宾馆。几乎年年的年末年初，京西一带的宾馆、酒店、旅馆和大小各类的餐饮馆子都十分火爆，床位紧缺，门庭若市。原因就是全国从事有关图书期刊行业的人士忽然云集于此，静候一二渠道两个书会的举办与召开——这两个书会直接带动了京西年终岁末的宾馆餐饮经济，同时也使许多酒店宾馆牛了起来。按分工，我公司分管印刷厂业务的副总孔明负责二渠道书会会址的预订。开始，小子不含糊，把预订会址宾馆的工作交给他下面印刷厂一位业务员去办，自己仍整天钻在京郊厂里鼓捣公司新购置的一台德国产的海德堡印刷机。几天后，我在公司主持阶段会，一问孔明，他再当即给业务员打手机——他傻眼了：一渠道书订会京海宾馆方圆五公里的酒店宾馆、甚至大些的旅馆都预订满了！我一听就火了，当着众部长，点着孔明的鼻子：“告你，这二渠道的书会要砸在你这环节上，我撤你丫的职！”

孔明真急了，会没完，拔腿颠了。

当晚午夜时分，我都躺下了，正读新一期的《小说月报》，孔明给我打手机，说摆平了、搞定了：二渠道会场订在京海宾馆以南、世界公园以北，距两头儿不出五公里的宝丰宾馆了。

我心里落听，夸他还算棵葱吧！

“算窝头，”听筒里，听着孔明喝高了，舌头打卷儿，含糊不清，“我现在还在延庆呢，我请了五六位闺女正陪着宝丰宾馆老总在棉包子里祸害呢——你、你得回去给我报销招待费。”

“美吧，我不给延庆110打电话，举报你丫嫖娼奸宿就是宽大你了！”说完，我踏踏实实合上手机，关灯，睡觉了。

宝丰宾馆灯火通明，楼前的停车场里排满挂着不同省份车牌的客货车、面包车和档次不一的轿车，远远望去像一个穷狠穷狠的车马店。我们乘坐的夏利从看丹桥下高速，走辅路，直奔宝丰。

孔明打小就有些驼背，人还瘦吧，再理着一个板儿寸。此刻，孔明穿一件鼓鼓囊囊的羽绒衣，手里握着部大号的翻盖带拉杆天线的摩托罗拉手机。旁边，虎背熊腰的宝丰老总西装革履，手握一台笨重的无线对讲机——两人一胖一瘦立在宾馆大堂门庭外，说说笑笑、东张西望。陈晨不管三七二十一，冷不防，将夏利直接刹在他俩跟前。老总刚要瞪眼，孔明还没来得及开骂，我已经从夏利上跳下来：“快接‘老教授’！”

两位迎宾小姐垂首鞠躬，身子往前一哈，旗袍开衩处露出白生生的大腿——李天海陡然两眼放光。孔明和宝丰老总手里握着机子，在前面侧身开道，做着夸张的请进手势。我与李天海昂首阔步，陈晨替李天海拎着旅行包紧随其后。一干人穿过大堂，路经总服务台，坐在总台里的杜丽喊道："签到，领了纪念品再上展位房间。"我正要制止杜丽，李天海止步，掉脸，冲杜丽乐了："杜小妹，我的那份纪念品就犒劳你了。"

杜丽连忙起身，不歇气地道歉："对不起'老教授'，对不起对不起，我们已经把您的纪念品放您房间了，真对不起您……"

我狠狠瞪杜丽一眼，心说：戴着副茶杯底子是干吗使的！

穿过宝丰宾馆主楼大堂，我们陪李天海来到后院贵宾小楼的318套房。房间茶几上摆放着新鲜水果、名茶、名烟和鲜花。李天海环顾一眼卧室、客厅，拍我："不错。任京，好好干……"

孔明满脸堆笑，过来插话，催李天海洗漱一下，说各地的老总们在餐厅等着他一起用餐呢。

"噢，这么晚了还等着我老李呵。好，我快。"

大家纷纷退出李天海的套房，我从外面关上房门，在走廊里候着"老教授"。

豪华餐厅里摆放着六张圆桌，打开了保鲜膜的荤素冷菜已经上齐，大小杯子里饮料、红白酒水和啤酒已经全部斟满，围坐在酒桌旁的男男女女谈笑风生、打情骂俏——话语声中汇集着大江南北的方言俚语，从外面走廊里听进去，酷似联合国秘书长举办的招待晚宴。

我、陈晨、孔明和宝丰宾馆的老总陪李天海步入餐厅，顿时众人起立，掌声雷动。宾馆老总将李天海让到主桌的主位，孔明为李天海挪动座椅，陈晨帮李天海脱掉皮衣外套。我们随行数人分别落座在李天海的左右。一阵寒暄后，李天海端起一杯白开水，向众人声明："我有糖尿病，不能沾酒沾糖，所以只能以水代酒了——来，为了感谢京华公司任京总经理为我们二渠道创造如此舒适、便捷的书会环境；为在新的一年里各位老总多做书刊、多发财，干杯！"

“干杯！”众人高声迎合。

举第二杯酒时，李天海提议，让我整两句。我推辞不过，端起一杯白酒，站起来，冲各桌点头示意：“各位前辈，各位老总，欢迎来北京一聚。京华公司能为全国二渠道老总们服务，是我任京、更是我京华全体员工的福分。如果会议期间有哪些地方没做好的，请老总们多多包涵。谢谢！干杯！”

二

羊坊店一带由二十世纪五十年代苏联专家协助建筑的那种尖顶红砖的宿舍楼群，被纷纷扬扬的白雪蒙了一层厚厚的棉被。楼群间，一排小平房内探出的烟筒上挂着一个个接烟油儿的小罐头盒，烟筒里冒着缕缕白烟。冰凌爬满窗户的小平房内，刘文静、杜丽、陈晨穿着小花棉袄，我和孔明戴着古铜色条绒棉帽，我们静静聆听向阳院王爷爷讲述雷锋叔叔的故事……好像是听完了故事，我们叫喊着涌到院里打起雪仗。我每向孔明投出一枚雪球，嘴里都振振有词：让你尝尝雷锋叔叔的准头儿；我是王成我是王成，为了胜利向我开炮向我开炮……我与孔明的雪仗进行得十分激烈，雪球打在我们彼此的身上、头上，冰冷的雪花落进后脖领，我们龇牙咧嘴坚持战斗。我们俩男子汉的无畏与勇敢逗得一旁观战的陈晨、刘文静和杜丽不时拍手加油，间或还发出阵阵银铃般的笑声……我觉得有人推我，我努力睁开眼睛，放大的孔明的脸近在咫尺：

“还睡，都打起来了！还睡。”

“打好呵，互相比比准头……”

“哎，还做梦呢吧？我是说大堂里因为抢广告地儿打起来了！”

边穿衣服，我才边听孔明讲明白。今天是二渠道书会召开的头一天，一大早，参会的各家为了向即将光顾的批发商和零售商展示各自的新书、新刊，于是涌到大堂争抢显眼的位置张贴图文并茂的书刊广告及展位房间号。原本，宾馆在大堂是以位论价划定好张贴广告位置的，甚至有些位置都是提前交了钱预订好了的。但是，一到张贴时便乱了，所以就吵、就闹、就动起手来。局面失去控制，宝丰宾馆的老总想动用保安和拨打 110 报警，但看在组办者孔明延庆一场男欢女爽的情分儿上，没忍心动保安，更没去报警，只好直接把电话打到孔明房间，警告：要打砸了宾馆的设施，你京华公司得全权负责！

“这成什么了，这不成‘文革’为贴‘大字报’抢地儿了么。”孔明眼角的眼屎还没来得及洗，梗着脖子。

穿好衣裳，我上卫生间划拉一把脸，招呼孔明：“走，看小子们到底是想文斗还是想武斗。反了——都！”

宝丰宾馆的大堂内人头攒动，吵闹声一片，自带的铝合金人字梯子，宾馆房间的椅子、床头柜，成卷的透明胶带，大瓶大瓶的糨糊胶水，剪刀、钳子、铁丝、裁纸刀，铺展开一半的书刊广告页四处可见……总之，一片狼藉。一帮败家玩意！

我和孔明走进大堂，宾馆老总已经带领一哨手持橡胶棒的保安将大堂团团围住，只差老总一声令下了。手持喊话筒的老总脸色气得发白。我挤到他跟前，拍拍他，示意消消气儿。顺手，我从老总手里夺过喊话筒，一步跨到值班经理的板台上，先四下静观，见各家没一个老总，一色儿全是各家的马仔、跟班、业务员。我心里有数了，举起话筒，喊道：“肃静！各位，我们这里可是书会会场，不是自由市场。再者，这儿是伟大首都，不是穷乡僻壤。你们知道你们现在站着的什么地方么——这儿是北京的丰台区，丰台区可是中国人民解放军四总部驻扎的地界！谁要再敢无视宾馆和会务组的规定，后果自负！”

喧闹的大堂顿时安静下来。人群中，刘文静死乞白赖往我站着的板台跟前挤过来。挤到跟前，她仰头冲我嚷：“都开会了，你还站这儿《列宁在1918》演哪门子讲呢……”

我拍脑门，丢下最后一句：“有什么问题，上总台找总经理！”跳下总值班的板台，我把喊话筒交给宝丰老总，随刘文静往大堂的后门挤。

累迷糊了，睡糊涂了。议程定的第一天书会早八点半召开一个举足轻重的会议。我呢，却连早饭都还没垫吧一口呐。

不能不说我们公司组办此次书会还是比较细致、用心、周全的：为了便于各家各地的老总们相互交流、共商发展，我们把展位房间与老总居住的房间区分开来。前面的宾馆主楼，我们定为展位房间兼业务员的起居室；宾馆后院的贵宾楼才是老总们起居和开会的地方——这样既体现了会议的严肃性，又能显示老总与业务员之间的尊长之别。尤为关键的是，今天这个会议对全国二渠道老总来说，是一个划时代的里程碑！

第一天的第一次会议就设在贵宾楼四层会议室。

会议还没正式开始，刚上到二层就能听到四层会议室传出的民乐《喜洋洋》。我随着刘文静拾阶而上，听着这喜庆的音乐，我忽然从刚才在大堂劝架的沮丧中解脱出来。

会议室里洋溢着团结、进步、友谊的气氛，椭圆形的会议桌上摆放着与会者的名签、水果、香烟、正宗的景德镇青花瓷茶杯和一簇簇姹紫嫣红的鲜花。正面墙壁上，悬挂着一幅醒目的会标：

“首届中华全国民间出版、发行家协会成立暨座谈会”

关于这幅会标的确定，我们京华公司是经过多方征求、请示、周折，最终征得全国各大区德高望重的老总们的意见和建议，统一了思想后才确定下来的。当然持不同意见的也不乏大有人在！至于，会议桌上的名签顺序和座次也是事先经过与数位二渠道前辈们电话、传真，三番五次，反复酝酿、排列形成的。说到会议资料，我们公司财务部部长刘文静是付出艰辛劳动的，协会章程、会议议程，顾问、主席、副主席、秘书长、主席团成员、协会会员等所有文字材料、选举投票卡，全部由刘部长率领的会务组人员日夜兼程起草、印刷、装订而成。唯独使我不高兴的是，其间，我让刘文静给我起草一份我在会上的讲话稿，她不但没接受，反而咬业务部陈晨部长的嘴。“她是干吗使的——会议筹备阶段又没接待组的活儿，你想累死我们会务组呀？”也是，我们公司藏龙卧凤，中学时陈晨在我们宿舍文学活动小组时就曾有一篇小作文发表于当时《北京晚报》五色土的副刊版上。写篇讲话稿，她应该有这个能力。没商量，我把自个儿讲话稿的活儿爱接不接地甩给了陈晨。

椭圆形会议桌旁已经坐满了与会老总，他们有的谈笑风生，有的郁郁寡欢，还有的相互窃窃私语。醒目的会标下，正中间端坐着沈阳的李天海，左面是北京的曹娟，右面空着一把椅子，再往左右，分别是长沙的段在军，吉林的姜利德，上海的吴玲，哈尔滨的孙艳丽，海南的宋涛，新疆的耿敏……我走进会议室，一眼就看见自己的名签立在李天海右面的空椅子前。但我装傻，进门就一屁股坐到专给会务组人员准备的椅子上。李天海和曹娟见状，忙向我招手示意，叫我坐过去。我一副的受宠若惊，边念叨：“其实坐哪儿都一样，我们是为大家服务的……”说着，我坐到李天海右手。

曹娟回头向调音台的操控员摆摆手，示意音乐停，然后坐正，伸手把李天海面前的麦克风往低角度压了压。

民乐《喜洋洋》戛然而止，会场顿时安静下来。

“哼、哼，咳、咳。”李天海在烟缸里摁灭半截中华烟，清清嗓子，没动桌上刘文静她们专门为他撰写的讲话稿，官腔十足，“女士们、同志们，各大区的老总们：今天，我们借一渠道北京冬季图书订货会的机会，一、正常举办我们二渠道的书会；二、经过多年、多方酝酿，我们几位老同志沟通、决定，正式成立我们二渠道自己的一个协会：中华全国民间出版家、发行家协会！”

“哗”，长沙的段在军和北京的曹娟带头鼓掌。

掌声停。李天海这才拿起桌上的讲话稿。“为什么要成立这么一个协会呢……”

忽然，我想起自己的讲话稿还在陈晨手里。于是，我打手势，把旁听会议的刘文静叫了过来，悄声催促她快去找陈晨把我的讲稿取来！不多时，刘文静从会议室外进来，凑近我的耳朵，私语道：“陈晨不开房间的门，听见里面好像有人在哭……”

我点点头，示意明白。

刘文静又坐回到自己的旁听椅上，做认真听讲状。

少顷，当李天海将成立协会的目的一段讲完，准备继续讲协会的组成结构时，我连忙趁机凑近他的耳朵，低语：“我取下讲话稿，马上就来。”

“……”李天海眨眨眼，“协会由点儿什么职务组成呢？”

会议各组都携带有各自的资料、纪念品，出于互不干扰，各组占了一个房间。陈晨是接待组，是项与各位老总接触十分频繁的工作，所以她的房间也与老总们一样，被安排在贵宾楼的二层，走廊尽头的一间。

出了会议室，我沿着楼梯往二层走，边掏出手机拨通陈晨的号：她的手机响着，但就是没人接。挂断手机的工夫，我已经走到陈晨的房间门口。先没敲门，我把耳朵贴在房门上，里面的确有“呜呜”的哭泣声。“陈晨！陈部长！我，任京！快开门！”

房门没动静，好像里面的哭泣声更加悲愤。

我急了，喊："开门。上面正开会呢，先把我的讲话稿给我，你再嚎——快快！"我用拳头砸了两下房门。

门开了，陈晨人躲在门后，伸出一只手，递出几页稿纸。

我借机强行搡开房门，进去。

房间里光线昏暗，只有床头灯调至微弱的灯光；窗帘紧闭，地毯上、床头柜上，到处都是擦过眼泪鼻涕的面巾纸；两张单人床上，一张上的卧具丝毫未动，整整齐齐。另一张床上，也只有陈晨的一件皮上衣，和两个高高摞起的枕头。我拿着讲话稿，环顾房间四周，纳闷儿："哭，伤的哪门子心呀你？"

陈晨停止抽泣，身体靠在垫有枕头的床头，鼻音挺重："……都你，人前人五人六的……都老流氓……"她没头没脑开骂。

"嘿，"我干笑。"说谁呢，老流氓？"

"你！快滚，烦人！"她腾地坐起来，疯了似的往房门外推我。

肯定，我意识到点什么。就势，我走出陈晨的房间……

"好。北京的曹总和长沙的段总都已经讲过了。下面欢迎北京年富力强的任京、任总经理讲话。欢迎！"

回到会议室，我刚屁股落座，李天海就拿我说事儿。我抿口茶，展开讲稿，毕恭毕敬："尊敬的各位前辈，尊敬的各位老总，尊敬的各位老师：今天我们乘着改革开放的东风，在'十一届三中全会'的指引下，胜利召开这次'中华全国民间出版家、发行家协会成立大会'，这是时代的需要，是广大读者们的呼唤……"会场死一般的寂静，我录音机般地照稿宣读。渐渐地，我脑海中再次浮现出陈晨房间里的画面——我不愿抬头，不愿面对会场的每一位男性。我怕在我眼里会把每一位男性都视为伤害陈晨的"老流氓"……

三

那天协会成立大会的议程进行到第三项选举协会主要职务时，刘文静她们几个会务组人员将印有候选人姓名的投票卡下发后，会场突然鸦雀无声。最为明显的是广州的老总黄华——黄老板，和杭州的林志会、厦门的沈德荣、成都的李萍等几个南方大区的老总，他们几个匆匆扫了一眼顾问、主席、副主席和秘书长候选人的投票卡后，没一个动笔打钩画叉的，而是像事先商量好的，统统把投票卡反扣在桌上，胳膊全都抱在胸前，面无表情，直视前方。相反，没他们几个省市经济发达、书刊销售量不太乐观的山西王端端、石家庄范宗文、郑州朱秀珍和济南苏珊珊几个北方老总们，倒是乐哈哈地在投票卡上填写起来，然后中规中矩，把选票折叠好，依次投进刘文静抱着的流动投票箱里。

人精，二渠道里没一个傻子，都是人尖儿！

从表情和投票的气氛上看，形势就是光头上的虱子——明摆着抵触、抗议、弃权、不满意！

顾问一职的唯一候选人李天海见势，坐不住了，干咳两声，端着架子，用循循善诱的腔调："别白呼了，抓紧点时间，今天是咱们第一天书会，各家还惦记着展位上的下货量呢。用任京他们北京话，别那么肉（磨蹭）……"

"老教授"李天海的话还没说完，广州的黄华、黄老板开腔了："偶（我）对协会职务的候选人有一点点意见的啦——"

一向在圈子里和泥、打横炮的云南吕俊、南昌李福仁和武汉熊健、西安秦勇，纷纷争先恐后站起来打断广州黄老板的话，一个个露出讨好的嘴脸，明知故问李天海：

"同意就打钩吧？"

“候选人就从这票上列出的人选中选吧？”

“不同意的是空着还是得打叉呀？”

成都川妹李萍不高兴了，站起来冲打横炮的几位嚷：“干啥子么？先听黄总讲完你们再插话好不好么，起码的礼貌也不懂撒……”

“扯扯扯，”李天海胸有成竹，烦，头转向广州黄老板，“扯吧，黄蛮子，别整鸟语，接着往下扯吧。”“老教授”一贯在圈子里管黄老板这么叫，成口头禅了。

“我的意思吧，是不是我们南边的职务少了一点点？”黄老板极力捋直舌头，用胖乎乎的指头点着桌面上反扣的选票，“顾问，你‘老教授’，没意见；主席，北京的曹女士，没意见；副主席里除一位我们南方长沙的段总外，为什么全是北方人——吉林、哈尔滨，东北就占两票……”

“什么叫除南方一位段总，”哈尔滨的女强人孙艳丽不干了，抢话，直冲黄老板，“副主席里的上海吴玲、重庆的蒋媛媛难道是我们北方人呀？学过中国地理没有？”

“……”李天海抬手制止哈尔滨孙艳丽。点烟，仰脖，李天海微笑着：“黄蛮子，你说完了吧？接着扯，谁、谁还有要扯的，快扯呵！”

“我，我也说两句，”厦门的沈德荣坐着，没往起站，慢条斯理，“我对秘书长人选有意见。咱们不能单凭‘打了一回金门岛’回来就委任一个‘军委秘书长’吧？论资历、论经验，南方二渠道中还是有更合适的人选么……”

秘书长投票卡上就我一个候选人，明摆着，这话里话外就是冲着我么。我举手，站起来：“沈总，咱都甭藏着掖着，昨天我在机场接你的时候，您怎么说来着：官儿不官儿的也不挣钱。您还怎么说的——其实协会那些职务也就为二渠道服务而已，没什么实质性的东西……”

“沈总点到要害了，讲得蛮好，‘服务而已’。”广西南宁的邱明华一旁替我捧着，抬轿子。

我没搭理他，继续："话说到这份儿上，我表态：我不干了。秘书长你沈总干好了。"我坐下，不言声了。

沉默。

会议僵持了几分。北京的曹娟发话了："首先我声明呵，还没最后唱票通过呢，我不代表协会主席呵，只代表我一个普普通通的二渠道里的总经理。我觉得吧，咱们二渠道里不应该这么较劲儿，不就成立一个共谋发展、同舟共济的协会么，至于鼻子不是鼻子，脸不是脸的么？是，不能否认，这候选人在某种程度上代表我们几位老同志的意见，那又怎么了？我们考虑的是如何便于全盘协调、工作便捷，咱们这又不是香港工商会，谁财大气粗谁就是商会主席。要那样想就俗了——忒俗！就比如说这秘书长候选人任京吧，三十郎当岁，年富力强，人又踏实勤快，年轻的时候还写过小说散文什么的，编写校印也一把手，生活的城市也跟我在一地儿，往后协会有个是是非非的也能及时向大家通报——这有什么不好？"曹娟越说越来气，脸色儿都发红了，横下一条心，底儿撂了："明说，任京这秘书长是我提议的，谁要反对，这主席谁爱当谁当！完了。"

"老教授"李天海眼珠子飞转，察言观色、威风八面。

四

宝丰宾馆主楼，除一层餐厅、购物中心和商务中心，往上，从二层直到十一层的客房，全被二渠道大小书商的展位占得满满当当。

大堂里、电梯间、楼层口，以及每一层的客房通道里，到处张贴着图片插画低级媚俗、标题主题骇人听闻、纸张廉价低劣、印刷裁切偷工减料的书刊广告彩页。有的，还用粗细不一的各色彩笔在彩页上字迹潦草地涂写上联系人姓名、传呼号、手机号和房间号，以期招揽前来下货的客商客户；宾馆内外的停车场里、大堂地板上和楼层客房的通道地毯上，举步可见随手抛撒的各式名片、各色书简和印有公司广告的手提袋。更让人惨不忍睹地是，某些犹豫不决的客商将从展位索取的样书、样刊随意丢弃在宾馆内的每一个角角落落。

“首届中华全国民间出版家、发行家协会成立暨座谈会”在突然袭击和兴致勃勃中召开，最后却是在强行通过、不欢而散中结束。表面上看一切都按部就班。中午，宾馆的豪华餐厅里已经安排好协会成立大会的庆祝午宴，可我陪同几位协会顾问、主席、副主席及会员们来到餐厅各就各位，左等右等，仍见就餐人员缺席不少。李天海、曹娟、姜利德和段在军几位协会领导见状，指使一旁协助招待、安排座次的我公司孔明、刘文静和杜丽去贵宾楼一间间房间地“请”去。这一刻，我才发现仍不见业务部部长陈晨露面儿！我起身离开餐椅，安顿孔明他们，让他们几个在餐厅别动窝儿了，还是我亲自“请”去比较合适。步履匆匆，我来到贵宾楼的二层，逐一去敲老总们的房间，但已是人去楼空。再去敲陈晨的房间，她没有应答。顷刻，我头皮发麻：陈晨不会出什么事吧……踅回到宾馆主楼大堂，在各地前来下货、选货的人群中，陈晨从餐厅外卖口的方向拎着几个快餐盒饭朝一层电梯口走去。我截住她：“陈晨，上哪去？”

“公司展位。”她目光呆滞而坚定。

我想，陈晨肯定是为我们公司设在二层展位的员工送午饭去，因为书会期间各家业务员根本就是时刻离不开展位房间。他们与前来进行下货业务的客户一样，都想借中午的大好时光更从容、宽裕、精挑细选，进行书刊预订下货交易。我没有阻止陈晨，陪她挤进电梯间升上二层。出了电梯间，我站在摩肩接踵、嘈杂不堪、满目广告名片和书简的走廊里，催陈晨：“快，送了午饭咱们陪老总们一块吃饭去。”

“走你的，我不爱去……一帮人面兽心……”

我追两步，截住她，皱眉：“有完没完啦？给脸不要脸是不是？你以为你是黄花儿闺女呀——也都三十好几的了，也该看开些问题了，装哪门子的嫩？”

“谁装嫩，你才装嫩呢！不是黄花闺女怎么了？三十好几怎么了？我该看开些什么问题？都不是东西！”陈晨疯了似的跟我嚷，招的楼层通道里过往的下货客户们纷纷驻足观看。并且，陈晨刺耳的喊叫声还惊扰了不少商家的业务员，他们纷纷从展位房间跑到走廊里探头探脑。

我怕影响不好，赶忙换了一种口吻，小声埋怨陈晨不懂事，不顾全大局。陈晨哭了，一手拎着装快餐盒饭的塑料袋，另一只胳膊扶在墙壁上，脸埋在胳膊肘里恸哭不止。我好言相劝一番，见没效果、劝不住，索性上前从她手中夺下装快餐的塑料袋儿，三步并作两步把午饭送到我们公司的展位房间。几个正为下货客户办理订货手续的业务员，突然见我总经理亲自给他们送餐来了，受宠若惊，都撇下客户急忙起身，冲我点头哈腰。我把快餐随便放在房间摆满样书样刊的一张单人床上，打手势让他们忙他们的，转身，匆匆走出展位房间。陈晨仍倚着墙哭，我边看腕表，边向她走过去。不由分说，我两手搭在她后肩膀上，推着她往人员稀少的楼梯口走。陈晨双手捂着脸，摇头摆尾，执意不肯前行，我连推带拥与她一起来到楼梯口。我停下来，冲陈晨下最后通牒：“吃，立马上餐厅，哭，就赶紧地上你屋儿哭去，别在这儿现眼！”看她没随我去餐厅的意思，我掉头跑下楼梯。

“大傻 ×……”楼道里响起陈晨恶狠狠的咒骂。

餐桌上的凉热菜肴已经全部上齐，热菜似乎已经有些冷了。除李天海他们几位协会主要领导落座的一席外，其他几桌的餐椅上人迹寥寥，稀稀拉拉。主桌正中的李天海独自抽烟，脸子早已甩下，挨着他左右的餐椅上，就座的几位协会领导见我迟迟进来，一个个朝我投来置疑和怨怼的目光。

我没解释，更没好气，一屁股坐到李天海对面的桌旁，抓起筷子：“不等了，开吃！”

五

中午的庆祝宴上，我酒喝了不老少。开始，酒桌上死气沉沉，以李天海和曹娟为首的一些从不沾酒的，抓起筷子就嚷着叫餐厅服务员上主食。主食上来，一个个蒙起大脑袋就往嘴里扒拉米饭。我往嘴里捡了两口菜，忽然又像想起什么，起身，扬脖儿环顾各桌的就餐情况。这时，挨着我左面吃饭的刘文静和杜丽，往嘴里拨拉着米饭，不易被人察觉地低声嘟哝：“快甭念着了，连个陈晨都找不来，还有什么工夫惦记他们几个南蛮子呀，快吃你的吧。”我装作没听见，坐下，想跟只顾吃饭的李天海没话找话，向他通报一句没来就餐的人名儿。但李天海没来接我的目光，装傻夹菜，装傻喝汤。我落了个尴尬没趣，正下不来台的空当，挨我右面坐着的孔明不由分说拧开一瓶白酒，劝我解解这几天的乏。要搁到平时，见酒桌上没什么人喝酒，我肯定也不会主动去沾，可想起今天这一上午大大小小的窝心事儿，我这胸口一万个窝火儿。我拿起自己跟前的一个啤酒杯，墩到孔明面前：“没错，倒吧，这几天的确也够乏的。”

不知孔明是对我有情绪，还是怨恨参会的某些老总辜负了他精心钦点美味菜肴的一片苦心，总之，孔明头一次给我倒，就倒了满满一啤酒杯白酒。我俩没让别人白酒，只顾哥俩端杯、碰杯，张嘴、扬脖子……

我隐隐约约记得，整个庆祝宴过程中，各地选上或没有被选上协会角儿的老总们吃得都非常文明、冷静。他们逐一草草吃完，轻手轻脚离开餐厅。相反，只有我和孔明推杯换盏，酒兴大发。其间，刘文静和杜丽上来先是抢我们的酒瓶，后又是劝我们不能再喝了。终归，她们还是对我和孔明无能为力，一气之下也都走了。喝到后来，好像是孔明让餐厅服务员用对话机把宾馆的老总也招到我们桌儿来。孔明跟宾馆老总边喝，边回忆他们前些日子在延庆康熙草原棉包里与几个闺女们的良辰美景……我们仨趁着酒兴先套相互年龄的瓷，又唠起中小学彼此在哪个学校上学的嗑。当听宾馆老总小时候在会城门小学上过学时，我拍着他的肩、点他的鼻子，正告："一准见过，我和孔明俩——羊坊店铁小的，咱们俩小学离不远，绝见过：主席逝世大会，在长安街军博前咱们两个小学挨着收听天安门主会场的广播……有没有吧？想没想起来！"

"好像是有，天阴沉沉的，师生都戴着黑纱白花儿，喇叭里刚让三鞠躬，长安街就哽咽成一片哭海……"宾馆老总不堪回首。

孔明提议端杯："为主席他老人家永远活在我们心中，干杯！"

"难怪，自打我见你俩就觉得面熟。"宾馆老总一口喝下去半杯白酒。

我和孔明嘴里含着酒，拿手里的酒杯与老总杯里的余酒比高低。孔明觉得自己杯里的酒还比老总杯里的稍高出点，主动仰脖儿又灌下去一截子，撂杯，抱拳："您多担待，在二渠道混的人都没素质，包括做书、做刊和前来下货的，您单从这头天书会开始的环境卫生就能明白，可哪儿哪儿都是名片、书简、广告页，铺天盖地……"

"今年就看在你哥俩的分上，叫他们祸害吧，假如明年再这不官不民的黑书会，你们就请我上莫斯科餐厅，让八个'妖鸡洛娃'陪着我祸害，我也不会再接这破会了——不是不接而是不能接，你们瞅瞅，我这宾馆上上下下让给造的……"

我劝宾馆老总不要这样悲观，要用发展的眼光看待事物：“兄弟，我们自己的协会成立了，下一步就有章可循啦！”

“狗屁，上门儿看到下门儿了——看透了，一帮乌合之众。”

三个女人的声音，开始还能捏着嗓门，你一言我一语，渐渐地，声音越来越大，像是争吵着什么。我觉得口干、头疼、嗓子眼儿冒火——我努力睁开眼睛。不知何时，我已经和衣躺在陈晨的房间。

刘文静、杜丽坐在房间的小沙发上，陈晨依在靠近她俩的一张单人床床头上。三个女人时而矛盾重重，时而同仇敌忾。见床头柜上摆放有凉白开、雪碧和凉茶，我顾不上挑拣，随便抓起一个杯子一饮而尽。

三个女人蓦地不言声了。

我嗓音嘶哑，有气无力，躺着问她们瞎嚷嚷什么，议论谁呢议论？

“能谁，议论你呗。”杜丽不由分说，站起来，走到两张单人床中间，俯视我，“你说咱们办的这是什么事儿？主楼主楼，各家业务员嫌咱们安排展位房间不公平，有的干脆拒绝交会务费；贵宾楼贵宾楼，住一宿加小半天，嘿，再找人，溜了！甭说会务费了，连房费也不交，就颠了——房间空了。”杜丽扶了扶鼻梁上的茶杯底子，坐回到沙发上。

“早知今天呀，”刘文静像与杜丽换岗似的，她也走到我床边，“咱就痛痛快快只给他们张罗一个会——就组办二渠道的一个书会，至于破民间出版家、发行家协会的成立会，谁爱张罗谁张罗去。最多咱不当秘书长么，当个一般协会会员也不挺省心么。她俩没在会场，我可是从头到尾在吧，你看看那候选人选票发下去后，一个个鼻子不是鼻子，脸不是脸的，跟竞选总统似的，就差动手了……”

听话听音，刘文静这话明摆着就是说我想当协会秘书长而拖累公司上上下下且又劳民伤财么。躺着，我越听越不是味儿，猛然坐起来，抬手指着房门：“你俩说够了吧？好，去，一块儿从外面把房门给带好喽！”

杜丽、刘文静起身便走了。

房间里只剩下我和陈晨，各自靠在各自的床上，我大口大口抽烟。半晌，陈晨起来，从床头柜上拿起我用过的空杯去饮水机上接水，返身，她长叹一声：“不怨杜丽、刘文静话痨，这会咱们也代价忒大了点儿……”

我能隐隐感觉到陈晨“代价”的所指，望着陈晨还有些红肿的眼睛，狞笑：“俗话怎么说来着：天下没有白吃的午餐；不当孙子就甭想当爷爷；舍不得孩子就套不住狼；世上无难事，只怕有心人……”我还没说完，陈晨慢慢乐了，两眼重新放出妩媚的神情：

“只要你不傻，我为你做什么也值……”

我抓住她往床头柜上搁茶杯的手，顺势把她拉到我床上……关了灯，我告陈晨的第一句话是：“能耍咱们的人还没生出来呢！”

六

广州、厦门的老总黄华、沈德荣，俩小子自上午协会成立议程进行完，包括中午的庆祝宴上，始终再没露一下面儿。午觉后，刘文静、杜丽挨房间给老总们送果盘，摁他们门铃，摁了老半天，见没人开。叫服务员打开房间，嘿，两小子连人带行李，带会议上给他们发的纪念品，全没影儿了！

我不会那么狭隘地认为，两个堂堂的二渠道老总会有意讹我京华公司区区几个会务费。他俩不辞而别的真实原因应该是因为在协会里没捞着一官半职而窝火、憋气——跟“老教授”李天海会上明着辩论吧，他们南方人的口条辩不过东北二人转的舌头，所以就不辞而别，一走了之。也只能以惹不起躲得起的方式，表达对已经产生的协会领导的抗议、愤懑。

有礼有节的老总还是占大多数。据说下午，那部分中午拒绝出席协会庆祝宴的老总们先后从外面回到宝丰宾馆贵宾楼里，三三两两敲开沈阳李天海、北京曹娟和长沙段在军的房间，道出各种辞行、道别、离会的借口和理由。有个别的甚至拎着已经收拾好的行李，在楼层走廊里大喊大叫，指名道姓找我，要交完会务费立马走人。

我和陈晨在床上听得一清二楚，刚有人喊我的名字要交费时，杜丽和刘文静就应声在走廊里替我扛起来，说要交费用不着找她们老总，找她们就行。正当杜丽、刘文静在走廊里向交费的老总们说明会务费中都包含什么什么费用时，突然李天海和曹娟的嗓门儿盖了过来：

“罢会是不？一个个嘚瑟的，都不能走，谁走，以后全国二渠道都断他的路、断他的货！会还没完呢，看谁敢提前离会！”李天海唬人。

“我说，你俩，文静、杜丽，你俩先甭给他们结会费么，”曹娟也起急，“别结呵！先把你们任总经理找来，肉什么肉，快点呵！”

陈晨捅我，示意我赶快穿衣服。

没等刘文静和杜丽上陈晨房间来叫我，我穿着件羊毛衫，趿拉一双印有宾馆名儿的一次性拖鞋，一脸睡意蒙眬地从陈晨房间出来，边揉眼睛，边装糊涂：“喝高了，多睡了一会儿，嚷什么嚷？”

“你看看你，中午的酒到现在还没醒呢，”李天海隔着走廊里的众人，指住我，数落，“中办、国办，哪办的秘书长有喝成你这样的？瞅瞅你这会，都要散伙儿了。”

我装三孙子，嘟哝：“散就散了吧，协会不是已经成立了么，该进行的议程不也已经全进行完了么？”

李天海没再理我，站在自己房间门口向也站在各自房间门口的曹娟、段在军打手势，让他俩立即进他房间去。

走廊里乱哄哄的，准备离开的老总们把收拾好的行李放在地上，有的手里攥着准备好的钱币，有的仍围着刘文静和杜丽询问会务费里包含的项目。我已经从李天海、曹娟和段在军刚才的表情里领会到他们想挽留诸位的意思了，但我不好明说，那样的话，我太有点仗着个刚当选的破秘书长以势压人了。再者了，就眼下这种逆流，你真要摆起协会秘书长的谱儿来，大家尿不尿你还两说呢，弄不好的话还适得其反。我只能扮大尾巴狼了："刚住小半天，主楼书会还没完呢就走什么走？都待着，上哪儿去住——京西地界，丰台地片儿能住的宾馆酒店都客满了。想上延庆通县住去呀，行，哪儿倒有的是住的地儿……"

杭州的林志会不好意思地向我解释："任老板，我们晓得你是为我们好，可我们来趟北京不单单是为一二渠道的书会，我们还得走走其他业务部门……所以京东京西地来回跑也不便当……"

"得，你每年来京的那点儿事我明镜似的。甭说了，待着！抽一天我派人派车陪着你跑行不行？"我拨拉开林老板，拍一下正给刘文静数钱的柳州彭美玲："彭姐，您呢，是不是在京也有其他业务？"

广西女人皮肤黑，又都深眼窝儿、大奔儿喽头，还缺乏幽默感，所以往往一说谎话就会脸红。彭美玲停下点钱的手，哼哧半天，红着脸，编瞎话，说她倒在北京没什么事，而是刚接了她爱人的一个电话，说她婆婆住院了，催她赶快飞回柳州……我与彭美玲对视了数秒钟的目光，然后，我一字一句："婆婆也是妈，不能老咒人家玩儿。揣起你的钱，不能走！"

南京的顾明山——顾老板挺主动，凑到我跟前，解释说他的小老婆黄林春要早产了，他得乘晚上的航班往南京飞。头年秋天，我在长沙二渠道书会上见过顾明山第二个小媳妇，当时的肚子是显出来一些。记得我们在书会展位房间里扎堆儿拿她的肚子开玩笑时，人家黄闺女羞答答说："等六个月后我儿子出来非让他替我报仇不可，再让你们拿我的肚子开玩笑……"怎么一转眼，刚过了三四个月'小太平军'就急着要出山？这不明摆着说瞎话么？我轻轻拍顾总的脑袋瓜儿："省省吧，不能走！你家黄林春真要这两天生了，我——我移居到小黄肚子里去。我跟你儿子换地儿住，信不信！”

“那不好吧，那我成你什么了？”

“你成我大爷了，这总成了吧？”

“叫大爷，叫大爷，现在就叫大爷……”众人起哄，笑。

我在圈儿中心劝，圈儿外围，上午在协会成立会上捞着一官半角儿的以及一贯在圈儿里打横炮、拉皮条的男女老总们也帮着我劝。尤其东北帮的老总们，说着说着动起手，抢行李的抢行李，西北帮的老总们喊服务员重新开房间门。吉林的老总姜利德，一米八几、二百多斤的块，两手拎着五六个人的行李，不管三七二十一往自个儿房间走，边走边抱怨：“都走了，晚上打‘跑得快’，我挣谁的钱呀……”

好不容易一番唾沫星子乱飞，要走的南方阵营已经被瓦解松动了。他们正面面相觑、犹豫不决时，“老教授”李天海跟曹娟、段在军三人，气冲冲冲到走廊里。李天海用膀子在空中一划拉：“想走也行，全体，上四楼会议室开会。开完会，谁走指定不拦谁——马上上四楼开会！”

“谁在出幺蛾子？”孔明酒气熏天，出现在他与我合住的房间门口，眯着双眼，身体还在前后打晃，批评人，“尽出幺蛾子！瞅着六点该吃饭了，开什么破会，不叫接着喝酒啦？”

杜丽见孔明不知深浅打断“老教授”的话茬，忙过去往房间里堵孔明，“叫叫，叫你喝，我这就上餐厅给整一瓶大二（大瓶二锅头），捎盘儿花生米来。”

孔明的醉话反倒提醒了曹娟。她强压内心的不悦，郑重其事，宣布：“先开会，晚饭推到夜宵了。上楼，开会！”

我指指楼上，暗示刘文静赶快张罗人上去布置会议室。

二渠道里的老总没一个省油的，平时在各自的地片儿都自由散漫惯了。在他们眼里只有做书做刊赚钱，其他事情都靠后歇菜去。在二渠道里戎马半生的李天海正是针砭时弊、高瞻远瞩、审时度势、忧国忧民，才下定决心成立这个“中华全国民间出版家、发行家协会”。但“老教授”的一肚子苦衷似乎没什么人当回事儿，更可气的是南方这些个二渠道的买卖人，没一点儿政治头脑，只知道低头数钱，不知道抬头看道。

“好心成了驴肝肺！整个一帮败家玩意儿！”李天海端着自己的保温杯往四楼会议室走，上两步台阶，自言自语骂一句。

撤去会标、台布、鲜花、水果和名签的会议室像一个准备召开家长座谈会的大教室。从诸位端杯子、吃零食、拿烟的二渠道老板们脸上看，他们似乎更习惯于这种宽松、自由、不分上下座次的会议环境。上午当选的协会领导们也不再并排坐在一起了，反倒星罗棋布般，分散在会议桌的每一个方位和角落；同时，协会领导的架子也放了下来，又回归到以往彼此同一平台上了。大家哥们儿、姐们儿地打情骂俏，说说笑笑。

刘文静好像没来得及去叫她手下会务组的原班人马，倒是把杜丽、陈晨给招呼上来。三个风格各异、光彩照人的未婚女子提着三把保温瓶，热情周到地给众老板倒水满茶。绝大多数老板本来就跟刘文静、杜丽、陈晨都熟，所以就免不了她们倒水倒到哪位男老总跟前时就贫嘴动手，间或，也就少不了引出一阵阵的嬉笑怒骂、男怜女嗲。

李天海也被会场轻松的氛围感染，随便找了一个位置坐下，点燃一支烟，深吸一口，笑着冲我说：“任秘书长呀，全国二渠道的老总数你小子幸福，整天守着这三位小姑娘……偷着乐吧你！”

“不灵，我差远了，”我坐在背对会议室门的一个位置上，手搭在旁边云南老总吕俊的肩上，谦虚，“我这刚仨，比起吕总昆明公司那五朵金花差远了。绝差！”

顿时，会场炸窝了，四川的女老板李萍，山西的女老板王端端，河南的女老板朱秀珍……纷纷从女性的角度驳斥现实与民歌里赞美的美女，从眼见为实的云南大理姑娘，说到新疆达坂城的姑娘，没一个像歌里唱得那回子事儿。先甭说漂不漂亮，光那皮肤眼神儿——黑不拉叽，木呆呆的……

云南的吕老板脸上挂不住了，反驳："你们内陆人不懂，云南和新疆都紫外线强，黑肯定是自然，但皮肤好的不少。"吕老板挺直腰杆儿，抬手指贵宾楼外的主楼方向，底气十足，"以前我那公司里的五朵金花全都让我辞掉了，换了五个，这回来北京我带来两个，不信现在给你们从展位上喊过来，让你们看看比电影里的金花只强不差。耿总，我带着进大堂时，你见了吧？"

新疆做书刊的女老总耿敏，自身条件就又黑又胖，不好参与谈美论肤，只是以默默点头敷衍云南吕老板。

大多数男老板本来装着不想参与这个敏感的话题，忽然听云南的吕老板果真把比电影里还要漂亮的金花带到此地，于是全体起哄："打宾馆内线电话叫过来。说，你们主楼展位房间是多少号？就说，金花呀，你们吕总让你们把下货的活儿放一放，先来后院贵宾楼四层会议室给你们布置点工作……"

"损，色狼。"刘文静、杜丽、陈晨低声笑骂。

济南的女老板苏珊珊讥笑云南的吕老板："你们球（瞧），真到动真格的，他就缩脖儿了吧！"

"叫叫，"云南吕老板逼急了，吼，"其中一个要比电影里的金花长得强怎么办——赌，下货，下货……"说着，他从内衣兜儿里掏出一个大钱夹，拍在桌上。

"下货"本来是二渠道里预订书刊的一个俗语。此刻，被武汉的老总熊健和南昌的李福仁将计就计了：

“下货老简单么，要长得比电影里的金花漂亮，我马上让我前面展位的业务员给你扛过来两包《废都》来。”

“我给你下两百件《金庸全集》。”

“我下六百件《高中试题》。”

“跟了，我加三百件《知音》水货版合订本。”

“……”

会场一派其乐融融，洋溢着轻松、团结、和睦、平等的气氛。

七

“法国埃菲尔铁塔”前，李天海被众星捧月般簇拥在中央，旁边众男女打着 V 字手势，嘴里喊着茄子的“茄”字——

“埃及金字塔”前，曹娟如埃及艳后，众男仆呆头呆脑守护在艳后左右，嘴皆半张，像应承着一个“喳”字——

“美国白宫”前，“李总统”戴着礼帽，一手掰着另一手的中指，向亚裔民众推行着自由、民主、独立的国策——

“咔嚓”一声，我收起照相机，冲镜头前的众男女竖起大拇指：“OK！稍差点儿，要搁到春天拍，那就更能以假乱真了：白宫西草坪，绿草茵茵，里根总统刚从西部俄亥俄州乘空军一号飞回华盛顿，牛仔帽没顾上摘，就宣布新一轮的远东军事部署——掰着指头道：‘小鹰号航母、华盛顿号航母，全驶向日本和韩国的基地了’。忒牛！”

李天海被我夸得屁颠屁颠的，过来搂住我的脖子：“真的有里根的派头儿？”

“从取景框看，谁蒙您‘老教授’，谁是孙子！”

李天海突然指着远处“莫斯科红场”：“‘李总统’又出访苏联了。”他紧赶两步，立在半人高的红墙前，摆出目中无人的架势。

男女老总们起哄，嚷：

“这下可不像。你到苏联是解决冷战问题去了，不可能在敌对方国家还那么牛气，这种表情怕是戈尔巴乔夫都不会让你活着回到美国。”

“‘老教授’，友好访问么，您应该和戈尔巴乔夫全都带着夫人还又彼此挽着对方的夫人，以示和平共处的愿望……”

我端着相机，一只眼从取景框中窥视，用机身挡住嘴，偷着乐。

取景框中，李天海向画面外招手：“陈晨、曹娟、段总，你们过来扮总统夫人和戈尔巴乔夫夫妇。”话音落，曹娟、陈晨和长沙的段总被众人边推带搡，拥入镜头画面。李天海美滋滋挽着陈晨；曹娟有些不大情愿地揽着段总的一条胳膊。

镜头里，李天海一脸淫笑，有点像一个没枪没子弹的老太监，既可怜又恶心——我拿开相机，冲他们四人喊：“换换，个头胖瘦比例太相称了，得反差开，换妻么就得反差大点儿。曹姐，您和陈晨换个个儿。”

曹娟正中下怀，终于甩开段总，兴致勃勃刚走到李天海旁边，李天海突然甩开陈晨，翻脸：“不访了，互发核武器吧，照死里干吧。”陈晨和曹娟换个儿，让“老教授”大为不爽，他干脆不拍照了。

李天海挑三拣四的行为伤害了曹娟作为女性的自尊心。接下来的游园使曹娟始终处于闷闷不乐、郁郁寡欢之中。我觉得曹娟这女人挺好的，人不怎么张扬做作，举手投足端庄典雅，身上有种北京知识女性的贵气。假如说稍微欠点的话，就是比我们大个八九、十来岁。我不忍心看着一个知识女性为面子的问题而处于愁眉不展的困窘之中。临近正午时，一帮男女老总基本上已经游完了北京世界公园。快走到公园出口，曹娟孤零零低头走进一间造型别致、门口挂着“WC ”铜牌儿的女卫生间。望着曹娟的背影，我迅速摘下脖子上的相机，交给比较机灵的山西女老总王端端，小声警告她：“见动作摆好了就咔嚓，

OK？”

“OK！ OK！”

估摸着曹娟快从女卫生间出来了，我向男卫生间紧走几步。我即将跨入男卫生间的刹那，曹娟湿漉漉的手里握着一块面巾纸从女卫生间出来，我急忙上前挽住她的胳膊，冲众人喊：“唐宁街10号，撒切尔夫妇！”

咔嚓，王端端按下相机快门。

世界公园门口，众老总陆续登上一部大通道空调旅行车。人上齐，豪华旅行车酷似一艘匀匀实实的航空母舰，缓缓沿公路朝北向宝丰宾馆行进。车里，人们喜不自禁、一路欢歌一路行。曹娟已经从丢面子的心境中缓过神儿来，一个劲地夸我：“任京这小伙子真不错，咱们选他当协会的秘书长可真选对人了！没他，咱们能这么尽兴么？”

我装处男，脸红：“哪儿呀，哪儿呀。大家今天高兴，全归昨晚‘老教授’的一席循循善诱和谆谆教诲。”

最后这两句，我的的确确是掏心窝子的话。

昨天晚上召开的“中华全国民间出版家、发行家协会第一次会员大会”，会开得极为成功、见效，我历历在目。会上，大家拿北京云南和新疆达坂城的女人逗了一会儿闷子后，李天海和颜悦色，言归正传。首先，他以一位二渠道老同志的身份，回顾了二渠道的发展历程，客观分析了二渠道面临严峻问题。“老教授”的发言有点有面、有数字、有实例，让众老总们一个个如临大敌、正襟危坐。他列举实例的大致内容是：

目前，二渠道几近军阀混战，鱼龙混杂。改革开放以来，二渠道如雨后春笋，由小到大，由弱到强，一代代二渠道的先辈们前赴后继，运用了游击战、特别是灵活掌握了以农村包围城市的战术，在各省与扫黄打非办公室展开殊死的巷战、正面战、地道战和看不见战线的信息战，进而才形成了星星之火可以燎原之势。

“今天的成绩来之不易呵，同志们呐！”李天海敲着桌子，语重心长、感慨万千，“然而，各位老总再看看眼下，眼下又是一种什么局面呢……”

“老教授”痛心疾首：“眼下，削尖脑袋想钻进二渠道的异己分子大有人在，他们不惜糖衣炮弹、美女色情、重金收买、装孙子拍马屁，甚至明火执仗，抢书号、霸市场、建印刷厂，大有形成‘三渠道’‘四渠道’的态势，大有推翻我二渠道的劲头儿。”

“同志们呐，我们再不团结起来，一致对外，明天或许我们的市场和利润就会被拱手让出去的！到那时，我们就是哭爹喊娘也怕是拿不住调门儿啦！”李天海的话越说越叫在场的老总们倍感岌岌可危，形势严峻。

身为协会的首届女主席，曹娟也顺势而上，晓之以理，动之以情：“现在完全可以这样讲。就说北京吧，每年没经过二渠道会员介绍闯进二渠道区内非法编印、下货的书商、书贩成百分之百地往上翻。并且，这些无门无派的混混们还逮什么印什么，逮什么盗什么，逮什么发什么——我们不成立这个民间协会加以约束、管理、全国一盘棋地协调，能行吗？”曹娟神色严肃，分别凝视不同方位就座的协会副主席们，还有身为协会秘书长的本人。

几位男女副主席表情凝重，频频点头；我装模作样在一张书简背后做笔记，画两笔就抬头与发言者对视一下目光，反反复复，从不间断——其实我在画一种世界著名的狗，德国黑背。我给它戴上眼镜，还穿上件中式旗袍……我认真聆听和笔记不辍的态度赢得曹主席的欢心。她讲完，点我名儿，叫我也表表态。

我毕恭毕敬站起来，立场坚定，忧国忧民：“我始终在反思一个问题：

同志们呀，咱们不团结在以李天海同志为顾问、以曹娟同志为主席的出版家、发行家协会周围能行吗？”

“不行，不行，绝对不行。”与会老总频频摇头。

思想统一了，包袱卸掉了，行动也就一致了。

会后已近午夜时分，豪华餐厅里粤式夜宵准备齐全。孔明早已酒醒，西装革履守在餐厅门口，用握着手机的手做着请的手势。二渠道各位男女老总精神振奋，款款步入灯火通明的夜宵大厅。夜宵桌上，我喝了少许红酒，情绪来潮，拍胸脯：“明天一早，我京华公司请客，请各位老总上世界公园一游！”

“有病，大冬天的，没地儿去了你……”刘文静用筷子夹着一个虾饺，像质问饺子里的虾仁。

八

扑克有成千上万种玩儿法和叫法。“跑得快”据说是发源于东北地区的一种玩法，打法简单而迅捷，对家、单奔儿、多人挑均可。由于“老教授”李天海特别嗜好这种扑克玩儿法，所以就在二渠道里刮起一阵强过一阵的“跑得快”旋风。我无数次赞叹过“跑得快”这个名儿，与其说比选手跑得快，倒不如说是人民币来来回回跑得快。孔明和陈晨是前些年陪我去东北参加二渠道书会时，在长春学会了“跑得快”。说也怪，俩人各打各的，单奔儿水平还一般，有赢有输；要搁一块儿打起对家来，那叫个将遇良才、珠联璧合。一个佯攻，一个断后，把把下来，不是她第一个出完手里牌，就是他第二个净手。在我的印象中，这俩小子联手对家就没输过钱。

上午，北京世界公园都开够了心。下午午觉起来，贵宾楼里的“跑得快”聚起数堆儿。陈晨的房间里，“老教授”李天海与南京的顾明山对家，陈晨与孔明结对。四个打牌的人只管摸牌、出牌，很少说话，反倒是他们身后站着的两位管家——负责算分、收钱、付钱，过程中却时常相互争执。再外圈儿，才是七嘴八舌、指点江山的围观者。陈晨他们的管家、成都女老板李萍手里抓着大把的钱，蘸着唾沫，动作夸张地点，不时发出“哗啦、哗啦”的钞票声。旁边，给李天海和顾明山当管家的南昌老板李福仁听得不高兴了，忍无可忍。冷不防，男李管家扬手将女李管家点钱的双手由下往上拨拉了一把：“正出牌呢，数什么数，哗哗的。”

就这一拨拉，果真“哗”——雪片似的百元大钞纷纷扬扬从天而降。围观的人顿时大乱，说笑着四处抢钱捡钱。四个打牌的人盘腿坐在单人床上、手里握着各自的牌，停止战斗，一动不动，一声不吭。顾明山、陈晨、孔明和管家李萍四人同时把目光集中到李天海的脸上。李天海先把手里的牌扣在右手边的床铺上，拿起中华烟点上一支，再抬头，脸色儿白了，冲自家的管家——南昌李福仁吹口烟，强压怒火：“玩儿得起玩儿不起，耍赖？”

李管家向李东家赔笑：“我嫌‘哗哗’的影响您出牌算牌。”

“你是怕你这把牌下来就没钱管了吧？”

李管家一脸难色，伸出手里仅剩的三四张百元大钞。

李天海用力眨了眨眼，左转，探身，抓起床头柜上的宾馆内线电话：“啊，我，老李。这两天我在后院整其他事呢，前楼也没顾着上去。怎么样，咱们那几种新货下货量还行吧？嗯嗯……好好。我说，从下了货的订金里给我球（取）出几本送到后楼21……”李天海看对面的顾明山。

“214房！ 214房！”顾明山提醒道。

“对，送到214来。马上呵！别只顾唠嗑给唠忘喽。”放下电话，李天海转着脖子环顾四周的人，举起一只手，在空中转了一圈儿，然后把手指在孔明和陈晨的管家——成都李萍的脑门儿上。

刚才捡了钱的围观者们争先恐后将或多或少的钱统统塞到李萍管家的手里。

李萍当即把失而复得的钱点了一遍，脸上才绽出一丝笑容。

随着走廊里一阵急匆匆的跑步声，一位二十出头的小伙气喘吁吁闯进来，径直跨到李天海床边，从怀里掏出数捆整捆的百元大钞，放下，转身，消失了。李天海抓起送来的一捆儿钱，手里掂着钱，眼睛在围观者中踅摸，最终，眼神儿落在我脸上："你来给我当管家吧。"拿钱的手伸向我。

我摆手，讲实话："不行不行，都知道，我连牌都不会玩儿，算账管家更一个二迷糊。还叫南昌的李管家接着管吧。"

"就让你管，'中顾委主任'交你'国办秘书长'点儿活儿还不好使了？"

"那说好呵，赔了少了的，别怪我呵。"我不情愿地接过钱，掉脸瞪成都的李萍，"告你呵，结账时不能诈任秘书长呵！"

众人异口同声："不会不会，'中纪委成员'都在这儿帮你盯着呢。"

向主席保证，我除了"捉娘娘""拉火车"外，在任何一种扑克牌的玩儿法、包括其他种类的赌博方式上都表现得特别木讷、不开窍。这倒不能说我有意洁身自好，而是我天生对数字就没有一个逻辑性的概念。记得上小学和中学时，我的理科基础就特别差，以至于每年放寒暑假时，班主任老师都要把我和陈晨、杜丽、刘文静分到一个假期学习小组，以期达到"一帮一，一对红"的成果。即便如此，几年下来，不但我的理科成绩仍保持在二三十分的水平，而且把三位女同学的文理科学习成绩全部拖了下来，直至使陈晨的数学课代表、杜丽的化学课代表、刘文静的物理课代表统统被各科老师抹了个一干二净。班主任老师一气之下，把全班学习成绩倒数第一的孔明也塞进我们课外学习小组。班主任老师的理由是：反正都住一个宿舍大院，家长们也省得相互攀比……

人无完人，金无足赤；东方不亮西方亮；有心养花花儿不开，无心栽树树生芽儿。不是我没人夸就自夸自，打小，我在编瞎话方面就显露出超乎同龄孩子的天分。不知不觉，说瞎话的天分被我给嫁接到了组词造句方面，于是我把这些个句子像摆积木一样，用各种标点符号串联成一篇篇类似于雷锋日记的作文——班主任语文老师挺喜欢我这些个不着六四的瞎话，不但不批评我，反而常常把那些瞎话文字拿到语文课上当范文给同学们朗读。读来读去，一个学期下来我的社会地位提高了：班主任老师任命我为羊坊店宿舍院第六课外学习小组副组长。我当官了呀！

“瞅瞅，瞅瞅人家任京任总任秘书长，天生就有当官的派，”李天海扔下最后一把牌，展腿，挪屁股，两只脚丫子在地毯上划拉着找鞋，边批评南昌的李福仁，“你看见人家任总输急了动过手么？别说动手，人家连动嘴都少，该算算、该结结。玩儿高兴么，没输家就能有了赢家？”

南昌李福仁被李天海数落得无地自容。

我把输剩下的钱递给李天海。见他两脚丫子在地毯上摸索半天没找着自个儿的鞋，我弯腰从床头柜下面掏出他的鞋，摆正，放到李天海脚边。直起腰板儿，我说：“先别说这些，这剩下的钱我没数，剩多少一个子儿没动全上交您了。”

“别交给我，先交到小顾手里吧。”

我转身再将钱递给南京的顾明山。顾明山哈腰系鞋带，仰头侧目看李天海，不想接钱。

“让你先接着就接着，”李天海命令道，“书会完了咱俩再对以前书款的账。”

顾明山站起来，从我手里抓起钱，点也没点，揣起来，头也不回，颠了。

已经穿好鞋、站到地毯上的孔明和陈晨喜上眉梢，嘴上却喋喋不休地谦虚，说他们俩也没什么打牌技巧，傻小子睡凉炕，全靠运气好……明摆着，人家“老教授”和顾总俩明明白白就是让了我们好几把，这一让搞得他们自己的牌一把不顺，下来就把把全不顺了……

“管他啥子顺不顺，人民币顺那就是大顺撒，”管家李萍也没点钱，举着一大把钱问孔明、陈晨，“交那一个，谁当家？”

孔明、陈晨互相推让，谁都不好意思接钱。

看钱的厚度，我估计孔明、陈晨俩赢了对家有三四万也不止。我拉皮条：“他俩真不要的话，李萍，也全交给顾总吧。玩儿么，高兴了就得。”

李天海点住我的鼻子：“任京，你还嫩了点儿。你瞧不起我老李！真要有心的话，这钱你任京收着，今晚你就拿着这些钱请老总们上外面活动活动去——当我赞助了呗。你们想不想出去放松放松？”

“想！想！想！”众老总七嘴八舌，一致赞同。

九

“无功不受禄。我俩睡了一下午大觉，人家陪着你们战斗了三四个钟头，所以我们还在餐厅吃我们的。你们去你们的，赶紧的。”

“不行。钱是我赢的，谁不去，咱京华的头儿们得都去。要不我把钱全要回来，谁也甭沾腥儿。爱谁谁去。”

刘文静的房间门大敞着，陈晨在里面劝说刘文静和杜丽一同外出放松去。

我去“老教授”李天海的房间里打探了一下他是否真想外出的虚实。得到确定后，我从他屋出来，挨着房间招呼老总们动作麻利点儿，该穿戴穿戴，该把随身贵重物品携带携带上。甭放在房间，到时候丢了忘了的，找宾馆、找我们会务组说不清楚，麻烦！添堵！招呼人招呼到刘文静房间门口，听见自己公司人还在磨蹭，我不高兴了，站她们门口就喊，说外地老总们肉乎，你们不要也肉着好不好？刘文静和杜丽其实已经一块儿挤在卫生间开始梳洗打扮了，可还要卖关子。

“我俩甭去了吧？你们几个去全权代表了吧？”杜丽瓮声瓮气，像是绷着嘴唇擦口红。

刘文静化好浓重的晚妆，香水味儿扑鼻，走出卫生间，立在我近前，还推辞：“要不我和杜丽就甭去了。餐厅的饭怎么办？咱们可是跟人家宾馆订了晚餐的。全走，四五桌就浪费了，还不如我和杜丽留下……”

“你俩留下，四五桌全能吃了？”我反问一句，同时刘文静的话的确提醒了我，这钟点儿，豪华餐厅肯定已经摆台了，备不住凉菜也已经上桌了。我顾不上再跟她们废话：“定了的晚饭我想法儿让孔明去处理。你们赶紧捯饬，捯饬好赶紧张罗让老总们上大堂前庭候着。”

背着“老教授”李天海和我的面，孔明牛劲儿大了去了。他不说赶紧招呼大家做出发的准备，倒是跟成都李萍等几个女老板们一头扎进曹娟的房间，显摆起他下午跟陈晨合伙如何如何给“老教授”、顾总上牌课的心得：“狗屎大粪！咱谁呀，咱就是握一把狗屎大粪牌也得掩护对家儿先跑喽。剩下我，小臭蛋也得候着他们。”

“没看出来，”下午请假外出、傍晚才匆匆又赶回来的曹娟夸赞，“没想到孔总在打牌这方面可比你们任总强多了。”

“他不灵，就他任京要跟我单挑‘跑得快’，我都不跟他赌现金。我让他搬出我们京华法人的椅子来才跟他玩儿牌呢，几把转过来，我不打发他上前楼展位房间下货去，我就对不起他……”

“对不起谁呀？”我装什么都没听见，走进曹娟的房间，问牛哄哄的孔明。

“说说，接着说，除了赌法人的位子，老婆情人赌不赌？”一屋子女老板们起孔明的哄。

孔明垂下的一只手不停地摆动，边往门外退。退至与我打对面，我眯起眼睛下命令：“去，上前楼展位挨着房间通知各家业务员，让他们一小时后上豪华餐厅集体会餐，就说这是协会领导表达的一点心意。”

“那么多家业务员，怕全去了五桌儿搁不下吧？”孔明退到房门口，掰指头大致计算着。

“搁不下，你跟宾馆老总打‘跑得快’，让他再输你个三五桌不就齐了。”

“听听，我们任总多逗。”孔明不自然，咧咧嘴，走了。

我回到自己房间里拿随身的夹包。我不放心，又用宾馆内线座机给“总经理室”去了一个电话。我非常客气，嘱咐宾馆老总，叫他今晚的饭菜上得量大些，看人多实在放不下的话，该加桌加桌，该加酒水加酒水，账全记在我京华公司名下。

石景山区的西头儿，顶到首钢墙边，有一家集餐饮、娱乐和桑拿、足疗为一体的“快活林”。我们四五十口子二渠道的男女老总们，穿着几乎统一的宽松式浴衣，有的只穿着一只拖鞋，有的干脆光着脚丫子站在冰凉的水磨石地板上，每人抱着自己的衣服或皮包，面对面站成两排，手忙脚乱地在衣服或皮包里翻找各自的身份证。

走廊两头儿，特警荷枪实弹，严阵以待。我们两排老总们的中间，数名或着警服或穿便衣的男女警察来回游动，不时命令着：“赶紧的，把能证明自己身份的有效证件掏出来，没带身份证的把驾照拿出来也成。快快，赶紧的，别着凉感冒了。”

警察们越催，男女老总们越手足无措，有的甚至急得脑门儿上都沁出汗珠子了。

我敞胸露肚，下身穿一条又肥又大的浴衣裤衩，两只光脚丫被水磨石地面凉得来回倒腾，做金鸡独立状。手里，我拿着自己的夹包，在里面认真地翻找……记得身份证是带着的，前些天与宝丰宾馆签订二渠道书会合同时，我还让孔明拿着它上大堂商务中心复印过的；即使身份证想不起来搁哪儿了，驾照也该在包里呀？怎么说没有就俩证儿全长腿了？祸不单行呀，祸不单行——我正起急，对面的孔明从他皮夹克内衣兜儿里掏出一本驾照，递给我。我接过来，翻开，果真是我的驾照，里面还夹着我的身份证——我瞪他。

“别来回传别人的证件，”一位肩扛好多颗星的老警察警告，“别挤眉弄眼使眼色，都没用。我们还没一个一个地对照片呢。”

我死眉瞪眼看老警察，心话儿：我现在给谁使眼色还顶个屁用呀！掉脸。我眼睛冒火，瞪孔明：没见过这号儿的，成事不足，败事有余！

回想起数小时前，临集体离开宝丰大堂，宝丰宾馆的老总还再三地建议。人家的意思是，五桌晚餐已经摆台了，临时改业务员们的会餐有难度，加桌加酒水都没问题，加餐可就后厨冰箱里没料了，再进料就是明儿早的事了。与其众多业务员们吃个半肚，倒不如还按原定计划，原班老总吃了就得了。真要有心犒劳各家老总的业务员们，把会餐调到明天晚上，让后厨和采购员也有个准备的时间。一帮老总站在大堂里听了宾馆老总的建议后，觉得言之有理，并且个别老总还提议实在想“活动”“轻松”的话，完全可以在宝丰宾馆用过晚餐再出去么……

孔明去意已决，坚决反对：“不价不价，走走走，我都挨层挨屋通知各家展位业务员了。再变，我们会务组说话就等于放屁了。没餐料，白面总该有吧？汤饱，汤饱——叫厨子抓紧做一大锅汤面不就结了么。

老总们，开路伊马斯！”

宾馆老总火儿了，甩下一句：“随他的大小便。”转身，人家回厨房走了。

到底上哪儿“活动”“轻松”去，还没确定下个东南西北，一帮男女就出了大堂旋转门，才在宾馆门庭前七嘴八舌商量具体去向。

出租车司机眼尖，见宝丰门前一大帮男男女女，有集体出门的迹象，于是操起车载电台叽里呱啦一阵招呼，眨眼工夫，宝丰门前黄色面的停了一长串儿，全候着要拉活儿。

“别站在这儿干靠，”“老教授”李天海知冷知热，礼帽压得低低的，脖子缩进皮猎装里，催，“任秘书长，你们是北京当地的，随便找个能吃、能活动放松的地方就行了，只要安全卫生。”

“哎，我想起一个地儿来，”孔明茅塞顿开，两眼放出绿光，“那儿全套活儿，还僻静。就是远了点儿。”

“远没事，这不跟前就有出租车么，”长春的姜利德说着话，拉开一辆面的车门钻进去，又从里面拉开车窗招呼车外的老总们，“四五个挤一辆，快快，别嘚瑟了。”

出门前，我的打算是，也甭黑灯瞎火往远了去，就带他们上宝丰附近随便找个诸如北京烤鸭或北京炸酱面的馆子，边吃喝边卡拉 OK 一下就“放松放松”了事，也还真没当回子正事对待。寒夜中，我跺着脚，伸胳膊按原设想的馆子方向给李天海指指点点：“就亮灯的那儿，包间挺敞亮，正好五六桌，四个角还都悬挂一个二十九的大彩电。每首歌谁唱完，碟机还能给自动打分儿，什么《莫斯科郊外的晚上》《红梅花儿开》，一水儿的老歌儿多了去了……”

“老歌儿不去，要年轻的！”看得出来，李天海对我讲的“老歌”俩字不感冒。

“年轻歌的地方……那……”

不等我和老教授李天海最后定夺，孔明耐不住了，擅自下令：“优柔寡断，肉不肉？上车！我坐头里带路。”说着，他一猫腰，钻进第一辆面的的副驾驶座里。

十余辆黄色面的驶出宝丰宾馆大院，沿灯火阑珊的街区大道，先冲北，后扎向西，如夜幕下的国宾车队……

“快活林”其实就是一座五六十年代的招待所。月高风清的夜幕下，“快活林”院里停放着数辆挂着山西或内蒙古车牌的改装大货车，一看就属于那种长年为首钢拉运钢材或输送煤炭的专用车辆。楼里，门窗笨重而高大，正面一层通往二层的楼梯面墙上，闪烁的红绿灯背景板上，斑斑驳驳的“最高指示”影影绰绰。仍是从这个方向的楼上，不时传出一浪高过一浪的鬼哭狼嚎、歇斯底里的男女对唱，和那种低档音响及话筒发出的“嗡嗡嗡”的电子回流声。

夜奔“快活林”去的路上，我是和“老教授”李天海乘坐一辆稍微偏后些的出租车。等我俩下了出租车，走进“快活林”里，迎面一股羊膻味儿险些将我顶了个跟头。先到的老总们早已聚在楼里的一层大厅。一个带张家口口音的妇女浓妆艳抹、衣着妖艳，说起话来鼻音挺重。她身后两排不知从那个老俱乐部卸下来的老旧观众椅上，六七十个小妖姐搔首弄姿、顾盼自怜，一看就是村里的闺女被骗到城里学坏的那一族，有的还假模假式穿着印有红十字标志的白大褂。

老板娘极为热情地大致介绍了一下此“林”内的特色餐饮和服务项目：餐饮，以纯正的内蒙羊肉为主，有羊脸、羊排、羊杂、羊鞭、羊蛋、涮羊肉；娱乐，有歌厅、舞厅；服务，有桑拿、按摩和足疗；特种服务，有蒙式敬酒歌舞、泰式推拿、港式冰火……

楼里的暖气忒足，想必是首钢炼钢发出的热能无处排放所致吧。没听完老板娘的介绍，我便开始往下脱身上的羽绒服。李天海侧脸冲我淫笑，小声：“刚听羊鞭冰火就上火了？”

“什么是冰火？不会是先把人放在冰里冻会儿，再捞出来用火烤吧？”我真不懂。

李天海的眼睛在小妖姐中来回游移，仍低低的：“不懂冰火，一会儿你就尝一尝吧。”

老板娘念叨完，征求大家的意见，是先活动还是先就餐？谁是头头谁拿主意。

这一下老总们乱了。东北帮要求先吃了羊肉再整别的活儿；南方帮只活动不吃羊肉，嫌膻气；华北、西北两帮随便——先干什么都行；北京帮曹娟、杜丽、刘文静和陈晨四个女人什么都不干，就想立马走人。

“这儿环境太差了点儿吧……不适应，得回。”曹娟。

“甭吃甭玩儿，就这膻味儿，受不了。赶紧得撤退。”杜丽。

“都带的什么地儿，用心不良。快出去把出租车喊住，别让开走喽。”刘文静。

陈晨在人群里找：“孔明呢？孔明呢？”

“怎么个意思？陈部长找我是不是想来首《迟来的爱》？”孔明嬉皮笑脸，迎过去。

“爱屁！你带我们来这么个破地儿是怎么个意思？”

“什么怎么个意思？”

“你得问你自个儿是怎么个意思，装傻是吧？”陈晨很不高兴。

孔明当着众老总，被同一个公司的女同事质问一番，脸挂不住了，正告：“能吃能喝能玩儿，还又僻静、安全——就这么个意思。你怎么个意思吧？”

“玩儿、安全，你要玩儿什么还要‘安全’呀？”

“什么都得讲安全，人身安全！陈部长，别往邪里想呵！”

“哼，反倒是我往邪里想了……”陈晨气得说不出话了。

看阵势，一半对一半，一半想立马撤退，一半却既来之，则安之。我也拿不准主意，悄悄征求“老教授”李天海的意思。李天海像选美评委，眼睛一个个上下打量椅子上的小妖姐们，模棱两可：“今年的会是你张罗的，你拿主意。我们都听你的。”

“那就……”我刚蹦出俩字。李天海打断我：

“你出去瞅一眼，出租车都在呢，咱们就撤，不在呢，咱们就简单待会儿。要不现在说回就回也没车，往回腿着走呀？走回去非得天大亮了！对不？”

我转身出了“快活林”楼门。北风呼呼的天际，东边，明月高悬，西边，首钢繁忙的生产映红半拉夜空。公路上，除了零星的超重货车外，大客、中巴和出租车连个影子都没有，别说打的，劫道都难！重新又进到“快活林”楼里，我宣布：“简单待会儿。我现在给宝丰宾馆的老总打电话，叫他把上午拉咱们上世界公园的那辆大客给再租过来——没招儿，只能如此了。待会儿，待会儿，就简单待会儿啊……”

北京帮四位女士围攻我，逼问我“简单待会儿”是什么意思？坐，又没个坐的地儿，味儿又这么大，就这样叫膻（味）着呀？我置若罔闻，不予理会，拨拉开人群，走到老板娘跟前，问她能不能给大伙儿找个落脚的地儿，只要甭一个个立着就行。老板娘察觉到一大帮人不吃不喝不消费的意思，服务热情顿时凉了八成，说坐会儿也是要收费的，因为大冬天的，他们是要向首钢后勤部门交暖气费的。我烦，连连点头，表示能够理解，该付费付费么。老板娘不太情愿，在两排小妖姐中叫出三位穿白大褂的小姐带我们走。

一楼，一间宽大的会议室门口挂着“足疗室”牌子，里面，单人半躺的座椅转圈儿摆放着。座椅上，有叠放整齐的一套套颜色统一的浴衣浴裤。我大致数了一下，位置不够我们的人数。我再和一位穿白大褂的小姐交涉，她在旁边又给我们打开了同样的一间。

我大声招呼满走廊的老总们：“进吧，进吧，男女各一间，位置足够歇会儿的。进吧，进吧。”

“足疗室”里更加闷热——还是那种湿热。没待了一会儿，有的老总就开始嚷嚷着要茶喝，有的索性开始一层层往下脱厚重的外衣……我估计女士那屋也肯定热得够呛。我出来，站在走廊里给宝丰宾馆的老总打手机，告诉他我们现在的具体方位，让他尽快派他那辆大客车过来接人：“放心，不白用，掏钱租你的大客嘛。”

宝丰老总在电话里骂：“不让去，不让去，偏去。这下好了吧，业务员们在豪包里吃了个半肚儿，骂你们老总们抠门儿，这刚散了。这么说你们还没吃饭吧？活该！就那两个赌资烧的。我还以为你们上钓鱼台或北京饭店了……”他恶心我们老半天，让我们等着，他马上往大客司机家打电话，通知司机到宾馆车库取上车马上就往过走。

“你可叫司机快点，别过来就下半夜喽，老总们还肚子里都没食儿呢。”我合上手机，推门：“足疗室”内老总们都已脱去衣服，换上宽松肥大的浴衣、浴裤了！见我进来，有盘腿喝茶的，有冲我喊着要足疗的……旁边立着的小姐也没羞没耻地始终站着没动地儿。间或，她们还用询问的目光看我，那意思是：给他们的足疗，还是不疗？

我当然得先看“老教授”李天海的意思了：李天海里面的背心都脱了，穿着宽松的浴衣浴裤，舒舒坦坦躺在座椅上，手里夹着烟卷，两只大光脚丫子拢在一起不耐烦地抓弄，眼睛却望着天花板。孔明也早已宽衣解带，盘腿偎在椅子上，与我对视目光，同时悄悄指了指李天海的方向，再向我做了个揉搓的手势。

穿白大褂的小姐不失时机，凑近我：“老板娘说了，你们人多，给你们打五折，疗不疗？”

我环顾四周，都已经摆出疗的架势了，还有屁的商量呀：“疗吧，疗吧，全都疗吧。”

听到楼外院里有汽车的动静，我还在里面催老总们，让一对一的小姐们加快点儿捏泡脚的速度，别让人家宝丰大客的司机在外面等太久了……话音还没落下，“哗啦”一声，荷枪实弹的特警冲进“足疗室”……

等我们这屋的男老总们走到走廊里时，那屋的女老总们也不含糊，一个个穿着浴衣浴裤、抱着各自的衣服挎包已经整齐排列成一排了。后脚，从她们足疗室门里，一水儿的光头男，一个个端着脚盆，鱼贯而出——敢情全都没闲着呀！

男男女女分成两排，晕头涨脑、哆哆嗦嗦在走廊里找各自的有效证件。北京帮的四个女士首先纳过闷儿来。

“哎，警察同志，”曹娟一手抱着自己的衣服，一手抓紧浴衣的大脖领子，一脸的正气，“先不说我们怎么着了，你们擅自闯进来，你们的证件呢？”

一位英俊的霸王花，掏出自己的警察证，警徽朝外：“石景山区公安分局的。”

“石景山区怎么了，就是天安门区的也没法律不让足疗吧……”杜丽、刘文静和陈晨京腔京韵地跟男女警察争执起来。

我不想把事态扩大闹僵，真要僵了的话，扣你个异性按摩的罪名儿也得一位治安处罚几百块——关键是不值！我手里拿着孔明刚在他兜儿里找着的我的身份证件，往前跨两步，在曹娟她们和警察们之间和泥：“别争了，别争了，都北京的，讲清楚就得。”

“得什么得？北京的就能得？”老警察回头训斥我，“站回队里去，把证件全都交出来！”

男警察查男老总，女警察查女老总。警察核对一个，再认真上下打量一番。查完，老警察走到我们队列尽头，“啪”一个立正，敬礼：

"谢谢配合！撤！"他向自己人挥下手。

搁谁谁也得有情绪，在家早该搂着媳妇闷得儿蜜了，这大冬夜的让领导给从家被窝里提搂出来加趟夜车，搁谁谁也不痛快。大客里，音响、VCD、灯光、空调，司机一样都没给开。夜色中，大客车如执行夜航的泰坦尼克号，晃晃悠悠往东方向划。

车里，灵车般的寂静。突然，不知那位老总的手机响，司机打前面扔过来一句："关了呵，要开沟里，别骂我二把刀呵。"

十

蔫儿了，都蔫头耷脑了。自从前一天夜里打京西"快活林"回来，全都老实规矩、不咋呼了。白天，贵宾楼里空空荡荡，鸦雀无声，老总们都涌到主楼展位房间与业务员们忠于职守去了。孔明、刘文静、杜丽和陈晨，我也没让闲着，统统清理各自负责的扫尾工作去，生怕都堆到散会时才与宾馆各部门对账、清点，多了、少了的麻烦，能清一点算一点，也省得四人没事钻到哪个房间里不是打"双升""拱猪"，就是又扎堆儿回忆童年往事和风雪历程。我独自钻进自己的房间，明告他们，说我得把"首届中华全国民间出版家、发行家协会成立大会"的会议纪要整理一下，你们也都扫扫各自手里的活儿……

镜前桌上，台灯亮着，协会资料摆着，一沓印有京华公司全称的空白信函上随便放着一支倒插笔帽的签字笔。房间里窗帘紧闭，床头灯雪亮。我穿着内衣内裤躺在被窝里，手中抱着一本不知哪位老总新"做"的、随便扔在我房间里的《王朔作品全集》。集子里有部中篇小说，标题为《顽主》，开篇就是人物对话：

“我是个做（作）家，叫宝康——您没听话（说）过？”

“哦，没有，直（真）对不起。”

在“五（三）T”公司的办公室里，径（经）理于观正在接呆（待）上午的第三位顾容（客）……

以上，这加起来满打满算没五十个字，就出现六七个错别字！什么玩意！

我义愤填膺，掀掉被子，把集子重重摔在地毯上，光脚跳下床，坐到镜前桌旁，拿起签字笔，在空白的纸上飞快地写下一行字：

关于提高做书质量的通报（国民出发家 1 号）

手里的笔在不停颤抖，我转动着不吐不快的思绪，刚下笔写正文：“尊敬的中华全国民间出版家、发行家协会会员：”突然，我房间的座机和床头柜上的手机同时响了起来。重重拍下笔，我起身一手接一部电话。几乎同时，座机里的孔明和手机里的陈晨叫道：

“不好啦，我们在批发市场的书店被查封啦！”

“门店保险柜里还锁着马上要跟各家对账收钱的账本呢……”

官方的北京冬季图书订货会临近举办的前三天，区扫黄打非办公室与区新闻出版、版权、公安、工商等部门联合对辖区图书批发市场进行了一次突击检查。据说是专为打击图书盗版，净化首都的图书文化市场……

大概能有小半年吧，自从接下组办这次二渠道书会的任务，我就没抽出一点空上过我们京华公司设在图书批发市场内的门店。这也自然，照公司内部的职务分工，图书批发市场书店这块归业务部陈晨部长分管，我去不去都是账面上的事——每月翻翻业务部报上来的销售报表，超额则奖，欠额则罚，去与不去书店一样的事。我不管手下职能部门的闲事，他们必须得各负其责。我手探那么长，副总、部长们不高兴，我还落个操心的命。

眼下，我不得不亲自出马了——门店是一个公司的实力象征，门店关张了，我这总经理也就该成总务了！

陈晨驾驶着公司夏利穿行在城区小巷。我坐在车后排椅的中间，头枕着双手，目光望着车内顶灯……我想起前一天夜里，我跟“老教授”李天海前后脚从“快活林”被警察审查完出来，临上宝丰宾馆派来的大客车时，他低低向我感慨了一句话：“冰火冰火，做不成冰火必定不是冰来就是火起，不是好兆头呀。这几天你得处处小心着点喽！”

落日西下，寒冷的北风把太阳都冻得有些发颤。此时，正值下班下学的高峰，大街小巷除了车流就是穿着校服、背着书包的中小学生。陈晨无视街边的禁鸣标志，鸣喇叭，抢黄灯，一路朝我们图书批发市场的门店杀去。

我们的图书门店坐落在一个濒临倒闭的国企闲置的仓库院里。早些年前，那家生产塑料制品的国企日渐破败，为解决离退休和待岗职工的生活问题，企业与区政府联合将仓库大院招租成一个“繁荣精神文明”的图书批发市场。

我们京华公司的前身就是从这个小图书门店诞生、起步的。

之前，孔明、刘文静、杜丽、陈晨和我，全都是刘心武、蒋子龙、舒婷、北岛和琼瑶……的追星族。那时，我们豁出命地沉迷于宿舍院里的“文学沙龙”，即使高中毕业也拒绝父母走后门给安排的“铁饭碗”工作。我们整天在原“向阳院”的旧平房里，谈论小说、诗歌和散文创作；我们央求父母、哥姐们从各自工作单位为我们“拿”回钢板、铁笔、蜡纸、白纸、油墨和手推式油印机，自写自编自校自印了一本刊名为《京华文苑》的小册子——其实此刊上编印的全部都是我们几个文学青年自个儿先投往京城或其他省市文学期刊编辑部，然后被退回或投出去后石沉大海的文学习作。

一个时代有一个时代的“星”追；一个时代有一个时代的“卡拉”方式，最终的目的是，只要“OK”就无悔于青春年华——尽管它需要付出沉重的代价！

散发着油墨香的《京华文苑》被我们几个怀揣“文学万岁”的“无业青年”，带到军博和玉渊潭公园的晨练广场，免费向爷爷奶奶和叔叔阿姨们散发。每当收起宝剑和风筝的长辈草草翻阅了《京华文苑》，指着刊物里某一个人的人名说曾在晚报上见过时，我们中间的那个人必定要挺胸抬头，立正敬礼，以向众人表明：正是“本作家”！就是“本诗人”！

《京华文苑》的编印周期越来越短，油印材料越耗越大，父母哥姐们也已经对我们的刊物失去了兴趣，于是就逐渐断绝了我们的油印材料。有一天，刘文静在宿舍院里看见身为居委会主任的母亲，抓住一名走街穿巷兜售美人挂历的游商。刘文静骗自己的母亲，说游商是孔明家的亲戚，远亲不如近邻。刘文静的母亲离开后，她开始与兜售挂历的游商做起了一笔交易：她让游商以最低的价格把挂历全部销售给自己，这样游商就无需被居委会干部呵斥和轰赶。游商当然愿意，而且他让刘文静立下一张字据——预付微乎其微的定金，等刘文静销售完挂历，他再来结算剩余的金额。从那以后，我们为了“以文养文”，除了各自的文学创作以外，又肩负起向家长和家长单位推销挂历的任务。

如此这般，孔明、杜丽、刘文静、陈晨和我，我们生活、创作得倍加充实而自信。因为我们用自己的劳动所得维持、坚守着《京华文苑》的存在和延续。

后来，那位河北游商与我们默契到无话不谈的境地。他建议我们在北京成立一个固定的销售点，货源中，除挂历、台历和日历以外，他从河北老家的印刷厂也可以提供给我们一些时下特别畅销的图书和杂志……于是，在河北男人的蛊惑下，我们几个文学青年渐渐弃文从商，步入二渠道做书做刊的行列。

七拐八绕，夏利车驶入图书批发市场。陈晨直接将车停到我们包租的书店门口。我俩同时从车上下来。

图书批发市场的院里早已家家关门闭户，冷冷清清。我们书店门口守着两名我都不太熟悉的、十六七岁的女售货员。店门上，交叉贴着盖有本市场办公室公章的封条。两名女售货员一见陈晨的面，顿时泪流满面，泣不成声。

“闭嘴！就知道哭哭哭。说，店里的货他们动了没有？”陈晨边训斥两名售货员，边径直贴到店门玻璃窗户上向里面窥视。

我点燃一支烟，站在原地，向大院里的“市场办”方向眺望。

“空了，几乎全空了，”陈晨离开店门，凑近我，说，“大书、工具、教辅全空了，只剩下零零散散的一些期刊了。”

我没言语，干笑，向“市场办”办公室方向吹烟……

陈晨开始向两名女售货员询问书店被查封的前后过程，问一句，训一顿，问一段，指桑骂槐搓顿火。我在旁边听了个大致意思：

下午一点半，“市场办”刚一上班，柴主任带着一帮穿制服的执法人员，照直从“市场办”杀到我们书店，进门亮证件的亮证件，翻书的翻书。两女孩儿在书店干了不是一天两天，这阵势也都见过。她们以为又是例行公事、随便看看就走，所以就按她们陈部长叮嘱的那一套——赔笑，嘴甜，沏茶，递烟。结果人家今天全都不吃这一套，尤其是图书市场管理办公室的柴主任，一反常态，虎下脸，叫先让往出拿“特许证”（图书出版物零售许可证）。其余几个人又叫往出拿工商、税务、技术监督代码证，以及进货、销货账本，还有与各种书刊相对应的出版发行委托书……好些个证照、账本、委托书都是由陈晨在店内的保险柜里锁着的，女孩们着实拿不出来。柴主任与几个穿制服的人一嘀咕，下命令："全部异地暂扣，等待下步检验！封闭店门，等候处理！"就这简简单单几句话，再加上"市场办"分管我们店的一位专管员葛小姐的一个要车电话。不多时，一辆中型货车停到我们店门口，打驾驶室跳下几名农民工，七手八脚把店里的书刊清理了一个底儿掉，一本不剩。

"……俺们俩就哭，就拽搬咱们书人的胳膊。见没用，就求柴叔叔、葛大姐……人家还是不中。"

"没见过世面的丫头片子！"陈晨训斥，赌气，"你们哭什么？你们求他们什么，啊？你们不会立马给我打手机？都傻帽儿了啊！"

"俺们想到市场门口给你打公话，可是又怕他们把咱们店里的保险柜也搬走喽……"一位年龄偏小的女孩儿畏首畏尾。

"搬，他们有胆量把保险柜也搬走喽。姑奶奶我不打 110 对不起他姓柴的和姓葛的小贱人……"陈晨越骂越来气。

我盯着望了半天，见"市场办"门半天没人进出，再盯住窗户看了一会儿，好像里边连灯光也没有。我抬腕看表，已经快六点半了。我回头劝双手叉着腰的陈晨："嘿嘿，歇会儿，别扣点儿书再赔个人躺到 301 医院去。"

"上八宝山姑奶奶都不吝！气——死我了都！满满一屋子的货说没就全没了……"

"……"我没再接陈晨的话。但是，我已经察觉到二渠道里有哪位老总趁我公司忙得顾头不顾尾的机会在下黑手——有一点可以肯定，这个背后给我京华下家伙的人就在我们刚成立的"中华全国出版家、发行家协会"的内部……

宝丰宾馆主楼内前来下货的商贩已是稀稀拉拉。展位房间的每层通道里像刚刚散了露天电影的操场，纸袋、广告页、书简和只有一个封皮里面却为废纸白瓤的样书、样刊，遍地可见，可哪儿哪儿是，基本上连下脚的地方都没有了。个别性急和此次书会下货量不理想的展位，业务员、跟班、马仔们开始往电梯间里搬运剩余下来的样书、样刊。降到一层，业务员们再将样书、样刊搬出大堂，搬到停车场，垛进各自开来的客货面包和新旧不一的汽车里……

贵宾楼里，二渠道的老总们临近书会结束时，方着手参会以来第一档子正事：对账。

说“对账”前，必须得把“铺货”和“下货”两个前提交待一下。二渠道里有个行规，无论哪位老总做了一本新书、新刊，或搞了一批新CD、VCD、DVD碟片，全国各大区的二渠道老总们都得无条件接“铺货”。但事儿都是要看人做的，赶上负责和责任心强的老总，往各地“铺货”前，还能客客气气给接“铺货”的老总打个电话通知一声，也能正正规规将托运提货票以传真的方式传到接“铺货”方的手里。要赶上马大哈和拿什么都不当回子事儿的老总，那可就崴了——没电话、更没传真，不声不响给对方“铺”下来。这时，假如接“铺货”方跟当地物流托运公司关系处得还可以的话，货到后，物流托运公司还能根据货票上标注的收货单位、收货人电话在免费保管日内主动催接“铺货”老总一声，以免耽误了及时提货避免支付超时间的保管费。假如背起来，马大哈老总与操蛋物流托运公司一块叫您赶上了，那这批“铺”的货就得在托运公司库房里睡大觉了——睡个一年半载不说，光付物流托运公司超时保管费就能超出货物自身价码的好几十倍去——提，还是不提？叫双方都坐蜡么！

按正常的，接“铺货”方一旦收到货后，尽快再往自己代理的辖区县市给小批发商、零售商推荐、下货，直至货物落到最终的读者手里。

“铺货”其实就是一个考验二渠道老总有没有对市场、读者预测能力的过程。说白了，就是先做一批（进一批）货，趟趟路子，摸摸市场，看看读者尿不尿这一壶吧。

假如“铺”下来的货没几天被市场“吃”掉了，那么紧接着，接“铺货”方就会立马以电话和传真的方式向“铺货”方申请大批量“下货”，直至本代理辖区“吃饱”为止。

你铺我也铺！你从沿海铺过来，我就敢从内陆铺过去；你打林海雪原下过来货了，我也得打沙漠戈壁把货“铺”过去！而且还得保证一个大区只给一家老总，要见谁给谁“铺货”、见谁给谁“下货”的话，那就叫“违规”！

春夏秋冬，长年累月，二渠道老总的货就是全凭汽运、铁路、航空，立体式地纵横交错、互通有无，敞开区（各省区）门，共同发财。但是发财归发财，老总们基本上下货不过钱，除非财运特背或做活儿做得特臭的情况例外，一般情况下，都采用的是“对账”方式结算、平账。

对了，一点没错：运用的就是早些年中俄边贸的易货方式，以货易货，来回冲兑。

这是一个得特别要讲信誉，得特别要精细，得特别要遵章守纪的交易方式！这也正是二渠道老一辈老总们急于成立“中华全国民间出版家、发行家协会”的良苦用心之所在。

图书批发市场门店被查封的闹心事使我公司无法参与对账的事情。以往，在二渠道书会上无需我操对账的心，陈晨主管业务部，她每到此时就会带着账本挨着老总们的房间去一笔笔核对、冲兑和现金结算。但是眼下，所有进货、出货的账本全被陈晨锁在书店保险柜里，叫“市场办”给封死了，取不出来了。陈晨也对对账的事儿挺急。次日一早起来，她就开着车奔图书批发市场，找“市场办”柴主任去了。去的路上，她给我手机打了一个电话，赌气说：“甭找我啊，书会上的事儿你们几个先替我顶会儿。摆不平这破事儿我就在他‘市场办’打地铺了。”我在房间里劝她，说扣书的事可以放放，能商量启了封把保险柜里的账本先拿出来最好，剩下的事等一二渠道的书会开完再摆平也不迟。

整整一整天，老总们在贵宾楼里挨着房间走家串户相互对账。我给孔明、刘文静和杜丽打手机，把他们悄悄招到我房间里，正式通告他们：“听好喽，咱门店被查封的事谁都不许传出去，传出去对咱们绝对不利……明白吧？”

他们仨心领神会，点头。

我重点叮嘱刘文静和杜丽，别心事那么重，老拉着张脸，和平时要一样，该干收尾工作干工作，该和老总们瞎掺和掺和……这头儿我还没叮嘱完刘、杜姐俩，从房间外面冲进来一个年轻小伙儿，进门就喊：“咱印刷厂去人了！”

公司印刷厂这块分工归孔副总经理主管。孔明一听，“腾”地从沙发上站了起来，冲小伙儿喊：“厂里每天去的人多了去了，什么人去了？慢慢说。”

小伙儿手里拿着把车钥匙提醒了我——他是我们公司设在京郊印刷厂里的一位业务员兼司机，也是孔副总手下最得力的马仔。记得公司刚给厂里配上头一辆“长城皮卡”时，就这小伙儿见天开车拉着孔总可北京城打转，主仆二人牛劲儿大了去了——不亚于开奔驰坐宝马。

小伙儿把气喘匀实了，一五一十往外倒……

我理解的前因后果大致意思是：头年夏天，我们京华公司为扩大印刷业务，提高印刷质量，跟浙江温州“中国印刷第一城”龙港镇一位姓游的老板谈妥一笔购置德国海德堡印刷机的业务。前期接触是由孔总和财务部刘文静部长跟游老板谈的。他们北京温州、温州北京来来回回相互飞了好多趟，无非也就是确保进口原装，巧妙躲避关税国税，价格一优再优。一切基本敲定，只剩提货这最后一出了，游老板泡在我公司的写字楼里不走，非盛情邀请我飞趟温州龙港镇见识见识“中国印刷第一城”的阵势。加上孔明和刘文静一旁敲边鼓，我推脱不过，只好在他们三人的陪同下“龙港一游”。温州机场落地，正下大雨，四名身材婀娜、长相俊秀的小姐一手撑伞、一手持花，将我们四人送出空港大楼，送上雨中的一辆黑色大奔。然后她们钻进后面一部白色宝马。两部车一前一后，在瓢泼大雨中行驶两个多小时，抵达“中国印刷第一城”——浙江温州龙港镇。在龙港的三天里，我对印刷行业发展大开了眼界，对中国黄海的海鲜也有个切“嘴”的感受，对四位小姐的服务更有了切身的体会（当然是在游老板的精心安排下，背着我公司下属体会的），让我体会最深的是：游老板出尔反尔，眼看我们要提货了，他又要加价。竟然放话，“北京有位女老板愿出高过我们三分之一的货款”提他的“海德堡”现货。

不可否认，上世纪九十年代在北京二渠道印刷厂里，德国“海德堡”印刷机还属于“巨额投资”，普通民营印刷厂多数一下拿不出那么多的现金。怨就怨我太自信了，一丁点儿没把游老板所说的北京女老板与我竞购“海德堡”的话放在心上。反倒是吃人的嘴短，玩人的理亏。吃了喝了，也玩儿了——我也只能挨这一棒了：我再多付他数万块钱，游老板却仍边一捆一捆数钱，边一脸的懊悔，嘴里自言自语说，要早一点点认识女老板就卖得亏不了了……

我只当游老板敲诈了我京华公司一把，我认了——行不行！

眼下，据孔明的马仔讲，游老板带着两名穿税务制服的南方人在两名北京税务人员的陪同下，到我们公司设在京郊的印刷厂里要暂扣并立即拆卸、拉走那台才刚组装好不久的“海德堡”印刷机，理由是逃避关税、瞒报品名，所以必须运回案发地浙江温州龙港镇进行查处。

“孔总，你快去瞅瞅，游老板都傻了，失魂落魄的，还不停地打颤……”

“打什么颤啊，打屁颤……”孔明牛眼瞪小伙儿，一时拿不定主意，牛眼移向我。

我低头，摆摆手，示意孔明，坐你的“长城皮奔”快快走人！同时，我心里话说：“温州游老板即便卖我们的‘海德堡’非了法，也不该掐着这个时候来京吧？点儿就这么正……”陡然间，我想起来曹娟前两天在机场接的就是一架由温州飞京的航班……

二渠道书会进行到最后一天，我的那两位大将仍然没有回来。

我已经彻底没有心思张罗会上的事情了。我打发刘文静和杜丽去张罗书会的全部扫尾事宜、安排二渠道老总们最后的晚餐。而我，心事重重，魂不守舍，有事没事钻进自己的房间给孔明、陈晨打手机询问各方的事态发展到何种地步了。开始，俩人还都能耐得住性子跟我简单汇报汇报，后来全都要不关机，要不死活不接我的电话了。我想，他们是怕我分心、干着急。

最后的晚餐是比照第一天接风的标准安排的，但桌数却少了整整两桌，这其中有“出发家”协会成立会上没被选上一官半角儿而赌气走了的，也有对账对完揣着现金找各种借口提前离会的。还好，没晾了场子，协会的几个主角儿还都在场。

沈阳的“老教授”李天海依旧端坐在主桌正中，左手还是北京的曹娟女士，右手照旧是长沙的段在军……我是他们基本上都各就各位了，才装出一副病歪歪的样子，姗姗来迟。于是，各桌上的男女老总们就假惺惺地向我嘘寒问暖，问是不是组织这次二渠道书会给累的？是不是每天主会场贵宾楼前前后后上上下下，喝不上水上火了？更有哪壶不开提哪壶的：“这两天没见你公司的京妞们跟我们各家对账呀，是不是也都上火病倒了？”

“少不了你任老板的对账款，”拉皮条、打横炮的男男女女嚷成一团，“不认谁的账，也不敢不认‘出发家’协会秘书长的账呀？不打算在二渠道混了吧。账，放心吧。货继续铺、继续下好了……”

宴席进行到一半，曹娟先想起孔明，接着李天海又念叨起了陈晨。他们都追问我的哼哈二将、左膀右臂上哪儿了？我编故事，说北京西站前要与长安街打通，我们住的那片老宿舍区要拆迁阔路，陈晨和孔明家这两天必须都得搬到公主坟一带去，所以就忙家里事了。

曹娟是北京人，她也知道我们几个住同一个宿舍区。她不解，问：“他们俩家搬迁，你和文静、杜丽家怎么不动窝儿？”

刘文静反应快，抿口红酒，编：“一幢楼正好切一半儿，他俩家切走了，我们三家给切剩下了。”

“那你们三家可亏大发了。”曹娟的表情有些遗憾，更有点幸灾乐祸。

杜丽一副无所谓：“亏亏吧。老话儿说，吃亏人常有。”

最后一天早起，宝丰宾馆主楼内的二渠道展位房间已经全部腾空，总台开始陆陆续续重新接待散客。宾馆外的停车场，挂着外地车牌的各种车辆全部开走，重新停放的大多是北京车牌的大小车辆。宾馆后院的贵宾楼里，要继续往下住的二渠道老总们，拿着房卡各自上总台交钱续房。至此，我们会务组的任务就彻底清手，剩下老总们的餐饮住宿就属于散客性质，与我们京华公司无关了。

多年来，我京华公司在二渠道的做人做事原则是：低调稳妥，韬光养晦，不争上游，不显财露富。我也讲不清自己是什么样的心态，书会临了临了，自己颠覆了自己“不显财露富”的准则。刘文静和杜丽在宾馆财务部彻底结算完此次二渠道书会的账目。她们从宾馆总经理室给我房间打来电话，问我现在撤不撤，要撤的话，宝丰宾馆老总要带餐饮、客房和几位宾馆副总到大堂和我告告别。随口，我告刘文静说，半个小时后撤退，顺便通知公司汽运部，让咱们三个的车过来接咱们——到显露咱京华公司的实力和腰粗的时候了。我走背字也要走得体面！电话里，刘文静明显停顿了一下，支支吾吾一会儿，建议："没必要吧，也没什么东西可拉，咱们仨不如打个面的就……"

"什么面的、面的的。我倒要让某些人亲眼瞅瞅：我任京还是人精！"没等刘文静再多嘴，我重重放下座机电话。

我的随身物品特别简单，一个夹包，一个协会成立的会议资料袋，再有就是那本错别字连篇的《王朔作品全集》——带这本书是为日后向公司上下要求提高图书质量时也有个生动的反面教材。我把集子放入资料袋内。我洗漱穿戴整齐，腋下夹着夹包，一手拿着资料袋，逐一敲开仍要继续住下去的老总房门，与他们一一握手告别，话也无非是北京人的告别语："北京有事您说话！"我把与李天海的道别放在最后。但是当我敲开他房间门时，他早已穿戴整齐，却正手忙脚乱收拾自己的行李。一旁小沙发上，曹娟容光焕发，衣着艳丽，手里拿着系宝葫芦的车钥匙，悠哉悠哉咯咯乐，边劝"老教授"："别急别急，看你急得像赶飞机……"他们见我进来，两个人你一言我一句向我解释：李天海说其实住宝丰就挺好，离即将开幕的一渠道京海宾馆又近又顺……曹娟反驳说，她海淀风公司距京海远也远不到哪儿去，再说她公司有一间接待室，还吃喝拉撒一应俱全，跟住家里一样方便……

曹娟替我拿着资料袋，我替李天海拎着真皮旅行包。我们三人出了贵宾楼门，向主楼的大堂走。路上，我一再向李天海说明他住的那间客房我们已经跟宾馆总台交待过，住宿包餐免费，爱住几天算几天……李天海表示领情了。

大堂旋转门外，一辆崭新黑色的桑塔纳和两辆同样崭新的红色夏利一字排开，三辆车的后排座车门全部敞开，车门口都伫立着一位身穿黑西服、手戴白手套的男司机。

宝丰宾馆的老总带着客房、餐饮和迎宾等部的部长与刘文静、杜丽说说笑笑从电梯间下来。我手拎李天海的行李包与曹娟、李天海转出旋转门。我的司机赵祥国眼疾手快，从桑塔纳边跑过来，欲接我手中的行李包，往我的车后备箱里放。我示意他先拎会儿，别放。祥国不言声，拎着包退后一步，站在一旁听候吩咐。我们客人们与宝丰宾馆送行的诸位分管主事一一话别。李天海转身，刚要往我的桑塔纳里钻，曹娟笑着拽住他："别瞎上，我的桑塔纳没人家任总的新。我的车在停车场呢。这'老教授'，见哪个车新就上哪辆。"

我的司机赵祥国拎着李天海的行李包往停车场走。曹娟拽着"老教授"也往停车场走。李天海好像还没明白过来，一脸狐疑回头看我、刘文静和杜丽。我们仨笑着向他挥手再见。

望着曹娟的白桑塔纳载着李天海渐渐远去的车影，我最后一次向宝丰宾馆的老总伸出手："哥们儿，不再说谢了呵，再谢见外。往后想看个书读个杂志的，您尽管给我和孔明打电话，贩毒贩军火可别找我们。"

"违法的事儿绝对不会找你任总。我们宝丰要招批特服川妹一定上门儿去求您。"

"往火坑儿里推我！"

"玩笑。看你那脸色儿都绿了！我都想往您家炕上抱您啦——快走，不易，回家歇着去了，走您呐！"宾馆老总把我推到车里，从车外重重关上车门。

赵祥国将车缓缓驶出宝丰宾馆大院，我回头看刘文静和杜丽乘坐的车跟上来没有，然而后窗外的两部红色夏利已经被我眼里的液体模糊成一片猩红……

此时，“甲肝”正流行

一

“旅客同志们，由本站开往 ×× 方面的 178 次直快列车现在开始检票进站了……”

听到高音喇叭广播后，我迅速地穿上笔挺的黑色西服上衣，整整“金利来”领带，戴上变色镜，拎起公文包昂首阔步走出铁路宿舍大院，直奔灯火通明的车站广场。正值傍晚，两座伞形灯塔下，各种车辆匆匆游动，候车大厅左右昼夜营业的食品店正放着震耳欲聋的《便衣警察》主题歌。大厅门前的台阶下是无数张茶水摊儿与茶蛋摊儿的小地桌，一字排开。我抬头看看候车大厅顶上的巨型时钟，离开车时间还差二十分钟。

三天前，也就是正月十五，南方“甲肝城”的我那位在铁路工程单位的哥们儿给我拍来加急电报，让我速搞一批“板蓝根”“丙种球蛋白”和“中国花粉”送到那边！条件是，他以高出原价数倍的价格收购。为保证交货时万无一失，昨天从市药材批发公司提货出来，我特地绕路电报大楼，在回电中详细说明了时间和接头办法。

“呃，二蛋，这不他——小绿灯嘛！”

坐在地桌前狼吞虎咽吃茶蛋的小后生对同伴说。

小绿灯！我顿时收回思绪。一阵纳闷：烫了发还有人能认得出？为使不叫第四个人知道我此次南下的行动，我装聋作哑，视而不见。刚想挪步躲开是非之地，从地桌的小凳子上站起位十五六岁的小后生，他嘴上斜叼一支长过滤嘴香烟，冲我道：“哎，你就是小绿灯吧？”

我上下打量他一眼，一身老式警蓝涤卡服，裤裆又肥又大，留一头乱糟糟的长发，面带骄横……一点不认识。但凭我的直觉，他是个干“凤毛麟角”的小狸儿（扒手）。妈的，小毛贼没大没小，“小绿灯”是你叫的？我暗骂一句。如果不是怕惹人眼目，我应该先教他一下什么为中华民族的美德，什么是尊敬师长的言行。

“和师长说话先把烟扔掉！”我语气平缓而强硬，“你刚叫我什么？”我最怕人叫我这个绰号。记得三年前，那个现在早被毙了的后生头一次说我的眼像狼一样，小绿灯似的。为此，我练了他个鼻青脸肿，可“小绿灯”这个绰号还是给我安上了。

“听见了没有，你刚叫我什么？”

“我哥他让我……”小后生或许察觉到什么，乖乖地把大半截烟扔掉，登时摆出一副可怜相，“我，我是大蛋儿的弟弟二蛋儿。他说有事让我找你。”我乜了一会儿这张爆满青春美丽痘儿的脸，嘴与大蛋儿确实有那么点相像。大蛋儿是和我在车站广场一齐杀出来的哥们儿，去年给判了十七年。

“你是大蛋儿的弟弟？”我无意中变得平心静气，“你探他去了？他需要再送些物件么？说。”

“不，不是他，是我想在出站口对面的广告牌下摆个烟摊儿，”他低下头，脚尖搓着地上的过滤嘴，“可那里有个叫马大头的不让，还说再见到我去要‘洗’了我的烟。”

“马大头做得对。小小年纪不去重点、名牌儿大学混混，真穷得揭不开锅了？”我倏地升起一种义不容辞的责任感。

“我老头子瘫了，老太婆又没工作，就老头子退休后的两壶醋钱，什么东西都铆劲儿地涨……”

我想了想，也有道理。这年头有工作的才能有粮补、副补之类，倒霉的就是那些既没工作又没折腾劲儿的“老败兴”（百姓）。

“大哥，你抽烟，”二蛋儿怯生生地摸出一盒国产的却假眉三道地写着外国字母的香烟，递到我面前，“马大头是不是在这儿挺占一地的？”

“占个屁地，”我挡回去他的烟，“你去，你去跟姓马的小子说，我让的。他敢说半个不字，过几天，你找我。看他是头大得忘了死了。”

“我哥就说找你没二话嘛……”他激动不已。

二

我在第二候车室门口踮起脚尖，举首眺望，仍不见晓笛的影儿。一位中年汉子慌慌张张从候车室迎面过来，不偏不倚重重地撞了一下我的膀子，险些把我撞趴下。幸好身旁一个当兵的眼疾手快扶住我，又把掉在地上的公文包还给我。我冲大兵呲呲牙，扭头：“长点儿眼，玩儿碰碰车呢？真……”终归没骂出口。

那汉子站定，弯回来，尴尬地一笑：“真对不起！”听他一口乡音加本市的“二疙懒”话，“走，到旁边瞅瞅，碰坏了没有？”不由我分辩，他架着我往候车室一角挤，十分殷勤地抚摸我的膀子，“碰这儿了！唉，你们这些书生就是不结实……”

虽说我还有点疼，可听他如此一说，我心里反倒怪舒服的：看来一下午精心地乔装打扮没白废。

“算了，算了，以后长点儿眼，这儿又不是足球场，铲的哪门子球呀。”

“对对，不是足球场，”汉子诡秘地笑笑，又瞟一下左右，用几乎难以听清的低声凑近我的耳朵，“兄弟，要不要手表，真正的‘西铁城’，是我隔壁从日本留学带回来的。我真不舍得，但又怕戴上人家……所以才……”

“去，到母子候车室先玩儿会儿去。”我一把推开他，真想朝他表情神秘的脸上啐一口“西施兰夏露”让太阳晒干。

他一副不理解的样子又蹭上来，诚恳地说：“你看你这兄弟，谁要骗你谁是后面那个眼儿生出来的。你看看这货色！”他伸过只攥着的手，展开让我看他掌中的“西铁城”。

我不屑一顾：“你快和小孩儿再玩儿两年撒尿和泥去。”

他收回表，莫明其妙地望着我。我微笑道：“下面你就该告我说，你二百来块的表，让我看着给你个八九十块也就算了。”

“这——”汉子疑惑地从头到脚重新打量我一番。

我向前跨一步，亲昵地拍拍他：“兄弟，你要真急发财的话还是包座山，种种果木或办个猪呀鸡呀什么场的。假如非想吃这口饭的话，你最好雇个小孩儿，然后把表配上条旧表链，再在表蒙儿上轻微磨些道子，最后是千真万确地瞄准位像你一样的土老帽儿……哈哈。”我忍不住笑起来。

“你——”他一步一回头，在我的笑声中蹿进第一候车室。

三

我抬腕看了下表，距开车时间只差七分钟。此时此刻，我先是暗自骂了一阵晓笛，后是接二连三冒出几种猜测：莫非是叫“暗点儿”（便衣警察）给弄栽啦？难道这小子想独吞……不会，我和晓笛是“一小”的好朋友！思前想后，我决定先进站再说。

检票口，进站的旅客寥寥可数。

自打“甲肝”在南方那座大城市泛滥之后，从我们这儿来看最明显的现象是，以往开向那座城市的拥挤不堪的列车，如今却前所未有地萧条。

我扶扶鼻梁上的变色镜，走向检票口。

检票的是位戴大檐帽、穿铁路制服的小妞儿。她一本正经地站在铁栅栏里，手握把明晃晃的剪票刀，这份表情让我一看就知道是根还没磨亮的“新钢轨”。我信心倍增，大步走到检票口。“同志，请您把车票拿出来。”她伸出握剪票刀的手拦住我。

我潇洒地一点头，从西服上衣的内兜掏出“小狸儿”们“捡”来的并经我用“消字灵”加工过的《铁道报》记者证，彬彬有礼地递给她：“对不起，请协助一下。我要做一次跟踪采访，主要是有关餐车预防‘甲肝’方面的情况。”

“噢，咱们报社的记者呀，”她抬头瞅我一眼又对对证上的相片，脸上换上副可亲可爱的笑容，“您们记者就是偏心列车员，我们站务员您们也该写写。我们一天到晚要从多少位旅客手里接票、剪票呀！这难道不是一条危险的传播途径吗？”她摆弄得剪票刀“咔咔”响。

我装好记者证，“那你们应该戴手套检票。切莫大意。”

“那多不礼貌，再说防了这一关，还有与旅客面对面的呼吸。”

“依你一说，应该头戴防毒面具剪票了。”

她又为我身后的几个气喘吁吁的南方人剪了票。我让开道口。准备结束这场思想工作：

“其实呀，现在不是得‘甲肝’的人有病，而是没得‘甲肝’的人有病。不妨你仔细想想。”

“绝大多数的人是吓病的，”她赞同，“真不愧是记者，一针见血。快上车吧！”她头一斜。

“谢谢！回头我再找你聊，我要把车上和车下、列车员和站务员统统搅在一起搞篇大特写——‘甲肝潮’！您贵姓？”

“免贵，姓良名娜，”她飞我一眼，“周记者，欢迎您再来！”

四

“你他妈怎么才来？又到谁家自留地播种去了？"

我刚从进站的地道爬上站台，晓笛像装在一件皮夹克里一样，叉着腰，对我怒目而视。

“滚你的，”我登上站台，“哥们儿就差到车站派出所找你了。怎么，这批‘板蓝根’和‘丙种球蛋白’你想独吞呀？”

“胡侃，没那意思。再说接头方法你也没告我，我不过卖苦力呗。”

“得了吧，把自个儿说得跟横路敬二的叔伯兄弟似的。再不懂行，如今带上这批货上了那儿，最恶心也发他个万元户。”我见他两手空空，“你把货放哪呢？”

晓笛用大拇指捅捅身后的列车，得意地道：“车上，我‘妹妹’给守着呢。”他拉我边向列车前部走，边说，“你猜猜，今天这个列车组是谁们组？是咱们同学，你的同桌兰英她们组。她在七号软卧车厢，刚才我瞄见了。”

“真的？真乃天助我也。”我欣喜之余，茅塞顿开。

前些天，我在家中翻我爸订的《铁道报》时，看到“十名工种排头兵”的揭晓名单和照片，其中兰英因创出一项“一条龙服务程序”被铁路局誉为“全局客运列车服务排头兵”。

“你乐什么，兰英不是早跟你‘拜拜’了吗？”

“对，是‘拜拜’了。可她不看同桌的分儿也得看我胳肢窝儿里的毛，她亲自给我数过。”

“真有此事儿？”晓笛站住，甩开扯我袖子的手，“真是一个货真价实的老流氓！”

我俩从几个站在车窗口哭哭啼啼送亲友的人面前走过，去到四号车厢门口。晓笛向站在车门口检票的中年女列车员叫了声“岳姨”，同时指指我对她说：

“我陪的就是他——《铁道报》的周记者。”

她亲热地主动上前与我握手：“请上请上，等开了车我再告列车长，让她给解决卧铺。”

“别太见外啦，要不往后就不敢来采访了。”我说。

晓笛说：“您千万别打搅列车长，这样的采访随便又真实。”

“啧啧，瞧瞧现在的晓笛。小时候，我们两家在一块住的时候，你妈还对我说你就不住几天大牢，也得上车站讨几天饭。谁能想到你这么长脸呀！”

晓笛面红耳赤，难为情得像只可爱的小白兔，卖弄天真似的一咧嘴，冲岳姨说声：“长大了嘛！”

我们刚刚踏进这节空荡荡的硬席车厢，站台上的发车铃响了。随即，列车上的小喇叭里传出雄壮的进行曲。列车在乐曲声中告别了我们这座华北重镇，向千里之外的“甲肝城”驶去。

五

“我妹妹在那头肯定等急了。”晓笛走在前面，我一步不舍。

我明知他根本没有什么妹妹，加上今晚旗开得胜，兴头儿大增，便十分严肃地问：“你妹妹漂亮吗？”

“废话，正宗的外滩小妞儿，原装。”

“是吗？那你也真能干，传粉受精系统还那么灵，一如既往。”

"重说！"晓笛站住，转过脸忍不住笑了，"当心哥们儿掏出神鞭抽你个内出血，信不信？"

"信信，"我推他继续往前走，"谁不知道您的神鞭光腰里就绕着三圈，世界之最。"

"喂，同胞——这儿呢！"距我们还有三四排座席，一位梳荷叶头的少女站起来向晓笛招手。

"他就是我要等的那位准备写'甲肝潮'的周记者。"晓笛给我们介绍。

我握住她白嫩而纤细的手，一见如故地说："别听他的，只是想在列车上收集一些'甲肝'素材。"

她向我投来仰慕的目光。当我与她的目光相触时，她羞赧地移向晓笛：

"你知道我刚才想什么？我看开车还不见你，我就开始怀疑你让我看的这个大提箱会不会里面装着碎尸……"她操一口生硬的南方普通话，却说得很快，指指行李架上我的那只大黑提箱。

我温和地说："想象够丰富的，你完全可以拍一部'提箱里的女尸'，以此打入好莱坞，没准能囊括本届各项奥斯卡奖，如同《老井》一样，先获个外国奖，一鸣惊人了再说。"

"看好了大记者，我可不是刘晓庆，没那宏愿。"少女嫣然一笑，两个浅浅的酒窝儿。她很有礼貌地站起来要给我让座，我说站一会儿就要去餐车调查采访了。这样她才心安理得地又坐下，从小方桌上拿起一袋话梅糖叫我们吃。"不吃，太酸。"晓笛把递过来的塑料袋儿挡回去。

少女没再强让，自己剥开糖块儿放进嘴里，津津有味地说："这糖要酸的话，那你们这儿的那个东西就更没法食用啦，尽管这东西在全国挺有名。"

我当即心领神会，她说的是“老陈醋”。

“以你说，我们这儿什么最好？”我与晓笛对视了一眼。

“牛肉，熟牛肉，”她不假思索，脱口而出，“瞧，我还带了十斤呢。”她把眼光向行李架翻翻。

我表示赞同，并详细给她介绍这种牛肉的悠久历史，以及有关这种牛肉的民谣。我的介绍使周围座席上的旅客悄然不语，洗耳恭听。一旁似被少女遗忘的晓笛也许是为了重新招回她的注意力，马上对我进行反驳：“我实言相劝，都别听他的。他家祖上就是那地方卖牛肉的，他这是在做广告呢。其实，那牛肉的腌制秘诀我最清楚。”果然他把注意力引过去了，前排的一位年轻旅客还给他敬了支长嘴“红双喜”。晓笛喷一口烟，直憋得几位等“秘诀”的旅客瞪得眼珠子溜圆，才终于又开口：“这个‘秘诀’很简单——用尿碱腌泡牛肉块儿。”

“不可能吧？”

“笑话笑话。”

人们面面相觑，兴趣大减。

少女白眼晓笛：“你这人真坏，除了帮我往车上带了一个提包外，我怀疑你是否还做过好事没有。”

“随你怎么说，要骗你的话，”晓笛一点她，“我一口气给你喝一瓶‘老陈醋’。”

“哟——”她尖叫一声，双手托住腮帮，“谁让你说出那三个字的，酸死人了哟！”她哈下腰，清澈的口水如珠子般落到地板上。

聊了一阵儿，我们和旅客都熟了，一位穿小衣短裤的南方旅客非让我们坐下继续聊。

“不打搅了，我们该拿上东西到餐车开始采访啦。”我冲他十分友好地笑笑。

六

我们步入五号车厢，车厢另一端有个餐车服务员打扮的小哥们站在硬座席上，手里举一摞油印的小册子，正口若悬河地向旅客做广告：

“看一看，瞧一瞧呵……预防‘甲肝’必读呵，花三毛钱保您今生不得‘甲肝’呵；看一看，瞧一瞧呵，最有效的预防措施呵——饭前便后要洗手呵，把好病从口入这一关呵；打针吃药，不如买块肥皂呵……”

一番演说后，整个车厢沸腾了，原来连眼皮都懒得睁的旅客也顿时振作精神，拥上去争购小册子。

我和晓笛没搭理这茬儿，费了九牛二虎之力从人群中穿过，继续向列车后部走。

我知道，一般列车的硬席与卧铺车是以餐车为界的。也就是说，我们要想借助兰英的话，餐车是必经之路。

此刻，餐车刚刚停止营业，门紧闭。磨砂玻璃门上贴一张醒目的告示：

为预防‘甲肝’流行，本餐车实行分餐制，望旅客们光临！

晓笛握住门把手使劲儿压压，又用力推推，门依旧没开。他轻声说：“我操，还锁着呢，用你的钥匙开一下。”

“钥匙？要死了你！”我把他拉到后面。

钥匙就是有也不能轻易亮出，倘若被乘警瞄见，就凭这串钥匙他就能把你铐起来。中国的法制就这么不健全。

我犹豫了一下，“咚咚”敲起餐车的门。开门的是位戴白帽、穿白褂的胖厨师。他双眼红肿，浑身一股酒味儿，问我们上哪儿去。我谦逊而坦然地掏出《铁道报》记者证，解释道：“我们是奉局领导的指示来采访裴兰英同志的。”

“哟，记者——快请进！”胖厨师闭紧酒气熏人的嘴，把没顾上认真看的记者证还给我。

我们走进餐车。餐车里收拾得干干净净，餐桌上都摆着塑料鲜花。只有一张餐桌上残羹冷炙，几个面红耳赤的厨师不知所措地望望我们，低下头。其中还有一位歪戴大檐帽的乘警。

“他们是咱报社的记者，”胖厨师给他们大声介绍，又强作笑脸对我说，“从发车就忙乎上了，抿两口好睡觉。”

晓笛拿起架子，走过去，看了眼杯盘狼藉的餐桌，道：“水平不低呀，赛过局领导的午餐。”他脸一板，扫视一圈儿在座的人。

“其实也没什么，来，一齐喝点儿。”胖厨师搬了两把椅子，硬拉我们。周围的人也拿杯子的拿杯子，倒酒的倒酒。他们像是如梦方醒，表现得过于热情。

我清楚他们是怕我们真的来一篇“餐车见闻”。

“不了，不了，上车以前你们分局长刚陪我们吃过。”我态度诚恳，“只要不影响工作吃得好点也应当，身体要紧嘛！”我明知故问：“我们想先见一下裴兰英同志，她在几号车厢？”

“我带你们去，她在八号软卧车厢乘务室。”胖厨师感激万分地说。

“不用了，知道几号就行，你们大伙继续……”

七

我俩顺利地进入八号软卧车厢。车厢内很安静，只有车轮有节奏的铿锵声。一扇扇包厢门在柔和的顶灯下紧闭，漆黑的车窗上挂着雪白的网眼儿纱窗帘。浓烈的香水味儿使我情不自禁联想到蓝眼珠、黄头发的妞儿们。

我对着洗脸间的镜子整整发型，晓笛捅我一下，指指车厢的另一端。

我明白他是在告我乘务室在那面。

我们踏上大红地毯，轻手轻脚走到钉有“乘务室”小铁牌儿的门口。我轻轻敲开门，门缝里露出兰英那张熟悉而又陌生的脸。“是你，你怎么来了？”她惊讶地盯着我。

“我凭什么不能来，人民列车为人民。”

她阴沉着脸，有点不情愿地让我们进了这间只搭着一张软铺的小乘务室。

我坐在软铺上，抬头看一眼她的脸：“我知道你是六二年生的，看你那困难相，就像还没还清老苏的债。”

晓笛没吭声，只顾把大黑提箱塞到软铺下。

兰英沉默好大一会儿，站着没动说：“你们要到哪儿去？”

“南面，终点站。”

“好嘛，打架、赌博、看录像，你都赶时髦，就连‘甲肝’这时髦病也想得得？”

“不赶时髦，哪儿来银子？”我用脚后跟踢踢软铺下的大提箱，“我们是专程为那儿雪里送炭、治病救人的……多半‘丙种球蛋白’，其余是‘板蓝根’和‘中国花粉’。”

“什么？”兰英倏地扭过脸，直冲我，“噢，我清楚了，这算是经商了！”她往上扶了下大檐帽，怒不可遏：“你这是乘人之危发横财，真不是东西！我满以为暂时与你分手会使你冷静地思考一下……”

“你让我思考什么？思考如今有权的想干什么就干什么，思考有钱的想吃什么就吃什么，反过来，我倒装成个乖孩子任人宰割，还得保证打不还手骂不还口吗？思考，思考个蛋！”

晓笛忙递给我一支烟，说：“吵什么呀，都是从小一块儿玩大的，有什么解不开的，真没意思。”

我沉默了，只顾闷着头狠抽烟。

兰英被我呛得一言不发，僵立着不动。

几十秒的沉默，乘务室里清晰地听到车轮和钢轨的撞击声。

“兰英，我们找你没别的，”晓笛吐出一串浓淡不一的烟圈，“只想求你给搞个睡觉的地方。”

“你们还会睡觉？”兰英说，“明讲吧，你们干什么我都可以帮忙，唯独今天——没门儿！”

“闭上你的臭嘴！”我猛地一站，车像是驶上一组联动道岔，晃动的瞬间险些让我撞到木板墙上。我一手扶住木板墙一手把半截烟扔在地毯上，重重地用脚碾熄：“咳，你以为哥们儿离了你这个眼儿就不能放炮了是不是？”我冲晓笛大吼一声，“走……”

我刚要开乘务室的门，“咚咚”外面有人敲门。我忙又坐回到软铺上，神速地从公文包里拿出小笔记本和笔。

兰英手握门把手，回头镇静地看着我和晓笛把一切都准备就绪，才道：“来了。”她换了副若无其事的样子打开乘务室的门。

“车长，就是他俩——记者。”门口站的那位餐车的胖厨师给他一旁的另一位穿路服、戴大檐帽的中年妇女介绍。

“对不起，刚听说你们在车上，”中年妇女和善地一笑，“我是这趟车的车长。”她伸出戴列车长臂章的胳膊与我握手。

我合上小笔记本，和颜悦色地边往起站边说：“噢，车长同志给您添麻烦了。”我用下巴努努低头不语的兰英，“我们这次的采访任务下得很突然，主要是第一采访裴兰英同志的‘服务一条龙’经验，第二是调查采访一下咱们餐车在‘甲肝’猖獗的情况下怎样供餐的。”说完我掏出记者证亮给她。

“哎，这就不必了吧！”车长在握我手的同时已看清了记者证上的姓名。她转过脸拍拍兰英：“别不好意思嘛，平时咋做的就咋对记者同志讲。”

“对，咋做就咋讲，”晓笛也说，“就是自己觉得没做好的也可以讲。先进排头兵也是人，哪儿有十全十美的？”

兰英低头斜视了晓笛一眼。

车长并没察觉：“对，没十全十美的。”她向晓笛笑笑，“那你们先聊着，我去餐车给你们准备点儿夜宵去。”

“忙乎什么呀，我就知道提前通知你们要采访，你们就会这样的。”我说。

“瞧您说的，你们能重视我们的工作就很支持了。还是客随主便吧，不过我们车上的条件有限，不周不妥之处还请记者同志多谅解！”车长用手示意我和晓笛坐下，而后替我们关上门，和胖厨师一齐走了。

不可否认，兰英是一名优秀的列车员，同时也不愧是我青梅竹马的朋友、同学。假如刚才的关键时刻没有她配合，我们的戏也许很难唱下去。

八

一切都出乎我预料地那么顺。我和晓笛在兰英的乘务室里抽了好大一会儿烟，车长就来请我们到餐车“随便吃一点儿”。在空荡荡的餐车里，胖厨师在一张餐桌上给我们摆了两份儿“三菜一汤”，而且在桌中央还墩着红、白、啤三样酒。“你们随便一点儿，我去硬席车厢再转转。”车长有意回避，走了。胖厨师给我们把三样酒都启开瓶盖，他说去伙房收拾一下，也走开了。这样餐车里就剩下我和晓笛了。晓笛用一次性卫生筷把一块酱鸡肉放进嘴里，忍不住用另一只手捂着嘴乐。乐了一会儿，他解开皮夹克抓起白酒瓶就要自斟，那劲头儿比真记者还要狂。

“咱们还是不喝白的吧，那家伙太要命，”我一把夺下酒瓶，狠狠瞪他一眼，悄声道，“给哥们儿弄砸了，非要了你的命……”我把一瓶啤酒放在他面前。

酒足饭饱后，车长从硬席车厢进来。我们与胖厨师客套了一番，就跟随车长又回到软卧车厢。车长先和兰英私语几句，而后她们把我们带到一间空着的软卧包间。她先亲自给我们扭亮小桌上的台灯，铺好软铺上的卧具，然后兰英连看都没看我就走出去。车长也退出，在关包间门时她看了一下自己手表，刚要关门，我对她说：“您也准备准备，我想也和您聊聊。”

“我真没啥可准备的。大记者，还是留下你们的笔墨多写写我们的姑娘们吧。”

九

第二天早晨当我睁开眼时，身上盖的棉被早被我不知多会儿蹬到地毯上，我觉得又闷又热，掀开墨绿色的窗帘，眼前掠过江南早春的绿色……

我和晓笛从洗脸间回到包间，一位餐车女服务员端着两份儿早点跟进来。她轻手轻脚将早点放在小桌上，出门时朝我们微微一笑。吃完早点，我俩去乘务室找兰英。敲开门，是另一位陌生的列车员。她告诉我兰英早换班了，现在在宿营车休息。我瞟了一眼她的软铺下，那个大提箱不见了！顷刻间，我想到的是兰英把哥们儿卖了。为使不露马脚，我还是走进乘务室向她煞有介事地“侧面了解”一下她们车长孩子生病仍坚持值乘以及她待本组列车员如亲姐妹等事迹。

我和晓笛边听她讲，边在小笔记本上预算我们这批“货”的纯利润。

“你讲得挺生动，又有较强的职业特点，”我合上笔记本，“今天就谈到这里吧，你们车长怎么一早没见？”

“她现在肯定在餐车帮忙呢，因为这顿午餐是到终点站前的最后一餐。”

晓笛装好笔记本，说：“那咱们去让车长本人再给谈谈，你看呢？”

“也好。”我说，又转过脸冲列车员温文尔雅地说，“谢谢你给我们提供的素材。”

“不客气，应该的。”

在餐车厨房里，我找到正在帮厨的车长。我让她谈谈自己的情况，她先是百般推辞，后来又说非谈不可的话，可以在返回来的时候再谈。末了，她像姐姐一样嘱咐我说，等列车到了终点站，只停留两个多小时就又要往回返，要能不下车最好别下，要非下不可的话，可以在车站附近转转，但千万千万别在车下吃东西，免得染上“甲肝”。

“那地方‘甲肝’真那么严重吗？”晓笛插话问。

“说不准，反正从咱们车上看，来这儿的人大减，”她在围裙上擦擦手，神秘地说，“我听那儿车站的人说，他们那儿现在让‘甲肝’都弄疯了。一小袋‘板蓝根’原价一毛多，能涨到七八毛钱，至于‘丙种球蛋白’涨得更是吓死人，但是……”车长蓦地一笑，“吓归吓，只要自个儿注意点儿就没事儿。”

“听您的，”我尽量装出对“甲肝”药品上涨不以为然。我冲晓笛说：“车长同志顾不上谈，时间就这么白白浪费掉？”

“那咱们再让兰英同志谈谈，还有几点我不大清楚。”

“随你们便，”车长说，“她在宿营车，一号车厢，现在估计她们班儿的人也都该醒了。”

我们找到兰英的时候，她穿件红色的羊毛坎肩，正呆呆地坐在一张硬卧的下铺上，望着窗外江南景色。

“兰英同志，咱们接着谈吧。”我看见她旁边的铺边有位年轻女列车员正叠自己的卧具。我想哄走她，“同志，我们可以借用一下您的地方吗？”

"请吧！"年轻列车员叠好卧具，拎起装牙具的小塑料包走了。

"你到底叫我谈什么？"兰英倏地扭过脸。她眼圈儿发黑，蓬乱着头发，像没睡好。"谈是什么动机使我为了怕你们的提箱被查出来给你们转移到这儿的？"她用脚后跟使劲蹬自己铺下的大提箱。

我真有点感动了，趴在她面对的小桌上，一笑，"无论怎么说，你做得对，到时候咱哥们儿亏不了你。"

"亏不了我？你给我什么？"

"钱呀。"

"谁稀罕你的臭钱？"她没看我，依旧望着窗外，泪水无声无息地夺眶而出。她缓缓扭过脸，凑近我，鼻音很重地说："你说你挺明白的人干什么不行，哪怕是我给你从南面带回些衣服，你在咱们那儿规规矩矩开个小铺儿，用自己汗水挣点钱多心安呀！"

"……"我用手托着下巴，叼着烟。

我不愿见她流泪。小时候，她只要流着泪来找我，我保证替她出这口气。

"我跟你说话呢，没听见？"兰英一把将我嘴上的烟抢下，扔到地板上，"你替我想了没有，今天这事儿要让车上的人知道了，对我将会意味着什么。尽管如此，假如从今往后你真能洗手不干，我觉得我今天当这个'同案犯'也值得。"

"好，我尽量洗手不干了。"我瓮声瓮气地说。

她又瞅瞅晓笛："这还像句人话。你们说现在的形势这么好，你们几个男子汉合伙儿开个商店、饭店的，我就不信几年下来干不成个万元户……"她从自己的牙具包里拿出梳子，给我把额头上的头发往上梳梳，亲昵地又问："你能吃惯车上的饭吗？"

"嗯。"

"要吃不惯的话，我这儿有方便面和辣酱，"她拿起牙具包站起来，"到了终点站不许你们吃一口那儿的东西，得了'甲肝'可不是闹着玩儿的。”

“行了，又不是小孩儿。”我不耐烦地说。

十

列车继续向南行驶，很明显的一点就是热，我不得不到过道里过过风。

“嘿，哥们儿，接‘货’的没问题吧？”我一回头，晓笛站在我身后，“给你的电报说是今天接吗？”

“是今天，没错。不过咱们人生地不熟，你最好把家伙别到顺手的地方，万一……”

“放心，瞧！”晓笛撩起皮夹克，他屁兜儿露出一把匕首把儿。

“呜——”笛声长鸣，列车缓缓驶进终点站——这个南方的大城市。我看看手表，下午 17 点 30 分。

我拎着公文包，晓笛双手空空，从软卧车厢落落大方地走下列车。

下了车的旅客纷纷向出站口拥去。我和晓笛则沿站台往一号宿营车去。兰英早已焦急地在一个打开的车窗后等着我们。她从车窗伸出头，左右看看，麻利地将我们的大黑提箱从里面递出来，并低声说：“快去快回，当心车长生疑。”

晓笛提着黑提箱，和我并肩混在讲着呜哩哇啦南方话的旅客中间，向出站方向缓缓移动。突然有一只手轻轻拍了我一下。我惊诧地扭回头，原来是刚上车时和我们聊过的晓笛他“妹妹”——外滩小妞儿。她用我们听不懂的话对替他拎包的一位 50 多岁的男人说了句什么，而后，换用普通话对我们说，她在姑妈家住得蛮好，不愿回来，怕得“甲肝”。晓笛和她开玩笑说，像她这号儿人不能出国，一出去就肉包子打狗——一去不回，没准还会嫌弃中国……她反唇相讥道，要讲实事求是！我为了在她心目中不失原有的形象，同时也能迎合替她拎包人的口味。

我不厌其烦地给她讲：

“无论在抗战还是解放战争时期，我们有许许多多在世界上很有名气的科学家、艺术家和政治活动家，他们虽身居他乡，但始终没有忘记自己是炎黄子孙。他们为了挽救在水深火热中挣扎的祖国，毅然决然地抛弃了国外优厚的生活待遇，回到遍体鳞伤的母亲怀抱，为中华早日康复而战斗，甚至献出生命！”

50 多岁的男人频频点头。

她甜甜地说：“还是大记者，一套一套的。”她敬慕地瞄我一眼。并且又详细地告诉我们她家的住址。那个地址在南方某省。

“有时间一定去，”晓笛说，“可是有一条儿，你必须事先把你们家的餐具彻底高温消毒，怕‘甲肝’。”

我们四个人边说边走出一大段，快到出站口，我说还得等个人，于是我们与他俩握手道别。那男人用蹩脚的普通话让我上家玩。我与那少女握手时，随手送给她一张假名片，说：“你多会儿再想要我们那儿的熟牛肉和老陈醋时，给我来信。”

“放心好啦，”她把名片视若珍宝放进小坤包里，“再见！”她跟在那男人后面走了。走出几步，她还回头朝我们招手。晓笛恋恋不舍地向她做了个飞吻的手势，自言自语道：“多好的小妞儿，不知最后受用了哪个孙子。”

十一

站台上的旅客已基本都走光了，但我还没见着手持《全国铁路时刻表》的接“货”人。为预防意外，我让晓笛带着提箱原地不动。我回过头来到出站口隔着铁栅栏，往外看站外接车人，依然没看见拿时刻表的。等我再返回来时，见两个推食品车的男青年正向晓笛兜售食品车上摆着的《全国铁路时刻表》和本市的《导游图》。

晓笛耐住性子，一个劲儿摇手说不要、不要。他把提箱紧紧夹在双腿之间。

我知道他不清楚这次送“货”的具体暗号。于是加快脚步走到一位留长发拿时刻表的青年背后，拍他一下：“你这《时刻表》是全国的？”

“当然是啦，嗯，先翻翻好啦。”他递给我一本。

我随便翻了几页：“怎么不见华北地区的时刻？”

“有的，有的，”他用留着长指甲的手给我翻出来，“这不是吗？”他诡秘地扫视四周，指住开往我们那儿的一趟列车的时刻，“这里还有我的朋友。”

“是吗？”我似将信将疑。

“不信，我给你看名片好啦。”他拿出张名片放在我手里的《时刻表》上。

没错，是我自个儿印的一张假名假姓假公司的名片。

一切手续都符合我电文中预定的接头要求。

我瞟一眼身旁的晓笛，他虎视眈眈地直立着，一手却伸进屁兜里，真是严阵以待。我冲他使了个眼色：自己人。

“你们的东西带来了没有？”我压低嗓门儿问。

“这就不要说啦。”另一个打开食品车下的小铁门儿，拎出个十分精巧的双保险密码手提箱，递给我，同时告我两个数码。我接过掂了掂，打开一条缝儿，里面有一沓人民币和一沓外汇券，还有几盒上等的“鬼子烟”。

“晓笛……”我头一甩。

“给他们？”

“快点儿，别废话。”我望望四周没什么动静。

他们把提箱提走后，我和晓笛依旧站在原地，手持《列车时刻表》又待了一会儿，确信没被人盯上后，就装成找人的样子又直奔我们乘坐来的列车。

兰英在空无一人的软卧车厢门口，正隔着玻璃焦急地等待。见我们过来，马上把车门大敞开。我们跳上去。

“快进乘务室，全车的人正在宿营车开会呢。”兰英反锁好车厢门，推着我俩进了乘务室。一进乘务室，她一屁股瘫坐在软铺上，脸色苍白，眼神儿发直，有气无力地说：“还以为你们出事了。”

我点燃支烟，自信地说：“这什么屁话，我们的事业是有益于人民的。就算这儿的警察发觉了，没准儿还要赠我们一面锦旗——雪里送炭、治病救人。”

蔫儿了半天的晓笛此时像是刚刚魂归肉体，满不在乎地说：“你说什么，出事儿？嗨，我们哥们儿干了一辈子什么——铁道游击队！”

“行了，别吹牛了，”兰英站起来，双手搂住我的脖子，娇声嗲气地说：“最后一次了，咱们往后不干了呵！”

我重重地吻了她一下：“不干了，不干了，再干不是人造的。”

“干什么呀，你们这样还不如轰我出去。”晓笛气冲冲地扭开乘务室的门。

兰英含情脉脉地望着我，说：“你们睡过的包间门是开着的。”

“这不就如愿以偿了嘛，何必众目睽睽乱啃一气呢，真跟动物园似的……”晓笛骂骂咧咧关上门，走了。

十二

我们乘坐的这趟列车在这座南方城市只停留了两个多小时，又载上少量的旅客往北返。

归来的途中，兰英对我判若两人。她一会儿往我们包间送一趟“健力宝”，一会儿又来趟水果。更值得我欣慰的是，她还与我俩一同追忆美好的童年。兰英坐在我们包间里给我们削着苹果说：“上三年级的时候，晓笛最好欺负我，还给我在班里起了个外号——‘蝴蝶迷’。”

“怪谁呀？你要不替老师给我爸送条儿——请家长，我吃玉米面窝窝头——撑得呀！”晓笛理直气壮，“哼，自找没趣儿。”

“对，真是自找没趣儿。”我说。

晓笛猝然扭过头，指住我：“对了，想起来了。还有你这个王八蛋，第二天我刚到校门口，就挨了你小子的一顿臭揍。本来我还摸不清是哪儿得罪了你，可兰英上来一劝，我一下全明白了。”晓笛抓起小桌上削好的苹果，若有所思，“兰英，你当时是怎么劝来着？”

兰英咧嘴直乐，笑得连苹果都无法继续削了。

“是这样——”我把烟蒂按熄在烟缸里，道貌岸然，“拳头是用来反修正主义教育路线的，铁生哥哥和黄帅姐姐从来不打阶级兄妹……”

我们仨同时笑得俯前仰后，直至笑到热泪盈眶。晓笛光着脚跳下铺，划拉一把脸上的泪珠儿，冲兰英道：“还铁生哥哥、黄帅姐姐呢，数你‘蝴蝶迷’最坏，一遇上事儿就拉你的‘小绿灯’……”

“我坏，我坏，”兰英登时用手捂住嘴，笑声戛然而止，她用手捅捅隔壁，“忘了，这儿上来两位日本人，说话咱们低声点儿！”

十三

列车驶上长江北岸后，兰英说，该去给包间添开水了，否则旅客会往《意见簿》上写坏话的。她走后，我和晓笛为了把“戏”演得更加无懈可击，故意大敞开包间的门，神吹乱侃。我们在话题中把那些哥们儿、姐们儿的名字前都加上官职、头衔，听来蛮像回事。

“嘿，你说我什么地方得罪咱们副主编二凤凤啦，”晓笛一脸的百思不解，“上次我和教科文部主任马大头，在她值夜班的时候去让她给审个新闻稿儿。好家伙！我们一进门，她连座都没让，就把我们给轰出来了。”

我忍住笑：“这事儿怪你们，谁叫你们越过我这个新闻部主任，直接找副主编的，轰出来还算够客气的。不信，你们跟我上去试试，不要说坐，就是往她软沙发上躺，她也得客客气气。”

“这话我信，在报社众所周知，您的‘杆子’硬，她不服谁也不敢不服您嘛。”

我扫了眼走道，没人，实在忍不住了，笑道：“你讲清楚了，到底咱俩儿谁的‘杆子’硬。”

“得了，丑陋的中国人——亏你还是八十年代的新闻工作者呢，你看看人家路透社和法新社，人家外国人‘杆子’硬就是‘杆子’硬，一点儿都不虚伪，反之引以为荣。”

我哥儿俩正抡圆了侃得上瘾，从走道里闪进来一位怀抱婴儿的中年村妇。我瞧她一眼，四十岁左右，长得跟山顶洞人似的，脸色惨白，神色紧张，喘气急促。她怀里的婴儿先是哼哼唧唧，后是哇哇大哭。她反倒如入无人之境，坐到晓笛旁边的铺上，扬手在婴儿屁股上“啪啪”就是两掌，嘴里还恶毒地咒骂。

“干什么干什么，你是干什么的？”晓笛皱起眉头。

她哭丧着脸：“娃娃不舒服，病了。”

“病了该找列车医疗点去。”我说。

“就是到那儿的，我歇歇脚。”

“不行，”晓笛穿上鞋站起来，叉着腰，“我们正谈工作呢。”

“晓笛，让她坐会儿，一个女人挺不易的。”

“你跑呀，跑了初一还能逃了十五？”

我一抬头，包间门口站着那天在餐车与厨师们喝酒的那位五大三粗的乘警。他没搭理我和晓笛，上前一把拉起村妇：“跑，我盯了你三四趟车了，今天看你再跑——走！”村妇抱着哇哇啼哭的婴儿，低头一声不吭走出包间。这时，从走道又赶来位青年乘警，他连推带拽把她带走。

我迷惑不解，说：“乘警同志，您这样对她是否……”我想说有点儿过分，但没说出口。

“你觉得我过分吧？”乘警紧绷的脸松弛下来，坐到我旁边，“她是个倒卖婴儿的‘专业户’，可以说她趟趟坐我们的车，有时候一次能带三四个婴儿在车上贩卖。”

“喂，主任，这可是条有价值的新闻，”晓笛看我一眼，又问乘警，“她们的婴儿从哪搞的？卖给什么人？价格怎么定？”

乘警看我们不懂又想写东西，油然升起自豪感：“她们手里的婴儿大都是从穷困山区用很少的钱买来的，其中多是超生和私生的。婴儿到手后，她们再以几倍甚至几十倍的价格卖给车上的，或一些大城市的不育夫妇。男婴当然比女婴值钱，也好脱手。哎，中国人无时不在重男轻女……”

我递给乘警一支烟，用电子打火机给他点上，冲晓笛义愤填膺地说：“你好好记记，回去在咱们报发个头版头条。这还了得，我们搞活开放的政策再宽，也容不得她们这些人趁火打劫，我们毕竟是社会主义国家、人民的天下嘛！”

十四

第二天早晨，我一睁眼，列车又驶进一个省城大站。根据站牌，我才知道我们已进入华北地区。上车的旅客多数衣着冬装，说不来是心理作用还是的的确确气温下降了许多，总之，我顿生凉意。于是，我又把脱下没有 24 小时的“澳洲毛”再套在毛背心的外面。

列车继续向北行驶。列车再启动不久，车厢里的喇叭广播说，餐车已停止营业。听到广播，我和晓笛大眼瞪小眼，我们把早餐误了。等了一会儿，还不见服务员给送早餐来，晓笛在包间里踱了几个来回，剑眉倒竖道："像这样的服务态度可不行，我们应该站在软卧旅客的角度在报上点点他们。"

"别装了，你会写字吗？还要点点人家。"我突然想起兰英那儿有方便面。走出包间，刚走到乘务室门口还没敲门，列车长进来，态度和蔼地请我们到餐车就餐。我说不必了，早餐吃不吃无关紧要，又不太饿。她说早餐怎么能不吃。我看推辞不过，就叫上晓笛去餐车。

餐车的确已停止营业了，里面没有一个就餐的旅客。在两张铺有雪白台布的餐桌上，一张摆着两份儿中国饭，一张摆有三份儿西餐，站立在厨房门口的女服务员见我俩进来，适度地微笑点头。她将我们带到中餐桌旁，替我们拉出椅子，退下。

早餐没有酒，一碗鸡蛋汤，几片儿主食面包和一碟儿新鲜蔬菜。

"来，吃。"我拿起一次性卫生筷，先呷口蛋汤。在我夹面包时，发现晓笛木讷地望着我背后，还自言自语："哎，手提箱。"

我放下夹起的面包片儿，一回头，列车长热情地陪着两位西服革履的中年男子和一位穿毛衣外套的女青年步入餐车。使我同样惊讶的是，那位女青年手里拎的箱子和我们带上车的那个手提箱一模一样。猝然间，"点子"（便衣警察）两个字从我脑际闪过。然而，多年的经验又使我迅速地冷静下来。

女服务员快步迎上来为他们拉出椅子。

"请吧，"列车长把他们安置下，凑到我们跟前，低声说，"一对日本夫妇和一位翻译。"说完，她和服务员先后进了厨房。

我和晓笛毫无表情地对视了一下，放心了。"鬼子兵！"

晓笛白他们一眼，从兜儿里掏出"希尔顿"烟和高级电子打火机，

“啪”的一声放在桌上。

我给他使个眼色，不让他“犯病”。这小子，自打他哥前年从国外当劳工回来给他讲了一段“血泪史”后，他见了“老外”就“犯病”。

“哎，同志轻点儿，注意影响。”从旁边桌探过一张嘴上没毛的脸。

“影响？谁影响你了？”晓笛反问。

“你看，我是提醒一下。”

晓笛粗鲁地挥挥手：“一边玩儿去。”

我估计他是翻译。为了不使他下不了台，我说：“对不起，我们注意。”

翻译回到他们桌上，嘴里叽里咕噜，边说什么边殷勤地为“鬼子”们让餐。那个“女鬼子”好像提箱里有什么宝似的，把提箱紧放在自己旁边的椅子上，不时侧目瞅瞅。

列车长、女服务员和胖厨师都站在厨房门口随时准备伺候。

晓笛不吃，只顾抽烟。“哎，来二两怎么样？”他突然说。“早晨，不想喝。”“你不喝我自个儿品。”晓笛站起来到厨房要了一瓶白酒回来，自斟自饮。那边桌上刀叉响了一阵儿，突兀停下。“男鬼子”底气十足向翻译嘟哝几句，翻译赶忙放下手中的刀叉，举手叫服务员。

“先生，您还要点儿什么？”女服务员恭敬地上前问。

翻译窥视一下坐得直挺挺的“男鬼子”，用汉语说：“人家日本朋友说，这样的食品不是他们吃的。人家不怕花钱。”

“没办法，我们知道他们有的是钱，可我们车上的条件有限。”

“怎么不准备些像样儿的，这是有损国格的，”翻译向上翻了一眼女服务员，一字一句地又说，“不可思议。”

晓笛把筷子往桌上一扔，面红耳赤地凝视了会儿傲气逼人的“女鬼子”，狞笑道：“没见过毛驴上树……”他站起来摇摇晃晃回软卧车厢了。

女服务员去和列车长、胖厨师低语，他们一副无可奈何的表情。

翻译强颜欢笑对两个“鬼子”说几句日语。他俩同时站起来，甩下翻译径直向软卧车厢走去，目不斜视，昂首挺胸。翻译不甘示弱紧跟“鬼子”身后。走到厨房门口时，他扭过头，对尴尬的列车长说：“国格呀——同志！”

“狗屁，你还懂国格？”我愤愤然暗骂。

女服务员怒不可遏：“德性，搁到几十年前，肯定是个大汉奸。”

“对，应该拉出去毙了这小子。”我附和了一句，不由自主地抄起桌上的白酒瓶……

女服务员把我扶到包间门口，我不客气地朝她挥挥手，让她回去。我蹒跚地闯进包间，晓笛正翻我的手提箱，里面的钞票和烟倒了一铺……我没管他，一头扎在自己的铺上，泪水渐渐浸湿了提花枕巾……

十五

不知过了多久，我睁开眼，一束强烈的阳光直射我的脸。我不由双眼一眯，软铺又开始旋转起来，随即，嗓子眼儿的酒气往上翻。我忙趴到铺边，“哗”，呛人的呕吐物直落地毯。这时，兰英衣冠楚楚地进来，她边为我捶背，边数落晓笛：“你怎么能让他喝成这个德性，难道不露出点你们的狐狸尾巴就不踏实？”晓笛却没说话。我努力抬起头，用浸满泪水的眼睛朝对面看看。晓笛似乎在翻我另一个公文包。我吐了些，觉得舒服多了，于是想翻身躺下。兰英把我放平，又给我盖上毛毯，走了。又过了会儿，我嗅到包间里洋溢着沁人的香水味儿。

“晓笛，你买这么多箱饮料干吗？”像是兰英的声音，“你倒是听见了没有，问你呢。”

“你甭烦了好不好？能干什么——喝。”

“咱们那儿又不是没有，值得再从车上往回带吗？”

“那就大不一样，车上的有味儿，有浪水味儿。”

“流氓。”兰英重重地关上包间门出去了。

当我完全清醒过来，第一眼见到的是明亮的台灯。等我渐渐适应周围的黯淡后，我发现包间的门大敞着，走道里来往的旅客络绎不绝。晓笛抱住双臂坐在软铺上。嘴上的烟都快燃着过滤嘴了，像是若有所思。

我口渴得要命，便从铺上爬起来，想拿小方桌上的保温茶杯。台灯下，小桌上铺着平展展的白色抽纱台布，桌上的烟和打火机以及水果、茶杯都不见了。我手搭在小桌上说：“茶杯呢？”

“要什么？”晓笛如梦方醒。把烟蒂塞进木板墙上的烟灰盒里。

我按捺住一腔的不满：“谁弄聋你眼儿了，茶杯！”

“茶杯呀，我都收拾起了，快到家了。”

我这才注意到在他铺上并排放着一个鼓鼓囊囊的公文包和那个精巧的双保险手提箱。

“算了，别喝了，坚持一会儿，下车再说。”晓笛塞到我嘴上一支烟，点上，“看你个孙子样儿，肯定在日本鬼子面前丢丑了。你瞧瞧兄弟，多骨气。”

“滚一边去——搁前几年让你见见‘鬼子’的血色儿。”

我俩沉默了，谁也再没说话。

“旅客同志们，终点站就要到了……”

听到车厢里的广播，我打起精神下了软铺，叠好卧具，穿上西服外套，对着玻璃窗系好领带。

列车已开始减速。车窗外，万家灯火，星光灿烂。我抬腕看看表上的日历，今天是周末。

列车长笑吟吟地走进我们包间，她只字未提“醉”，只是问我好些了没有。我说没事儿，唯一抱歉的是此次来访多喝了两口，把采访您车长大人的事儿给耽搁了。她热情地握着我的手说，还会有机会的，并再三说车上条件有限，请多包涵。这句话提醒了我，我掏出两张拾元的钞票，要跟她算算我们这两三天的餐费。她执意不肯收。我表现得非常坚决，同时说："我们报社在这方面是有规定的，我们不能以职谋利、玩忽职守，当那种"一吹、二吃、三带物"的记者……"她见我态度坚定而诚恳，只收了我们微不足道的餐费。她把一大把零钱找给我，推心置腹地说："像你们这样的记者可惜太少啦。我代表全体列车乘务员欢迎你们再来检查工作。"她又握住晓笛的手："你们再仔细检查一下东西，别丢下什么。"

"丢不下的，"晓笛像是动了真情，把目光移到一边，"假如说丢下什么的话，那就是对列车乘务员的敬仰。"

"好了，理解万岁！"她拍拍晓笛。又对我说："我去看看那两位日本朋友，尽管他们有点过分，我们还应以礼相待，怎么说也是咱们的客人。"

"对，应该去。谁让我们中华民族是世界上最文明、最善良的民族呢！"我对她肃然起敬，"有事儿给报社新闻部打电话，名儿记住了吧？"我把她送出包间。

"记住了，铭记在心，少不了麻烦。"

十六

晓笛不等我，拎着手提箱先走了，一下子就不见踪影。

列车站稳后，接近车门口，我听见站台上晓笛和兰英不知正向谁一个劲儿地赔礼道歉。我挤下车厢，见晓笛一手拎着蹭满土的手提箱，一手拿块手帕正给那位"女鬼子"擦裤子和高跟鞋上的尘土，嘴里还说："我这人从小就晕车，一下站台更是天地一块儿转……"

"真对不起您，要不上医院看看。"兰英搀扶着龇牙咧嘴的女鬼子。

翻译哭丧着脸给她翻兰英的歉意。在他们旁边，“男鬼子”如小水缸一般，怒目圆睁，一动不动。

“怎么回事儿？”我挤过去。

翻译像认出我，白一眼：“怎么回事儿，把日本朋友撞倒了。”

“也难免，人多。倘若他们要待在北海道或东京肯定没这事儿。”“女鬼子”瞅瞅我又瞧瞧翻译，也许想让翻译翻一下我的话。

翻译向前走一步：“你这是什么活？”

“不懂？现代汉语——普通话。”

兰英扶着“女鬼子”给我使个眼色。我扫视一圈儿，见几个乘警围上来。晓笛迅速将手提箱交给我，并把我推进人群。我怕他“犯病”，在人群中等他。晓笛返到“鬼子”们面前，向他们挥挥手：“沙油那啦！”

走出站口地道台阶时，我埋怨晓笛道：

“你怎么能撞倒人家呢？”

“她在我前面扭着屁股下车梯，太慢，我身后又有人涌。很简单，哥们儿往前一扑，她的高跟鞋绊在车梯铁网上，兰英又没及时扶住她，就这样连她带我趴在站台上，结成真正的中日‘邦跤’。”晓笛嬉皮笑脸从我手里接过手提箱，“甭累着您，我的新闻部主任。”

“听起来就像唐山地震、火山爆发一样，归自然灾害，也真是寸劲儿。”我俩走到出站口的铁栅栏前。

此刻，出站的人虽多，但出得倒挺快。

自从“甲肝”从南面传出后，出站口的检票员对我们这些由“甲肝圣地”返回的旅客，实行“开放政策”。检票员都是远离检票位置，双手伸进裤兜儿，嘴里不停地喊：“票，票，亮一下，亮一下！”

我领头走到检查口，一位上点岁数的女检查员，像得了“甲肝”似的，无精打采地说：“票亮一下！”

“有，我俩都有。”我装作慌慌乱乱翻衣兜儿。

“你怎么是这么个人，”晓笛不知所措地埋怨说，“行了，就两张车票都管不好，回去还报销呢，公文包里再找找。”

我正要拉拉锁，检票员厌烦地一摆头：“好了，别找了，有就行。”

“那就多谢了。”

我和晓笛光明磊落地闯过最后一关。

十七

我和晓笛挤出接客的人流，站在站前的台阶上深吸一口家乡的晚风，顿时心旷神怡。“住不住旅店？”十五六岁的小妞儿扯住我的衣袖问。

“你们那儿实行‘三包’吗？”晓笛抢先跟她搭讪。

“三包”，是一句黑话，即：包住、包吃、包陪客。

小妞儿面无羞涩，窥视左右：“你要死呀？倒看看那是谁？”她冲广场上不远处停着的小面包车努努嘴。我顺势眺望：一位身着大红风衣的女郎倚在面包车门上，竖起的风衣领几乎将她的整个面部遮住……乍看使人联想到苏联克格勃女间谍。

“呵——咱们的‘副主编’二凤凤！”我欣喜若狂地奔过去。

她像是没看见，轻佻地用长长的红指甲夹支烟，傲慢地望星空。

“嘿，望什么呢？天上的星星够给你的男人分吗？”我夺下她的烟。她惊讶地盯了我几秒钟，倏地喜笑颜开：“哟——当谁呢，有这么大的胆过来就尥蹶子呀，这一趟看来顺溜？”

她说话依然带点儿我们老家的乡音。

“哥们儿的手段，哪一回不顺溜！”我说着，但心里却不知怎么有些不自在，也许正是因为太“顺溜”了？

夜已很深了。偶尔院子里传来晚来汽车关门的“砰砰”声，以及杂乱的脚步声。

二凤凤早已惬意地睡熟了，同屋另一张单人床上的晓笛和玉珠也打起鼾来。借着天窗泻入的月光，我凝视着这张近在咫尺的脸……

还是去年初夏，一天傍晚，我在车站广场向摆烟摊儿的哥们儿收“税”。收到马大头的摊儿上，他磨蹭半天，说我要免他一个月的“税”，他马上给我端上个“头锅饺子”的小老乡。我不置可否。

马大头这小子最明白“宁吃头锅素饺子，不吃二锅炸酱面”的规矩。

我坐在马大头的摊儿上，任意拆开他摆着的“鬼子烟”抽。抽了两三支，马大头气喘吁吁跑回来说，票四儿要与我“谈一谈”。我随他指的方向望去，见票四儿像个政工干部——一身灰色中山装，但却用胳膊搂着位瘦高个儿的小妞儿。“哥们儿带家伙了没有？注意防着点儿。”马大头嗓音发颤地提醒我。

票四儿和我从来就不是一路的。他凭的是车站售票处的线，干“票路”生意。多年来，他占他的售票处，我守我的出站口及广场，可以说是井水不犯河水。然而有次晚上，他带“票路”的一帮人到我的防区对摆摊儿的哥们儿又轰又抢还又打。我闻讯赶到，以礼相待。谁知，这小子视谦让为软弱，蛮横无理，出口伤人。面对众哥们儿一双双乞哀告怜的眼睛，我登时气冲霄汉，于是展开了一场前所未有的保卫战。结果与中越之战雷同，我方大获全胜。从此后，我们各自为政、各行其是，还算和风细雨。恰是如此这般，我在众哥们儿中才鹤立鸡群、威名大振。

“‘小绿灯’嗅觉挺灵呵！”票四儿的胳膊搭在小妞儿的肩上说，“直说吧，这‘头锅饺子’，算您让我的。可也亏不了您，我平价给您二十张卧铺。”

“……”我叼着烟，眯起眼注视着那小妞儿。从她惶恐的脸上，我相信她是个货真价实的“头锅饺子”。我没搭理票四儿，问她：“哪儿来的？”她怯生生地用浓重的乡音说了个县城的名。听到这久别的腔调，我的脑际晃过我在姥姥家那个穷困革命老区的童年时代……

“听你的口音我们还算半个老乡，”我又问，“到这做什么？”

“在旅店里做营生。”

“问你呢，二十张卧铺干不干？”票四儿打断我们的话，“看见浪水也用不着套姑舅亲，谁都会这几手。”

“不干！”

票四儿落落大方地把小妞儿推到我跟前：“那也罢，不过你得应我一个条件——让我的弟兄在你这儿摆两个烟摊儿，怎么样？”

我低头看一眼用双手护着烟摊儿的马大头，他向我点头。

“就摆两个摊儿——行。”我说。

原本我送她回旅店并无那种邪念，只是想与这位小老乡聊聊老区这些年来的变化。

“变？煤油灯人拉犁——照旧，”她潸然泪下，“革命老区听起来爽耳……”她又告诉我，她爹为给她哥娶婆姨，所以托人认识了省城这个旅店老板，并且向老板借了三千块钱回去给她哥盖房。至于债务，留下她慢慢还。

那夜，我的的确确耕了一块散发着泥土芳香的处女地……临别时，我破天荒地给她放了个整数儿。

我不知道今天晚上为什么会想起这些。以前我干了什么事从不回顾，走到哪站说哪站。尤其像这样发了财回来，抱着妞儿玩半宿，早呼呼睡个半死。

可是今天不行，也许一路上遇到的人都太善良，活得太正直，自己把他们耍了个遍，又太轻易、太顺手。靠什么呢？无非是靠厚脸皮，吹牛不花本钱。当时干得得意，回来回味，却觉得很无聊。我给人家的是假，人家给我的毕竟是真。而现在和二凤凤在一起，尽管做爱做得神魂颠倒，但我给她的是假，她给我的也是假，谁都清清楚楚。比起来，越发感觉无聊。

见鬼！哥们儿啥时候也吃起后悔药来了？

“凤凤，玉珠，四点多了，该上站拉客啦。”

我像在做梦，仔细一听，伴随破嗓门儿有轻轻敲门声。

我马上闭上眼，装睡。

“听——见——啦——”二凤凤压低嗓门儿说。而后，没拉灯轻手轻脚掀开被子下了床，又推醒玉珠……有人给我掖掖被子。她们带上门出去了，不大工夫，传来汽车的发动机声，顷刻渐渐消失了。

晓笛哼了一声，像是翻了一下身，又熟睡了。

我的被窝里有二凤凤的余温和特有的气味。我彻底失眠了，摸出烟和打火机，点燃一支……

十八

天刚蒙蒙亮，我和晓笛穿戴好。那个肥头大耳的店老板便走进来。他披件棉衣，趿拉着鞋，满脸堆笑说：“怎么走呵，再睡会儿嘛。”

“还睡个屁，和你练‘拼刺刀’？”晓笛抱着手提箱坐在床沿儿上。

“我老了哪能拼过你们？”老板笑嘻嘻地凑近我，“是不是也给咱这当家的也披点儿‘红’呢？”他的胖手指搓搓。

“呸——”我突然觉得他特别丑陋，乘他不备啐他一脸唾沫，“老不死的，让哥们儿唱了大半夜‘傻小子睡凉炕’，还要披‘红’？”

胖老板用手划拉着脸上的唾沫，理直气壮地说：“她爹还欠我两千多块呢，老头子有话，由她还清。她不去拉客，噢，敢是我的票子就是刮来的呀……”

“住嘴！好一个活着的黄世仁，当心惹火哥们儿，砸了你的窑子！”我拎起公文包对晓笛说，“走！”

我俩坐着出租车直奔离车站较远的一个个体小件寄存处。到了寄存处前停下，我待在车上和司机聊“甲肝”，晓笛独自下车，将锁好的手提箱连同我的公文包都存进去。晓笛空手上车后，我让司机再往市里繁华的地区开。在一个挂有“为预防甲肝，本厅为您准备有红外线洗手器”的小西餐厅门口，我叫司机停下。我给司机付了车费以后，我俩进了餐厅，要两份儿西式早点。用过早点出来，太阳已爬得老高。我们沿着一个个用合金材料装饰一新的商店，来到“新华池”门口。

“怎么，‘蒸’会儿？”晓笛指着一块“桑拿浴”广告牌。

“随你大小便。”

中午，我和晓笛拜访了装饰豪华的“云外楼”大酒家，和一个熟识的女服务员说了半天知近话，又毫无目的在闹市区追着小妞儿们玩了一阵子，心里总还是觉得打不起什么精神来。最后，迷迷糊糊转到市中心广场的小花园。这里原是离退休老头儿、老太太们练拳、下棋、说晚辈人坏话的场所。可是，谁也说不清从何时起闲得无聊的老人们在这自办起个戏场子，锣鼓一敲、嗓子一扯，招来那些逃学的中小学生、拿国家差旅费的推销员、采购员，外加年龄较大、尚无配偶的忧男愁女……齐聚一堂。理所当然，久而久之，这块宝地自然也逃不出各路侠客艺士的火眼金睛。

我和晓笛夹在人群中，观看一位操河北口音的瘦个子男子练气功。他套一身肥大的黑绸缎练功服，摆着马步蹲裆势，双目紧盯有气无力的双掌，宛如抓蚊子一般，乱抓一阵。他两脚并拢，双掌朝地，缓缓垂下两臂，而后一抱双拳：

“各位老少爷们儿、各位大娘、大姐们，俺名叫——‘周围’。俺今天初到宝地献艺，请各位有钱的捧个钱场，没钱的捧个人场。下面，俺练的这套气功是集太极、形意、八卦之所长，汇南北少林之精华！这套气功最大的长处是能强身健体，特别是对甲、乙型肝炎有明显的抵御能力。如若你或你的亲友患有肝炎病症，只要半年日日坚持练俺这套功，保你六个月以后容光焕发、两目生辉。如若练半年病不见愈，请各位到此操俺‘周围’的祖宗！”

观众一片寂静。

“操谁祖宗？”晓笛拨拉开人群，挤到场子中央责问男子，“你周围的祖宗？老子还要操你八辈儿先人呢！”

围观的人这才茅塞顿开，知道吃了亏。这些傻蛋！我走进人群拉晓笛：“走，一个臭耍把戏的骗子，别理他，俗不可耐！”

“放开哥们儿，”晓笛睁大眼，“放不放？不放，今天连你一块儿练。”他一手伸进屁兜儿。

我知道他带着家伙，便绷着脸道：“你要敢给哥们儿在这里玩出‘红’的，小心老子练出你的蛋丸儿来。”

晓笛只好放开手。

“小伙子，上！”

“上上，众怒难犯。”

人群中有人添油加醋。

男子见势不妙，忙收拾起地上的衣物溜出小花园。

晓笛耷拉下头，一个饱嗝接一个饱嗝往上翻，但他仍口齿不清地嘟哝：“跑了、跑了，是你放跑的，他跑了，今天哥们儿就练你啦。”说着他揪住我的领带结。

我忍无可忍，抡圆了胳膊朝他脸上就是一掌：“有病了是不是？真欠治……”

晓笛摇晃了一下，像陌生人一样盯着我眨眨眼，没再吭声。

“过瘾啦？舒服啦？真就是一个不见奶头儿不叫娘的东西。”

我骂着他，其实，我这样拦他只是怕引来“点子”。我自己也恨不得立即找个出气筒，狠揍他个狗吃屎才痛快。

十九

夜色中的车站广场是我们的天地！尽管它灯火通明，夜如白昼。

出租车在车站广场的地下餐厅门口停下，我给司机付了车费，在餐厅门口摆烟摊儿的哥们儿面前随意捡两盒“登喜路”，就大摇大摆下了地下餐厅。

“‘小绿灯’——怎么好几天没见呀，是不是家里找了位漂亮的厨子。”

我刚走下放着低低的《信天游》的餐厅，老板娘就从收银台上冒出一句。

“真要找的话就找你，既会管家又会做菜，还又省我的席梦思床垫。”

餐厅就餐的人不太多，我找个空桌坐下。

老板娘跟过来，双手撑住餐桌：“吃什么？还是老规矩？”

“知道还问个屁。”我掏出烟点了支，把烟盒放在餐桌上。老板娘没等我让就抽了一支：“很快给你上。”她走开了。

老板娘亲自给我端上来一碗蛋炒刀削面、一盘冷拼盘和两罐“强力啤”。

我打开啤酒，扬头喝了一口。就在我往下放啤酒罐的时候，二凤凤仍穿着大红风衣出现在餐厅门口，像是在寻找谁。

我向她招招手。她一走三扭像时装模特儿，直线到了我餐桌边，用脚把椅子钩出来，双手插在衣兜儿里坐下。

“你来这儿干什么？”我举手要叫老板娘。

“别来这套，”二凤凤撩我一眼，“什么也不用吃，光吃你的气也就够了。”

我莫明其妙地看她：“吃谁的气，你半夜甩下哥们儿就溜了，我没找你的茬儿，你反倒……”

“我问你，谁叫你和我们老板闹翻的？”她拿起我桌上的烟，点着，“‘小绿灯’，还一口一个老乡呢，你咋不为我想想？”

“不是我本不想，可这老不死的要让我给他披‘红’，所以就……”

“别说了。这下托您这口唾沫的福，我和老板也弄翻了，他逼我一个月内还清他的债。”

“什么？老子现在就砸他的窑子去！”我站起来。

二凤凤让我坐下：“没多大意思，都是人，谁都想过得好些。”

“也罢，让这老不死的再兴几天。钱，我给你。”

她狠抽两口烟，烟雾弥漫了她的脸：“你的情我领了，可中国有句古话：父债子还。我已经找好地方了，从今晚起我去宾馆……”

“千万别去那！”我不由自主握住她的手。那地方看着排场，其实更他娘的黑！

“等会儿我让晓笛马上取钱来。但有一点，还了钱你必须马上回乡下去，别再……”

她甩开我的手：“我不用你的钱也会那样做的。我受够了！”她垂下头，鼻音挺重，“我今天告你，是因为我觉得你这个老乡还挺好，尽管这样，我还是不允许你往后去宾馆找我。”

“……”我又点燃一支烟。这时候，我忽然觉得二凤凤很美、很可怜，觉得自己和她倒不会是假的。

沉默了一会儿，她慢慢地把烟蒂伸到烟缸里，用力按熄。突然，她猛地站起来，冲出餐厅。

“你……二凤凤！二凤凤！”

她头也没回。一团抖动的火消失在餐厅台阶的拐弯处。

就餐的人停住那一张张油花花嚼动的嘴，看我。

我僵立顷刻，打一个响亮的响指：“老板娘——上白的！”

二十

天上漆黑得不见一颗星星，车站广场一盏盏明亮的灯模糊得像一轮轮放射着七色光芒的小太阳……

我急着要见到晓笛。

因为，我要马上用小件寄存处里那个提箱里的钱，拿到钱就马上到宾馆劝回二凤凤，让她回乡下去。然而眼下取提箱的小牌儿在晓笛手里。

候车大厅门口围着一群人。我几乎进了候车大厅的门，听见人群中有女人的嚎啕与叫骂声。我又返出来，因为我从口音里准确地判断出——她们是姥姥家那个革命老区的人！

我不顾一切挤进人群：四位粗布衣衫的村妇，两人一组正嚎啕大哭，一边撕扯着两个三十来岁的男人。她们像疯了一般！

“放开手，有什么事儿，说！”我大义凛然站在大庭广众前。

“没你的事，狗抓耗子。”

被两个女人乱抓得直往后退的男人冲我说。

“狗抓耗子？”我怒火胸中烧，“哼，就凭这句话，哥们儿今天就抓只耗子让你瞧一瞧！”

我向前迈一步，扯起一位泣不成声的少妇：“说！”

她哽咽不止，嘴唇颤抖，说：“这位兄弟，俺，俺们是庄户人。他俩说带俺们出来给找营生干，谁知道这两个挨千刀的来到这儿让俺们干那种下贱营生……”

“好，够了！”我用手禁止她往下说，“别哭啦，女人都往后让。”

她们的哭声戛然而止，一个个惊愕地退到一旁。

我凑近一个大个子：“哥们儿还行吧？一看就知道戏不错，有味儿。”

“告诉你，没你的事。”

“没我的事儿？我一个堂堂八十年代年轻人能容你们贩娘们儿玩儿吗？”我贴近他。

“你要干什么？”他的脸向后仰。我已嗅到他的口臭。

“干什么，哥们儿让你尝尝‘十三大’的铁腿！”说着，我右腿关节用力往上一顶，关节骨正中他裤裆中的玩意儿。“呀！”他惨叫一声，弯下腰，双手捂住裤裆。我微微向后一侧身，双拳紧抱，冲他后脖根儿奋力砸下。“啪！”他与大地接吻去了。

我洋洋自得，像是手上有土拍拍手。

“小东西……”

我刚要抬头找第二个男人，这时一只有力的拳头已到眼前。“啪”的一声，拳头不偏不斜正中我的鼻梁骨。我顿然眼冒金花、嗓子眼儿发咸，连退几步一屁股坐在地上。我双手捂着脸。正当我疼痛难忍时，耳旁响起晓笛熟悉的追问：“哥们儿！咋啦咋啦？”他扒开我满是鲜血的双手。我节奏很快地眨眨模糊的眼，隐约看到人群中央有一高一低两个人影儿。我用滴血的手向他俩一指，声嘶力竭道：“就他俩，往展里放！”

我命令一下，在晓笛的带领下从人群中又杀出十几个看不清脸的人。他们像饿虎扑食，一同扑向那俩人影儿……

我捂住鲜血如泻的鼻子，耳际充满撕心裂肺的惨叫。

“快跑，‘明点儿’来啦！”

我放下手，睁大眼：地上平展展躺着两具无声无息的人体。刚才的十几个人早已无影无踪。

“快走，快！”晓笛用力架着我的胳膊。

我猝然异常清醒，从地上跳起来，用沾满血的手推晓笛：“这有哥们儿一人顶杠——记着快去宾馆给二凤凤送钱！”

晓笛深情地看我一眼：“二凤凤、宾馆送钱。”他一咬牙，跑了。

“别追了，有一个就好说。”

一只大手抓住我的肩：“‘小绿灯’，这下就不只是在车站转着玩儿了吧——伸出双手！”

我定神一看：车站派出所有名的“暗点儿”——老郭头儿站在我的面前。他秃得发亮的额头沁出汗水。

我理直气壮：“凭什么铐我？他们贩卖妇女，我管错了？凭什么抓我？现在可不是‘四人帮’的时候……”

老郭头儿不理我，从腰间摸出精巧的拇指铐，把我双手的大拇指铐起来。“‘小绿灯’，有你能言善辩的时候——走。”推我往一辆公安摩托车走，并且又对六七个“明点儿”说：“快用车把地上那俩送到医院。”

二十一

十几分钟后，我被两个持枪的武警关进公安局的“小单间”。

屋子很狭小，亮着一盏像是电压不足的小灯泡，地上是一张用红砖支起的很低的地铺，上面铺着草袋子……

我坐在地铺上，轻轻抚摸疼痛的鼻梁和肿起的嘴唇。

“小绿灯！”

紧闭的铁门上掀开一个小方口，听声音像郭老头儿：“今晚你先好好写写经过，其余明天再说。”从小方口伸进只拿着一厚沓纸和一支圆珠笔的手。

我看看这只粗大的手，不以为然：“老郭大爷，您别开玩笑了，哪能用了这么多的纸，又没来月经。”

“你愁用不了？怕是还不够吧？把你南下的记者生涯和小件寄存处的手提箱全写出来。快，接住！”

黄色演义

一

“咳，陈先生，这第二箱录像带还验吗？”庄韦操着南方腔问，此刻他正和晋莉并排坐在软床上。

“验！跟第一箱一样——盘盘得验。”我语气不容置疑，这一类的当我上得太多了，不得不加倍小心。太生随即蹲下打开地毯上的第二只皮箱，从中任意抽出一盘录像带，撕掉透明包装纸，推进录像机内：

……一位体态健壮、皮肤黝黑的非洲女青年和一个身段苗条的金发女郎，结束了一场如狼似虎、如痴如醉的同性恋后，紧接着与一个浑身疙疙瘩瘩的欧洲大汉滚战在双人床上……

这些东西初次看时，总叫人浑身燥热，心潮涌动，目瞪口呆，看惯了也便麻木起来，甚至有些腻味，比如今天，就纯粹带着“业务”的性质。我看着看着，不觉分了神，想起此番行程的前因后果来。

五天前的早晨，我居住的那座北方城市正值北风呼啸、寒风凛冽。我正在铁路宿舍我多占的那套没有“两气”（暖气、煤气）的楼房里酣睡，忽然被睡在我身边的晋莉急剧地摇晃醒。我恼怒地睁开眼，见她正半支着裸露的丰满白皙的上身，把一头方便面似的乌发甩在枕头旁，用手指着屋角说：

“快点醒醒……有人呼你。”

这时我才发现，拐角沙发上的“BB 机”正“滴滴滴”地有节奏地响，长方形液晶显示屏上显出张源的电话号码……

“是你财神爷吧？”晋莉自顾自压上棉被，“我看咱们又该‘上班’干活啦。不知道这次是北京，还是上海？”

“我去看看！”我一跃而起，手忙脚乱地穿衣服。衣服让昨晚上一番折腾弄得皱皱巴巴，好在飞行皮夹克依旧挺括。我穿好了出门，临走又返回来对她说：“要走，叫上太生一起去。告他，再旷工，当心扣他二斗‘红高粱’。”我随手碰上房门，立起皮夹克毛领，三步并做两步跑下楼梯。

传呼我的人是我在市里唯一的朋友，他叫张源。近年来，他先后在繁华闹市区开了好几个五花八门的商店。在他创业初期因为要时常乘火车进货又往往搞不到卧铺车票，于是就结识了我、太生、晋莉这些混吃铁路油水的“子弟兵”为他订票。当然，他得按月付给我们可观的酬金。两年过去了，随着张源财源茂盛、生意兴隆，他为我们每人配备了一台现代化通讯设备——“BB 机”，然而他对我们的“工作”也要求得更苛刻了。要求我们：无论昼夜晴雨，听到“BB 机”呼叫，务必二十分钟内面见于他；否则，迟到一分钟扣“工资”的百分之十。

外形像蛤蟆似的出租车连咳嗽带喘地把我送到鼓楼大街。我从两排青烟袅袅、腥气扑鼻的羊肉串烤炉中间穿过，钻进饮食店之间的小胡同口。又走了一两分钟，远远的，见张源的宅院门口停着一辆印有“电视采访车”的乳白色小面包车。车里的司机正放着盘《钞票歌》的录音带。

“是谁制造了钞票，你在世上称霸道……一张张钞票，一双双镣铐，钱哪，你是杀人不见血的刀……”

人真贱！明明是谁都离不了钱，见钱眼开，还偏偏要假眉三道，贬低钱，作诗作歌骂人家。我这样想着，进了张源家门，却见张源正人五人六西装革履地坐在皮转椅上，朝电视台的人神侃。我们私下管这叫“演义”。

“八十年代的个体户不仅要重视经济效益，还要有那么一种对华夏民族的明天和未来的忧患意识，所以不能搞短期行为。为了祖国的未来，我宁肯少赚钱多亏本、让利于民、让利于国，这才是超前意识……”

这家伙从哪里贩来的这么多新名词？亏他还满嘴里跑舌头，玩得挺油，其实谁不知道他？光靠柜台前卖的那点玩意儿买上吊绳大概够了，真正的大买卖都在他一趟一趟从南边运回来的走私货上。“让利于国”？鬼才信！

好在电视台那小子也并不计较他的新名词胳膊腿安得对不对，抹了一把狮子狗似的头发，不太由衷地夸赞道：

“张经理，我导演过许多个体先进人物的电视专题片，像您这样有头脑的还是真少见，怨不得您们兄弟俩能从拉三轮车、卖老豆腐一直混到今天这样儿！这片子我们保证拍好，不过您看拍片的经费有困难吗？”

“没有没有。”张源说，“绝对不成问题，请电视台列个拍片预算给我，但是有一条，咱们可说清楚了，我可不是用钱买荣誉呵！”

“哪里，哪里！这是反映创业精神、催人奋进嘛！那么好，经济问题咱们就商定了，至于其他补贴嘛……”“没说的。”张源一挥手。“嘿嘿！嘿嘿！”那小子把嘴咧得像只兔子，看来挺满意。

我干咳了一声，张源才发现我早来了，忙给我们介绍：

“这位是电视台专题部的‘胡导’。”

“您好！坐着，坐着。”我和他握手，心里想，冲这名儿也导不出什么好东西来！

张源用青烟袅袅的夹烟的手指我：“这就是我刚和你说的我亲弟弟。”

我猝然目瞪口呆。没等我反应过来，张源又“演义”上了，“您瞧，我们虽一母同胞，但长相性格都不同，我弟弟不好说话，人特内向。”

“胡导”冲我笑笑，突然又来了“灵感”，提议道：“这不您兄弟俩都在，能不能借这个时间再讲讲您兄弟俩的生活细节？要生动，有人情味儿的，将来在专题片里能活跃气氛？”

“有呵——”张源转脸瞪我。我哭笑不得只好做了腼腆样点点头，心说——你妹子的，随你的大小便吧！张源见我默认，于是更加肆无忌惮地“演义”。“我们兄弟打小母亲就病故了。特别是他——我弟弟，从生下来惯了个非摸住我妈妈乳房才能睡稳的毛病。母亲死后，他夜里无论逮住我，还是我爸爸，就在我们胸脯上乱抓乱摸，弄得人好痒痒！有时候还啃一口。”

“演义”到这儿，我只好笑着装傻充愣，说：“没的事儿……”你妹子的！我暗骂。

“有——你不记得，那时你还小呢，”张源打断我，对“胡导”说，“胡导，说句实话，打那儿起我就发誓长大拼命赚钱，给我弟弟娶媳妇，高低胖瘦不挑，地域不限，只要乳房……瞧，胡导，我都说哪儿去了呀。”他连连摇头。

“胡导”一本正经：“没事，没事，人情味挺浓，就是不太好上戏，只能作为参考。”“胡导”定了拍片的时间，并再三叮嘱他近日不要外出，因为专题部写剧本时，还有许多情节和细节要与他协商。最后，“胡导”站起来握着我的手说：“开拍时见。”他扭向张源，“你弟弟形象很不错的。”

“你别看他人似的，数他坏。”他笑着陪“胡导”走出房门。

过了一会儿，张源独自一人回来，他喜形于色、异常兴奋。我忍无可忍地对张源说：“你妹子的，你哪儿来的弟弟？你要说有三马车妹妹倒合情合理。你说，你说呀——老汉我多会儿摸过你妈的奶，说！”

“我说了，那时你还小早忘了。”

我们又开了会儿玩笑，张源冲了两杯咖啡，这才坐下来神色诡秘地告我说，他一大早就呼叫我，是想叫我和晋莉、太生一齐去南面，替他进一批港台录制的武打录像带。

“明说吧，让你们替我进货，我还不放心哩。可刚才你也听见了——专题部要给我拍电视离不开，再说你们总是辛辛苦苦去搞票，这回总算有个机会谢谢你们，让你们去南面也开开眼。一切开销由商店包了。”

启程前，我完全没料到张源让我们往回提的是一批淫秽录像带，一切都被那笔巨额津贴所掩盖。但张源的确很了解我们——他坚信我们即使发现是一批淫秽录像带也不会坐蜡，会有足够的能力顺利将货带回北方。他深知我们这些“子弟兵”有对列车、车站及铁路工作人员十分熟悉这一得天独厚的特点。

我们如期飞抵广州，到机场接我们的就是这位在软床上坐着的庄韦。这小子地道，从接头到讨价还价，完全是行家里手。所以我格外小心，特意安排了这次逐盘审验录像带。这里是一家四星级的高级宾馆房间，四面窗户被浅黄色的窗幔罩住，显现出一种如梦似烟的氛围，一角露出几缕刺眼的阳光，还依稀传来车水马龙的喧嚣。那些奔忙在街道上的人们，大概做梦也想不到，在他们头顶云端、这个人人羡慕的美好环境里，正进行着这么一场交易……

“啪——”忽然房内响了一记清脆的耳光，把我从回忆中拽回，紧接着是晋莉歇斯底里地咒骂：

“庄蛮子，再敢动手动脚，小心抽歪你的臭嘴，也不看看老娘是谁……”说着，她愤愤然走进卫生间。

我听到里面的水龙头流水声。我眼睛适应了昏暗的房间，掉头看软床上的庄韦。他一脸的尴尬，冲我和太生解释：“我掏手帕碰了她的手，她就，唉……"

“行了，行了，”太生腮帮子一鼓一鼓的，“我全看见了，也差不多点儿，不然……”戛然而止。

我见太生跃跃欲试想动手，真担心他把这场买卖搅了，忙不露声色地说：“算啦！出门在外，互相担待点！继续验带。”

庄韦一声不吭，眯缝着双眼大口大口吸着烟，直盯盯地看电视，显然他正强压怒火。这时，我听见晋莉在卫生间揉搓衣服的声音。为了不继续僵持下去，我若无其事大声叫晋莉出来，想调和调和。

“少叫老娘，一帮子臭流氓、老色鬼！”

“庄先生别介意，北方毕竟没你们南方女的开化，”我指指自己太阳穴，“封闭得很。”

“能够理解的呀——”庄韦果然一笑了之，“放心，不会往心里去的呀。”

我们继续验录像带。

“当、当、当”，突兀、清脆的叩门声打断我的回忆。我神色惊慌地从单人沙发上站起来。

“快，”晋莉两手沾满肥皂沫出现在卫生间门口，朝我们招手，“卫生间里……”

我和太生、庄韦用最快的速度将电视机关掉，打开窗帘，又把录像机和两皮箱录像带全部搬进卫生间。顷刻，明媚的阳光直泻富丽堂皇的客房。我们都坐回原处，极力摆出一副和颜悦色的表情，听庄韦大声“演义”当地的名吃——蛇餐。晋莉关好卫生间的门，整整发型，道：“谁呀——”她说话的声音与扭门锁的动作同步进行，“请进！”

“太太，打扰啦——送水。”

“谢谢，请进。”

一位典型的南国女子穿着大红旗袍，双手拎着两个银灿灿的保温瓶轻手轻脚走到茶几前，换下原有的两个保温瓶，然后冲我们微微点头：

“先生们对不起！”

“没关系。”我等女服务员出了客房门，使眼色让晋莉再把房门反锁上，冲彩电吹口烟：“继续验带！”

“你们敢！”晋莉背靠着客房门，双目咄咄逼人地吼，“一帮臭流氓，没完了是不是？”

我知道她对刚才的事还余怒未消，知道如果硬拗着她来，她什么都可能做出来，便冲庄韦说：

“庄先生，张源和你是老主顾了，咱得互相信任。剩下的录像带我看也就算了，不验它了。”

我朝晋莉摆手：“快给庄先生付款，别尽要脸子……”

晋莉很快从壁柜里的衣箱内取出张源给的那个黑皮夹子，扔给我。我拉开皮夹，数出厚厚的现钞付给庄韦。也许太生见我始终对庄韦的无礼抱着宽容，也就摆出一副不记前仇的样子，大大咧咧地说：“庄先生，当面点好，一出门咱可就跟刚才带上面的一样了——提上裤子不认账。”

“不会错的。”庄韦草草数了一下，将现钞装进西装内兜儿，又把自己的录像机装进一个中号手提箱，抬头说：“回去请转告张经理（张源）要录像机的话，保你们物美价廉。”他提着沉甸甸的录像机走到卫生间门口，冲里面背身洗衣服的晋莉说：“晋莉小姐，请多多原谅喽！”

晋莉置若罔闻，继续搓揉衣物。

我忙替庄韦拉开房门，拍拍他肩：“庄先生有机会也上我们北方来转转啦？”

“一定的，一定的。”他露出一种狡黠的微笑。

送走庄韦，我和太生沿着红地毯往客房踅。我对太生说：“你少在这儿惹事儿，龙王惹不过地头蛇！”我嘱咐他带上汾酒、老陈醋，准备去找我爸爸认识的那个“老伯”，回家的卧铺票还要靠他哩！我回到自己住的房间。一进门，就听见晋莉仍在卫生间里喋喋不休，大意是说，庄韦从机场接我们时就色眯眯地直盯着她：

“就他那个瘦样儿，也不怕老娘夹死他……”

“你牛你牛，你大牛，”我听得不耐烦，边从衣箱里捡出套西装换着，边大声说，“你也是，来赚钱就得受点委屈，捏捏你手就一惊一乍的，还当自己是头次刺刀见红的纯情大妞儿呢！”

二

我自然永远忘不了我和晋莉“第一次”时的那种狼狈。

那次，我是和几个哥们儿一道在张源那里看“色儿”带。我也是第一次，看得如五雷轰顶，浑身肌肉抽搐，大汗淋漓。正觉酣畅之时，却听得门外有晋莉的声音叫我的外号：“‘老汉’，‘老汉’，你在里边不在？”是张源上去开的门，我连忙向他摆手，意思是瞒着她，把她哄走，以使她不要打扰我的这种享受。

不料，张源却嘻嘻笑着，从拉开的细门缝里冲着晋莉说：“在哩，可是他恐怕没工夫和你玩，哥们儿正在‘过电’，晕乎着哩！”

“什么叫‘过电’？”她天真地问。虽然看不见她的脸，也完全可以想象她那毛茸茸的大眼睛怎么样一眨一眨。她大概是也听到声音，猜到了几分：“是看录像？我也看！”那时候，看录像还是件很稀罕的事。

“嘻嘻，我说你不用看。”

“我想看。”真的，她整天待业，在街上逛，那时候又没有舞厅酒吧，她自然不肯放过这个机会。

“嘻嘻，你实在想看就看，和你‘老汉’正好学习学习，嘻嘻……”张源淫荡地笑着闪开身。我刚要上去阻拦，已经来不及。晋莉堕进了黑暗中，屏幕上的一切她都看到了。朦胧闪烁的荧光中，我看到她真如同电打了一般，表情沮丧，眼瞪得老大，好像恐惧，又好像有几分神往。

从张源那里回来，我们俩一路上一句话也没说，浑身还微微打着颤。一直到了我单独住的那个小屋，她说：“我该走了。”我说：“你走吧！”但我们谁也没有动，好半天。

忽然，我邪火上来了，一下子扑上去，那屏幕上的事儿对我的引诱简直太大了。她扭着咬着挣扎着，我也撕着打着啃着。那一刻，我简直忘了自己是个人，成了只发情的牲畜。到我们气喘吁吁整理着撕破的衬衣、裙子爬起来的时刻，都傻了，意识到发生了重大的事件。在这以前，尽管我俩被哥们儿耍笑，尽管我们也因为待业无聊常同行同止，但从来没有越轨之举。

“不好，疼。”她说，胸脯起伏着，好像愤愤不平。的确，我也觉得不好，狼狈、惶恐。

我们俩就是这样算是成了“搭子”，没有经过恋爱，没有羞涩的心灵探索，一开始就是如同禽兽般赤裸裸地发泄。后来，看到电影电视里那些缠缠绵绵的镜头，我们便无端地生气，觉得那是骗人。以后，我和晋莉，都从与对方或者别人的这种交往中渐渐老练，体会到那种禁果的美味，但她眼中再也没有闪烁过在那天以前的那种纯情的天真烂漫的目光。

对这天的事，我并不很懊悔，因为我知道，那种情形下，我即使不在她身上也会在别的女孩上尝试。如果那样，我就有可能糊里糊涂住进大狱，便不会有今天这样的神气。

三

过了一会儿，晋莉容光焕发打卫生间出来，问我她化的妆老年人能不能接受。“恰到好处，”我极力奉承，“如此西施的妹子给我强奸，判几年也值。”

“说的是呀，你这种货这辈子准得进去住几年，长短另说。”

几分钟后，晋莉穿身呢料西装套裙搀着我，太生西服革履提个尼龙旅行包，出了宾馆，晋莉满有派地朝计程车招招手：

“的士！”

计程车绕过宾馆前的花形喷泉池，驶上立体交叉公路。我们先到电信局给张源挂了个电话，告诉他货已到手即刻启程返回，叫他放心。趁这个空子，晋莉还把话筒抓过来，给她在家乡的一位姐们儿开了训：

“……傻货哇，现在你急了是不是？你哭，哭瞎眼也迟了！谁叫你当初见个三条腿儿的就往开叉呢。什么、什么，你不想活了？行了，你唬别人行，唬你大姐我还差点儿。你听我说，如今哪个姑娘也不会为这点儿事寻死觅活。哎哎，你照大姐说的做，保你没错，也特灵——你估计日子到了，就挺着去他家，进门往他爸妈炕上一叉，就给二老往出生孙子。等孩子生下来，他还不认账、领结婚证，你就去局子告他强奸你。什么，人证？人证好说，实在没人，大姐我去当。话说回来，能不这样当然更好，所以你现在最好明告他小子——现在就是开放搞活了，仍是共产党领导，不是西方自由世界——共产党最不怕又专治这些‘羊上树’。他要还敢欺负姑子没丈夫，就叫他小子尝尝无产阶级的铁拳！”

听她这一通嚷，隔壁长椅子上等候通话的一个小老头直翻白眼，大概是听不顺耳，太生在一旁歪着脖子直笑。我连忙催她放下话筒交了话费出来。

计程车又行驶了半个小时，最后一个急转弯，开入一个绿树成荫的园林式小区。小区大门中央有个硕大的红色铁路徽。我放下车门玻璃，眺望错落有序的一幢幢白色小二层楼。掏出那个写有我父亲姓名的旧信封，不时查对楼上标的阿拉伯数字。

“就这儿，停车。”我们下了车，踏上一条由鹅卵石镶嵌成花卉图案的小径，朝远处一幢小二楼走着。我叫他们再把等会儿即将上演的“演义”大致排练一遍。

“我都把我是谁忘了。”太生甩着旅行包说。

我说：“忘不怕，我来提示，怕就怕我说门楼子你非说枪头子，不往一块侃。”

我按响门上的一个门铃按钮。过了一会儿，一位系围裙的瘦小南方妇女开开门，警觉地上下打量我们。我猜想她一定是父母曾谈论过的冯大爷的女佣人。便将装着的旧信封交给她，解释说：“我们是北方来的，我姓陈——冯大爷知道的。”

她仔细看过信封，说：“好的，你们先在客厅坐坐，我上楼去叫老冯。”

我们果然在客厅里等了一会儿。

“呵哈——说到就到啦呵。”

我们闻声回头，从二楼楼梯款款走下位身材矮小但挺个将军肚的银发长者。他面带微笑招呼身后跟下来的女佣人快沏茶。我忙毕恭毕敬地行礼：

“冯大爷好！”

“冯大爷好！”这时候他两人也简直就是小乖乖。

“好好，”他与晋莉热情握手，回头问我，“这二位是……”

我跨前一步，说：“来，介绍一下——这位小伙子是咱们省的青年作家，电视剧《新星》的作者。”

“冯大爷看过吗？”太生微笑。

“看过，看过，很真实，有咱们省农村的味道。坐，快坐！”

“这位女同志您们老人一听就知道——咱们省老作家马老之女——诗人马儿牙！”我生怕晋莉不配合，紧着冲她挤眉弄眼。还好，看她样子已经拿出玩“演义”的架势了。

冯大爷惊诧地瞅瞅她：“是写《我们村里的年轻人》那个马老么？”

我十分羡慕地看娴雅端庄的晋莉，补充道：“对，还写有电影《咱们的牛百岁》。”

冯大爷慈爱地拉晋莉坐到沙发上，拍拍她纤细的手，说她爸是我们省的光荣：“他现在身体还结实吧？”

“身体还算不错呵，”她好像在征求我和太生的意思，我俩忙频频点头，“不错归不错，但毕竟年龄放那儿了，省里、市里领导一见他就让他注意休息，可他一写起来不是通宵达旦，就是日夜兼程。开始我和我妈还劝劝他，现在也就随他便啦，因为劝也没用。”

我从内心感谢晋莉，于是说：“你们不能由着他，得替党和人民负责。”

她把脸背转冯大爷，恶狠狠地说：“你能劝得了，你去试试！”

“不用劝，人愈上年纪，愈知道生命的宝贵。”冯大爷倏地掉脸冲我，“你呢，怎么你爸信上总是对你避而不谈，嗯？”

我腼腆地笑：“我现在和他俩一样，成作家啦。我和我爸在艺术见解上总说不来，‘代沟’嘛！”

“你这小子呀，”冯大爷笑着用指头点我，“生下来，你爸爸就说你不是省油的灯。”

女佣开始往上一一递茶，冯大爷打手势请我们喝。我和冯大爷又聊起这几十年来的生活。

我拿过太生身边的旅行包，掏出汾酒、竹叶青和老陈醋：“这是我爸妈让带给您的。”

他没有推辞，只说：“有机会来来看看就很高兴了，还带东西，没必要。”

我说：“这也是来开会，要不然也没机会带。”

果然冯大爷问我们开的什么会？

我说，开的是个新时期文学研讨会，但由于全国来的作家太多，再加上这儿的卧铺据说太紧张，所以，一来来看看您，二来麻烦您给买三张卧铺票。

“票容易，吃过午饭，你们拿我的条儿去车站记者口去买。”

我假意推辞道：“条子我们要，饭就不麻烦您了。”晋莉、太生也跟着站起来。

他却实心实意和我们拉扯起来，说让阿姨给我们做几道典型的南方菜，“我这儿还有米酒呢……”

我见火候已到，便用眼色示意太生、晋莉——吃就吃吧。

“那咱们在会上的午饭怎么办？又没告诉这里作协的同志说午饭不回去吃。”太生故意做出一副为难样儿。

“没关系，”晋莉挥挥手，“就算让给琼瑶、三毛两个吃算啦。”

趁冯大爷进厨房的机会，我笑眯眯赞许道：“行，哥们儿，这‘演义’玩得太成功了。”

“哼！一帮骗子、流氓！”晋莉低低咒骂。

四

我们三个从小就在一起玩“演义”。

在铁路宿舍那一片脏里吧唧的空场上，晋莉和我设计过家家的程序。那时她扎着小蝴蝶结，穿一身廉价但很干净的童裙，说话奶声奶气的，特纯情：

“假装你是爸爸，我是妈妈，咱俩下班去幼儿园接咱们的宝宝——太生。他一见咱们就哇哇大哭，还告阿姨打他屁股的状。假装‘妈妈’——我，怎么哄也哄不住，最后‘爸爸’——你，答应‘宝宝’也打下阿姨的屁股才哄住他……”

听了晋莉的话，我大声向站在煤池里的太生说：“看见‘爸妈’到了‘幼儿园’（煤池）旁，你就拼命地哭。”

晋莉双手扶着我的肩，两脚站在后轮中间的铁棍上。我骑着儿童三轮车，极力装出吃力的样子。

我带着晋莉刚骑到煤池旁，太生顿时假装声嘶力竭的干嚎样儿。

“太生——妈的宝宝，”晋莉跳下车，扒到煤池旁疼爱地问，“怎么啦——宝宝？”

太生惟妙惟肖地哭诉：“阿姨打宝宝屁屁，不让宝宝吃果果……”

“你一定是淘气了，”她跳进煤池，抱住太生的头，“好宝宝，阿姨是为你好，怕你学坏了——噢噢，别哭啦，‘妈妈’给你买果果……”她拍着哄着太生。

太生变本加厉，索性躺在煤堆儿里打起滚来：“不要不要，不要果果，要皮球。”

他出的这新点子叫我不知所措。晋莉冲我喊：“爸爸，你倒是快答应宝宝买皮球呀。”我想想，忽然急中生智，进了煤池拍着已滚成煤球似的太生：“要皮球，要皮球，‘爸爸’给你拧下阿姨的脑袋让宝宝踢着玩儿……”

太生陡然破涕为笑：“爸爸，爸爸，好爸爸！”他欢呼着跳跃着，等我冷不防，他搂住我头吮了个一塌糊涂。

晋莉怒形于色道：“不和你们玩了。”出了煤池，就往家走，一边愤愤说：

“没听大人说过——还能拧下阿姨脑袋当皮球踢的。”

“假的嘛！”我与太生异口同声。

教我们把“演义”玩到生活中的其实也是大人们。

看完《智取威虎山》，爸爸领我出了电影院。回宿舍的路上，他忽然问我长大愿不愿意当解放军？我不假思索，说太乐意了，说披着白斗篷、滑着厚厚的雪，手里提着两把盒子炮，见土匪抬手就是一梭子。坏蛋打死一糊片，我们却没滴半点儿血。爸爸听了笑着说，其实电影里是编导叔叔不忍心让解放军叔叔流血，实际上只要打仗不论好人坏人，都得流血，伤亡。

“你知道五星红旗吧，那就是解放军叔叔们的血染成的。”爸爸语重心长。

我疑惑不解：“你是说编导叔叔哄人？”

“这不能算，因为，因为……”爸爸苦笑着拍我头，“傻小子，长大就懂了。”

后来，我确实懂了，根本没有等到长大。我亲眼看见比样板电影里更荒谬的事：明明商店里柜台空空，买块水果糖还要结婚证，食品公司却天天报喜说“莺歌燕舞”；明明班里那个同学满纸上跑鸭子（2分），老师却当着他爸爸面说他“品学兼优”，选他当班干部，只因为他爸爸是“市革委会”的头头；下乡“支农”的时候，让我们这些红小兵人人表态学英雄“艰苦奋斗”，人家却坐着小汽车参加什么“夏令营”……我似乎明白了，生活中必须要搞“演义”，不然就活不好，甚至活不了。

头一次在家里玩“演义”，太生、晋莉我走到我家门口就胆怯了。我死乞白赖拽住他俩，再次发誓保证：

“今天你们要帮我要下两毛钱，下午买瓜子，向毛主席保证一人分给你们一把！走，进呀。”

妈妈在厨房正往蒸笼里摆玉米面窝窝头，我们径直来到厨房门口。

“妈——给人家两毛钱，”我撒娇说，“明天学校包两场电影，一场一毛钱。”

“怎么一下就包两场呢？”妈妈用带面的手盖好笼盖儿，“太生、晋莉，明天电影是几点的？”

“下午……两点四十五分的。”晋莉镇定自若。

“在哪个电影院包的？”

“东安剧院。”太生面不改色。

“什么电影呀？”

我说：“《打击侵略者》和《伏击战》。”

妈妈洗洗手，擦干，掏出一小沓折叠整齐的旧毛票，挑张最脏最旧的两毛钱，说：“要看过就别再看啦，两毛钱又一顿饺子肉馅儿没了。”

两毛钱能买一顿肉馅儿！那时的物价简直令今天的人难以置信。总之，从那以后，我们“演义”的水平越来越高，直至到现在纯熟得天衣无缝。

五

“听冯大爷的话，拿上，必须给你爸爸带回去。”

我们在冯大爷家酒足饭饱，出了门，他抱着三条高级进口香烟追出来。他非让我给父亲捎上他的“小意思”不可。

老人诚挚的态度使我不忍再接受那“小意思”，一个劲儿推辞。

太生喝酒喝得口齿不清，也过来劝我：“应该带，不带白……”

我怕这小子说出不带白不带的话，忙松开抓旅行包的手，抢先说：“不是不拿，我爸抽不了进口烟，嫌太顶。”

“顶？顶也比他那会儿在办公室抽得满屋子臭脚气味儿的小兰花强。”冯大爷说着把烟装进旅行包，递给我，语重心长地说，“以后到南面这儿出差、开会尽管来，门儿你也认识啦。唉——见你爸妈可就难喽！”老人潸然泪下。

走出冯大爷居住的园林式铁路新村，我内心有种无法名状的内疚感……太生、晋莉似乎对我神情浑然不觉，还在那里打情骂俏：“女屎（诗）人你今晚到我房间来睡吧，你屎人，我作家，咱俩多么般配呀。”

“你放开我，你放开我——你们‘做鞋’（作协）的怎么都会这几手呀。”

“这是为了体验生活……”

“玩去！”我恶狠狠扭头破口大骂，“编起来没完了是不是？还他妹子诗人、作家呢，都长着一张裤衩脸……”

“哼！你也一样——骗吃骗喝，还骗拿。”晋莉反唇相讥。

“你再说那个字儿——”我恼羞成怒扑到她面前，吼道，“再说个那个字儿试试！”我手在颤抖。

太生从中间分开我们，说晋莉打人不该打脸，骂人不能揭短。

“滚一边去，老娘今天倒要见识、见识你，”晋莉撒泼似的推搡太生，边冲我嚷，“骗子，骗子……”她凄然泪下。

“好，骂得好！”我苦笑，猛一转身大步继续往前走。骗子，我憎恨这个词儿！

我们来到公共汽车站，我掏出冯大爷给我的纸条儿，告太生说你去车站取票吧，我还得到街上摸摸行情，看看这批货用什么办法“上路”妥帖。看看晋莉，还皱着眉，知道晋莉对刚才的事还余怒未消，于是懊丧地向太生挥挥手：“让她和你一块去，也买点东西开开心。”他们俩坐“的士”走了。

又一辆双层“巴士”满载着乘客停下。我等下完人，登上车厢。我背靠车门，问额头凹得像猿人似的女售票员市里最繁华的地方怎么去。她肯定闻到了我满口的酒气，白我一眼，用叽里咕噜的当地话说了句什么。“你说普通话，”我说。她又白我一眼，拖长音：“听广播好啦。”

“日你个妹子！”我也用我们省的土话回敬。果然，不大一会儿，车内装的喇叭响了，女人的声音，先是操当地话后是用普通话，分别介绍一种牙膏广告，然后才是介绍前方停车站的站名。我选了比较繁华大街的站下来，沿街走去，一位上了年纪的老太太在一个丁字路口叫卖冷饮。我穿过马路要了一瓶可乐。边小口小口地呷，边继续沿着人行道旁的店铺浏览。路经一个放流行歌曲的小电器铺橱窗时，我透过玻璃无意中看见柜台里的小伙子正用小改锥拆开一盘录像带的黑盒，从里面轻而易举取出一个月饼大小缠满黑色磁带的白色圆盘。

登时，我茅塞顿开，摔碎可乐瓶拔腿便走。我先拐进一家国营五金商店，买了套组合式多用途改锥，然后又进了家副食商店。一下买了两大摞捆绑结实的盒装月饼。

计程车把我送到酒店门口，我一手提着装烟的旅行包，一手提一摞月饼下了车。“先生，需要帮忙吗？”酒店穿制服的男服务员迎上来。我笑笑说：“你把车里那摞月饼给我送到十五层。”

男服务员随我乘电梯升到十五层，送到我房间门口。我摸出张纸币递给他，说：“辛苦了。”

“谢谢先生。”他扭身走向电梯间。

我独自进了客房，遮上窗帘，反锁上门，扳亮床头灯，打开月饼盒，又搬出装录像带的皮箱，先小心翼翼剥下月饼的食品包装纸，又拿起一盘录像带，将小十字头改锥插入磁带盘的螺丝孔内……大约用了两三个小时，我再次按原样把两摞月饼盒绑好，然后将堆满写字台的剥去包装纸的月饼分数次放进卫生间马桶内浸泡，最后放水将其冲走。一切就绪。

我换上薄拖鞋，进卫生间躺在温水浴盆里。可能是睡了一会儿，我醒来时浴盆水已变凉了。我穿条裤衩从卫生间出来，四脚朝天躺在软床上，看上午庄韦带来的两本香港出的《藏娇阁》和《龙虎豹》淫秽画报。又不知过了多久，我被写字台上的电话铃惊醒，抬腕看表——晚上 10 点 20 分。

“喂，找谁呀？”

“就找你，”是太生的声音，他声音很大，还喘着粗气，他说，“你快下来，晋莉不见啦！”

“你，你说什么？”我紧蹙眉头。

“晋—莉—不—见—啦！”

六

电梯载着我降到一层，太生失魂落魄、汗流满面早已守候在电梯间门口。“快，快走！”他拉起我穿过灯光柔和的正厅，出门钻进太生早已叫好的计程车里。

“师傅，快，集贸夜市！”太生催促前排椅上的司机。

在计程车里，太生告诉我，说他和晋莉到车站售票口用冯大爷的条子取上卧铺票，就逛了车站旁边一个大集贸市场，分别购了些化妆品和防风打火机之类的东西。就在这时，太生发现有个当地的烂仔始终躲躲闪闪跟着他们。太生为了预防不测，叫了辆计程车往酒店返，以便甩掉那个烂仔。然而，途经一个繁华的集贸夜市口时，晋莉非要下车找个小吃店吃面不可。他俩下了车，在一家号称“山西面食”的餐厅里，吃了面条，又进了集贸夜市。逛夜市的时候，太生再没有发现那个跟踪他们的烂仔，于是便放松了警惕。一个十分时髦的当地女青年拿着几件束腰式健美内裤问晋莉要不要？晋莉当时就说要，于是她们就躲到夜市里的一个小黑巷口讨价还价、挑挑拣拣。挑了半天，女青年手里的内裤都有毛病。最后，女青年说，要不去她家里挑挑。

“晋莉让我和她一起去挑，”太生说，“我嫌是妇女用品，让她自个儿去，说我在这儿等着她。可是她这一走，左等右等，一个多小时不见出来，我就进小巷找，找半天连个鬼都没见着。”车窗外的商店霓虹灯把太生的脸映得忽红忽绿。我若有所思说：“晋莉身上装了多少钱？”“大概也就吊（千）数块钱吧。”“小意思，”我说，“一定是让那臭娘们把她给洗了。”我的确是这样考虑的，我想一个当地的女子对一个外地的女子无非是凭借天时地利“洗”了钱罢了。至于说搞同性恋，中国的女人还没有堕落到美国女人的份儿上。计程车开到一个大集贸夜市门口，车还没有停稳，太生就掏出几张纸币塞给司机，说：“等着——别走！”我俩分左右推门跳下车。

集贸夜市灯火阑珊，人头攒动。太生在前面横冲直撞，我紧随其后，不管被撞了的行人冲我们咒骂，径直来到一段摊位稀落的地界。太生指着一条路灯昏暗、深不可测的小巷说：

“就从这儿进去的！”

“走，进！”

我挥下手，走到太生前面。这是条窄小肮脏的老街巷，里面没有一盏路灯，街两旁依稀可见低矮的老式平房和木结构的小阁楼。偶尔可见阁楼上面晾有衣裤、布料，间或从破旧门窗里传出微弱的不同电视节目的解说和对白。我机警地扫视左右，缓缓往巷子深处移动，大约走了一两分钟，就听到前面传来虚弱的呻吟。“是晋莉的声音！”太生蹿到我前面。

我继续往前走了几步，见到的是：晋莉披头散发、衣不遮体，缩卧在一个老式木质电杆下。

“丧棒——你们都死到哪去了呀——丧棒，庄韦那个牲口……”她两手紧紧搂着我的脖子，泣不成声并使劲捶打我后背。

突然，我明白了一切，然而却说：“莉，别太当回事儿了！我，你放心——‘老汉’我不在乎这个……”我闻到了她身上那熟悉的香水味儿。

太生怒发冲冠，吼道：“说，庄蛮子他们在哪儿？你说呀，老汉们不宰了这牲口不是人！”

“别，别，”晋莉哭得有气无力，“找见了也占不了便宜……”

“这，这就完了？老汉们多会吃过这亏，啊？”

“滚——你给老子滚！”

我和太生用计程车把晋莉带回酒店客房，晋莉趴在软床上仍呜咽不止，太生则在房里来回踱着步子耿耿于怀、愤愤不平。我坐在单人沙发里大口抽雪茄，看着床头灯下的晋莉，思来想去把太生轰出我的房间。

“妈的，现在你倒硬得左蛋碰得右蛋响了，”我大骂他，“你想想，即使我找到了庄韦那个牲口，对我们会有什么好结果？恰恰相反，搞不好会弄个贴了老婆再丢了孩子——他既能对晋莉大发兽性，也会干出使我们人财两空的事来。忍了吧！”

我虽然这样说着，但喉头也觉得被一口火辣辣的热流涌塞，吐不出来，咽不下去，憋得我胸脯痛。

过了许久许久，晋莉停止了抽泣，从床上下来，坐在我腿上说：“睡吧，别再乱想啦。说实话，气我是气咱们怎么交了个庄韦这样人面兽心的朋友，至于说他们想占我的便宜没那么容易！”

她用红肿的眼冲我努力笑笑：“就那几个烂仔还差点儿。”

“你牛，你大牛，咱老汉不会编故事，”我乜着床头灯，视线渐渐模糊不清，“咱傻，咱不知道一群饿虎围住一只羊羔结果会是什么，这……”我闭上眼，泪水无声地落下，“这，这总行了吧！”

“信不信由你，”她陡然坚强起来，“总之，我告你了，他们尽管撕破了我的衣服，但还是没得逞！信不信随你。”

“信，怎么能不信你呢！我信我信……”我泪流满面，推开晋莉，一步扑到软床上……

七

整整一夜我似睡非睡，开始时晋莉也夜不成眠。我们彼此心照不宣，默默地各想各的心事，大有同床异梦的意思。后来，我梦见许多、许多太生、晋莉童年时的往事。我们无忧无虑地藏猫猫，态度认真地过家家……

我在家里桌子上发现两张电影票，不觉大喜："爸，我去我去！"

爸爸眉毛一竖："去！没你的份，这是我和你妈的票，小孩一律不准进。这是《望乡》，内部电影。"

"什么叫'望乡'？"

"你管他娘的什么叫'望乡'？不准看，就是不准看。"

我只好怏怏地出来，找小伙伴们玩。我们发现那天大人们看电影的特别多，成群结伙的，还面带着神秘的憧憬。于是，我们想：那内部电影一定是好片子，总有点新鲜东西，将来长大了，一定要多找来看看。

一群小孩没别的玩，只好还是围住那一堆煤和盖房子新拉来的沙堆做文章。我和太生就把几根小棍插在沙堆上，成了个小小的"碉堡"。

"叫晋莉看着！"太生从老远把晋莉拉到沙堆上。

我和太生解开裤子掏出"小鸟"。我说：

"看呵——看我俩谁尿得远，打得准！"

"预备——尿！"晋莉的手猛地往下一挥。

两股"水流"便猛烈地向前射去……

八

我猛地醒了。眼前依然是宾馆黄蒙蒙的灯光，只是我想尿了是真的。

想一想刚才那些场景，够荒诞也够幼稚，可也真够纯情的，真是一点邪念没有。现在可好，别说那些“内部影片”，真正带“色儿”的也早看腻歪了。不论我和她，都早是床上的老把式，说好听点是“解放”，说不好听，简直就是淫夫荡妇。

这时，我发现身旁的晋莉不在，只听见卫生间有低低的流水声，仿佛我们北方的秋雨。我没有扭亮床头灯，光着脚踩着地毯走到掩着的卫生间门口，轻轻把门推开条缝儿：在卫生间柔和的灯光下，晋莉正赤裸裸地背朝门站着，在淋浴头下洗什么。

我重重咳嗽一声，推开卫生间门，还没等我说话，她湿漉漉扑到我怀里，用乞求的哭腔道：“你信我么，你应该相信我！”她身体颤抖着，双手不停捶打我脊背。

“说不信你了吗？”我搂着她的腰肢说，“信你，信你！”我含泪说。与其说相信，不如说是愿意相信，无论是我自欺欺人还是愿望如此。

第二天早晨一睁眼，见晋莉与昨晚判若两人。她梳洗化妆得与往日一样娇艳，双手托着一个盛有早点的不锈钢餐具盘笑盈盈走进客房，说：懒‘老汉’，还得喂你呀？”

我忙穿衣服，像昨晚什么也没发生似的，理直气壮：“该喂就得喂——‘老汉’在坐月子。”吃完了，她亲自去送托盘。

她过分的殷勤又使我怀疑……我仰头向天花板上的电镀自动消防栓大口大口吹烟。此刻，隔壁住的太生探头探脑进来，小声问我昨晚晋莉有事儿没事儿？我摇头。他用开导我的口气说：

“哎，不是咱吹晋莉，要她不愿意，别说庄韦那瘦猴儿，就是兄弟这么块头也难放她的‘气’，你说对不对？”

“对！”我斩钉截铁道，“你别看她平时连说带笑的，还抽烟喝酒，但要打她的主意可不容易了。”

“你就说咱‘老汉’吧，要说从小玩大的，就这头一回跟她睡觉，差点儿一脚没把老汉踢得尿出血来……”我也不知自己怎么要诌得这么神乎其神！

“嗨——我跟她也一块儿玩大的，谁不知道，我还不了解她个王八蛋——这我信，太信啦！”

“姓，你姓什么？”晋莉突然推门进来，笑着问太生。

“信……姓，老汉也不知自己姓什么啦。”

我们一起开怀大笑。

九

这天是我们在这座南方沿海城市停留的最后一个白天。虽说，我们按原计划还有许多物品没有购买，可我们仨没一个提议出酒店再购物的。大家彼此都心照不宣，再物美价廉的衣物也不值被庄韦一帮烂仔算计的。只有在这种窘境下，不论我们在餐厅、酒吧还是舞厅看见保安队员和头顶盾牌的值班警察才觉得有种亲近的感觉。太生甚至于屡次三番给保安人员、公安干警主动递香烟。他那殷勤程度绝不亚于受苦人迎接共产党。我和晋莉见状都几次劝他别假惺惺的，跟汉奸似的。谁料，太生猛一甩我的手，一字一板说：

“军民团结如一人，试看天下谁能敌！”

晚上，我们携带两大摞伪装成月饼的录像带去总服务台退了客房，又趁着夜幕乘小巴士直奔火车站。路上，三个人相互没说一句话。我们都清楚：犯罪的旅行开始啦！

正值春节将至，铁路“春运”工作已全面展开。每到这时，铁路系统为了杜绝易燃、易爆、危险物品进站、上车，在每个候车室门口都设置了“三品检查站”。这对于我们来说不能说不是一次冒险。我们铁路“子弟兵”再清楚不过了，“三品检查站”的人员大致是由经验丰富的站务员和铁路警察组成，想逃脱这些火眼金睛并不是件易事。

这也许正是张源选中我们三个贩运“色儿带”的关键所在。

为了逃避“三品检查站”检查员的盘查，我与晋莉在候车室门口精心上演了一场栩栩如生、惟妙惟肖的“黄色演义”！

我首先拎着个装有旅行用品的衣箱来到检查站，自动打开衣箱受其检查。这时，晋莉气喘吁吁一手提着一摞月饼盒，连呼带喊冲我扑来。

“好你个没良心的，怎么甩下我一个人就要回去，啊？”

“你还回什么，你心里哪还有孩子和那个家呀。在这儿活得多自在、多开心，那些烂仔们管你吃、管你喝，还管你睡觉，跟我多没意思呀？穷得跟个白板似的。”

“住嘴，让人听听，哪有你这么没良心的男人——你不说你有求于人家，给人低三下四，我还不是为你？再说，那天晚上在酒店，我是被逼无奈……”

“啪——”在众目睽睽之下，我重重打了她一记耳光，“臭不要脸的，你被逼无奈？我看你是心甘情愿！‘老汉’堂堂五尺汉子，就是给人家跪下磕头，也用不着你跟人……”

“我不活啦，不能活啦……”晋莉顿时扔下两摞捆绑结实的月饼盒，坐在地上号啕大哭，泪水汹涌。

一时，“检查站”堵满了围观的人群。

我仍愤愤不平：“你不能活啦？我看你活得挺好。瞧呀，我求人的事儿没办成，人家反倒送你那么多月饼——觉没白和人睡呀……”我注意到检查人员也对此束手无策。

“里面的人怎么回事，都快开车啦。”此刻，太生提着衣箱怒气冲冲从候车室外挤进来，把衣箱放在检查台上，冲检查人员说：“他们不怕误车我怕。”他扭头瞪我一眼，“丢人现眼！”

我一副无可奈何的样子，拎起自己的衣箱，低着头挤出人群向检票口走。

“你不能一个人走……”晋莉疯了似的追上我。

“哎，你们的月饼。”太生提着月饼盒追上我们。

“给我！”晋莉泣不成声，追到我候车大厅中央，听到身后太生的提醒，猛一转身夺过太生手里的月饼，高高举起，“砸了它，砸了它……”

太生见状不知所措。

我忙放下衣箱扑过去，双手托住晋莉举起的月饼盒，小声说：“晋莉，晋莉，你疯了吗？”我接下她手里的月饼盒。

“对，疯了疯了！”她反而声嘶力竭嚷。

“这位同志，谢谢！”我置之不理，扭身冲太生满脸堆笑，“谢谢呵。”

“不、不客气。”他走回“三品”检查站，继续接受行包检查。

当时，我万万没想到在这场逃避行包检查的“演义”中，自己竟会演得如此真实而自然，特别是对晋莉那一记响亮的耳光！我供认不讳，那是一个充满愤恨的耳光！至于说晋莉，她撒泼地恸哭更表现得入情入理，无懈可击。仔细回忆这前前后后的所有对白，我忽然如梦方醒——逃避行包检查的那场“演义”是我与晋莉一场内心真实感情的宣泄。

十

我们先后顺利地检票进站，登上硬卧车。我和太生忙着把装有录像带的月饼盒安置在我们卧铺格正对面的行李架上。太生轻轻碰我，并给我使眼色，说：“你去吧，我慢慢放。”

这时，我才发现晋莉独自坐在下铺，胳膊架在铺中间的小方桌上，手托住腮，脸朝车窗外。我笑着，满不在乎坐到她对面铺上。她回转脸，我为之一惊：这是一张泪水汹涌、痛心疾首的脸！

“刚才打疼你了吧？”

“不不，一点儿不疼。”她鼻音挺重，一动不动。

“你可别怪我，为了这录像带不被查住，也只有假戏真做了。”

“别说了，我懂你在假戏‘真做’……”她把“真做”二字说得很重。

我无言以对，尴尬地笑着将目光移到行李架上。一个紧挨一个的不同颜色、样式的行李，把那两摞月饼盒挤得紧紧的。我觉得月饼盒里面装着的不仅是不堪入目的淫荡，而且还有卑鄙的谎言和痛苦的眼泪……

车厢里充满来回走动的旅客，太生安顿好我们的行李后，见我和晋莉都默不作声，便坐在折凳上，同中铺和下铺的一对自称是夫妻的中年人聊起来。中年汉子询问了太生旅行目的地后，中年女子又猜测太生籍贯。

“什么，你看我就像大煤块儿？对了，你猜对了，我就是专出煤那省的人。”太生解开衬衣领扣，摆出神聊的架势。我很清楚太生的心情，每每我们因受挫而悲观的时候，他都以自己丰富的想象和乐观的神侃来驱除我们心头的烦恼。

“什么，想从我们省调煤？嘿，算你老哥遇上正主儿啦——说，要白家庄矿的块儿还是古交矿的面儿？你挑。”

“可据说你们省煤好买，就是运不出来，是不是？”中年女子笑着问。

“不是，能。一个月给你单位调运一列车够不够？”

“够是够，不过，你……”中年汉子明显不放心，笑道，“您，您是干什么工作的？”

“我是作家呀。”太生右手做个玩笔杆的动作。

“写书的有那么大的能耐？”女子将信将疑。

“书生是不是吃饱了只会编故事？你小看改革时期的作家啦。实话告你，我们作协每次去煤矿、铁路深入生活，他们那儿的头们可屁股后面追，让给他们个人写先进事迹，”太生指我和晋莉，“不信问问我们这两位作家。就这个月初，两个企业的头儿还当面给我拍板——只要能让他们的单位或个人在省一级报刊露露面儿，他们就合伙在海南无偿赞助我一个中型煤场——煤、运全包！”

中年夫妇和周围男女旅客都表现出不屑一顾的讥笑。然而，太生仍不顾廉耻，伸直胳膊指我与晋莉，大声说：

“笑，不信可以问我们这俩作家嘛。”他脸转向我们，“是不是小张、小李？是不是张老师、李老师？你们倒是作证呀——马老师、牛老师，男老师、女老师……”

“啥……”车厢内一阵大笑。站台上送亲朋的人们从车窗往里望。

按往常，太生说到需要我们捧场的时候，我和晋莉都会抛弃一切杂念，与其一唱一和——配合得无懈可击。但是，此时此刻，晋莉和我显得是那样的迟钝、木讷。与其说太生能逗笑别人而逗不乐我和晋莉，倒不如说此时无论什么高级幽默大师都排除不了我和晋莉心里的烦恼。

晋莉显然对我给她的一记耳光感到异常痛苦伤心。

晋莉是了解我的——我一向对别人转让或经手的东西都怀着戒心！一副尽管清洁完好的餐具，只要被我目睹曾在别的顾客面前摆放了一会儿，我就会毫无理智地对服务员吼：

“拿一边儿去——重端副新的来！”

她大概正怀疑我那一记耳光是借故表达出我对她是否被人玷污的怀疑。

列车就是在我和晋莉相互沉默、彼此猜疑的情况下缓缓启动的。

这趟纵贯中国的旅行生活是疲倦的。于是，车厢里的旅客互相之间不是一见如故，就是相识恨晚，想通过聊天解除疲劳、消磨时光。

和我们同一铺格的中年夫妻像躲避是非似的，坐得离我、晋莉远远的，却与太生谈笑风生。汉子问太生手上戴得金戒指是否是在中英街买的？

“不不，中英街卖的货色不纯，”太生接过汉子递给的香烟，点燃说，“我这枚戒指是祖传——是阎锡山赏我爷爷的。”他伸出手让中年夫妻看。

“阎锡山，就那个土皇帝、大军阀？”妻子抬头讥笑道，“他是你爷爷？”

“别别，没那么玄。再说了，他要真是我爷爷，我不就是台胞了？台胞当然就坐软卧了，那咱们还怎么能认识呢？”太生巧舌如簧，“不说了，再说下去，靠里面窗户那两位作家就该又说我臭显了。”

我侧目瞪太生。他却嬉皮笑脸，说：“瞧瞧，那男作家倒反感了。”

“没事，他们坐他们的，咱们说咱们的——你讲讲。”

“好。那是四十年代后期，我爷爷是阎锡山手下一个团长，因为屡建战功，阎锡山摘下自己手上的戒指赏给我爷爷，以示鼓励。我爷爷回府后，高兴得手舞足蹈，抱起我奶奶就要上土炕。就这时，躺在炕上的我爸‘哇哇’要吃奶。无疑，这种氛围势必影响老两口做‘营生’。我爷爷欲罢不能，抱起我爸扔进柴禾垛，但又于心不安，于是便顺手摘下阎锡山赏他的这枚戒指套到我爸大脚趾上——我爸不哭了。巧的是，老两口正在土炕上‘翻江倒海’，一支八路军小分队带着人民和先烈的重托，破门而入，‘啪啪’两枪——老两口一命归西。至于说我爸，是柴禾垛救了他。说到我，是柴禾垛使这枚货色上乘的戒指今天戴到我手上……”

“哈哈……”众人笑。

“骗子！”晋莉用红肿的眼乜斜太生。

“别这样呀——”太生恬不知耻起身走到我和晋莉跟前，伸出戴戒指的手，“咬咬，不信咬咬——软金子就是纯金……”

此刻，我觉得我们仨在众目睽睽之下如丑态百出的跳梁小丑。我咬紧牙关，抡圆了胳膊朝太生的手重重给了一掌，厉声喝道：“不知羞耻的东西！”

“你……”他惊愕地收回手，登时羞愤得面红耳赤。

与太生恰恰相反，晋莉却表露出寡廉鲜耻的表情，先拍两下巴掌，然后惨然一笑，“好，好戏！”

说着，她在旅客们的注视下，缓缓走到车厢走道旁的铺梯下，双手抓住铁梯，慢慢将脚上纯白色高跟皮鞋脱掉，爬上去，猛然扑倒在上铺。

隐隐约约，我听到她在上面痛心疾首地恸哭。

我有气无力靠住下铺的卧具，紧紧闭上双眼。我不敢正视每位旅客的脸，仿佛在那讥笑与鄙视的后面隐藏着对我罪恶行为的愤怒……我怀疑周围所有旅客的真实身份，我能想象出他们身穿警服时的严峻神情。

“熄灯啦，熄灯啦，”女列车员挨个拉上车窗墨绿色的窗帘，顺便提醒没有上铺的旅客。

太生默不作声用力抽完最后半截烟，猛地起身，爬上我头顶的中铺。

“妈的……”他出了口深长的粗气，骂了一声躺下。

车厢一片漆黑，唯有走道旁小桌下的照道灯放出微弱的灯光。旅客们都上了各自的铺位。他们先还有低低的低语，渐渐地取而代之的是一阵阵熟睡的鼾声，偶尔还传来一两句含含糊糊、语无伦次的梦话。

我靠在自己的铺位上，接连吸了好几支香烟，慢慢的，随着列车有节奏地摇晃，如浪迹街头的乞丐，蜷曲双腿，和衣躺下。开始，我还能从列车车轮碾压钢轨的声音里，判断列车疾驶过的桥梁和小站，后来就一切淡远了，淡远了。

“庄韦，你这个臭流氓……呵——不要——求求你们不要——不要……”

晋莉在上铺的惊叫把我从梦中惊醒，接着是她痛不欲生的抽泣。周围的旅客都从各自的铺位上探出头，问怎么了。

“大家休息吧，”太生说，“没什么，也许梦见什么啦。”

我不顾一切光着脚沿铺梯爬上去，伸手拍拍晋莉的脚，低声问：“怎么了你——又叫又哭的。”

“滚下去！”她猛然抬脚蹬到我脸上，我险些被从铺梯上踹下去，“滚，你还能顾上我吗，你的行李不比我重要？”

我被她脚蹬得鼻子发酸，可还双手抓紧铺梯说：

“你看你，说梦话说到哪去啦，我……”

“滚滚滚——啊……”

她不等我说完，发疯似的在上铺用双脚冲我脸、胸部乱蹬、乱踢一气。我边躲她，边说：“你看你，你看你……”

太生从中铺向我腹部重重推一把，骂骂咧咧：“快滚下来吧，别丢你老人的脸了。”

十一

“你还能顾上我吗，你的行李不比我重要？”

我再躺到铺上，尽管车厢里恢复宁静，但我却翻来覆去怎么也睡不着了。我细细品味晋莉刚才的梦话，以及她的质问。我终于断定，她被庄韦一伙奸污是千真万确的事实！我理解她所指的“行李”就是行李架上那两摞月饼盒里的“色儿”带！

在晋莉看来，我在录像带与她之间更注重录像带的得失和安危！

难道真是这样吗？我扪心自问。眼下，我不能预料这些淫秽录像带的未来，但我能凭晋莉的异常表现想象出她身陷狼口时的悲惨一幕……

晋莉被一个装扮成兜售健身内衣小贩的南方女子骗离太生之后，她们走过一根电杆又一根电杆，晋莉此刻有些发觉异常，于是说不要了，扭身往回趱。这时，兜售内衣的女贩万般阻拦，说再走一段就到她家里了，家里有物美价廉的走私进口内衣。

“那也不要了。”晋莉推开她说。

“要也得要，不要也得要。”这时，大约打她们身后传来一声男人的阴阳怪调，“晋莉小姐，在酒店验带时，你对我可太没有礼貌啦。”

男人走近晋莉，她定睛一看——是庄韦。

“庄韦，你想干什么？”

“晋莉小姐，不做什么啦，我只想叫我的先生们尝尝你这道‘北方菜’啦，”庄韦淫笑，向后挥手，一帮黑影像饿狼般扑向晋莉……

我不敢再想下去，尽管那些场面我在那些“色儿”带里看过不知多少。

十二

那是“待业”时期那种无边无际的白天和黑夜，我和晋莉都没门子、没路子，只好一天到晚打牌。

晋莉抓着满满一大把扑克牌，思量半晌出了一张红桃三。我见势将手里最后一张黑桃四压在她出的红桃三上，幸灾乐祸道：“哎哎，我赢啦，你输啦——捉住一个小娘娘，按规定你得让我亲三口。”

“不出三出五，”她白嫩的小手要拿回红桃三，“出错了呦。”

我按住她的手，凑近她脸：“想得挺美，落地牌就死了。”

她愤然扬飞了手里的扑克牌：“不玩儿了！”抽泣着要站起来。

我记忆犹新，纸牌像硕大的雪片，纷纷扬扬，飘飘洒洒……

我连忙把她拽住，但并没有强迫亲她，而是握住她的手，轻轻地抚摸她，渐渐地她平静了。

那时候，我能保护她、安慰她，现在呢？

眼泪顺着我眼角无声地落到枕头上，我不愿往下想，不愿再去回忆！

十三

“不要再解释，这节车的旅客可在睡觉呢——走。”

我听到沉重而杂乱的脚步声走进我们漆黑的车厢。

“您听我说，我这衣箱里放着的是……”一个说普通话的女人的声音，由远而近。

前面说话的男人低沉而威严：“行了，我们乘警不会冤枉一个好人，更不会放过一个坏人。”他们说着走过我们铺格，男的仍说：“别看你装得像，你刚上车就发现你衣箱不对头。”

“这些东西都是替别人代买的。”

“都只会说代买，行了行了，到餐车会叫你讲的……”

他们穿过我们这节硬卧车厢，话音也渐渐消失。

我情不自禁坐起，下地，走到车厢走道，伸手去摸行李架上那两摞月饼盒。还好，月饼盒安然无恙放在上面。然而，就在我收手的一瞬间，我碰撞到一只绵嫩的手。

“谁？”我压低嗓门儿。

上铺无人回答。但我已凭直觉知道那是谁的手了。我下意识地手一缩躺到铺上，似乎觉得自己再没权力去碰那只手了。

我再次努力进入梦乡，但不行。我总是被晋莉与庄韦的面部特写所困扰！我扪心自问，这次演义旅行的所得所失是否能相补偿。我暗暗怀疑，直至诅咒这趟非人的充满演义的旅行……

十四

仿佛是在两艘小船里，我和太生在一艘，庄韦和晋莉在一艘。他们在我们前面，我们却怎么划也撵不上。

庄韦在对晋莉行无礼，晋莉向我呼救似的嚷：

“不！你个臭流氓！不，不！”

庄韦却涎着厚颜无耻的笑脸：“别装正经啦，你当我不知道？你是个大骚货。出来贩卖色儿带的，还有正经的？不如他娘的抓破脸皮，好好痛快痛快！”

他们在前面船上撕扯着，我叫着：“我来了！别怕，晋莉！”在后面紧划，却仍旧是打转，追不上。

晋莉嚎着：“你把我看得不如那‘行李’重要！”声嘶力竭。

庄韦却得意地笑：“你还叫，他是什么正经货？他那行李里不都是这些玩意儿？也都是叫人看了学这些玩意儿的！哈哈哈！”

“我宰了你！”

“哈哈哈！”

晋莉发出尖叫，我们的船却仍然在打转。

这时我依稀看到岸上，有一队小学生，由一个老师领着，打着红旗唱着歌，似乎是去扫墓的样子。我急忙嚷：“救人呀！”

可他们好像没听见，那教师转过脸来，好像是被我骂过“虚伪”，并使“上当”的自己小学的那个班主任。她好像没听见，又好像是因为是我这个坏学生而不愿理我，依然打着拍子，教同学唱歌。于是，湖里、岸上就交错响着复杂的声响。

“学习雷锋好榜样，忠于革命，忠于党……”

“假的，都是假正经！索性……”

“救人哪！老师，相信我！真的，救人哪！”

“爱憎分明不忘本，立场坚定斗志强……”

“钞票，你这杀人不见血的刀！”

……船忽然摇晃起来，几乎要把人翻到湖里。

十五

“喂，你们几位旅客请醒醒。”

凌晨时分，我被两名彪悍的乘警很有礼貌地唤醒，见这一格儿其他五个人已经全部站到车厢走道里了。我们被乘警带到两节硬卧车厢连接处，一眼看见等候在那里的女列车长脚下的两摞已开过包的月饼盒，方从梦中完完全全清醒过来……

为了掩饰慌乱，我依然眯着睡眼，装着问那对中年夫妇发生什么事儿？他们也很有怨气，说不知道。这时，我觉得太生用脚踢我的鞋，但我还是大声冲乘警说：“叫我们来这儿干吗？我们都有车票。”

“我们说你没票了么？”

“那来这儿干吗？”我缩着脖子说，“这是连接处，风大，我怕感冒。”

“是呵，睡着好好的，站着这儿不受凉才怪呢。”太生附和。

“没办法，只能请各位原谅了！”一位乘警指着地板上两大摞月饼盒说，“刚才我们接到一位旅客报案，说午夜前后见一个鬼鬼祟祟的男人将这两摞月饼盒悄悄放到你们铺格儿对面的行李架上，就溜出你们车厢了。叫你们来就是问你们见没见那放月饼盒的男人——只要回答：见，还是没有见！”

“没有听见，更没有看见。”中年汉子说。

中年妇女也说：“午夜我们早睡着了。”

“那你们二位呢？”另一名乘警转脸问我和太生。

“我？”我说，“别说一个人溜进车厢放两摞月饼盒，就是他背我出去我也不会醒来……”

“行行，行啦，”乘警打断我，问太生，“还有你。”

“我倒是半夜小便了一下，可我从铺上下来上厕所，一没见着车厢里有人走动，二没发觉行李架上有什么月饼盒。”

两位乘警和女列车长耳语了一会儿，让我们先回铺位休息。

我们扭身刚走几步，后面传来女列车长的声音：

“那位小姐请留一下。”

我回头，见晋莉面无表情，站在原地。

我们回到各自的铺位上，大家发了会儿牢骚，又猜测了会儿月饼盒装的可能是种种易燃易爆危险品什么的。谈了一会儿，我说不睡了，想去车厢另一头的洗脸间擦把脸，让太生把香皂给我送过来。

“别动！”

太生拿着香皂盒刚走进洗脸间，我用胳膊肘夹住他脖子，咬牙说：“你说，你不说实话夹死你，到底是谁把录像带供出去的？”我再用劲儿夹他脖子。

太生嗓音沙哑，仰着头艰难地说：“你想要老汉的命是不是？呀呀，轻点！”

我冷笑：“轻点，你玩演义玩到我头上了。”

“你听我说——真的不是我，谁骗你不是人造的，”他挣脱开我的胳膊，活动脖子，“我不敢肯定——后半夜我觉得晋莉从上铺下来上了趟厕所。她再回来躺了不一会儿，乘警他们就来了。”他乜我，“会不会是……”

“她！”我惊愕地盯着整容镜里的自己，我不敢相信。

沉默了几十秒。太生说："除了你知我知她知，再没人知道月饼盒里装着什么东西。"

我默不作声。太生说得对，假如月饼盒里的录像带被第四个人发现的话，乘警怎么也不会把这事儿拖一夜再进行追查。按照昨晚上她的心情，完全可能办这样事，她没说是我们的货，推到陌生人身上，这算是情分！但是她把乘警想得太愚蠢了——按常规讲，一般公安部门接到重大案件的报案后，在查不到新的线索时，是绝对不会轻易放过报案人的！这一点，从乘警、列车长把晋莉一人留下就足以说明。

"咱们现在怎么办？"

"问谁？"我狞笑，"问我老汉吗？告你，别说让老汉投案，就是进渣滓洞，老汉也不会招认的。"

"那她咋办？"太生一把抓住我衣领，"你叫晋莉一个人'顶杠'吗？"

我一副无赖相，伸出双手："有什么法子，事到如今，咱老汉软蛋，咱伙计无能，你要江湖义气，你可以去告乘警说录像带是你的，你就是那个半夜悄悄放月饼盒的人。但是有一点，你别连累咱老汉。"我这样说着，似乎只是按着习惯，尽管自己也觉得厚颜无耻。

"没人性的东西！"太生愤怒地将我推到洗脸间的一角，大步进了车厢。

我独自慢慢扭开洗面器上的水龙头……

这时，打车厢门传进晋莉的怒吼：

"告你们多少回了，当时车厢那么黑只看见像个男的，你们非问长什么样。真的，我没看清那人的脸，真的……"渐渐地，她声嘶力竭的吼叫变成了软弱无力的乞求。

我再也无力抗拒自己内心的虚弱，手不由得抖起来，想着营救晋莉的办法……

“哐——”的一声，列车突然紧急停车。

我被列车紧急停车的惯性摔到地板下。整个车厢一片混乱，大人叫孩子哭。就在我爬起的一瞬间，我意识到一件可怕的事已经降临！

我不顾一切冲向乘警他们所在的车厢连接处，只见车厢厕所门大开，里面的车窗大开，车厢门也同样大开——地板上的月饼盒倒下，掉出满地录像带圆形缠带盘——两位乘警和女列车长也不见了……我呆呆地站在车厢门口，任寒冷的晨风扑向我的面颊。

“滚开！”

一只有力的大手把我从开着的车门口拽到后面。

我这才觉醒，见太生连车梯都没踩，直接从车门跳了下去，随后是几位带有手电筒的列车员迅速跟下去。

当我走出车厢，晋莉早已遍体鳞伤，不省人事，平展展躺在东方微明的荒野里。

“晋莉，晋莉……”太生不顾一切抱起晋莉血肉模糊的头，“是我——是我害了你呀！”他嚎啕大哭。

我痴痴呆呆地拨开一名乘警，又拨开一位列车员，又拨开一名乘警，望着太生怀里那张被无数手电光柱照得如此鲜红、如此灿烂、如此痛苦的面容，我颤抖地说：

“是我，是我害了你们！”

十六

晋莉死了！

但我和太生却不敢面对这悲惨的结果！

我总觉得她还活着……我仍认为她仅仅玩儿的是场“演义”！

我、太生和她，那天真无邪的童年往事像电影蒙太奇手法一样——

一幕一幕，从我呆滞的眼前闪过、闪过……

一位乘警说，晋莉在他们的追问下最后答应上厕所后陪他们去硬席车厢，找那个放月饼盒的男人——

女列车长说，当她听到晋莉从厕所里将门锁上时，就意识到什么，于是对厕所门连踢带撞。

另一位乘警说，他们仨撞开厕所门，见车窗大开，晋莉无踪，于是立刻拉下列车紧急制动阀。

“她应该供出我。”我说。

“可她至死也没有……”太生说。

十七

一辆风驰电掣的警车载着我和两名警察，冲出铁路公安局，向街区奔去。透过装有铁栅栏的车窗，我望着外面这熟悉的傍晚——在那一个个烟摊、舞厅、咖啡屋和影剧院前，我看到晋莉的影子，依然在与姐们儿、哥们儿时而调笑倜傥，时而庄重典雅……

在又一个灯火通明、人头攒动的大电影院门前，我看见一位妙龄女郎叼着香烟与几个男子连说带笑、动手动脚，顿时，嫉恨之火胸中燃烧——我用戴着手铐的双手死命晃动车窗上的铁栅栏，同时怒吼：

“晋莉，晋莉，你忘了你已经死了吗？”

“老实点儿！”前面坐着的警察扭头冲我嚷，“她都叫你害死了，还叫——叫鬼呢？”

我戛然而止，泪如雨下：“她死了？不，她在跟我玩儿‘演义’呢。”

十八

“剧务！”

“OK！”

“灯光！”

“OK！”

“摄像！”

“OK！”

“好——预备——开拍！”

在一个老式街区的十字路口，四面的白炽灯将一辆装有老豆腐桶、碗筷和破旧桌凳的破三轮车照得通亮。在破三轮车车座上，张源穿着露出棉花的破棉衣，脚上是双露出脚趾的烂胶鞋。他用尽力气吃力地踩着三轮车。

“张源弟弟，你要摆出用力推的姿势。”导演在场外拿电喇叭喊。

这时，从三轮车后探出一张天真的小男孩的脸，他被白炽灯晃得睁不开眼，向导演这边大声说：

“别老一口一个张源弟弟，我没这么个哥哥。”

“不管有没有，现在你是他弟弟——快推，用力推！”

我双手戴着手铐，身后紧跟两名警察。我们如入无人之境，大步闯入亮如白昼的电视拍摄现场。

与此同时，场外再次传来导演电喇叭的喊叫：

“停，停，停机！”

后　记

庄韦，在扫“六害”运动中，因勾结不法分子走私、复制、贩卖淫秽物品，以及群奸群宿，被南方某大城市中级人民法院判处有期徒刑十五年，剥夺政治权利一年。

张源于一九八九年底，因指使他人非法贩运、传播黄色录像带，被判处有期徒刑八年。

我、太生，因在“两院”通告期内能主动交代犯罪行为，并积极协助公安机关侦破要案，被免于起诉，当庭释放。

晋莉于同年火化，骨灰盒被安放在火化场骨灰存放处，骨灰盒号码是——1357！

提速即将开始

照张军段长和主管乘务的刘副段长转给我的铁道部、路局、分局下发的有关文件看：全国铁路大提速和夕发朝至列车的开行，是中国铁路空前发展的必然，是铁路迎接航空、公路交通业挑战的一项新举措，是铁路企业逐步走向市场经济的一次重大改革！这种晚上开，早晨到的直通列车不但减少了许多客流少的中间停车站，车速也将从过去时速 70 至 80 公里，提高到 120 至 140 公里。我段的这趟夕发朝至列车的车体还是国内最新型的车体。

为此，这趟车的列车长必须挑高素质的、年轻的；所有六个组的乘务员要挑精干的、顺眼的。全段乘务员由我挑！总之是，武大郎式的不要，假小子式的不要，歪瓜裂枣的不要，死眉瞪眼的更不要！我在制定挑选标准时，依照的是空姐标准，明确限定了诸如身高、年龄、文化程度、政治面貌等条件。

我没想到，公开招聘通告在段里一经贴出，全段近四千名列车乘务员像炸了窝一样——成拨成拨老老少少的男女列车长、乘务员把我的临时办公室兼“报名处”围了个水泄不通。其中，有向我打听夕发朝至列车始发和到达时间的，有询问这趟车与其他车次比是否有特殊待遇的，更多的是那些平日里叽叽喳喳、说话带把儿的男女乘务员的变化，此时的他们一个个是精心打扮，一副或淑女或绅士的样子，排在报名队伍的行列里，挨个登记、应聘。

说来真是有些不可置信，在数天招聘期间，休班来段上车队学习、点名的男女乘务员们，好像一下子都文明了许多、年轻了许多、精神了许多，一个个穿着鲜亮笔挺，举止谈吐文雅。还有一批上了年纪、平日里休班时很不修边幅的女列车长，也换上色彩明快的便装，描起眉、画起眼来——大有与那些天生丽质的乘务员小姐们一比高低、一展风姿之势。

可想而知，原本女职工就占绝大多数的单位，没出几日变成了一个“选美俱乐部”，这能不招来说三道四么？

“看看，一个个打扮得跟‘米子’(应召女郎)似的，成个什么球样？”老一些的男职工背地里开始指指点点。

“不一样，就是不一样，”年轻些的干部赞叹道，“人凭衣服马凭鞍。四十多岁了就这么一画擦，嘿，看上去一下年轻了十岁。”

“这都是乃生小子组建夕发朝至北京车队闹的……”其他车队一些干部开始背后议论我。

可张军段长挤进我的临时办公室，望着安安静静、衣冠楚楚的排队应聘者，却自豪道：“谁说我们铁路乘务员比空姐们差了，这不是要条儿有条儿，要盘儿有盘儿，一个个展楞楞、挺括括的么！乃生，你给我好好选，好好招，选好了该定做服装就定，该配乘务提箱就配。我就不信咱铁姐比不过他们空姐！”

有张段长的话给我垫底，做主，我陡然就真成了一位选美大赛的主考官：首先得第一轮面试过了我这关。要连我这一关都过不去的话，那第二轮笔试和第三轮答辩、录用就别指望了。此时，我才设身处地地意识到什么叫权！

那些天，我整天坐在我办公室的一张新办公桌后，待对面桌子一位临时帮忙的段办干事登记一位，我就抬起眼皮看应聘者。先从脚，再到腿，再到上身，最后把目光停在脸上。

我看他们时是用一种非常挑剔的眼神。就这一眼，别说刚入路没跑几年车的小女孩和小后生们，就连当年与我一起入路、跑车，在一个乘务组待过，列车长也干了几年的男男女女都被我看得有些不自在，多少还有些发毛。他们越发毛，也越架得我一本正经起来。不开玩笑，不讲废话，不接递过来的烟，不收掏出来的瓜子和泡泡糖——一脸的铁面无私，一口的“公平竞争，等候出榜，报名走人”。

没出几天，我这种“主考官”做派在一些自觉没有多少可能被招聘录用的列车长以及年长一些的干部中间评说开来：

“跟他在一个组跑了那么多年的车，真没想到，乃生这小子还长了一双色迷迷的眼。要早知道他这样，姑奶奶连名也不报。”

“唉，什么叫小人得势呢？”

“牛什么牛，不就是靠着他哥和张段长是同学吗，不然他武乃生今天牛个屎呀，嘁……”

虽然他们背后这么咒我、骂我，可仍少不了亲自带着他们在段上各车队、车组跑车的邻居、表妹、小姨子和远方亲戚之类的关系户，到我办公室里一边向我介绍他们与应聘者的关系，一边信心十足地当面告应聘者：“报上名就回吧，放心，我和你们武队长是什么关系？他不给谁这个面子也得给他哥哥我这个脸！对不对，乃生？”这是明的，暗的就更海了：有写条子的，有打电话的，介绍的人上到铁路分局处室正副职们的“侄子”“外甥女”，下到段科室正副职们的“姐夫家妹妹”“弟媳妇的表弟”。写来的条子、打来的电话，不出“希望关照一下”，或“小姑娘长得挺漂亮，挺适合夕发朝至北京车班”之类的话语。

类似的条子收多了，电话接多了，渐渐地我总结出一条规律来：凡是打过招呼或带着条子来找我报名登记的应聘者，绝大多数都是些身材赛过汽油桶，五官搭配不均匀，说话口吃结巴大舌头，再不就是年龄、相貌赛过他二姨、三舅的主儿。让人费解的是，这类主儿还一个个自信心十足，进门或是说谁谁让他来的，或是把手中的条子往我桌上一放，待登记完，临出门时，总要回过头来问我一声：武队长，我等通知就行了吧?

行个屁，先回家照照镜子去！我心里这么想，可嘴上却怕出言不逊得罪了给他们写条子、打电话的“冒号”，所以也只好顺嘴说：行行行，你就等着第一轮张榜吧。

说来也巧了，在限定日期的最后一天，就是面试报名的最后一个下午，张军段长和刘副段长与我一起，在我的办公室里核对应聘人数，并从中初选下一轮参加笔试的人员。这时，那位邋里邋遢，又矮又胖，穿着的一件路服上落满饭痂子的刘美萍，手里举着一封信，大大咧咧闯了进来，进门就嘶哑着嗓子冲我喊：

“武乃生，我要跑你们北京车！”她说着把手里的信甩到我办公桌上。

我见是刘美萍，说：“报名就报吧，还带什么信呀。”我满以为她拿着的是她弟弟——我铁小的同学为她的事写给我的信。

刘美萍连张段长、刘副段长看都不看一眼，底气十足地道：“你们不是看人下菜碟儿么?别以为出家姑子没婆家——这是分局客运处耿志云的信，我要跑那趟晚上开早上到的北京车！”

耿志云是我们铁路分局客运处的处长，分管的就是客运窗口站段，一般情况下就连张军段长也得买他的账。我是当列车长那会儿认识他的，那时他还是个普通科员。说实话，我与刘美萍同住一个铁路宿舍，跟她弟弟也同班了几年，从不知道她家还与耿处长有什么瓜葛。更让我不能理解的是，耿处长怎么能拉下脸来为如此这般邋遢，在段、在车队、在车班影响极差的刘美萍动了“手谕”。

按说对这种完全不可能被招聘到夕发朝至乘务组的人，让她先放下条子或信，然后对她说两句客套话，打发她走就了事了。可眼下，刘美萍硬是站着不动，大有我不当着她的面看耿处长的信，就死都不肯离去的意思。被逼无奈，我只好拿起写有我姓名的信封，抽出里面的信纸。耿处长在信上写得十分简捷、明了："小武，刘美萍是我的一位远方亲戚，请务必将她安排到夕发朝至车班。"下面是耿志云的签名，及年月日。

我连续扫了两眼信，不露声色地随手把耿处长的信递到对面桌上正低头仔细看应聘人员名单的张军段长眼皮底下。他与耿处长的私人关系铁得很，我想让他来定夺。张军没有动桌上的信，只是侧着头看了一眼，然后面带微笑向刘美萍抬起头："噢，你就是西安四组的那个刘美萍呀？"

"对，怎么了？"

"不怎么，我早听说过你的名儿，还听你们车长和车队干部说，你挺是个人物的……"

张段长话没有说完，刘美萍嘶哑着嗓子嚷了起来："张段长，你别听那个破鞋和车队那些王八蛋胡说，一个好东西都没有。他们看我没有当年漂亮了，岁数大了，就处处考核我。今天说我终到卫生打扫得不干净，明天说我守口（守车门）没站直——他们尽欺负老列！"

"你先打住一下，"张军抬手制止她，说，"你带无票旅客上车是怎么回子事？你拿旅客的票款又是怎么回事？"

"他们胡说，他们陷害姑奶奶！"

"那旅客写给段上的举报信也是陷害你刘美萍了？"他慢慢拉下脸，话音柔中带刚，"就你这号儿的，车队和段上还没有来得及处理你呢，你还想跑夕发朝至北京车？下步，段上撤了市郊车、短途车，不让你下岗、待岗、回家待着去就是好的！"说着，张军抓起桌上耿处长的信，揉成一团，恨恨地摔进废纸篓里。

“你、你、你……”刘美萍气得脸通红，转身往外走，边走边喊道，“张军，你小子等着瞧！”

“等着你呢！你有本事把耿志云给老子叫来……”他冲敞开的办公室门喊。

刘美萍走后，我和刘副段长劝张军段长，说跟这主儿生气不值得，咱们还是定北京车班的笔试人选吧。张段长向我要了一支烟，平静了一下，开始与我和刘副段长逐个选定初试合格的人名。

这天下午，第一榜招聘名单就贴了出去。

按张军段长给我下达的进度，面试名单一经张榜，马上着手第二轮笔答考试的出题工作。铁路客运工作的业务考核试题无外乎几大项，包括业务方面的客规、运规和《铁路法》的某些条款，其余就是服务方面的一些条例。这些试题我在当列车长时候就已背得滚瓜烂熟、如数家珍了。让我感到头疼和吃力的是，张军让我在笔试题中，挖空心思地列举出一半以上的常见和应急性的乘务工作服务事例、问题，并出成应用题。要求必须有针对性地讲述乘务员在值乘过程中遇到的，与旅客人身安全、财产安全、特殊服务需求等有关的各种典型实例、问题的梗概。按张军的话讲，这些实例、问题和所导致的服务难题的提出，为的就是要考核、检查和挖掘我们乘务员在市场经济条件下服务工作的升级与服务素质方面提高的能力。

人们常说：车厢是一个小家庭，但又是一个大社会。树林子大了，什么鸟没有？人多了，什么样的事儿不会出？再者说了，现如今，旅客中间款爷、款姐们摆的就是谱儿，打工仔、打工妹却讲实惠。相比之下，那些服务方面的实例还算好列举的，更让我头疼的是，那些涉及铁路工作人员职权范围与国家某些法律、法规冲突的实例：你说你乘务员例行杜绝危险品、易燃品、易爆物品上车，要对形迹可疑的旅客进行开包检查。可你要让旅客开包检查，人家就会说你侵犯公民的隐私权！（编者注：书中的部分情况如今已不再存在。）诸如此类的服务难题，别说让十八九、二十岁的乘务员们去处理解答，就是搁到我头上也够挠头的——这让我怎么往出编呀？

这天晚上，我吃过晚饭，看了新闻联播就让马华和儿子关了电视。马华顺从地进儿子的房间去辅导他写作业了。我独自一人趴在客厅茶几上绞尽脑汁往出编“列车服务应用题”。突然，客厅里的电话响了起来。我一手拿着笔，一手接起电话。电话里是位上了些年纪的男士，他要找马华。“哎，你的电话！”我大声喊了一声，搁下电话，继续编我的应用题。马华从儿子房间里轻手轻脚出来接电话。从她通话中，我听出电话里的那个男的是她们铁路医院的范副院长。她打着电话，忽然抬手示意我要笔和纸。我厌烦地将手边的纸笔递给她，自己点燃一支烟耐着性子等着。

“范院长，你说吧，叫什么名儿，多大岁数，多高？嗯嗯，我已经拿着笔记着呢。”她一面“嗯嗯”着，一面快速记录着，最后说，“您就放心吧，既然是您的宝贝千金，那就是咱们自己家的事，看您客气的。好，就这样吧，我现在就跟他说。再见！”

马华放下电话，拿着纸笔笑盈盈地凑到我旁边的沙发上，把她记录过的纸放到我面前，温柔地说：“当家的，你们客运段这个女孩儿你认识么？范莉。”

“认识，怎么了吧？”我低头看纸上记着的年龄、身高，与我们段成都车队的乘务员范莉相符。

“她爸是我们医院主管医务的副院长。他说，范莉回家跟他说第一榜没有她的名字。我可听我们院办的人说过，范院长的千金范莉二十来岁，要身材有身材，要长相有长相——跟歌星李玲玉似的，脖子上也有个痣。”

“对，她是要什么有什么，看上去漂漂亮亮，梳一个日式的荷叶头，人也有红似白的，一米六几的个子，可就是不能开口讲话，一开口就带脏字。不带脏字的时候，就是她没有开口。”

此时，马华早已不高兴了，反驳：“人无完人，那你到底招的是些什么样的？”

我扳着指头，极耐心地说：“人既得看得上眼，还得综合素质高的。假如素质高，人长得普通一点也将就了。反过来，你就是长得跟天仙似的，却一开口就满嘴口臭的主儿——姑奶奶，您现在跑哪儿还跑哪儿去吧，我北京车队招不起！我招聘的是高素质的优秀乘务员，不是电视上选美大赛中的模特，经看不经用。去去，辅导你儿子写作业去。”

马华气呼呼地起身往儿子房间里走，边说：“武乃生，你别以为你当官了，有一点权，连你老婆的面子也不给了。好，你既然在我们范院长前丢我的脸，那咱们今后就走着瞧！”

“爱瞧，就骑着毛驴看书——走着瞧吧。”我低头继续编我的“列车服务应用题”。

夜里，马华没有回我俩的卧室睡，她在儿子房间和儿子挤在一张单人床上睡的。翌日一早，她没等我起床，就打发儿子吃过早饭，带儿子上学去了。等我起床后进厨房，锅里连口汤都没留。我带着耗了大半夜的笔答考试题从家里出来，骑车到了我们宿舍门口的一个早餐摊儿上，随便拨拉两口早点，蹬上车往段上赶。

北方的早春黄沙弥漫。我顶着风骑进段机关大院，见布告栏的招聘面试榜前围着近百位的男男女女乘务员。他们有的喜笑颜开，有的愤愤然嘴里骂着什么。进了存车棚，我刚把自行车放好，就听车棚里有位小姐大声叫：“姐夫，姐夫。”我回头看，一位婷婷女子头上蒙着一块防风纱巾，向我走来。我因为认不出她来，只是站着冲她笑。

“认不出来了吧？”她摘下头上的纱巾。见是范莉，我笑着说：“你叫我什么，姐夫？”

“不应该么？我爸说，马华姐刚到铁路医院时，还管我爸叫范叔呢。”

“噢，你要这么说，倒也当得起你姐夫。”我和她说着话，往车棚外走。在向机关大楼走的路上，她暗示我，说当初我妻子马华刚被分配到铁路医院，她爸是如何、如何照顾马华的，以及现在马华在医院领导心目中是如何、如何印象好，下一步很有希望接药房主任的位置……我急着去张军段长办公室汇报笔试题的事，没有多接范莉的话茬儿，与她上到她们成都车队队部的那层楼，就推脱说：“你快去你们车队点名、学习吧，不然车队干部又该考核你了。”

“姐夫，那我就先去点名了。”在我的记忆里，范莉第一次如此腼腆、礼貌。

进了办公室，我放下风镜和车钥匙，拿着笔试题就往段长办公室跑。

段长办公室里，刘副段长坐在沙发上，面前的茶几上摆放着数张彩色的制服设计图。张军段长坐在他斯诺克台球案子似的办公桌后，手里正拿着电话与什么人连说带骂：“……是，她说得一点没错。我是当着她的面，把你写来的条子丢到纸篓里了。可你也太损了点，就她刘美萍那主儿你也敢往我这趟夕发朝至的北京班里塞？先不说她人长得怎么样，年龄是不是超龄，单说她现在跑一趟西安慢车，还动不动给我带几个无票旅客呢！要再把她放到北京车上，那还不让她一趟车下来光旅客的票款就得贪污个好几百呀！所以我就一直没跟你通电话，我怕我把你亲戚刘美萍的底儿兜出来，你大处长脸上挂不住！哼，哼——”

我拿着笔试题坐在刘副段长旁边。刘副段长从我手里接过笔试题，我从茶几上拿起制服设计图，我们都默不作声，静等着张段长通电话。我已从张段长的通话中听出对方就是主管我们客运段的铁路分局客运处的耿处长。

“什么，刘美萍不是你家亲戚呀！”张段长突然提高嗓门儿，“噢，原来你连她人都没见过就给她写条子呀——可你条子上明明写着她是你家的远方亲戚。噢，原来是这样呀……不过他陈厂长爱做不做，他分局被服厂要真不能按时做出来，那分局也别怪我肥水外不外流了。就这样，你告他陈厂长，这几百套制服，他被服厂能按时交货，他们就做。他要为了他外甥女刘美萍上不了北京车，反过头来在定做制服上拿我一把的话，我姓张的不吃这个——爱咋地咋地，就这样吧。噢，再会。”

他重重地放下电话，点燃一支烟，哭笑不得地告诉我和刘副段长，刘美萍根本就不是耿处长的什么亲戚。她是我们分局被服厂陈厂长的外甥女。她听说了我们段为开行夕发朝至北京车，要特意为车队各车班的乘务员每人定做一套纯毛料的新式铁路制服。于是，她就哄着她舅舅出面托人，也想上这趟夕发朝至的北京车。

铁路分局有个内部规定：凡是分局内各站段的制服及公用被褥等备品的选料、定做，都必须到分局被服厂。凡擅自去路外的地方厂家订购的，分局一般不予拨款、支付——分局头儿们管这叫“肥水不外流”！

刘美萍的舅舅、分局被服厂的陈厂长正抓住了我们这唯一一条的“上吊绳”，亲自到分局找到主管我们客运段的耿处长，先是埋怨耿处长定做制服为什么不早一些打招呼，说就个把月的时间，让他被服厂怎么能赶出几百套制服来！所以，耿处长就低三下四跟陈厂长说好话、讲客观，说什么早不早由不得分局，进京的夕发朝至车得铁道部定。铁道部定下车次，确定运行图，图下发到铁路局。铁路局再安排到分局，分局再通知客运段。这一来二去也就剩下个把月了。

耿处长苦不堪言，陈厂长开始由同情到理解。最后，他向耿处长亮出底儿来：他外甥女也在客运段跑车，也想跑这趟晚上开早晨到的北京车！耿处长明明知道这趟夕发朝至车从人员到设备都要“跑出航空服务的水平”（分局长在电话会议上的指示），但是他一听陈厂长说他外甥女叫“刘美萍”，所以就自然地想象“美萍”小姑娘本人的条件一定也不会差到哪儿去。于是，耿处长就按陈厂长的口述给我写了那封举荐信。

“这人名也真够蒙人的。人越差劲，嘿，名儿却叫得一个比一个靓。”张段长把烟蒂拧灭在烟缸里，抬眼问我和刘副段长，“你们手头的事儿进行得怎么样了？”

刘副段长首先站起来，拿着制服设计图走到张段长桌旁：“这图已经改过两回了，人家被服厂设计员说他们陈厂长说了，行不行就这样，不再改了。还说，咱们要再改下去，4 月 1 号北京车开行时乘务员穿不上新制服，他们被服厂可不负责。”

张段长一开始是边草草地浏览那几张制服设计图，边似听非听刘副段长的话。等他听到刘副段长说完，猛然把手里的设计图扔起老高，站起来大声嚷：“什么，误了 4 月 1 号穿制服，他被服厂不负责？这是些什么图，跟上回设计的一样嘛，根本就没按咱们的意见改。”他点着落到地上的设计图，愤然道：“还不改了，就这制服让我的乘务员穿上进北京，北京西站的同行和旅客不拿我的乘务员当马戏团的小丑看才怪了！”他气呼呼地坐下来，一声不吭望着窗外。

我起身捡起散落的制服设计图，交到也一声不响的刘副段长手里。

沉默了好大一会儿，张段长坐正，心平气和了许多，告刘副段长：“这样吧，你现在就拿上这些图到市里找几家服装厂去，看他们谁家能按咱们的意见把这图再改一改，能改就在地方厂家做。但有一点，必须得找国营服装厂，只有国营厂才遵守合同，才不会误了咱们 4 月 1 号开行的日子，去吧。”

“那分局那边怎么办？”刘副段长站着一动不动。

“你是说分局被服厂么？老子不在他们那儿做了，你一会儿打电话告他们……”

“不是被服厂，是这笔制服款，分局不先给人家厂家打过去二分之一的定金，哪一个厂家也不敢随随便便进这么多面料的。咱们把肥水流到外面，你能保证分局财务处同意往地方服装厂打款么？”刘副段长望着张军。

“现在管不了那么多了，你今天尽管去市里联系服装厂。等联系好了，实在不行的话，定金钱先从段上的多经支。你分局卡我肥水不外流，你分局被服厂公报私仇，我客运段的乘务员总不能穿着小丑似的制服去跑这趟大提速后的夕发朝至车进北京吧？你分局死咬住肥水不外流，你分局被服厂搁着钱不想赚，我客运段也没办法。我只好先自己垫钱，自己去地方厂家定做了。行了，刘段长你去吧，上面追下来有我在前面轧道呢。”

刘副段长拿着制服设计图走了。

“张段长，笔试题全出好了。你看看行不行，不行的话我再改。”我把笔试题平铺在他的办公桌上。

临近中午，我抱着一卷打印好的笔试题考卷，从段办打印室出来，回到我的办公室。一进门，办公室里站着六七个亭亭玉立、穿着时髦的年轻小姐。我大概扫了一眼，见全是通过招聘第一关的年轻女乘务员。孔娜背着一个名贵坤包，站在她们中间，见我进门就叫我“姐夫”。

“姐夫，北京‘东来顺’在咱们市开了一家分店，我们几个想中午请你吃涮羊肉。”

“什么、什么，孔娜，你可不该叫我姐夫。这话要叫你姐夫听见了，他非找我算账不可。”

说起来，她叫姐夫也对，我和她姐姐孔琳在铁路子弟小学从一年级同桌起，一直坐到五年级小学毕业。孔琳从小就是一个能歌善舞的校花，我们升到铁中不久，她被南方一个大军区招去当文艺兵了。据说，她在部队文工团是跳芭蕾舞的，还曾多次拿过全军文艺汇演的大奖。可后来在一次慰问基层官兵的演出中，她严重扭伤了脚踝，留下了走起路来一颠一颠的那种残疾。那年，孔琳从部队文工团转业回来已经是 25 岁了。后来，她被分配到铁小，当了一名音乐教师，教一、二年级的音乐课。又过了两年，她与铁小的一位体育老师结了婚，婚后到现在一直没有孩子。

如今，我儿子已经上一年级了，她就教我儿子他们班的音乐课。由于孔琳、马华和我是铁小的同班同学，马华自然知道我与孔琳的感情非同一般。可让马华醋意大减的是，孔琳在铁小对我儿子的关心，如同对亲生子一般，无微不至。

铁路系统家庭世代的关系及感情网络就是这样纵横交错的。在这个酷似列车编组场的群组道岔中，任何人都无法回避相互之间的牵连与纠葛。

说来孔娜也十分争气，她自从知道了我与她姐姐的关系后，在我当她车班的列车长时，她不但没有凭着我与她姐姐的同学关系在工作中给我添麻烦，反而是工作越加主动、勤快，而且还根据自己担当软卧车厢乘务员与外宾接触频繁的工作特性，自修了一口流利的英文口语。

铁路客运部门懂一点儿英语的就能算得上是人才了，所以我就大胆地推荐、提拔她为我们车班的广播员，后再推荐、帮助她参加副列车长的公开招聘和考试。孔娜给我当了不到一年的副列车长，就接替了我的列车长。我则被拿下车班，提成西安车队的副队长了。

当我接受组建夕发朝至北京车队的重任后，第一个想到的就是由孔娜来担当这趟夕发朝至北京车的第一乘务组的列车长！

今天，孔娜她们几个女孩儿为庆贺她们顺利通过招聘第一关，想请我吃顿涮羊肉，我能驳她们的面子么?

“吃涮羊肉，可以，”我把打印好的笔试卷锁进铁皮柜，回头见她们全是一帮小姐，说，“就我一个爷们儿跟你们去，是不是太那个了点。孔娜，要不你把咱们老北京车队的老队长老冯也叫上吧，也好让我有个伴儿呀。”

“好，你们等着，我去请咱们的老冯队长。”

那顿涮羊肉涮得大家十分开心。吃完饭，她们六七个拥着酒兴正浓的我和老冯，进了一家音响效果颇佳的歌厅。歌厅的气氛，加上酒精的刺激，使得五十四五岁的老冯陡然焕发了第二春。他首当其冲，连续高歌了《莫斯科郊外的晚上》《三套车》之类的数首苏联歌曲。而我却与她们或合唱、或独唱了些港台流行歌曲，也无外乎是些爱呀、恨呀什么的。

现在十八九、二十出头的小姐可不像我们那时的年轻人，别看就相差八九岁，观念与行为差得可就大了去了！特别是她们投入到歌曲的忘情中，会主动地过来拉我、搂我……而我也不想在她们面前表现得那么古董，那么拘谨，那么小家子气。也说不来是不是因为她们在歌厅里对我过分热情，对老冯却多多少少有些怠慢，反正这次的私人聚会为我和马华埋下难以想象的隐患！

两天后，也就是招聘笔答考试的前一天晚上，已经是 7 点多了，马华还没有把放学的儿子接回来。因为，马华所在的铁路医院门诊部就在铁小旁边，所以每天接送儿子上下学，就成了她的任务。看完新闻联播，他们还没有回来。我便给马华娘家打电话，接电话的正是我儿子，他说他妈跟医院的阿姨、叔叔们去歌厅唱歌了，让他今天晚上就住在姥姥家。

这也好。我想，他们不在家，我还能考虑考虑明天早晨笔答考试的一些具体问题。我随便吃了一包方便面，关了电视，拧亮台灯，铺开一份笔试卷……等我再抬头看表时，已经是晚上 10 点 50 多分了。见马华还没有回来，我当然就有些火了：你唱歌、跳舞也总不能唱跳到 11 点还不着家吧！ 11 点一刻，马华回来了，进门嘴里还哼着歌曲《心雨》中的歌词：

“……想你想你想你，最后一次想你，因为明天我就将成为别人的新娘，让我最后一次想你……”她唱着推门进来。

“还唱，都几点了，还‘想你想你’呢！”我耷拉脸骂，“你要真想谁，就回谁那儿去。”

马华却一点都不生气，脱下外衣，换上拖鞋，转脸，用一种歉意的腔调说：“哟，武队长，我想想我以前的旧情人都碍你的眼了，是不是又勾起你的烦心事儿了？”

“别跟我阴阳怪气的，我想不想旧情人都没有疯到过晚上 11 点多！”

“当然你用不着晚上去疯，你大白天就好疯了——而且还是和没有结过婚的情人妹妹在一块儿疯，”她凑到我近前，一脸心悦诚服地问，“孔琳和孔娜谁更好看一点？哼，不说我也猜得出，孔琳肯定不行了。人也结过婚了，你也腻了。孔娜一定比姐姐棒——皮肤嫩吧，该挺的部位也一定挺挺的吧？”

这时候，我才忽然意识到她今天晚上把儿子放到娘家的用意——她有预谋地想和我吵架。你想吵么？我还不陪了！接下来，我无论她再说什么挖苦、讥讽我的话都一概不接话茬儿。

我默默地暗自思忖：是谁把我和孔娜她们吃饭、唱歌的事捅给她的？

马华恶心我半天，见我好歹不接话茬儿，渐渐沉不住气了。她由和颜悦色，到义正辞严，再到声嘶力竭，最后直至哭诉声讨。她说，世上没有不透风的墙；要想人不知，除非己莫为；世上没有无缘无故的爱，也没有无缘无故的恨……说完俗话、格言，她从我和孔琳在铁小同桌时相互传纸条的老底儿翻起，一直翻到孔琳参军后，我没心上人了，才将将就就找了她；可孔琳转业一回来，我立马就又变了一个人；如今孔琳结婚了，没办法了，就返回头来勾搭孔琳的妹妹孔娜，把孔娜从西安车班招到我组建的北京车队。

“你不是挺正统的么？”她连哭带问，“为什么我们范院长的女儿范莉，想去你们北京车班去不了？可孔琳她妹妹孔娜想去就去了。是你的旧情人孔琳，替她妹妹给你通电话了，还是孔娜自己请你吃顿涮羊肉、去歌厅唱唱歌伺候好你了？你说话呀！心里没鬼，你为什么不吭声呢？”

我见她哭得跟个泪人儿似的，怜悯之心油然而生，毕竟我们也是从小在一个宿舍住、在一个班里长大的青梅竹马夫妻。我平静地说：“马华，你别一口一个旧情人，一口一个孔琳、孔琳的。孔琳和我有什么关系，我们当年都坐在一个教室里，你应该最清楚不过了。这些年，她当兵当得留下个残疾回来，我们这些当年的铁小同学就该躲她远远的么？不能，我、你还有孔琳，我们都应该终生珍惜我们童年时的那一份感情和友谊！话又说回来，你看看，现在孔琳在铁小是怎么对咱儿子的……”

“那是因为她自己一直没有孩子。”

“是因为她自己没有孩子，才对我们的儿子就像对她自己的孩子一样。但孔琳为什么不对别人家的孩子那么关心、那么关照——你中午接不上儿子，她带他到她妈家吃饭；你晚上加班，她把咱儿子接到她家……这些，她不是冲着你我又是冲着谁呢？”我不想马华与孔琳的关系搞僵。

马华不再哭了，闷声闷气：“孔琳对咱儿子怎样，我不是不知道，我又不是傻子。实话告诉你吧，我今天晚上根本就没有去什么歌厅。我是赌气，赌你和孔娜她们几个女孩儿又是吃饭又是唱歌的气！”

这时，我想追问她一句，我们吃饭、唱歌是谁告诉她的，但我没好意思开口。

“你在外面风流就风流了，可这事传到我们铁路医院药房，让我这脸往哪儿搁？”马华开始一步步给我交底儿了，“今天下午，我们医院妇产科秦主任一进我们药房就嚷，说你家乃生又当北京车队队长又走桃花运，一去歌厅就有六七个女乘务员左右陪着……”

“你们妇产科的秦主任，她见我了？”我情不自禁地问。

“她老伴儿见了。秦主任的老伴儿就是你们客运段老北京车队的队长，姓冯！”

我如梦方醒，哑口无言。

风平浪静后，已是夜里十二点多了。我和马华在床上亲热一番后，她依偎在我怀里，撒娇说：“就把范莉的事儿给办了吧，不然，我在铁路医院见了我们范院长老得躲着走。”

“不行！”我把她推出去，十分坚决，“我这趟夕发朝至北京车绝对不要范莉这号的，她和孔娜她们不是一个档次。”

马华忽地赤身坐起来，用手点着我的鼻子：“你也别以为你有多大的权。我明天一早就去分局找你哥去，我就不信拿上你哥的条儿找他张军他不办！”她躺下，背过身去。

我随手关掉床头灯：“有本事就去找吧，找我哥算什么，找分局长才是本事呢！”

早晨 8 点整，客运段大学习室门口，段保卫科的人把守在门外。大学习室内，一人一张桌子。虽说第一天参加笔试的人有近百号，但是考场一片肃静。这种场面与阵势，我在客运段工作了十几年都没有见到过。就连公开招聘列车长的考场都没有如此庄严而紧张。考虑客运段乘务员的工作性质不同，我们把第二轮笔答考试分为三天进行，只要通过第一轮面试的，哪天休班哪天就来段参加第二轮的笔答考试。

8 点 10 分，我拿着第一天笔试用的 A 卷，大步走进考场。监考的段领导还没有到，我把考卷放在讲台上，首先宣布考场纪律。期间，负责监考的段党政工团及有关科室领导也全部进来。我宣布完纪律，问张军段长和刘副段长还有没有补充说明。张军向我扬扬下巴，示意开始发卷。于是，几位比较年轻一些的干部上来，帮助我一同下发试卷。招聘夕发朝至北京车队乘务员的第二轮笔答考试开始了……

我与监考的段领导迈着方步，穿行于一排排只顾埋头答题的应聘者中间。间或，我们低下头来，看看他们答题的进度和正确与否。一小时过去了，我独自站在考场后排，双手抱在胸前，不由自主地想起我那性格倔强的媳妇来：她真会去铁路分局找我哥么？我哥真的会给他称之为“难兄难弟”的张军段长写条子么？正在我走神时，保卫科的人不声不响走进考场，凑到我的耳朵旁，低声道：“武队长，我们科有你的电话。”

出了考场，我在往保卫科走的路上，想这电话不是我哥，就是我那宝贝媳妇打来的。

“喂，我是武乃生，”我接起电话，电话里的声音软绵绵的，对方刚说一句话我就听出是孔琳了，“怎么，有急事呀，是我儿子又在学校跟同学打架了？”

“不是的，不是的，”孔琳有些生气，问我，“是谁让我妹妹孔娜跑你们这趟晚上开早晨到的北京车的？我妈我爸昨天晚上为她改跑北京车的事，和她生了一夜的气。这不，早晨气得我妈又下不了床了。”

我知道孔琳的母亲已瘫痪在床上好几年，说：“你妈不是躺了好多年了么……”

“啊呀呀，我妈这一年多恢复得好多了，起码拄上一根手杖能下地，自己解决大小便。可昨天晚上跟孔娜一生气，今天又下不来了——你给我叫一下孔娜好么？”

“孔娜正在考场里考试，我怎么能叫得出来，想叫也得等到……”

“等什么等，我听我爸我妈说，你现在不就是这趟北京车队的队长么，你还能叫不出来？”

孔琳在电话里沉默了一会儿，口气缓和了许多，埋怨我：“乃生，你不要怪我生气。你让孔娜跑这趟晚上开早晨到北京的车，应该事先和我、和我父母商量一下。你不能光听她孔娜一个小孩儿的。”

“她是主动到我车队来报名应聘的。我想她 20 多岁的人能做自己的主了，再说她干列车长也干了两三年了，人又会英语，自身素质也不低。”

“还不低呢，就数她低。她在家里特自私，老想着自己，唯独没有想想她跑了北京车后，我爸我妈两个白天叫谁来照顾……”

我终于听明白了，孔娜跑西安车，始发、终到的时间好——上午从我们这里始发，第二天早晨差不多就能返回来。也就是说，走半白天、一整夜的车回来，能在家伺候她母亲三个白天两个晚上。一旦跑了这趟夕发朝至北京车，作为一车之长的孔娜，连出退勤前后组织车组乘务员点名、开会，再带一整夜值乘和在北京休班的一个白天，加起来就得两个白天外搭一个整夜不着家。这对已婚的孔琳和她仍当校长的父亲的确是个实际困难。

想到这儿，我对电话里的孔琳说：“这样吧，等一会儿孔娜从考场出来，我找她谈一谈。她如果能想通的话，就还让她继续跑西安。如果实在想不通，我也没有办法。但话再说回来，你说她自私，你可是自私了那么多年——你在部队那些年，你妈还不是孔娜和你爸一把屎一把尿伺候的么？现在你回来了，你没有义务伺候你妈么？”

“也不是说没有义务，也不是说我一点儿都不领孔娜这么多年替我照顾我妈的情。我是一点时间都没有，不信你回家问问你儿子去。我整天除了教正常的音乐课外，还得辅导你儿子他们的舞蹈队。三四个月后，省市电视台就要挑选‘庆七一、迎回归’晚会的节目了。我带的舞蹈队要被刷下来，我怎么向分局交待、怎么向铁小交待——我这不是给我当校长的爸丢脸么！”

“所以，你和你爸就联合起来把你妈往孔娜身上推，对吧？”我笑，“好了，好了，我现在还监着考呢。等一会儿孔娜考完试，我和她谈个结果，再给你去电话。”

孔琳最后一次叮嘱我：“乃生，你要想尽办法，不能叫孔娜4月1号就跑北京，哪怕哄她说：实在想跑就等过了‘七一’和‘香港回归’，等你姐姐编排的节目上了电视，放了暑假再跑……”她说着说着，也忍不住笑了。我也笑：“不让孔娜跑北京，她不和你们闹翻才真有鬼了……”

两个小时的笔答考试接近尾声，大部分笔试者已经交了考卷走出考场，监考的段领导也撤了几位。我站在讲台上一一整理交回的考卷，考场上，孔娜和几位乘务员还不急不忙地最后检查着各自的考卷。我大声催促着：“抓紧了，抓紧了，还剩最后五分钟。”正这时，一位段长办公室干事三步并做两步走进考场，走到我身旁小声说：“武队长，张军段长让你马上去一趟他的办公室，这里的卷子我来替你收。”我把整理好的考卷推给段办干事，匆匆走出考场，向机关大楼走去。

“马华，你别哭了好不好。你听我说，你现在别拿我当乃生的领导看，你就拿我当你们两口子的大哥——就和你在分局的大伯子、乃生他哥一样。不是我当大哥的批评你，你非哭着喊着让范莉上我们段这趟夕发朝至北京车，的确有点儿让你家乃生坐蜡。连范莉这全段有名的小疯婆都上了夕发朝至北京车，那我们还招聘个什么劲儿！你叫那些德才兼备、才貌双全的乘务员们怎么说，你让那些无才无德、无品无貌的乘务员又怎么看？嗅，闹了半天大提速、大改革，讲了半天公平竞争，嚷了半天择优招聘，到头来你们段领导还是凭关系选人、凭关系录用呀——你得替你家乃生设身处地想想。”

来到段长办公室门口，门虚掩着，从里面传出张军段长苦口婆心、不厌其烦地劝导。我没有马上闯进去，想听听马华怎么说。

“张大哥，你讲的这些大道理我也都知道，”马华鼻音挺重，说，“我气不过孔娜的事儿。我、乃生和孔娜的姐姐孔琳，我们都是铁小的同班同学。我知道乃生和孔琳一直感情挺好，想照顾照顾孔娜。这我也是睁一只眼闭一只眼，没说过什么。你乃生能照顾孔琳的妹妹孔娜上夕发朝至北京车，就不能照顾照顾我们范院长的女儿范莉么？不管怎么说，我还是铁路医院的人，不管怎么说，人家范莉她爸也是铁路医院主管我们这个口的副院长。人家知道，我家乃生在你们客运段负责组建这趟夕发朝至北京车队的工作，才提出个把范莉从成都车组调到北京车组的要求，我就给人家办不了么？这让我以后还怎么见我们范院长？”

“马华，我真的能理解你有面子问题。但说老实话，孔娜跟范莉在我们客运段，无论是个人素质，还是工作态度的确不一样。孔娜懂外语，当列车长当了两三年，人又是党员，在待人接物方面热情周到、落落大方，还从没有收到过旅客对她工作不满的来信。范莉呢，不能否认，小姑娘人长得蛮漂亮，可思想上不求上进，工作上能偷懒则偷懒，还动不动和旅客吵架。车长批评批评她吧，她还满嘴脏话，给车长起外号叫‘芝加哥公牛’。你说这样的乘务员上了我们这趟夕发朝至北京车，能不给我们段上、你家乃生他们队上捅娄子么？再说了，现在民航和高速公路大巴跟咱铁路争旅客争客流争得厉害，咱紧地提高服务质量，旅客还嫌咱铁路不方便、服务不热情、车速太慢呢！你乘务员要再动不动跟旅客吵架——人家旅客惹不起你铁姐、铁妹，总能躲得起吧！人家坐飞机飞北京，行不行？人家坐高速公路的大巴车去北京，行不行？所以，像范莉这样的，她就是再长得漂亮，也绝对不能让上这趟夕发朝至北京车。不能，真的不能！”

我在门外听了张军段长给马华的解释与明确表态后，觉得心里有了数，便轻轻敲了敲门。

“进来！”张段长喊。

我走进张段长的办公室，坐进马华对面的一张单人沙发里。马华见我进来，手里揉搓着一块手帕，用红肿的眼白我一眼，将身体扭向一边。张段长坐在办公桌后，拿起一张有折叠痕迹的信纸佯装着看——他似乎在暗示我：马华可是带着条子来的！他眼睛从信纸上方向我投过来，暗暗地笑。我们沉默了一会儿。张段长先说：“武队长，你看你哥也写来条子了，你媳妇也找上门了。范莉的事，你武队长拿主意吧。”

“我不拿，你们当段长的说吧，要让范莉上夕发朝至北京车，我现在就通知成都车队，让她明天就来笔试。如果她上了这趟车后，今天让铁道部检查组通报批评一下，明天再让省、市电视台曝光一回，出了路风问题，发生旅客不良反应，我姓武的不负这个责。”

“你负什么责？”马华突然转脸，用红肿的眼睛盯着我，“你就负孔琳的妹妹孔娜的责是不是？”

“是，我敢招到我这趟夕发朝至北京车队的乘务员，我当然就得负他们的责。”

“张大哥，你听见了吧！”马华指着我，冲张段长说，“你这职工在家就这样，一说话就呛棒子。你还说他在段上这好、那好，那都是装出来的！”

张段长站起来，往外走，笑：“我不管装不装，反正范莉这事你们两口子慢慢谈，我不管了。我还得去刘段长那儿碰制服的事。”他拉开办公室门，无声无息地走了。

下午，段教育室的几位老师开始全封闭判卷。

这天下午，我却去参加了一个关于第三轮招聘答辩和夕发朝至列车整备情况汇报的扩大段务会。会上，张段长肯定了前一段的招聘工作，宣布了第三轮招聘答辩评委名单。之后，他向整备车间孟主任询问了有关夕发朝至列车车底的整备及设备配置情况。整备车间孟主任是一个很有市场经济意识的中年人，他先向段务会一一汇报了为夕发朝至车软卧、硬卧车厢配置的地毯、床单、被褥、枕巾及餐车车厢内的台布、花瓶、厨具等的件数、样式和颜色等。然后，他提出一个全新的问题：

“春雨电视机公司得知我们4月1号要开行这趟夕发朝至北京车，他们一位主管市场销售的副总经理找来跟我谈，说他们公司愿意投资，给我们每一节车厢里安装两台悬挂式大屏幕闭路电视机。他们的条件是：他们公司负责全套设备投资的三分之二，其余三分之一由我们段负责，同时车厢里的电视机上得标他们公司的名称、地址和电话，这趟列车也得起名为‘春雨号’。合同一签就是5年，5年后全套闭路电视设备归我们铁路……”

“‘春雨号’好说，我们在车厢外的开往牌上多印三个字就完了，”财务科长老钱说，“问题是，投资闭路电视的这三分之一资金让我们从哪一项财务科目里出？分局没有这笔设备投资的预算，你让我从哪儿找这至少几十万的资金去！”

“所以，我告春雨公司的副总经理说，这事我得跟我们段领导碰一碰再答复他。”

整备车间孟主任与财务科长老钱的对话至此，会场开始三三两两地议论开了。这种联合投资列车设备的新思路，别说我们这些车间、车队一级的干部意见不统一，就是段一级的领导们也不能完全统一。导致这种矛盾的原因是，我们铁路从来没有主动求过地方企业来我们列车上做广告，都是地方企业找我们铁路无偿，或者是出资在列车上做广告的。今天，“春雨”在我们夕发朝至北京车上做广告，我们不但不向他们收取广告费，反而还要承担闭路电视投资的三分之一——这是参加会议者的矛盾焦点。大约议论了十多分钟，坐在会场正面的段党委书记开口了：“大家安静一些，我看这事是不是先放一放再说，等我们请示了分局有关领导再答复‘春雨’。你们说呢？”

“不能等，人家‘春雨’说了，行不行得尽快给他们一个回话，”整备车间孟主任说，“人家说咱们如果不行的话，他们就要找开北京的大巴公司谈。真要是‘春雨’给开北京的大巴车装上闭路电视的话，那我们这趟夕发朝至车的客流就彻底跑到他们那边去了。谁也不傻，大巴车跑的是高速公路，本来就比我们列车能提前三四个小时到北京。他们再安装上闭路电视，那还有谁肯来坐我们的火车呀。一句话，咱们愿不愿意跟人家‘春雨’合作，你们段头儿最好今天就拿个主意。我明天就痛痛快快给‘春雨’个答复。”

他说到这里，斜视党委书记旁边的张军段长。

张段长自从整备车间孟主任提出这个问题后，始终背靠椅背，头仰视着屋顶，做沉思状。过了一会儿，他猛然坐正，把手中的烟蒂拧灭在烟缸里，脸冲整备车间孟主任说：“这样吧，明天你把‘春雨’的人叫到咱们段财务科来，让钱科长跟他们进一步谈一谈。老钱——”他转向段财务科钱科长，“不管行不行，你明天先摸摸‘春雨’的底，看看他们说的那三分之一的投资是多大一个数。把这些都摸清了，我和书记再出面跟他们谈。”

张段长说着，环视全场，意味深长地说：“我看这事很值得一谈，我们铁路早些年就喊‘铁路要走向市场’可就是放不下‘铁老大’的架子。就说地方企业在我们列车上做广告这事吧，我们铁路总觉得他们来我们列车上做广告是他们赚便宜，他们就应该付给我们广告费。但是我们忽略了一点，广告上我们列车本身也是给旅客送去众多的商业信息，这无形就给我们列车服务增添了一个服务项目——信息服务。旅客在疲倦的旅行中，一来能得到我们铁路本职的优质服务，二来从视野里又能获取各种商业信息，这对旅客来说是一件一举两得的事。依我看，‘春雨’就比一些地方企业聪明：我们给你们铁路投资安装了闭路电视，给你们铁路改变了乘车环境，给你们铁路从公路、民航那边竞争回来客流，为什么让我们一家投这个资？你们‘铁老大’只投三分之一的资也是让你们出点血——因为这是互利互惠的事！”

三天紧张的招聘笔试过后，紧接着又是三天唇枪舌剑、机智幽默的答辩。至此，招聘、组建夕发朝至北京车队乘务员的工作基本结束，全队近四百名列车乘务人员也已最后敲定。

这天，刘副段长从市里一家国营服装厂接来八九位裁缝，在我的办公室里分批为录用的男女乘务员量体裁衣，定做夕发朝至北京车队乘务员们的新式制服。我正忙着分批登记姓名，张军段长给我打来一个电话，让我放放手头的活儿，马上去他办公室一趟。我把手里的活交给已经量完制服尺寸的孔娜，风风火火赶到段长办公室。张段长坐在他的办公桌后，与段财务科科长老钱正低头盯着桌上的一张纸，指指点点，写写算算。我一进去，老钱便离开张段长的办公桌，坐到一张单人沙发里，冲我道：“该我谈的、算的全完了，剩下的就是你武队长和段头儿的事了。”

“什么事呀？”我把目光移到张段长脸上。

张段长手里拿起一张纸，告我：“乃生，‘春雨’在我们夕发朝至北京车上装闭路电视的事，老钱已经跟他们谈妥了。‘春雨’负责闭路电视投资的三分之二，我们负责三分之一，并且‘春雨’还要以我们客运段的名义在省电视台黄金时间替我们段做一个月夕发朝至北京车的电视广告。”

我听到这儿，冲老谋深算的老钱笑：“好呵，姜还是老的辣！这样一来，我北京车队就不愁争不过高速公路上的大巴车了，客流保证旺，餐车保证火……”

“先别旺、别火，你还是听张段长说完吧。”老钱有些为难地摇头。

张段长接着说：“乃生，我叫你来，是想跟你商量、商量咱们这闭路电视三分之一投资款从哪儿出。”

我听了笑：“这投资款你不该问我，你该问咱们钱老板。”

“老钱是没招了，分局不会给咱们段上拨这笔款项，现在就看你的了。”

“笑话，财务科长没办法，让我一个车队长去哪儿搞那么多钱去？你们就是把我卖了，也值不了几个钱。”

“发动群众么。”老钱与张段长对视一下目光，乐。

“让我发动哪些群众？”

“发动你夕发朝至北京车队的乘务员！”张军一本正经说。

“让我去集资！”我紧皱眉头。

“对，”张段长说，“我和老钱商量过了，这没有什么不合适。分局不给我们拨这笔款，段上也一下拿不出来这么多的钱，既然夕发朝至车是铁路大提速、大改革后面向市场的一项新举措，我们就不妨按市场经济的规律试试看。你北京车队的乘务员集资改善了列车乘车环境，肯定你们这趟车的客流就能上去。旅客客流上去了，列车上的各项经济效益肯定也会往上翻。单说像补票款等堵漏保收款和餐车营业额就肯定会同步往上增。只要你们北京车队各乘务组都能按规定的基数完成堵漏保收和餐车营业额，多余的收入都归你们车队、车组，用来逐步退还职工的集资款……”

张段长没说完，老钱接了过去，说：“我刚才和张段长又算了一下，按每趟车定员旅客数计算，只要你们车队各班组乘务员都能拿出自己的本事，好好跑上两年这趟夕发朝至北京车。两年后，连集资款带利息全部返还职工是没有问题的——我敢保证！”

我心里多少踏实了一点，说：“好吧，我招聘完了发动发动再说。”

“别招聘完了，”张段长叫道，“得马上着手办，昨天晚上老钱跟我在电话里一碰，我今天早晨就从老婆手里把存折拿来了。”

“马华，咱家的存折你放哪儿了？”

“干什么？”

“我们车队要集资在车厢里安装闭路电视。”我在我们家放户口本、证件的抽屉里翻找着说。

“什么，你拿家里的钱往车厢里扔！你是不是当这个破队长当疯了？”

“快给我拿出来，疯什么疯，两年后连本带息一起拿回来就是了！”

“不行！”马华叉着腰，一点不商量，“要拿你找孔琳拿去。”

“马华，这你就又没意思了吧，这关孔琳什么事了！”

“怎么不关她的事，你把她妹妹孔娜要到你们北京车上当车长，又没有把我们范院长的女儿范莉要过去。孔琳欠你的情，你就应该找她借去。”

我极力保持冷静，耐心说：“你又不是那天没见孔琳去段上和孔娜闹，她一家子到现在还反对孔娜跑北京车呢。孔琳现在恨还恨不过来呢。再说了，咱们家有存款为什么要找外人借呢？”

“噢，现在你有家里、家外之分了，那么我家里的求你办办范莉的事你不办，家外孔娜的事你却办得挺欢呀，嗯？”

“你他妈别跟我玩勺子，”我忍无可忍，吼道，“你还讲不讲理了，跟你讲过多少遍了，范莉不能和孔娜比，范莉不能和孔娜比！你还咬住这事不放了。拿出来，存款里还有老子的那一份呢！”

“武乃生，别一口一个‘他妈他妈、老子老子’的，你堂堂客运段北京车队队长，回到家里就是这素质？有本事你自己找！找着你全集了资我也不管。”

我的的确确把家里翻了一个底朝天，最后还是没有找着银行存折。一定是马华给藏起来了，我想，因为我在家里一向只顾往回挣钱，从不过问存款之类的家务事。这时候，我才由衷地感慨人家西方人的那种两口子各挣各的钱、各花各的钱、各存各的款的家庭生活方式的好。心里这么想，也就不免后悔起当初为什么不自己设个小金库，也好在自己使钱的时候方便一些……现在想什么都没用了。我被逼无奈，只好拿起电话给我在铁路分局工作的哥哥打电话。我说我想向借他几千块钱，有急用。他问我干什么使，我说别管，最多一个月，我的存折一到期就取出来还他。那好吧，我哥说，你今天晚上到家找你嫂子拿。

两天后，给乘务员们量新制服的工作刚一结束，被录用的乘务员也全部从全段各个车队、车班通过段人劳科下令抽了出来。我在第一次车队全体会上，向几百名夕发朝至北京车队的乘务员宣布了有关集资安装闭路电视的消息。集资消息一出口，顿时全场一片哗然。他们纷纷议论着，大声向我进一步询问有关集资的利息和分红办法等……正在我有些招架不住时，张军段长走进大学习室，顷刻间，会场安静下来。张段长首先祝贺大家被夕发朝至北京车队录用。接着，他耐心细致地向大家说明为此趟夕发朝至车集资安装闭路电视的实惠及意义。临了，他掏出一沓百元大钞放在讲台上，推到我面前，说：“武队长，登记上，这是我集资的那一份。”放下钱，他再没二话，转身便走了出去。

全场一片哑然，大家默默目送着张段长离去。

我在讲台上正低头登记张段长的集资，姓名、日期、款额……突然学习室门又被人推开，一位端庄清秀的姑娘走进来。我定睛一看，原来是范莉。她走到我的桌旁，低声说：“武队长，听说要给北京车集资安装闭路电视，能给我集一份么？能的话，我下午就把钱送来。”

“这……”

这时，坐在第一排的一位男乘务员毫不客气地低声说："你又没被我们北京车队录用，你集的哪门子资呀，嘁……"

"是，我范莉不是你们北京车队的人，可我总还是客运段的人吧，"她眼含泪水，转身往外跑，边跑边哭道，"你们瞧不起我就明说么……"

"范莉，你别……"我大声叫她，没叫住。我面向学习室门，久久呆立着。

虽然，范莉过去在段上一向影响极差，但她作为一个没有被我北京车队录用的外车队乘务员，今天能有勇气走进我们车队学习室的门，提出参与集资的请求，这对一个年轻姑娘来说是需要多么大的勇气呀！不仅如此，自从我组建夕发朝至北京车队以来，我每在段里碰见一回范莉，就觉得她有一种新的变化。她的衣着从过去十分艳丽变得端庄素雅起来，举止也由以往疯疯癫癫、出言直呼别人外号，变得文文静静、文明礼貌起来。可以想象，范莉有如此大的变化，再加上她原本就十分苗条的身材和天生丽质的容貌，她理应被我北京车队录用，然而这一切来得似乎晚了半拍。也许正因为如此，我今天当着全车队乘务员的面才没好意思直接拒绝她集资的请求。我能体谅范莉这段时间的心情……

3 月 25 日这天，市里那家国营服装厂提前将我们车队定做的新式制服送到段上。当我们车队的乘务员领了笔挺的制服从我办公室走出后，其他车队的干部及乘务员们都羡慕不已。上午发完制服，下午我又召集全车队乘务员在大学习室里进行最后一项的分组工作。按铁路局、分局对我们这趟夕发朝至北京车的车次安排，我们队的乘务员分成六个乘务组。按我们客运段以往的分组惯例，车队干部有权给六个列车长分人，分过去的人要也得要，不要也得要。这种陈旧的分组方式我在当列车长时就尝尽了苦头，对其极为不满。所以我在分组前宣布：

"权力下放，自由组合。列车长有权挑乘务员，乘务员也有权挑列车长。不过你们可想好了，这都是你们自愿组合的，以后组里、班里有了矛盾也得你们自己解决。我可没有非让谁要谁、谁跟谁——分组开始。”

于是，六个正职列车长在大学习室里前中后，各据一方，阵势如同人才交流市场一般。六个列车长守牢一处，乘务员穿梭在六个登记桌间。列车长向乘务员亮出自己的施政纲领、工作要求；乘务员向列车长提出工作待遇，或者是做出某些承诺……我独自坐在讲台后，耐心等待六位列车长一会儿来上报分组名单。孔娜和一位女乘务员从学习室后面朝我这边挤过来。孔娜劈头质问我：“武队长，我有没有权拒绝要谁？”

“有啊，”我看一眼孔娜身旁的女乘务员，她红着脸，眼里含着泪水，“怎么啦？”

“她——”孔娜指着身边那位快掉下泪来的乘务员说，“我这组不想要她，可她非缠着要跟我跑一个组。武队长，你说像她这样的身体，今天病、明天病的主儿，我们敢要么？”

“我不是向你孔车长保证了么，”女乘务员泪汪汪地说，“我以后肯定加强锻炼，保证全勤还不行么！”

“不行，我早怕你了。你还是看看别的五个组有哪一个要你吧。”孔娜乜斜她。

“不么，我非跟你跑么。”女乘务员的眼泪终于掉了下来。

我见状说：“这样吧，孔车长，她已经向你做了保证，你就先收下她。她身体体质天生差，不是她成心泡病假——先收下，先收下。”

孔娜看我一眼，一言不发。

女乘务员抽泣着再次向她发誓：“孔车长，我保证以后注意多锻炼身体，我保证不会给咱们组丢脸的！”

3 月 26 日，春雨电视机公司广告策划部的人和省电视台的两名摄像师来到我们段里。张段长派给我一部大轿车，让我带上几十号扮演旅客的机关干部，以及我早已挑选好的几位列车长、乘务员，拉上“春雨”和电视台的人一起到整备车库，上了一列完全整备好的新车底，为“春雨号”夕发朝至北京车现场拍摄了几组广告片中的实景镜头……

3 月 28 日晚，省电视台新闻频道里，中央电视台新闻联播和天气预报刚一转播完，一则经过特别处理的电视广告扑面而来：

夕阳如血。

一列车厢外挂有“春雨号”名称的开往北京的旅客列车，笛声长鸣，风驰电掣地迎面驶来……

区　间

一

从我记事起，我家老爷子对我就是这几句：你小子天生不是盏省油的灯！可我去住单身公寓，他们又不让。好像我生出来就是为听他老两口儿唠叨或解气的。

每次在端碗前，我与我家老爷子就像为谁默哀一样——饭桌边一边一个，互不言语。这样要等到老太太将碗端上饭桌，饭碗一到就算一场“批判会”拉开了序幕。老爷子拿起筷子在饭桌上一蹾，比比齐，道：“唉，我上辈子没做好事儿，不然……”他把碗往自个儿跟前挪挪，“我这张老皮怕是在机务段早让人当屁股使了，唉，说也没用——吃饭！”像国宴上的祝酒词。老太太这时总是先呆坐在一边儿望着我，看见我快吃完了，早早地把那只皱巴巴的手悬在空中等着接我的饭碗。第二碗再递给我后，有了理似的也蹭上几句：“非非，我们惯你吃惯你喝，可没惯你不肖(学)好。你多会儿能顶住中园的半个，我们也就知足了。”

“呸，他要能顶住中园呀，机务段的机车就能用鞭子赶上跑了。”老爷子把筷子往饭桌上一扔，上火了。不吱声也不行，我也学他把筷子扔到桌上。不吃了，这行吧？也省得你们搬那个王中园。

王中园是我家老爷子退休前的徒弟——司炉，也是老爷子当年的司机长的儿子。他和我的路子差不多，都是机务段的正宗接班人（顶替）。不同的是，王中园修了几年“地球”，我是因考上高中但高中年级没一个班主任肯留我，逼得走投无路才只好将老爷子顶回家里。

我向毛主席保证，谁见了王中园都会称他为“农汉”——小平头，一米七八的个儿头，最招眼的是一对大腮帮子，让人看了很自然会联想到三寸金莲的后跟儿。尽管如此，我尊重的还就是这位“年轻有为的火车司机”（引自段长对他的评价）。这也许是因为他见了我这个“三等煤黑”还总是那么客气，远远地就会问：“史非，你爸妈可好吗，吃了没有呀？”虽然就会这么两句。

前两天我给过他一次不客气。

那天中午，我正蹲在运转车间的公厕里。“咚”，王中园慌慌张张闯进来，满手是黑了吧唧的油污，身上还穿着油袍儿（沾满油污的工作服）。他见我蹲着，冲我呲呲牙，一个箭步跨上小便池的台阶，而他的腚正冲着我的脸。

尿完你快走呀，你的腚还冲着我的脸呢！我想说，但没有说。王中园好像还沉浸在无比幸福之中。过了一会儿，他对着墙说：“史非，你爸妈可好吗？”

“哼，哼。”我一来是怕他此时此刻排出一股寡人难以受用的气体，二来还是担心他下面的话会脱口而出。

“……吃了没有呀？”他很严肃，没有半点儿开玩笑的意思，就像在背“扎根农村干革命，终生奋斗一百年”一样的顺口溜。

听了这句话，我差点儿气得栽进粪坑里。我提起裤子二话没说就往外走。快出门儿时，心里这口气憋得难受，我一回头：“王师傅，您才回来？”

“对，跑了趟单程，”王中园不以为然，没察觉什么。

“那您也没吃吧？”我也很庄重。

“对。”他系着“安全门儿”的扣子。

“那正好……”

他一呲牙：“谢……”第二个“谢”还没出口，脸一绷，如梦方醒。

然而，就是这样一个“五根弦的吉他”，却被我家老爷子宠为有礼貌的好后生，并且把他树为我的偶像。老爷子曾经说，你要能有我那司炉——中园的三分之一，我给你们娘儿俩去“卧轨”，也算我给老史家积了点德……”

唉！我竟活到这份儿上。

二

在顶替老爷子到机务段的这四年里，我几乎在全机务段所有的机车包乘组都混过几天。不知什么原因，最后的结果都一样——被一个个包乘组的司机长轰出来。让留就混，叫走就滚，哪儿的黄土都埋人。我压根儿没细想过缘故。

誉满全球也好，臭名昭著也罢，你们段头儿总得给碗粥喝吧？你们不看史非，行，怎么也得瞅瞅退了休的老爷子吧！运转车间冯主任还算够意思，把我安排到预备大队。

预备，就是人家包乘组的司炉有病或有事请了假，这时值班行车室的派班员只要往段候班室打一个电话，你预备司炉就得无条件地穿上油袍儿，拎上长筒饭盒，火速从候班室奔赴指定的包乘组——接替那个休班司炉的工作。

话又弯回来讲，预备倒也轻闲，有请假的就出去“遛个弯儿”，没有的话，你就尽情地在候班室“养”着，在机务段内遛弯儿也不妨。预备的不佳之处是名儿不好听，什么“没人要的货”，什么“没包乘组敢留的东西”，更难听的是，我家老爷子送我的那句：狗屎团子！

这句话我听了足有两年，随着年龄的增长，慢慢地，我也品出不是味儿。咱大小也算条汉子是不是？经过思考，我便暗暗赌气，心说：老爷子，甭急！总有一天会把“奥琪”抹您一脸的，到那时也让您傲气傲气！

三

那天我白班预备。上午我独自躺在候班室的床上，读着琼瑶的《五朵玫瑰》。它使我想入非非……

“咚咚……”一阵玩命的敲门声。

“谁？轻点儿好不好，日本鬼子进村儿似的……”我真不想起。我正想象着书中那男女主人公接吻之后的那六个黑点儿里所应该或必然发生的情节。

“咚咚……”

“来啦！”我放下爱不释手的书，“干吗，借气炉子吗——没有！”我打开“三保险”。

“哎，史非，你爸妈可……”王中园站在房门口。

我上下打量着他，没好脸道：“你咬字清楚点儿好不好？到底是屎飞，还是史非！”我成心找茬儿。也许这是由于我家老爷子常说他好，使我产生嫉妒之心所致吧。

王中园面带微笑，“哦，我的错，叫史非。”他一字一顿，态度极谦虚。

于是，我也真像做了件好人好事而自己却觉得微不足道一样，转身回到房里。

王中园跟进来坐在我对面的床沿儿上，笑着说：“史非，我被大家推举为 2989 机车的司机长啦！”他憋着内心的喜悦，两腮的疙瘩肉一动一动的，“说真的，其实我哪是当司机长的料！”

酸！趁早甭给我来这套。我讥笑道："得，你小心酸哥们儿一身鸡皮疙瘩，受不了！"我嘴上虽这么讲，心里却"咯噔"一下。这可真应了老爷子和老太太的话了！随即从我内心悄悄升起一股敬佩之情。

"哎——实际情况嘛。"

"什么实际情况，让你当头儿你心里不高兴？装什么孙子辈儿。"我猛然又觉得这小子是来专门气人的。我看他不再说话，接着说："有事快说，别影响哥们儿看书的情绪。"

"我想让你到2989机车包乘组和我打一班儿，当我的司炉，"王中园十分认真地说，"明告你，这也是你爸妈的意思。"

"此话当真？"我受宠若惊。

"瞧你问得什么话，我现在是2989机车的司机长，懂了吧？"王中园摆出副正儿八经的样儿，"你尽管放心，只要你好好干，年底的先进工作者、提升副司机，我全包了。谁让你我是两代师兄弟呢？"

听到这里，我的眼前浮现着老太太那张布满皱纹的脸。先进工作者要真给了我，这无疑是瓶高档"奥琪"，到年底足够老两口儿焕发一下青春的。至于副司机，应该归晓雯利用，起码她好和她老爷子、老太太把我俩的关系挑明。副司机不知比司炉好听多少倍！

想到此，我说："你可甭拿我当猴儿玩儿呵，要真像你说得那样，您放心，指东杀东、点北冲北，任您调遣！"

"嗨，我都三十多的人了，哄你干啥，你爸妈又那样求我……"

"得，说死了，以后都听您的。"

王中园此时反倒摆出谱儿，说："少说空话，到时候看行动。好，明天起，你就是2989包乘组的正式司炉了。"

送走王中园，候班室又剩下我一个人：我回忆——痛心的往事；我憧憬——美好而幸福的未来！

我从床上站起来，看看《五朵玫瑰》："拜拜，琼瑶阿姨！"走到窗户前，只见远处的树枝泛着淡淡的绿色，鸟儿在枝梢欢快地跳跃、追逐、嬉闹，偶尔，从蒸汽机车整备线传来机车气缸排气的“噗噗”声，还有那悠扬的风笛……

春天来了！

四

次日中午，我和司机长王中园、副司机长李丑生来到机务段值班行车室报到——出乘。我们此趟值乘的任务是担当 5138 次货运列车的牵引。该车次是一个往返交路，依我们段的哥们儿讲，叫“跑循环”。

我此时的心情异常激动、痛快劲儿简直没法儿说啦！

对王中园的态度，我也来了个 180 度的大转变。从你他妈变成你怎么怎么的，又变为您长您短的。王中园呢，也真不愧是条汉子——肚里能装航空母舰。他对我客客气气，待若上宾，犹如里根会见戈尔巴乔夫。然而，王中园对副司机李丑生的态度仿佛黄世仁对杨白劳。说不了两句话便点着李丑生的鼻子尖儿，张口闭口满嘴脏字。这些话从王中园的嘴里出来使我惊讶，简直是判若两人。李丑生呢，也真够窝囊的，一条二十六七岁的汉子一个屁也不吭。哼，假如这事儿搁在咱史某头上，我不把他的脑袋瓜儿塞进他的肚子里，咱就不是人造的。

按规定，机车整备工作是有明确分工的：司机，手拎检车锤——全面检查机车各部构件；副司机——先拿“司机报单”到发油房登记，领油，然后将油浇到机车所需位置；司炉——清炉、润煤、压黄油，打饮用水……活儿最多、最累。

王中园和我都穿着黑了吧唧的油袍儿，说笑着去机车整备线，把个李丑生孤零零扔在后面。

到了司机室，王中园从工具箱里拎出检车锤，冲我一笑：“史非，你和李丑生换一下。”蓦地收住笑容，对李丑生说：“你干史非的清炉、润煤……”然后又堆起笑脸：“史非，你提上油桶去领油！”

“这不行，人家副司机的活儿……我的太累。”我觉得有点不太那个。

“哎，三四年的老司炉了又不是干不了，服从分配！”王中园说着就往司机室门口推我，低低又说了句，“他靠不住，我相信你。”

明摆的事儿，王中园要考验我，要用行动说话啦。我伸出手：“来，‘司机报单’！”

“你还用什么报单，没它就领不回五公斤车轴油啦？不会吧！”王中园微微一笑。

我二话没再说，转身下了司机室，从油桶箱里提出两只油桶，向发油房走去。

身后的 2989 机车的风动摇炉器“咔咔”地响起来——李丑生已开始清炉。

发油房这地儿对我来说就像就从这儿生出来似的——最熟！两年多的预备工作赋予我这一机遇，要不然晓雯这个粉妞儿早被别的哥们儿联系跑了。打这儿的小妞儿们发现了我与晓雯的关系后，我与她就从公开会晤转入地下活动。

踏进发油房，外屋没人。我清清嗓门儿，道：“嘿，妞儿们——快给哥们儿发油喽！”我故意如此，要不然这儿的妞儿们没准会想到哪里去。有点儿像贼喊抓贼。

“谁呀，谁呀，吼什么！又没聋了。”随着又尖又快的话音，从里屋扑出三位妞。

“你们这是干什么，要吃了‘祥子’怎么的。”我一看都认识，晓雯也在中间。

“哟，史非！”那个身材长得像口二号水缸可嗓门儿最尖的冬梅先开了口，“咋——好久没露面儿了？”她捏声捏气地斜视着晓雯。

晓雯大有林妹妹之风度，朝冬梅背上轻轻一捶：“该死的，瞅我干啥。”

“史非，不会是让公安局请去了吧？”另一个小个子叫小凤，也在旁边蹭了一句。

晓雯狠狠瞪了小凤一眼。

我把油桶放在出油阀口下，直起腰，说：“什么公安局？嘿，咱没上铁道部当劳模都冤透了。局子，留着让你家小爷们儿去吧，那儿有新鲜小米。”

冬梅拉了小凤一把，说：“小凤，咱们‘一号’（厕所）去，别听他吹牛，也不怕铁道部把他轰出来。”快出门时，小凤一回头：“嘻嘻，请注意——光天化日和公共场合！”

冬梅和小凤开心地笑着，低低耳语着，走出发油房。

发油房里只剩下我和晓雯，她低着头玩弄着自己的发梢。

电控台下的控制箱微微低吟。

我走到晓雯跟前，对她说：“这趟车回来，我带你去跳舞。”又往前凑凑，“太空步咱哥们儿学会了——教教你。”

“真的，好。不会像前几天和捉小偷似的吧？那样我可不学，丢人。”晓雯面带羞涩走到电控台前，伸出手，“来，司机报单！”她另一只手拿起电控台上的圆珠笔。

“咱俩谁跟谁呀，还用这么认真？”我抓起她的手，放在电钮上，赔着笑脸央求着，“快按电钮儿吧，就五公斤车轴油。”看她还没动，我有点急了，“快点吧，等会儿她俩回来，就不好办了。”

“没有报单，你让我往哪台机车上下账？”她跟我还是一本正经。

我把脸一沉：“你甭给我来这一套，五公斤轴油！”话一脱口又觉语气不妥，忙苦笑道，“亲爱的，您不常说我妈能把我‘回回炉’

就好了吗，这就开始啦……”我简略给她讲了上 2989 包乘组的经过，并且又着重叙述了五公斤车轴油与我俩的“营业证”（结婚证）之间的关系。

“真能提副司机吗？”晓雯犹豫了。她那只纤细的、白嫩的、涂有大红指甲油的手开始慢慢地向电控台上的红色按钮挪动、靠近……

“瞧，像跟你藏猫猫吗？不然我能变成羊羔儿？”

“哗”，暗红色的车轴油流出阀口，两只油桶满了。

“拜拜！”我提起油桶夺门而出。

初春的中午，阳光格外耀眼。

远远的，王中园手里拎着检车锤站在 2989 机车的司机室下；李丑生满头大汗趴在司机瞭望窗上。他俩焦急地向发油房张望，像俩二小等媳妇。

“行，还行，”王中园跑过来接过我手里的一只桶，“咋样，我知道这活儿非你史非莫属。”

我也腾云驾雾起来，向“蔫老屁”——李丑生一点头，心说：哥们儿这头一个相亮成了。可嘴上还得装孙子，说：“这算个屁事儿。张飞吃豆芽儿——小菜儿！”

“哎——毛病，要讲文明，”王中园递给我一支香烟，“谁做了好事儿，2989 的同志们是忘不了他的。”

整备工作完毕，2989 机车缓缓驶出机务段整备线，行驶到货站连挂上早已编好的一列货物车厢。确认出发绿灯，确认发车绿旗，汽笛一声长鸣——2989 机车的五个红色动轮缓缓启动……

当天夜里零点 37 分，经过十一个小时运行后的 2989 机车又平稳地停在机务段的补煤线上。

机车煤斗里的存煤早已随着车轮的转动化为雪白的蒸汽，伴随着黑色的浓烟消失了。为保证下一班机组继续运行，机车必须往煤斗里补够存煤量。

夜十分宁静，星星眨着眼，明月被一片乌云遮住半张脸，独有2989机车的发电机“隆隆”作响。

2989机车停着等候抓煤机给补煤。王中园侧身坐在司机操纵座上，手里捏着“司机报单”，朝我淡淡一笑，说：“史非，你去煤台登记室记一下补煤吨数。”他把报单递到我面前，“让赵煤头记上两吨，就两吨呵！”王中园闭住一只眼，鬼着脸儿，“记住，千万别让他在报单上多记，那会影响整个包乘组的。”我刚烧了一路的火，腰酸，不乐意动弹。再者，这活儿有明文规定——归“老二”（副司机）干。我瞟了一眼坐在司机室右瞭望座上的李丑生，一看他那六零年的困难相，我心软了。李丑生回报给我的是充满乞求的目光！

我二话没说，拿过“司机报单”下了司机室，借着微弱的月光，踏着凹凸不平的小煤屑路，向煤台登记室去了。

今夜煤台登记室的“掌柜”是全段驰名的倔巴头儿，赵爷。据我家老爷子讲，赵爷已办了退休手续，可本人硬是赖着不离段，段头儿看在他辛辛苦苦干了大半辈子乘务员的分上，才把他安排在这个既要有高度责任感又要不惧烟酒诱惑的岗位上。我家老爷子说过，他在我小时候常到我们家，和老太太也挺熟，后来因为文革时两人派性观点不同，慢慢再也不来了。

我悄悄推开煤台登记室的门。屋子很小，长久没有粉刷，灯泡儿吊得很低，上面用牛皮纸围着做灯罩儿。灯下，一张小方桌，上面搁着一盆红印泥、一副老式圆框眼镜，还有一枚小图章，以及一杆破旧的圆珠笔。桌前趴着一位肩披黑色破大衣的人。

我轻轻拍拍他佝偻的背：“赵爷，写煤。”

他抬起头，是张干瘦而颧骨突出的脸，一双小眼嵌在深凹的眉弓里……

“写煤呵，”他掏出老怀表看看，又从黑大衣的兜儿里摸出一个小塑料袋儿，用他粗壮的、青筋暴出的手麻利地卷了支“大炮”，猛吸两口，“这是跑那趟循环回来的吧？”

“对。”

“来，‘司机报单’！”

我双手将报单放在小桌上，并尾随了支“555”香烟。

“小毛贼……”赵爷把烟往桌角一推，骂道。

天生抽“大炮”的命。我把烟拿回，往耳朵上一别。我心里急切地想与他接上“关系”。“赵爷，今年高寿？”我说。

“快六十一啦。”他没看我，话像没吃饭，没劲儿。

我故弄玄虚：“哟，还没退休，好身体！”

“退不退管你啥事儿，跑不了车还记不了个煤数？”

“好，人老雄心在，”我伸出大拇指，倏地又垂下头，“唉，人与人就是没法比，看看您，再瞅瞅我家老爷子，同样大半辈子的乘务员……唉，真是没法比。”我有意不再往下说，接着我使劲摇头叹息。

“也干过机车乘务员——”赵爷扭过脸，“他叫啥？”

我一副不乐意说的样：“史福贵。”

“什么——你……老史头儿……”赵爷忙戴上眼镜，用惊讶的目光盯着我，“唉，变了、大了，就这双眼要细看还有点儿意思。”

赵爷的表情从惊讶转为平静：“当谁呢，我和你家老史头儿，还有现在段上的中园他爸在一个车上干了八九年。那时中园他爸当司机长，我和你家老史头儿给他当左右……”

于是，赵爷的话就像存了几车皮，现在要全部甩出来似的。他从王中园他老爷子如何老实，扯到我老爷子脾气如何操蛋；从他头一次见我还没一只 43 的鞋大，又扯到我小时候我家老爷子如何惯得我怎样上房揭瓦和下地钻眼儿……

“老史头儿真不是东西，”赵爷又卷了支“大炮”，继续说，“打他生下你后，见我连生了三个闺女，他就骂我上辈儿没做好事儿——断种。”他抽了口烟，笑得眼眯成条缝儿，“就为他这句话，我俩还在你家床上干了一场，把旁边儿坐尿盆的你吓得哇哇直哭……”

我哪里记得这些呵，我只记得，要往报单上写两吨煤，眼前这位倔老头儿可得罪不起。我只好做出全神贯注的样子。

赵爷也许看见我全神贯注，更来劲儿了，说得唾沫星子乱飞。我心里这个乐呀，心说：赵爷，这地儿就是“空中书场”，您老抡圆了就侃吧。待会儿我叫您老骑虎难下！

“呜、呜、呜……”抓煤机的六声汽笛撕碎了夜幕，传入煤台登记室。

抓煤机的笛声在这里就是信号：告诉煤头儿此机车补煤的吨数，一声为一吨。

我立即警觉起来。

赵爷慢慢铺开“司机报单”，拿起圆珠笔。嘴里还说着：“我和你家老史头关系就这么好，唉，就因为观点不一样……”他边说边往报单上补煤栏里下笔。

我一把按住他的手，“赵，赵爷，求您往里填个‘2’，求求您，求您啦——两吨、两吨！”我又拱手又鞠躬就差跪下了。

赵爷手中的笔在空中悬了半天，最终长叹一声：“唉，人呵……”说完在报单上写了个“2”。末了，他又用那双微微颤抖的手把刻有自己大名的印章重重地盖在“2”上。最后他把自己的印章往小桌上一扔，没有看我，挥挥手。他变哑了。

我抱着一种难言的心情默默拿起“司机报单”退出煤台登记室。然而当我在夜幕中望见 2989 机车的煤斗儿里堆起像坟墓一般高高的、黑色的一座小山时，忽然内心又升起自豪和得意。

五

一个月过去了。

这天周末，也是一个月一次的机车检修日。中午，王中园向我们2989机车包乘组的八位哥们儿宣布：午饭都上晋阳大酒家，十二点准时开宴！

晋阳大酒家门口，熙熙攘攘，门庭若市。

“2989在这集中一下！”王中园回头招集人马，“互相看看都到齐了吧？”

“你放心，一个丢不了，吃饭嘛，”哥们儿急不可待，“王司机长您就打头儿进吧！”

“等等，我还约着一位，”王中园踮着脚尖儿四处张望，又抬腕看看手表，“该来了呀，说好十二点……”他自言自语，而后又是来回张望。

吃人的嘴短，我们其余八个人只好仰头望着王中园。

“算了，我等会儿再出来一趟，”王中园说完一挥手，“二楼雅座，上！”

我早已做好抢位攻门的准备，但我的后腿刚要蹬，忽然听见：

“非非！”

有人叫我的小名，我忙回身寻找。

从晋阳酒家对面的农贸市场闪出“一把火”，向我逼近。

“非非！”原来是穿着一身大红运动衣的晓雯。

“哟，一天也离不得？”我身旁的两位哥们儿起哄。

我转头一看，王中园他们几个已进了酒家。我冲他俩说：“干什么，旁听？学费掏了吗？”

他俩冲我做个鬼脸，先进了酒家。

晓雯这才抬起红肿的眼呆望着我。

“你怎么这副‘盘儿’，谁要练‘卧轨式’啦？”我最烦她这样，像林妹妹——不吉利。

“我，我被停职了！这月的奖金也全扣光了。都怨小凤！”她嘴里像含着一块咬不烂的泡泡糖。

我烦她这样，所以我要激她，她急了就会像虎妞儿那样一吐为快。我说：“什么，是小凤搞得你停了职？噢，我明白了，准是你想蹭人家小凤的爷们儿，活该！要换了我，非拉你出去点了天灯不可。”

晓雯听到这里，猛一擦鼻子，瞪起双眼皮儿：“放屁！史非你真不是人……”还行，她真急了。

晓雯哭着告我，由于我整整一个月在她们班上白领油，时间长了，每到她们班就出现支出的油与所记的账不符。她们工长略施小计，三下两下就查出问题出在晓雯身上，晓雯也供认不讳。

说到这儿，我也应该做深刻检查，怨我平时没有把晓雯培养成像我一样临危不惧、机智勇敢、强词夺理和能言善辩。现在晚了，一切都晚了。

“甭哭，”我替她擦去泪，“没事，别管怎样从油房弄出的油，油终归全用在机务段上了。包乘组的哥们儿没拿回家一滴。”

晓雯停住哭却又噘起嘴撒娇：“非，你们真的没得到什么？譬如说，拿油换‘良友’烟。”

“你想到哪啦，我史某能做那违法的事吗，还没有操蛋到那份儿上哩！”

“好，这就敢找我们工长。走，现在咱俩就走。”

“得得，没见正要干什么吗，回头肯定去……”我正搂着晓雯的脖子想吻她一下，哄她先回去，有人拍我。

“注意环境美，小心戴袖标的把你抓了去。”王中园满脸通红站在我面前，一股浓烈的酒味儿直冲过来。

王中园又四处张望，说："你没见你家老爷子？该到了呀？"

"谁家老爷子，我家？你喝多了是不是？我家老爷子来这儿干吗？"

"不等他了，走，你俩都有功，进去点菜！"王中园推着晓雯。

"唉，客气什么，哥们儿先吃着，给咱留少许菜汤儿即可，她不会喝酒。"

王中园一瞪红眼珠儿："那——不行！钱都是你俩弄来的，你们'东家'喝菜汤儿，他们就该舔盘子。"

"什么，什么，我俩是'东家'？你都把哥们儿弄蒙了。"

晓雯不解地看看我，又看看王中园。

王中园得意地一笑："你以为我让你去领油、写煤，是盲目指派吗？"他又对着晓雯说："他这一来，就给咱们2989包乘组在月底变出节煤奖、节油奖。他掏出一沓"老头票"，"瞧见了，除了今天这桌儿二百多，还余一百九。"王中园拍着我的肩："史非，只要你好好干，你家老爷子那儿我给你说，到年底你就让他老人家看先进工作者的奖状吧！走，点菜，点菜。"

我都听傻了。

"好呵，史非刚才嘴还挺硬，"晓雯杏眼圆睁，"我为你重活个人样儿都被人家停了职。可你呢，拿着'节油奖'来这吃喝——你不是人！"她咧着嘴哭起来，边用双拳捶着我的背。我任她不停地捶着。

我指着王中园，道："老哥们儿，您今儿个甭怪史非不仁义，没想到你竟敢拿咱爷们儿当猴儿耍——"

我把油袍儿袖子往上一撸，逼近王中园。

王中园像清醒了点："你，你甭逗了，这是干什么？我给她补上损失费还不行吗！"

“补上？别来这套！您不爱耍猴儿吗，咱爷们儿今儿就给你练套猴儿拳！”

“非非，你别……”晓雯一把扯住我的胳膊，冲王中园直喊，“快，快，你倒是快跑呀！”

我能让他跑吗？我挣开晓雯的手，她被甩在地上。

“你跑，你还要飞呢。”我刚要抬腿去追，晓雯跪在地上用双手紧紧抱住我的右腿。

王中园趁机边退边喃喃着：“我去找你爸去，我去找你爸去……”他终于混入农贸市场的人群里。

“我——操！甭急……”我眼睁睁地让这老小子给溜了。

我昂首冲着农贸市场大骂不止。

马路两旁的人都停下来，围观的人越聚越多，有放学的学生，有下班的成人，有从商店和饭店跑出来的人。人群缓缓地把我和晓雯围在中间，包围圈慢慢在缩小着……

人们像看耍猴儿似的！

“放开，让他去！我倒要见识见识他的能耐。”老爷子从天而降站在我的面前。他穿着件崭新的蓝色铁路制服，胸前的扣眼儿至上衣上兜儿间垂着金黄色的怀表链，花白的背头梳得整整齐齐，右手里握着一双保定特产——健身钢球。“说你呢，放开他，听见没有！”老爷子又冲晓雯吼。

晓雯胆怯地望着老爷子，缓缓松开抱着我腿的双手，从地上站了起来。

“去呀，快去追呀，”老爷子用下巴向农贸市场努努，他手中的健身球急速地在手掌中转动着，“中园咋又对错你了，嗯？人家花钱请你吃都错啦？你个兔崽子，丢人给我丢到这儿了，赶明儿你还要给我丢到天安门呢——滚，给老子滚回去！”

我一声没吭就往人群外挤。

“好呵，你也跟着现眼来了呵，”身后传来老爷子训晓雯的声音，“哼，天生的一路货！”

六

回家的路上我一眼都没往后瞧，我怕他再臭骂我。

“咚咚……”我用力猛砸着门。

“来喽，来喽，谁呀？”老太太的声音，“老头子吗，中园不是请你们爷儿俩去吃席了吗，怎么……”老太太念叨着打开门，“哎，中园不是……你见你爸了没有？”

我茬也没搭老太太，进了门一屁股坐在饭桌旁的折叠椅上。饭桌上摆着几盘简陋而清素的炒菜和一小碗盛好的大米饭。

老太太站在我跟前看了我一会儿，道：“怎么没吃？中园他……嗨，我就告你爸别去，现在上饭店就是图个名儿，其实还不如在家吃得舒服，又那么贵。”老太太往厨房走去，还不停地叨叨着，“你爸临出门儿我就告他，别让人家中园花这份儿钱，上有老下有小的。人家能帮你肖（学）好，应该咱们请人家才对。非非，你说对吧？”勺子碰得碗响，老太太往碗里盛着饭。

“咚”，老爷子气冲冲地一脚踢开房门。他手里拎着瓶“北方烧”白酒，走到饭桌边，重重地往桌上一放：“拿筷子来！”

老太太拿着一双筷子端着一碗大米饭从厨房出来：“要筷子也不用喊呀，像吃了耗子药似的。”

老爷子用牙咬住瓶盖儿：“对，老子吃了屎了。”他把酒瓶盖一扔，又进厨房拿了个酒盅，喝了起来。

老太太也许发现老爷子不对劲儿，她把碗放在我跟前，低声说：“吃了回你房里去。”

“吃，吃，吃个屎！”老爷子已酒过三盅，“啪”，他把筷子拍在饭桌上，“说，为什么今天你要打人家中园，请你吃席请错啦？从预备那‘茅坑’把你要到人家包乘组也错啦？”

“非非，这到底是怎么回事？”老太太用围裙擦着手。

我心里早像着了一把火：“怎么回事儿，我不练坏这老小子一件儿，我真改叫‘屎飞’……”

“什么，你重说。”老爷子走到门后操起他练猴拳的棒子就向我抡来。我没动。

“别，别！”老太太一步跨到我面前把我的头紧紧搂在她的怀里，“非非呀，这是又闯什么祸啦，中园昨个不是说你‘肖’好了吗？”她边哭边用那无力的拳捶着我的背。

我没有回答，也不知该怎样回答。我只觉得全身的热血在沸腾着，嗓子憋得冒火，觉得这个蒙着双目宽厚而温暖的怀抱在慢慢发潮、发湿，最后这个怀抱完全被液体浸透，但它依旧是温暖的……

我的耳边又响起老爷子的呷酒声。

什么都别说

一

“旅客同志们，由上海开往太原方向去的172次直快列车现在开始检票进站，请旅客同志们按顺序验票、上车！”

站台中部，几个手持便笺条儿的男女旅客将二十八九岁端庄文静的女列车长晋燕团团围住。

“晋车长，”一个戴眼镜的年轻干部手里捏张条儿，满脸堆笑，“这是王处长写给您的，他让我找您……”又一位化着浓妆的少妇把手中的纸条儿伸到晋燕面前：“您是晋车长吧，张总经理叫我来求您……”

此刻，晋燕无暇顾及身边的人。她踮起脚越过簇拥者的头顶，顺车厢左顾右盼，终于看见戴“安全员”袖标的太峰在一节车厢门口正检查旅客行李中的危险品，便朝他招了招手。然后，晋燕落下脚跟儿，耐着性子冲簇拥者说：

“怎么回事儿呀你们？不是让你们上8号车厢列车办公席排队去么？现在我一个铺都没有，你们光围着我，叫我怎么工作呀……”

“晋姐，晋姐！”再一个商贩模样的男青年挤到她跟前，羞答答笑道，“不认识我啦？我和您弟弟晋宏是同学——您再仔细看看我，我是毛蛋儿呀！”

“让开，让开！”这时，戴“安全员”袖标的太峰拨拉开人群，闯到男青年面前，“谁，谁叫毛蛋儿？你么，我告你，你就是狗蛋儿也得去列车办公席排队等着去。”他抬头环视众人，“你们这是干什么，嗯？看我们列车长年轻又是女的就死磨硬缠呀。实话告你们吧，谁不去办公席排队等卧铺，就是她车长批了条儿，也别想过我这道关！”

这时，站台广播喇叭里传出：

“172次列车长，请您速到车站软席候车室，有紧急任务，有紧急任务！”

听到广播，晋燕向太峰歪下头：“快，跟我来！”

二

“您是172次列车长吧？”

“是我，有什么急事儿吗？”

晋燕、太峰赶到车站软席候车室时，门外早有一位操上海口音普通话的中年男子等候着。他们一并往软席候车室里走，中年男子自我介绍：“我是车站客运车间主任，姓何。”

“呵，噢——何主任您好！”

晋燕、太峰分别与何主任握手。

豪华而舒适的软席候车室里，地板上摆着副担架，上面一位枯瘦的老头儿输着氧气，并不时痛苦地呻吟着……担架旁，一位穿着艳丽、披金戴银的老妇人正侧耳贴在老头儿的嘴上听着什么。

担架的周围站立着几位亭亭玉立的车站女服务员。她们面无表情，垂手待命。

“来，我给你们介绍一下，”何主任打手势把老妇人叫到一旁，指着晋燕说，“这位是172次列车的列车长——晋燕。这位是台湾的林老太太，担架上的是她老伴儿，林老先生。”

“晋车长您好，”林老太太慌忙用双手与晋燕握了握，又转头看眼担架，低声说，“咱们躲远一点谈，当心他……”她指指自己戴有金耳环的耳朵，示意怕林老先生听到什么。

他们又离开担架数步，依次坐在沙发上。何主任双手放在沙发扶手上，对晋燕、太峰说：

“咱们长话短说，你们也看见了，林老先生是胃癌晚期，从台北登机就是打了强心针启程的，再经过香港转机飞抵上海，是一路颠簸。现在我们的任务是，无论如何要保证实现林老先生的宿愿——活着叫他回到祖籍山西省阳泉市！”

林老太太掏出绣花手帕擦着泪水，补充说：“哪怕叫他看一眼自己终于回到了老家就行……”

一直不言语的太峰纳闷：“那为什么不坐飞机？飞机多快呀！”

何主任摊开双手，无奈地说：“对，飞机是快，可他们从香港飞抵上海时，上海飞山西的班机刚刚飞走。再有就得三天以后，来不及了。所以，航空公司才把林老先生转送到咱们铁路部门。”

晋燕若有所思：“哦，我明白了。现在的情况是，林老先生搭乘我们的列车是最快的途径了。”

“完全可以这么说吧。”何主任看林老太太。

晋燕看满面愁容的太峰：“还说什么呀——来吧，先把林老先生抬上车再说。”

“谢谢你呵，晋小姐！”林老太太感谢万分。

晋燕向她摆摆手：“什么都别说。”

何主任招呼担架旁的女服务员们：“哎，抬林老先生上车！”

三

笛声长鸣，列车缓缓驶出上海站。

挂有白纱帘的软卧包房窗外，一幅幅色彩鲜艳的铁路沿线广告依次一闪而过。2 号软卧包房内，林老先生输着氧，躺在软卧铺上。林老太太坐在另一张铺上，痴呆呆望着老伴儿，思绪万千。

周娜用不锈钢托盘托着两杯热茶，轻轻拉开包房的门，对林老太太亲切地说："请您用茶！您还有什么要求，请尽管提出来。"

硬席车厢里严重超员，就连洗面间和车厢连接的风挡处都挤满了旅客。旅客们汗流满面，用报刊、手帕不停地扇风、擦汗。

晋燕与太峰一前一后侧着身在车厢通道里挤着，缓慢移动，不时喊着："劳驾，对不起，请让一下！"艰难地向 8 号硬席车厢的列车办公席挪动。

他俩接近列车办公席，太峰隔着好几排座席急不可耐冲办公席喊：

"晓华、李敏，暂停出售余留的软、硬卧铺。"

"怎么啦，出啥事儿了？"列车办公席里正为旅客补办车票的晓华、李敏站起来，同时回头，"可我们刚给排队的旅客补办了三张软卧——这不，他们人还在这儿呢。"

围着办公席和后面排队的补票旅客，不约而同朝晋燕、太峰投来惊愕、丧气和愤怒的目光。

晋燕挤到列车办公席前，问晓华、李敏："哪几位旅客买的？看看能不能叫他们退了，这三张软卧必须收回来，不能卖……"

"是不是让给比王处长更铁的关系户了？"

晋燕闻声扭头，见是刚才在站台上拿便笺条儿求自己要卧铺的那一女二男。此刻，他们手里各捏着一张刚补办到手的软卧车票。其中戴眼镜的年轻干部对晋燕冷笑：

“晋车长，我们王处长的条儿你可以不认，这车票你总不能不认吧？”

“你们听我说，”晋燕扫视化着浓妆的少妇，和刚才叫“晋姐”的男青年毛蛋儿，恳切道，“今天情况特殊，开车前几分钟忽然送上来两位台胞，把你们买的铺已经全占了。真没办法，只有请你们发扬发扬风格了……”

“听听，说得多好听呀，”少妇尖声细气嚷道，“刚才在站台上，我们求你要卧铺，谁给我们发扬风格了？噢，现在我们排半天队总算排到个软卧，又想叫我们‘发扬风格’交回去，嘁——没门儿！”

毛蛋儿气哼哼：“谁爱发扬谁发扬，我是不发这个扬！”他盯住太峰嬉笑，“哎，在站台上你不说叫你姐夫，也没我的铺睡么，瞧——姐夫，兄弟有钱排队求不着你！”

太峰手点他：“求不着我吗？我看也未必吧，今天你就是有票也睡不成这个软卧，要睡硬卧那是另一码事儿，信不信？”

毛蛋儿虎目圆睁，吼：“你敢，老子手里有票，这个软卧是睡定啦！”

“嚷什么嚷，啊？”乘警王彪巡视过来，看晋燕、太峰问，“这位跟你们嚷什么？”办公席四周的旅客站在座席上往这边看，王彪挥手制止，“坐下，坐下，有什么好看的，全部坐下来！那位，听见没有，让你坐下来！”

太峰借机凑到晋燕耳朵边，问：“怎么办，看来这三位死也不会把手里的软卧退回去了。”

“退也得退，不退也得退！”晋燕像是自言自语，“太峰，先把他们请到餐车，在这儿说影响不好，乱哄哄的。”

太峰用下巴努努年轻干部、少妇、毛蛋儿：“哎，你们仨有软卧票的，跟我们先去一下餐车。”

毛蛋儿耍二百五：“我可不去餐车，又不吃饭。我要回我的包房，

2 号包房。”

“谁，谁说不去餐车，”王彪瞪起眼看毛蛋儿，“你吗，你说不去吗？”

“谁，谁说我不去了，我说带上行李这就走。”

“这还差不多，什么都别说了，先去餐车。”王彪说着第一个先走。

四

乘警王彪在前面开道，年轻干部、少妇及毛蛋儿带着各自的行李跟在后面，晋燕、太峰断后。一干人艰难而缓慢地在硬席车厢通道内与无座旅客摩肩接踵、磕磕碰碰朝餐车方向走。

太峰伸长脖子对着前面的晋燕小声说：“晋燕，你说，咱们到了餐车给他们来个‘一帮一，一对红’怎么样？”

“怎么都行，只要他们能退出手里的软卧票，让林老先生安安静静、平平安安到终点站，怎么都行。”晋燕头也不回说。

由于不到就餐时间，餐车内空空荡荡，只有厨房不时传出厨师们准备晚餐餐料剁、切食物的声音。

晋燕、年轻干部，太峰、少妇，乘警王彪、毛蛋儿，分别结成“一帮一对子”。各对拉开距离，各占前、中、后一张餐桌，展开了“帮教谈心工作”：

“喂，我先自我介绍一下，我叫李太峰，是车上的安全员——你叫什么？”太峰双手托腮，直勾勾盯着餐桌对面少妇的明眸，直至少妇羞涩地将视线移向车窗外的江南水乡，“别不好意思，就当是与你们党委书记谈心——直言不讳，有什么就说什么好啦，呵！”

少妇收回视线，低着头：“你叫我阎苹好啦，阎锡山的阎，苹果的苹。”

太峰一脸的推心置腹：“我说苹，不不，这样叫不合适。我说苹苹，咱俩可是同龄人吧？你属什么的？”

“我属虎，今年 30 岁。”

“看看，我怎么说的，差不多吧——我属牛，比你大一岁，31 了，”太峰直腰靠在椅背上，晃着头夸赞，“苹苹，你一定是用的‘青春宝’——今年 20，明年 18。你可真不像 30 的——你结婚了吗？”

“结了，哎，你问这个是什么意思？”她装出副不高兴的样儿。

太峰忙摆手：“别误会，没什么意思。我是想，像你这相貌要搁到旧社会，怕连我们这个乘务组也出不去——非为你闹出两条人命不可。”

阎苹自恋，喜形于色，乜太峰：“至于吗？男的就会这套。”

“你看，我说玩儿命你不信，”太峰趴到餐桌上凑近她，压低嗓音说，“不信，你瞅瞅我们乘警那眼神儿，像是我和你说话，他嫉妒似的……”

“李太峰，你别来这手呵！”阎苹终于忍不住乐，“你想让我退软卧票就直说，拐什么弯儿。”

太峰自愧不如：“瞧瞧，我刚才就跟我们车长打赌，我说：‘看那位女同志的长相，准是位明白人！’这不应了吧——工作一到，马上就包袱没了、顾虑没了、思想通了嘛。”

阎苹嗤之以鼻，讥笑：“哼……”

“你别笑我，咱这儿手难道不是谈心讲道理的法宝么——从生活着手，从感情着眼。”

“得，得，我退票行了吧！”她笑着把票放在太峰面前的餐桌上。

“关天明，要论级别，你比我列车长高多了，”晋燕将印有路徽的玻璃茶杯往年轻干部面前推一推，继续批评道，“但我认为，党白把你从一个大学生培养成县团级的干部了。因为，你就连以大局为重这点都做不到呵！”

关天明呷口茶，反驳：“怎么就算以大局为重了，叫我把排队排到手的软卧车票退还给你们，就算做到了吗？”

晋燕摘下大檐帽，放在餐桌上，掰着指头，苦口婆心：“我考考你，新时期我党对台政策有哪些？”

“增进海峡两岸人民的交往和友谊。”

“对，这是一，还有呢？”

“早日实现祖国统一大业。”

晋燕刚掰到两个指头，摇手：“行了，行了，你能明白个大概就算党没白培养你一场。现在我问你，假如这趟车有位怕吵、怕乱、怕打扰，而且还是位台湾回来的癌症晚期患者占了你手里的软卧，你会怎么样？”

“要真那样，我甘愿让出。不过，话说回来，要是你们乘务组想照顾关系户，我不睡也绝对不让。”

晋燕莞尔一笑：“好好，下面不必说了。现在，在你的包房里就有一对老台胞，不信我可以带你去看！”

关天明听到这里，掏出票往餐桌上一拍：“不必了，我信你——什么都别说，拿去。”

乘警王彪与毛蛋儿的“谈心”却与晋燕、太峰他们两对儿截然不同。他们是在“震慑”与“坦白”中进行的：

“哦——你叫毛蛋儿，是小名儿呀，还是绰号？”

毛蛋儿直挺挺坐着，像被审讯似的，一动不动回答：“奶名儿，奶名儿，我爸妈打我一生下就管我叫毛蛋儿。”

王彪若有所思，眼珠儿乱转：“毛蛋儿，你来上海做什么生意，贩服装，还是炒外汇？”

“不不，我是来推销产品的，土特产品。”

“什么土特产品——汾酒还是老陈醋？”

毛蛋儿望着面前的茶杯，舔舔嘴唇：“这些名优特产全由山西省进出口公司包销了。我们只是往外省进出口公司推销牛肉——平遥牛肉。”

“这么说，你是长年在外推销平遥牛肉了？”王彪漫不经心问。

“可以这么讲，一年在外跑多半年。”

王彪一副豁然开朗：“噢，像你这成年累月住旅馆酒店的，有没有做过什么违法的事儿？譬如嫖娼呀、奸宿呀、赌博什么的……”

毛蛋儿听到此，神色慌张地将补办的软卧车票摆在餐桌上，央求道：“好了，我的乘警大哥，您不就是想让我退票么？我不睡了，行了吧？也省得您用法呀、罪呀套我……”

王彪语重心长：“毛蛋儿同志，看来你本质还是好的，知错能改。”

“快别夸我了，我毛蛋儿经不起表扬。”

五

晋燕在餐车里分别与退了软卧票的关天明、阎苹，毛蛋儿握手，感激万分：“谢谢你们，我再次代表乘务组全体乘务员，和台胞林老先生、林太太向你们表示感谢！”

太峰插话：“别老一口一个谢了，大家都是为了台胞还有什么说的，看把人家三位谢得都不好意思了。我倒有个最好的谢法儿：咱们既然‘一帮一，一对红’了，咱们就叫他们仨去咱们乘务员宿营车睡——苹苹睡陈静的铺，关天明睡王彪的铺，毛蛋儿睡康保宝的铺。”

阎苹看关天明、毛蛋儿：“这，这不太合适吧？”

太峰“没什么不合适的，你们能理解，我们也能奉献。去吧去吧！”，

晋燕与王彪交换下目光，说：“就这样定了吧，我们按硬卧票收你们钱，这样你们也踏实点儿了。来，我给你们写张条儿，你们去乘务员宿营车找列车员办一下手续。”

太峰趁晋燕写条儿的工夫，趴在毛蛋儿耳边嘟哝：“记住了：你

的铺是宿营车 19 下，如果那位姓康的列车员躺着，你就说：‘你们单位的领导太峰，让你去找他交待问题。’如果他还赖着不让铺，你就大耳光抽他……”

“我敢吗？”

“怎么不敢呀？一，你拿着列车长的条儿，二，也掏了钱的，三，那主儿好说不管用，欺软怕硬惯了……”

正在这时，软卧车厢列车员周娜神色慌张进了餐车，“车长，林老先生疼得直叫，氧气也快用完了，林老太太急得直哭……”

顿时，晋燕严肃起来，把写好的纸条儿交给阎苹，叮咛：“阎小姐，记住呵，一到宿营车就催你铺上睡的陈静，她学过几天医，叫她快到软卧 2 号包房来！”说着她拥着阎苹他们往餐车外走，“快，你们快去吧，这儿顾不上你们了。”

送走阎苹他们三位旅客，晋燕转身开始分工：“太峰去列车办公席用无线电台迅速与前方站联系，叫他们务必在我们到达前把氧气袋送到站台上；王彪守住软卧车厢，尽量别让旅客来回走动；周娜，你跟我先去 2 号包房。”

“喂，同志，您醒醒。”阎苹轻轻推推下铺上一位睡梦中的姑娘。

“有什么事儿？”陈静睁开睡眼，躺着问。

“您叫陈静吧！晋车长让您赶快去软卧 2 号包房，那儿有位病人。”

陈静完全清醒过来，爬起来，边迅速穿戴，边问：“什么病？病得厉害吗？”

“不太清楚，反正晋车长急得够呛。”

“嘿嘿，该起身了，该起身了。”

毛蛋儿来到乘务员宿营车，径直走到 19 下铺格前推上面熟睡的康保宝。

康保宝蜷曲着躺着一动不动，“急什么，急什么，还没到接班时间呢就催……”

“告诉你，再不起来小心我抽你！”毛蛋儿听了太峰的话，气势汹汹撸胳膊挽袖子。

康保宝猛地坐起来，揉着睡眼定睛瞧面前这位陌生男子：“你，你是谁？”

“我是你们领导太峰派过来睡觉的，他叫你起来找他交代问题，”毛蛋儿不由分说动手拉康保宝，“你快起来吧，有事找你们领导谈去。”

“这个王八蛋，好，他现在在哪？”

毛蛋儿坐在康保宝铺上脱衣服，“估计还在餐车。”

“好，我找这小子去。”康保宝气哼哼地连制服都没顾上穿，穿着一身秋衣扭头就往宿营车外走。

六

列车在夕阳中继续飞快地前行，车窗外一洼洼水田被水牛搅起水波涟漪。

太峰坐在列车办公席内，手握无线电台不停地呼叫：“喂喂，我是 172 次列车，听见了没有？听见，请回答！”

这时，康保宝身穿秋衣从车厢通道中挤过来，二话不说，手点太峰，怒目圆睁：“你叫我交代什么问题，啊？”

太峰笑着往车窗边靠靠，给他腾开座，说：“就想叫你快来帮我弄弄这电台，为台胞和前方站联系送氧气，看把你气的。”

“你弄不了电台我帮弄，可你也不能派个二百五去和我耍愣呀！”

“他跟你玩儿愣了吗？看，我还一再跟他讲：车上有位台胞生命垂危，我们忙不过来，快把康师傅请过来。等康师傅起来，你再睡他铺上……他难道不是这样说的吗？”

康保宝火气稍退，坐在太峰旁边："屁，人家说要抽我！"

太峰把无线电台往康保宝手里塞，道歉："那怪我没交待清楚，我完了批评他。现在你快用电台联系前方站，软包里的台胞急需氧气——我弄不了这原装货。"

"车上发生紧急情况，咱多会儿说过二话，还不是玩儿命地跑前跑后。"康保宝边抱怨，边缓慢调着电台旋钮儿，"喂喂，我是172次列车，听见了没有，听见，请回答！"

忽然，电台里传出瓮声瓮气、断断续续的回音：

"172次、172次，有什么情况，请说明……"

康保宝傲气十足把电台交给太峰："联系上了——你就会吃。快跟人家说吧！"

"还得说你康保宝，真行呀！"太峰接过电台，冲电台大声说，"喂喂，我们车上有位台胞旅客没气了……不不，是没氧气了！请你们迅速准备好，我们再过20分钟到达你站……"

"哎哎，172次列车，你要哪儿？"

"我要车站呀，能要哪儿？"

"错啦，错啦，频率调错啦！我是在你们后面运行的134次列车。"

"……"太峰握着电台瞪康保宝，"有意见你提，不就是打扰了你睡觉吗，这不也是为台胞吗，你至于这样吗？"

康保宝笑笑："别别，调错了咱再重调。"

软卧包房内，林老先生躺在软床上呼吸急促，呻吟不止。在他头部一侧的那个氧气袋此刻早已变成一个没了气的扁枕头。

晋燕见此情景，转身问只顾抹眼泪的林老太太："林太太，你们从台北走时，就没有随身带些药吗？"

"噢，有有，"林老太太如梦方醒，随即打开一个小包。

周娜、晋燕探头一看，尽是写着外文的药剂。

林老太太投来求助的目光：“你们会打针吗？我不会打针。”

“陈静会，”晋燕看周娜，“陈静怎么还没来？”

“那我到宿营车去叫。”

周娜正准备出包房，陈静边系制服衣扣，边风风火火撞进来，气喘吁吁问：“病人怎么样啦？”她看铺上的林老先生。

“他的病……”林老太太向陈静摇摇头，“这儿有针，你快看看吧。”

晋燕凑近陈静的耳朵：“病人是胃癌晚期，但是咱们得把他维持到阳泉车站……懂什么意思吧！”

陈静频频点头，边翻林老太太的药包，感叹道：“这些针还真全，这边还真不好买。”

“那现在该用哪种针呢？”晋燕焦急地问。

“这种吧，”陈静拿起一盒针剂，仔细看上面的外文字，说，“这种止疼来得快。”

“那就快打吧，氧气我已经让太峰、康保宝用电台和前方站联系了。”晋燕说。

太峰、康保宝在列车办公席用电台与前方站联系完，两人顺着车厢通道一前一后往软卧车厢返。

太峰在前面走着，又一次对身后的康保宝说：“你刚才联系的是前方站吧——别再频率调错成后面那个站了。”

“没错没错，是前方站。人家前方站说了，立即准备，等咱们车一进站，就能去取。”

“没错就好。”

康保宝有点儿烦：“错了我给台胞人工呼吸！”

七

陈静给林老先生打过针后，林老先生的疼痛稍见好转，但呼吸仍是有出没进——呼吸困难。晋燕、陈静和周娜与林老太太坐在另一张铺上焦躁不安地等候着。突然，林老先生哼哼唧唧、嘟嘟囔囔起来，几个女人一起凑到他近前，侧耳倾听。终于，林老太太恍然大悟，直起腰，说：

"嗯，嗯，他说他想喝粥——小米粥，稀一点的！"

正这当口儿，太峰、康保宝进了包房。太峰告晋燕她们："氧气已跟前方站联系好了，车一到站就能去取。"

"好好，"晋燕说，"就这样吧——太峰你盯着车到站取氧气。康保宝！"

"这儿呢，这儿呢，有事儿说。"

"康保宝，你快去厨房问问厨师长能不能搞碗小米稀饭。"

康保宝茫然："稀饭，车上多会儿有稀饭呀……"

"这不是叫你想办法吗，快去！"

餐车正在供应夜宵，厨房里热气腾腾、烟熏火燎。康保宝站在厨房门口，探头问里面一位正玩儿翻勺的胖厨师："嘿，胖师傅，有小米稀饭吗？"

"小米稀饭？康保宝你刚睡醒吧？我家里有山西沁州黄，想得你倒美。"

"你看你看，又不是我点的稀饭，是人家……"

"去去，不管是谁，想喝稀饭回家找老婆点去——这儿是没有。"

"去什么去——我日。"

康保宝气呼呼踅回软卧包房，如实汇报晋燕。

"康保宝，我说你咋就这么笨呀！"晋燕把他推出包房，站在软卧车厢通道里训斥，“没有稀饭你告我有什么用，我就能变出小米稀饭来么？工作嘛，不说遇到困难自个儿想法儿解决，动不动就来找我，那要你们干什么用——自个儿想办法去。”

“行，这可是你说的：叫我自个儿想办法！”康保宝转身向硬席车厢走。

八

列车缓缓停靠在一个省会城市的大站，站台上灯火通明，夜如白昼。上下车的旅客堵满车门内外。

列车刚一停稳，站台广播喇叭便立即传来通知：

“172次列车乘务员，你们急需的氧气袋本站已准备就绪，请172次列车乘务员速到车站广播室领取！”

太峰跳下站台，直奔车站广播室。片刻，他抱着一个皮球般的氧气袋从广播室出来，与下车出站的旅客磕磕碰碰、摩肩交膊，气喘吁吁登上软卧车厢……

列车再次启动，被晋燕训斥了一番的康保宝气呼呼走进硬席车厢。此刻已是午夜时分，硬席车厢里的旅客在各自的座席上昏昏欲睡、东倒西歪。车厢里的叫嚷声也平静下来。

为在短时间内从旅客手中找到小米，康保宝穿身秋衣，刚迈进一节硬席车厢便扯起嗓门儿吼：

“掏，有小米的快往外掏！”

霎时，硬席车厢里睡梦中的旅客被惊得痴痴呆呆、面面相觑起来。其中，一位北方农民打扮的老汉向旁边的旅客低声打探：

“嘿，后生，‘掏出小米来’！‘小米’是甚？”

“‘小米’估计是钱什么的黑话，”后生用嘴朝康保宝努努，“你看他那长相，还能是个好人？”

“噢——精明，”老汉大彻大悟，“掏出‘小米’来，就是叫把钱全掏出来……”说着老汉不由自主从行李架上拿下一个小布包，紧紧抱在怀里。

老汉的这一举动，早被眼珠子乱转的康保宝远远地看到了。于是，他径直来到老汉的座席旁，一伸手紧紧抓住老汉怀中的小布包，冷笑道：

“哈哈，有小米还不舍得往外掏？掏出来！”

“没没，老汉我也没几粒‘小米’。”

“有多少算多少，掏！”康保宝仍生晋燕的气，绷着脸呵斥，“快呵，没工夫跟你耗！”

老汉战战兢兢从小布包里掏出个小手帕，一层一层打开，边说：“就这么多，全在这儿了。”

康保宝定睛，惊呼：“呵，钱呀！”

“打劫的在哪儿，哪儿呢？哪儿呢？”

正这时，乘警王彪与太峰猛然出现在康保宝身后。王彪一把抓住康保宝的后衣领，往后一甩：

“呵——是你小子呀！找小米怎么找开钱了你？”

“不不不，”康保宝连连摆手，结结巴巴，“我……我是找小米，可……可这老大爷他……他却把钱……钱……”

太峰上前给老汉道歉，并把找小米的情况详细说了一番。

“嗨，”老汉开怀大笑，“不就是要地里长的小米么，有，有。”说着，老汉再从行李架上的大包里取出一个鼓鼓的小布袋，“村里这东西多的是，拿去。”

康保宝此刻也不再狐假虎威了，反而呲着牙冲老汉表示亲切地说：“这小米多少钱，我买你的。”

“不是说台湾人要喝吗，那还要甚的钱呀，”老汉指着康保宝一本正经地说，“只要你少唬俺老汉点儿就比甚都强。”

“哈哈……”车厢里众旅客笑。

康保宝抱着小米布袋跟着太峰、王彪向餐车走。

太峰说：“我真纳闷儿，拍电影、电视的导演怎么就选不中你康保宝——不用化妆天生就是个歹徒胚子。”

“真的吗？我自己还觉得我挺慈眉善目的。”

王彪回头：“有位旅客跑来告我：有人在硬席车厢抢劫。我冷不丁一惊：‘东北虎’‘飞虎队’不全抓了么？这又从哪儿蹿出一条来……”

三人边说边笑走进餐车，康保宝把小米交给胖厨师，胖厨师立即洗米熬粥。

九

旭日东升，车窗外已变成北方平坦、广袤而金黄的麦田。

周娜将一碗黄澄澄的小米粥端进包房，林老太太拿小勺儿一口口给林老先生喂了少许。

林老先生安静地睡着了。

晋燕小声告辞：“林太太，林老先生没什么事儿，我们就先出去了。您也该歇歇了。”

陈静，周娜也起身附和：“对，您也劳累一路了。”

林老太太慌忙掏出一个精美的钱夹，道：“慢，你们各位小姐帮我们忙了一整夜，这点儿钱就算是小费吧。”她拿着一沓纸币往晋燕手里塞。

晋燕推辞：“林太太，我们有规定——不能收！”

遇到拒绝，林老太太又返身给陈静、周娜塞，“她不要，那你俩收起来。”

陈静、周娜异口同声："别再客气了，我们谁也不能收。"

林老太太一脸费解："这就很怪啦，在台湾，服务了就应该收些小费，甚至有的还想多要。"

晋燕笑笑："你就入乡随俗吧——台湾是台湾。"

十

列车又运行了七八个小时，林老先生安然度过。

这天下午，列车缓缓驶入山西省阳泉市火车站。

站台上停放着一辆白色的面包车，车旁站立着九位年龄不等的男子。

列车停稳后，太峰、王彪、陈静、周娜、康保宝，几人一起将林老先生的担架缓缓抬下软卧车厢。晋燕搀扶着林老太太跟在后面。大家下到站台上，九位男子接过太峰他们手里的担架。林老太太这时走到担架旁，泪流满面冲痴呆呆瞪着眼的林先生说："先生，你终于到家啦！"

"嗯嗯……呵呵……"早已不会说话的林老先生潸然泪下。

众人齐动手，把林老先生抬上面包车后，林老太太把年长些的男子叫到跟前，指着晋燕他们说："儿子，没有他们一路的关照，你父亲是没法活着回来的！"

"谢谢，谢谢你们对我父母的一路关照！"

"不谢——什么都别说。"晋燕他们七嘴八舌说。

然而，当列车再次启动，晋燕他们站在软卧车厢门内朝林老太太挥手再见时，林老太太带领九位儿孙在站台上一字排开，庄重地向移动的列车行鞠躬礼……

不服不行

一

“没有共产党就没有新中国……”

“咱们工人有力量，嘿，咱们工人有力量……”

“哎，是谁帮咱们翻了身？哎，是谁帮咱们得解放……”

又临近“七一”了，铁路分局党委向全局下属各站、段党委下发文件，希望各单位组织广大党团员举办形式多样的迎“七一”纪念活动！各站、段党委将文件转发到各车间、车队党总支；各党总支再将文件转发到各班、组党支部、党小组。于是，乘务组车队大楼内，从北京、成都、郑州、青岛等各车队中，顿时传来休班乘务员借政治学习时间大练大唱革命歌曲的洪亮歌声。然而，唯有挂“上海车队”牌子的学习室内却是叽叽喳喳嚷成一片。

“别嚷了，别嚷了——安静点儿！”

晋燕与车队队长、党总支书记坐在后面挂有黑板的讲台上，手使劲向下虚压，制止台下座位上的乘务员喧哗。等稍微安静了一些，晋燕接着说：

“车队领导让咱们乘务组议一议，是想听听咱们组有什么别出心裁的纪念形式，并不是让大家瞎吵吵、瞎嚷嚷的。好吧，一个说了一个说。

周娜，你是党员，你先讲讲你的想法。”

周娜站起来：“大概有几十年了吧，一过‘七一’就唱那几首歌儿，我想咱们的纪念活动也该改革改革了吧。现在从中央电视台到省、市台，小品挺走红的，像赵本山、黄宏他们的小品，雅俗共赏又寓教于乐，可是咱们……”

太峰听到这儿，站起来打断周娜：“周小姐，你坐、你坐，你可咱们乘务组挑挑，没一个‘赵本山’，全姓刘——叫‘刘本山’。这想法不现实，好高骛远！”他严肃起来，扫视众人，“我呢，太好的主意没有。我一来五音不全，二来天生不爱哼哼唧唧唱什么歌。但是我觉得吧，党出生入死打下了这个天下，要比做人吧，也能算咱们一位六七十岁的爷爷奶奶了。哎，过了几十个生日，敢情除了唱唱歌就再没别的啦？你们想想，现今两三岁的小崽子们过个生日还蛋糕、蜡烛外带爹妈合唱一首生日歌呢……”

“嘻嘻，”台下有的乘务员乐。

太峰停下，问旁边坐的陈静：“陈静你别低头偷笑，你说哥哥说得对不对吧！”

“去你的，谁哥呀，”陈静收敛起笑靥，绷住脸站起来，“太峰说得形象了点儿，可是是现实。要叫我这个新党员讲，以前我特羡慕有些人，平时跟群众没什么区别，可一到‘七一’，往台上一站，唱一两首歌就像是告诉台下的人：‘别看我平时跟你们没区别，我还是个党员哩！’不过到他（她）下了台，再把那件唱歌发的服装一脱，嘿，就又跟一般群众没两样了……”

突然，晋燕脱口插了一句：“对，衣服！”

陈静莫明其妙，冲台上：“晋车长，你说什么？”

“没，没什么，你继续说。”

“说哪儿了？噢，对，说到有些党员脱掉唱歌发的服装就又等同一般群众了，”陈静提高嗓门儿，“所以，我常瞎琢磨，自己努力了好几年才入党，可只有‘七一’唱歌时才能叫别人知道自己入党了，有什么办法平时也能告诉别人，并且也提醒一下自己——我还是个党员呢！这样也好叫别人羡慕、羡慕咱……”

“群众可说点儿难听的了，呵——”康保宝不乐意了，“我这个退了团的群众分析一下你这种心理。”

陈静羞红了脸：“可以，分析吧。”

“你这叫显——臭显！”

“对，就是要这个‘臭显’！”晋燕断然认可，“为什么党员不能显显呢？现在的问题是，党员不是显得太多，而显得太少，都快跟群众没区别了。刚才陈静的话提醒了我。”

她侧脸对两位车队干部说：“我刚才忽然冒出个念头，我想在我们乘务组里,给每个党员制作一个像‘列车员’一样的胸章,上面写上‘共产党员’。这个纪念‘七一’活动怎么样？既省钱又别具一格吧！”

“的确是不同一般的唱唱歌呵，”车队干部对视一下，“好，我们赞同你们乘务组的这种活动形式！”

二

“哎，可龙，大前年那位残疾旅客送我的那面锦旗呢？”晋燕从车队回到家，一进门就问自己的军人丈夫。

可龙正往一架傻瓜相机里装彩卷：“你找那破锦旗干吗？想叫公园的人都知道你是好人，倒不如把我自卫反击战的军功章戴上，更显眼。”

晋燕开始翻箱倒柜，忽然停下手：“公园？噢，不去了，太忙，算了吧。”

“晋燕，你又想骗雯青是不是？”可龙放下没装好胶卷儿的相机，气呼呼走到妻子跟前说，“早晨送雯青上幼儿园，你咋跟孩子许的愿：‘等妈从单位学习回来，就和爸爸上幼儿园接你，带你去儿童公园坐飞船。’是不是这么说的？”

晋燕仍不歇手地东翻西找，边说：“我没说不是，可计划赶不上变化。我们乘务组要搞一项纪念‘七一’的活动，明儿出乘就要开始，你说我哪儿有时间闲逛呀？”

“得了吧，呵，我什么都明白——你不但骗雯青骗惯了，而且我现在从基地回来，你也开始给我编起故事来了，这事儿吧，那事儿吧……”

晋燕把找到的一面旧锦旗扔到床上，反驳：“什么叫骗？什么叫编故事？嗯？上上趟车，我回来叫你去车站接接我，你说你们基地搞发射接不了——这是不是也叫骗，也叫编故事？"

“行了吧你，我知道你如今搞得大了，”可龙拉开抽屉把相机扔进去，转身摘衣架上的军装，“你舍得三番五次骗孩子，我舍不得！”他穿上军装摔门走了。

晋燕独自坐在双人床边，呆望着那面旧锦旗。坐着坐着，她泪水涟涟起来，低声自语：“过得这是什么日子——真累！”

“晋车长在家吗？”

这时，有人敲门。晋燕忙擦把眼泪，应声道：“谁呀？在，在。”她打开房门。

陈静、周娜、太峰依次走进门。太峰坐进沙发，指着旁边的两位女同胞，笑着告晋燕：“晋车长，明天出乘，在车上叫她俩请咱们客——打赌输了。”

“又没事儿干了是不是，打什么赌？”

“我说，你肯定一回家就得开始张罗会上定的党员胸章了，可她俩非说你跟姐夫带雯青上公园了。”

“早晨一到车队，我是和她俩说过，开完会带着雯青出去散散心，叫她爸给我们‘捏’两张。”

晋燕进厨房，从冰箱里取来三瓶冷饮，放到茶几上：“可计划赶不上变化。这不，她爸刚去幼儿园接她——父女俩散心去了。”

太峰拿起冷饮喝：“不管咋说，反正你在家，她俩就算输了。”

“我们输了，完了我们请客，”陈静这时才注意到晋燕眼圈儿发红，收敛起笑容，“晋车长，要不你也追姐夫、雯青去吧，转转，散散心——姐夫要在基地，你们三口儿也凑不到一块儿。至于做党员胸章，你把锦旗给我们，告诉做多大、上面的字什么颜色。我和周娜，加太峰，一下午准赶得出，明天出乘保证都戴上……”

“就是，你把这事儿交我们干吧，”周娜说，“我们不就比你小几岁么，怎么什么事儿都信不过我们似的。”

“别了，还是我自己做吧。我无非是再哄雯青和她爸爸一回，可你们就不同了，时间就是感情。”晋燕努力笑笑，“好不容易出五六天的乘回来才能约一次会，我再占了你们的时间，那不是成心让你们背后骂我，‘瞧，晋燕这人真不懂事……’”

太峰将饮料一饮而尽，笑道：“不会，不会，我们不背后骂，而是在党小组会上指住你问：晋燕，难道你没恋爱过吗？”

“……”几个人乐。

此刻，晋燕的女儿雯青欢蹦乱跳地从外面跑进来，直扑到妈妈怀里，仰起天真的脸问：“妈妈，小朋友都说公园有唐老鸭和变形金刚转马，你说有吗？”

“哟，这可把妈考住了，妈还真不清楚。”晋燕抬头看随后跟进屋的丈夫孟可龙。

“姐夫好！”

“姐夫好！”

太峰他们纷纷从沙发上站起来，向满脸阴云的可龙点头哈腰。

“好好，你们坐你们的，”可龙勉强对他们呲呲牙，掉头又对晋燕沉下脸，“你倒是准备好了没有？”

“准备什么？我不才和你说了么，公园我不能去了，有事儿。”

可龙威胁妻子：“你是真不去了？”

“不去！”晋燕搂着女儿斩钉截铁。

“好，”可龙一把从妻子怀里粗暴地拉起女儿朝门外走，边走边说，“雯青，爸爸带你去！什么妈呀……”

屋里一片沉寂。晋燕背过脸去，太峰他们面面相觑，不知如何是好。终于，陈静开口：“晋车长，要不你还是去吧，看雯青多可怜——爸在导弹发射基地，妈又长年跑车——一年四季全托在幼儿园，好容易盼到爸妈陪她去趟公园，又……”

陈静话没说完，“咣当”一声，可龙又独自返回来，忙忙碌碌收拾自己和雯青的衣物，边愤愤道：

“好吧，雯青有你这个妈和没有没什么两样。孩子我带走，省得一年到头关在幼儿园，跟死了爹妈似的。”说着，他拎起大衣箱就要走。

太峰见势上前阻拦：“姐夫，姐夫，消消气儿。”

“别拦我，小心我不客气呵！”

“姐夫，姐夫，”太峰尴尬笑，“你看你，尽跟我开玩笑。”

“走！太峰，你甭拦他，”晋燕气得面无血色，过来扯太峰，“让他带上走——充什么大头呀！”

可龙拉开房门，回头正告：“晋燕，我倒要看看咱俩谁充大头，你要敢到我们基地接雯青，小心我派哨兵把你轰走。”

“放心，我不去，倒看谁往回送。”

“行，这可是你亲口说的。”可龙“砰”地甩上门走了。

可龙的脚步声消失后，周娜悄声对陈静说："没看出姐夫脾气还真大，我都不敢插话……"

"有脾气好，男人嘛，没脾气还叫军人吗？"太峰给她俩使眼色，制止她们再说三道四。

晋燕坐在床边背着身擦了会儿泪，起身找把剪刀，返回来拿起旧锦旗，平静地说："来，你们把上面贴的字拆下来，我剪成块儿……"

三

翌日早上，晋燕借出乘班前会的机会，将一个个红平绒上用黄色膨体纱毛线缝着"共产党员"字样的胸章发放到乘务组里每个党员手中：

"……我再重申一遍，党员这章儿和'列车员'牌儿一样，党员出乘必须佩戴，如果谁丢失了，咱们对不起，照着别的党员的章儿，自己重做……"

"还自己做呀？"有人说，"别的乘务组'七一'唱歌还给发件衣服呢，咱这不也是纪念'七一'的活动么？为啥不定做一批，也花不了几个钱。"

晋燕带头第一个往自己胸前别"共产党员"胸章，头也不抬说："定做还为时过早，谁知道咱们这项活动的效果如何？等着吧，真要效果好，咱们再定做一大批。"

一小时后，晋燕带领全组乘务员手拎黑色提箱排着队从乘务员出勤室出来，朝列车整备场走去。路上，其他乘务组的人纷纷朝他们看，有两个退勤的乘务员窃窃低语：

"瞧见他们有的人胸前又添了块什么牌儿没有？"

"好像多了块儿东西，看不清上面的字。"

"看你那二五眼，上面的字是：共产党员！"

“哎哟，明了——标明身价啦！”

“什么身价呀，这叫显摆——臭显摆！”

四

“旅客朋友们，列车已经开动，我祝您一路顺风。这温暖的车厢里，充满了欢乐、充满了笑声……”

列车从黄土高原刚刚向南启动，列车广播室的女广播员在歌曲的伴奏下，向车厢里的全体旅客亲切宣告：

“我们这个直快乘务组，在‘七一’前夕，为了以实际行动纪念中国共产党的诞辰，开展了‘党员挂牌，优质服务’活动，望广大旅客在旅行中多提宝贵意见和建议……”

陈静胸前配“双牌儿”（列车员、共产党员），站在9号硬席车厢前端向旅客们敬礼，作自我介绍：“旅客同志们，我是9号车厢列车员，我是共产党员！旅客们在旅途中有什么困难尽管找我。现在我开始为您供水，请旅客们在您的座席上准备好茶杯，我将会按顺序把水送到您的座席上，谢谢合作！”她又敬一个礼，拎起个印有路徽的大铝壶开始给旅客依次倒水。

大部分旅客都能坐在各自的位置上，等候陈静把水送过来。但也不乏个别旅客拿着茶杯急不可待离开座位，走过数排座席前来讨水。

“你们坐回去、坐回去，马上就能送到你们跟前。”陈静边给座位上的旅客斟水，边劝堵在车厢通道里的讨水者。

“党，我有困难。”一个黑小子拿个空茶杯伸向陈静，嬉皮笑脸道。

陈静继续给座位上的旅客倒水，头也不回：“有困难你说。”

“我渴得不行啦，先给咱来一杯。”他把杯子凑到铝壶嘴儿边。

“大家都渴，请您坐回您的座位上，我会挨个儿送到的。”

“咳——”黑小子阴阳怪气起来，“你刚才不是说有困难找你吗？看，做不到了吧！我就知道戴什么牌儿也是卖片儿汤的。”

他说着往自己座席踅，大声嘲骂：“哼，怎么样，别说你们挂出个牌儿来，就是再多长两只耳朵，我也能认出你们来。说得她妈的好听！”

“闹难看了，是不是？”黑小子对面座上的另一个男青年说，“我刚才告你什么了，你还偏去。我就说死了，别瞧她们把‘党牌’亮出来，就是把党徽顶在脑门儿上也一样。快‘七一’了么，走走过场而已，可你却当真啦。”

他把烧鸡和白酒摆在桌上，撕下一条鸡腿递到黑小子面前：“别气了，让丫头等会儿往过送。来，咱哥俩先慢慢喝着。”

黑小子与同伴坐下开始吃鸡喝酒。

陈静手里的茶壶供不了几排座席就又变成空的了。于是，她不停地往返于座席与列车茶炉房之间，很快她就汗流满面，把圆圆的脸蛋儿热得红扑扑的。

这时，晋燕胸戴“共产党员”章巡视车厢，见陈静仍在供水，走过来低声问：“都开车半天了，怎么连第一遍水都没供完？”

“来，同志把您的杯子给我！”陈静又从一位旅客手中接过杯子，拎壶往里倒，而后悄声告诉身后的晋燕，“这趟车的旅客也不知怎么了，水喝得特快、特多。”

晋燕笑：“你好好琢磨琢磨，这是为什么？”说完，继续往前巡视。她走到黑小子他们座席旁，见地板上有鸡骨头，抬手指住正在啃鸡脖子的黑小子：“两位同志，骨头放桌上，别乱扔！”

“好好，我们不扔了——列车长。”

但是，等晋燕刚走过去，黑小子瞪着两只红眼珠儿，把手里没啃完的鸡脖子往地板上一甩，骂道：“不叫老子们扔？那要你们这些清洁工干什么用！”

周围座席上的旅客撇着嘴、斜视，一个个视而不见。

给车厢里的旅客还没供完第一遍水，三四节车厢共用的一茶炉开水已经被打完了。于是，陈静重新往茶炉内注水，添上一些煤，再锁上茶炉房的门，坐回乘务室静等第二炉水烧开。此刻，她用添了煤的黑手背抹了把额头的汗，无意低头看见胸前那块儿胸章，感慨万分：“没想到这章儿这么要劲儿……”

五

与此同时，担负软卧车厢服务工作的周娜也忙得不亦乐乎。她此刻正推着一个摆满保温瓶的小车，依次敲开包房的门，为里面的旅客换暖瓶。

6 号包房内坐着三位西方旅客和一个男翻译。

周娜敲开包房门，笑容可掬，用有些生硬的英语道：“先生，女士们，对不起，打扰一下！”她走进去，弯腰从小桌下拎起两个半瓶水的保温瓶，退出来。迅速换了两个装满开水的保温瓶，再次进去轻轻放回原位。在她正准备走时，一位留着大胡子的外宾指住她胸前，一脸狐疑，用英语叽里咕噜问翻译。

周娜不等翻译问，莞尔一笑，仍用英语解释道：

“噢，先生问的是这两个牌儿吧？上面这个是我们的服务牌儿，下面这个章儿代表我们的政治身份，就像什么民主党党员呀，共和党党员呀……”

“小姐你是什么党呀？”另一个长着一头羊毛卷儿的黑人妇女问。

周娜用手指指胸前：“我是共产党——中国共产党党员！”

“噢……”留胡子的外宾操着绕口的汉语，茅塞顿开，“明白啦，明白啦！”他瞬间又换成飞快的英文向周娜发问。

周娜傻眼了。因为她只懂一些基本的英文生活用语，一旦外宾说快了，就更听不懂了。无奈，她向一旁一直在表露讥笑的翻译投去求助的目光。

“怎么，小姐你听不懂了？还欠练习。”翻译指指大胡子，冲周娜讥笑道，“他说他明白了，中国共产党的确也改革了，也开始拉选票了。”

“no，no，”周娜连连摇头，自言自语，“这都哪儿跟哪儿呵……”

“……”金发女郎歪着脖子，摊开双手，一脸的不解，也说了些什么。

周娜再问翻译：“她，她说什么？”

“她说，不竞选拉选票，你标明自己的政治信仰是什么意思？”

周娜义正辞严：“你们就当成我们胸前这个章是对中国共产党的无限忠诚好啦——谢谢，告辞了！”她退出包房，关上门。

周娜在软卧车厢乘务室向巡视到此的晋燕提出疑问：

“晋车长，咱们搞这个‘党员挂牌儿’是不是太显眼了？刚才我给包房里的几位外宾换水，人家用他们的习俗把我问得语无伦次，前言不搭后语，赶忙‘开路伊马斯’！”

晋燕说：“不奇怪，这也正是西方人与我们风俗、信仰和意识形态的差异。”

“就算西方人不了解咱们的国情，那翻译总是党培养的吧？连他给我翻译时的表情都不一般，不停地笑——讥笑、嘲笑、冷笑……”周娜愤愤不平。

“这种人什么时候都有，难怪党中央三令五申告诫：注意和平演变与反和平演变的斗争！”

六

身为列车安全员的太峰肩负查堵“三品”和维护列车治安秩序的责任。太峰巡视到 12 号硬席车厢，经过乘务员室时，里面坐着的康保宝叫他：

“嘿，进来歇会儿。”

太峰进去，坐到康保宝旁边。

康保宝把自己的茶杯推过去，说：“你不是说这趟车周娜、陈静要请你客吗？请你抽什么烟了？”

太峰呷口茶，吐出嘴里的茶叶末：“呸，请个屁客！想抽她们的烟难着哪！她们不从你这里抢上几根儿回去孝敬男朋友就是好的——现在的姑娘都吃里扒外。”

康保宝动手掏太峰兜儿里的烟：“呦，她俩可都是党员，党员也不脱俗？”

“你别提‘党员’二字了，”太峰用打火机给他点上，又给自己点燃一支，“……你一提我就来气。”

“这多威风多荣耀呀！”康保宝用夹烟的手点着太峰胸前的党员章，“瞧瞧呀——都快把我们这些群众羡慕死了！陈静出的点子。”

“陈静也是，尽出骚点子，戴这个党员章儿有什么好的？”太峰猛吸一口烟，“老哥我就是因为戴上这个牌儿，连查旅客‘三品’都得低三下四。没办法瞧！你稍查得生硬了点儿，旅客就不干了——‘党员，你怎么就这种态度呵……’”

“这说明‘上帝’（旅客）对你们要求高啦，要求严啦。路内不是有句名言么：‘严是爱，松是害，松松垮垮是祸害。’”

“康保宝，别唱高调啦！”太峰呵斥道。

“哼，要不戴这章儿，咱尿过谁呀？我怀疑哪个旅客有问题，上去二话没有，‘你给我打开行李！’打开慢了咱都不干。现在行吗？你戴着党员章儿呢！党的宗旨是什么？为人民服务，做人民的公仆。公仆能向主人指手画脚、吆五喝六吗？”

康保宝体谅道：“党员就是不易！像我这一般群众，看哪个旅客敢跟我玩儿愣的，咱专门修理各类愣头青！修理完了，也挨不着公仆和为人民服务什么事儿！撑死扣掉这个月奖金。”

“唉，就看你们要二百五吧，”太峰起身往乘务员室外走，叹息，“咱戴上这章儿是学乖了，二百五是要不了喽！”

七

9 号硬席车厢里，黑小子和同伴早已酒过三巡，面红耳赤、忘乎所以起来。他们将鸡骨头、松花蛋皮等肆意抛撒在地板上，周围的旅客是敢怒不敢言。

黑小子醉醺醺冲同伴吼：“水呢？老子要喝水！”

“等等，”他的同伴较为清醒，“茶炉里的水正烧着呢，没开，等会儿给你多沏点儿茶。”

“混蛋！”黑小子瞪起血红的眼珠骂，“你不会找咱妈要去吗！”

“妈？找谁妈要？”

“找，找这节车厢里的那个小妈要！”黑小子摇摇晃晃跪在座席上，往乘务室方向指，“找小妈——找‘党员妈妈’要去。”

同伴扶他坐好，说：“二黑子，你喝多了——别乱认妈。”

“什么？今天我是认定她这个小妈了。”黑小子抄起空茶杯东摇西晃，进一步退三步地朝陈静的乘务室挪。

旁边座席格里一位虎背熊腰的中年汉子提示他的同伴：“快去招呼着点，别让他跟人家列车员小姑娘胡来。”

"也没喝多少呀，怎么会成这球样儿……"黑小子的同伴沿车厢通道追上去。

"妈，小妈，我要喝水！"

黑小子的同伴搀扶着他砸了一会儿乘务室的门，见没人开门，欲转身往回趟。这时，陈静蹭得满脸满手黑，从茶炉房出来，拿手背擦着额头的汗，说："要喝水，叫什么妈呀！"

黑小子闻声回头，挣脱开同伴转回来。"你，你是妈吗？噢，没错，"他借酒劲厚颜无耻，点住陈静的胸前，"党员——妈！妈，我想喝水！"

旅客们有的朝这边指指点点翻白眼，有的坐山观虎斗，咧嘴乐。

陈静羞得无地自容，正色道："想喝水等会儿，我会送到你座席上的。"

黑小子撒娇："不嘛，你现在就得给我烧开，我现在就要喝。"

"好，你先把茶杯放下，我烧开了给你送过去，这行了吧！"陈静夺过他手中的茶杯，迅速打开乘务员室躲了进去。

八

"这衣帽钩儿上是谁的包儿？快拿下来！"

太峰巡视到一节硬席车厢中部，指着车窗衣帽钩上的一个沉甸甸的提包大声问。

"怎么啦，挂个包儿怎么了？"一位娇艳的女旅客坐在包下的座席上，一动不动，嗔道。

太峰不卑不亢："不怎么，叫你拿下来。一来衣帽钩承受不了较重的物品，二来挂在上面也不安全。快拿下来！"

"说就行了，嚎什么嚎？"女旅客故意瞟一眼太峰胸前，"共产党员了不起——可以扯着嗓门儿嚎吗？"

“同志，听清了，我是在说，没有嚎！”

太峰眼见她不情愿地从衣帽钩上摘下包来，转身朝前走，走出几步，掉回头低语：“要不是戴了这个牌儿，我饶不了你……”

陈静双手端茶杯，在旅客众目睽睽之下，小心翼翼地把水送到黑小子坐席上。她放下茶杯，见地上满是骨头、蛋皮，问黑小子：“地板上是你们吃剩的吗？”

黑小子不耐烦地喝着水：“是，水才送来，难道东西也不叫吃呀？”

“谁不叫你们吃了，但你瞅瞅，全车厢就你们这儿最不卫生。”

“那你是甚意思？”

“最基本的，别再扔了。我马上来收拾。”

黑小子淫笑：“明白了，这样吧，你替哥哥们打扫干净，哥哥们给你钱。”他掏出一张大票儿拍在小桌上。

黑小子的同伴跟着起哄：“快收拾吧，给钱！”

“你们……你们……’陈静又气又急，潸然泪下。她拔腿跑到车厢连接处哽咽不止，悲愤交加。众旅客嗡嗡议论：

“人家闺女够不错了……”

“就是，从太原一开车到现在，人家小女孩就没闲着。”

“太不像话了，也太糟蹋人了！”

黑小子与同伴却变本加厉，洋洋自得：“嗬，共产党员还哭呀……”

忽然，他们旁边座席格里那位黑塔一般的中年汉子蹿起来，大步走到他们面前，怒喝：“再说，再说一个党字！实话告诉你两小子，你师爷我早看不惯了——不是左一个‘党员’，就是右一个‘小妈’，再不就是喝上二两猫尿耍浑……瞪谁瞪，不服吗？”

“谁也没瞪你，我们是看你！”

“看我，看我像干什么的？”

黑小子往上撩一眼：“我看你像村支书。”

“放屁！师爷我十年前是359旅的侦察连长。不信，等会儿下车比划比划，让你两个一起上！”中年汉子梗着脖子，“快把地上的骨头蛋皮捡起来，要不然，哼……”

“不捡，我不捡你能给我练一套‘空手道’，还是‘擒拿术’？”

“好呀！”中年汉子不由分说猛地打开车窗，将他们小桌上剩余的食物和半瓶酒统统扔出车窗，拍拍手，冷笑，“咋样，捡不捡？再不捡，师爷连你俩也扔出去！捡不捡？”

这突如其来的举动，把俩小子惊得目瞪口呆。

黑小子彻底不再装醉，战战兢兢弯腰说：“捡，我早想捡了。”他碰碰同伴的腿，“快捡呀，看多不卫生呀。”他俩一起蹲下，一点点地捡着。

这时，陈静拿着笤帚、簸箕走过来，鼻音挺重：“算了，手捡多费事儿呀——我来吧。”

九

“哈喽……”

大胡子外宾匆匆敲开软卧乘务员室的门，手舞足蹈向周娜说着、比划着什么，并扯着她向他们的包房走。

周娜进了包房，见那位男翻译昏昏沉沉躺在软铺上，笔挺的西装和领带以及包房地毯上到处都是吐出的污物。旁边铺上的两位女外宾用手帕捂住口鼻，紧蹙眉头。

周娜强忍干呕，礼貌地用英语向三位外宾解释：“这位先生是晕车所致。这里我来处理，请先生、女士们到包房外休息一下。”

用很快的速度，周娜把翻译身上和地毯上的污物擦抹、打扫得干干净净。她又回到乘务室取来晕车药给翻译吃了，再往包房内喷上少许香水。

“先生、女士们，请进来休息！”周娜把包房外的三位外宾重新请进来。

三位外宾探头看看焕然一新的包房，又使劲嗅嗅包房内的空气。大胡子外宾骤然咧开嘴，冲周娜伸伸大拇指，用汉语夸道：

“共产党——好！”

康保宝坐在乘务员室里抽烟，晋燕走进来：

“康保宝，别以为自己是个群众，就放松对自己的要求——你到目前为止给旅客供过几遍开水？”

“大概有三四次吧。”

“全车厢的旅客都供到了？”

“绝对都供到了！”

“108 号座席上的那位戴手铐的旅客呢？”

“他——是犯人！你叫我怎么供？‘同志，请您喝口水吧！’别忘了，他是个犯人！”

“他在法律上是个犯人，但在我们车上仍是我们的旅客。”

晋燕说着，端起康保宝的茶杯就走，边说：“你就看不见他渴得那样儿……”

康保宝扒在乘务室门框上，伸头冲走进车厢的晋燕嚷：

“咳，别使我的杯子——我有艾滋病和肺癌！”

108 号座席上，一个蓬头垢面的男子垂手低头，一双呆滞的目光望着小桌上的几个茶杯。他不时用舌头舔舔干裂的嘴唇……在他旁边的两位公安人员佯装睡觉。

晋燕端着茶杯走到一位公安人员面前，悄声道：“同志，醒醒！”

公安人员警觉地睁开眼，见是列车长，不自然地笑笑：“车长，你有情况需要我们配合？”

“不不，我是征求你们意见，看能不能……”晋燕把茶杯往犯人那边伸了伸。

公安人员扭头看看押解的犯人：“就他还……”他又掉脸看看自己的同伴，然后抬头向晋燕勉强点点头。

得到许可后，晋燕习惯性地说：“哎，同……”忽然，她觉得失言，忙改口，“哎……渴了吧？喝口水吧，天热。”

晋燕把茶杯塞进他戴手铐的两手中间。他先是缓缓抬起头，注视了一会儿晋燕胸前的那块“共产党员”胸章，而后，再低头久久望着手中的茶杯，一滴豆大的泪水落入杯中……

十

餐车开始给乘务员供餐。餐车内的餐桌旁，坐满了叽叽喳喳、连吃带说笑的男女乘务员。他们抢着、吃着自己偏爱的食物，不时说着、讲着、议论着各自车厢内的旅客……

唯有晋燕、陈静、周娜、太峰桌上的饭菜原封未动，几个人全是闷闷不乐。特别是陈静，还泪水涟涟。

“陈静，党员章儿不戴了，可饭还得吃吧？”晋燕开导说，“吃了饭，回到宿营车，你爱哭爱气，咱再说。”

“告诉你们别管人家——吃你们的，”陈静抽泣着，“我不饿，肚里的气饱饱的。”

“我也是饱饱的，”太蜂火上浇油，“咱多戴了个章儿怎么了，嗯？党员就该低声下气？我不叫人家往衣帽钩上挂包儿，嘿——她张口就是：‘你党员就可以嚎？’你让他开包检查，嘿——他能盯住你的章儿给你普法：‘党员怎么可以带头侵犯人权……’”

“行啦，你甭再帮倒忙了。”晋燕看坐着不动的周娜。

“周娜，你呢，你也是气得饱饱的？”

“不是，我倒想吃，可一想起给那翻译收拾污物，这胃就往上翻，干恶心。”

“好么，你们不吃，我也绝食了，”晋燕挺腰靠在椅背上，苦口婆心，“你们都也老大不小的人了，怎么就一点儿事儿都不懂呢？我们搞一项活动总得有个始终吧。噢，刚搞了半趟车就完了，叫人家别的乘务组怎么讲？‘瞧，174 次直快乘务组大张旗鼓搞了项活动，没搞完一趟车就没事儿了！’这话你们爱听吗……”

这时，康保宝端碗面条，边吃边哼哼唧唧凑过来，趴在陈静的耳边，劝：“陈静妹妹，甭哭呵。对机会，哥哥会替你出这口气——快吃饭！”

晋燕厌烦：“康保宝，这儿没你党外人士的事儿。”

“嘿，晋车长，这可就打击积极性了。我这不是向党献计献策吗？”康保宝冤屈，看乘务员们，“我劝陈静吃饭，劝错了吗？”

众人说：“没错没错，你就是一副‘热下水’。"

十一

转眼，“七一”过去快一个月了，纪念“七一”的歌声早已经消失了。然而从国外，甚至监狱大牢向晋燕他们乘务组寄来的感谢信，以及省、市、县、乡村和工矿企业、团体送来的锦旗、奖状，却源源不断，纷纷扬扬。

铁路分局党委在向全局各站、段党委下发《纪念“八一”建军节，开展拥军优属活动》文件的同时，在文件的最后添加了一项：

“为深入持久地在广大干部、职工中充分发挥共产党员先锋作用，分局党委要求全局所属窗口服务单位的党员佩戴‘共产党员’胸章上岗。胸章由分局党委组织部统一定做，已下发各站、段党委……”

这是一个神秘的导弹发射基地，高耸入云的发射架被重峦叠嶂的群山环抱。

在一条通向基地禁区的蜿蜒山道上，一位身着白色长裙的少妇，手拎一个装满各种食品的网兜儿，匆匆向军营哨卡走来。

“找谁？”

“我找孟可龙。”

“呃，找孟工程师啊，等着，我先给他打个电话。”

几分钟后，一位威严的军人拉着一个小女孩儿，在导弹发射架的背景衬托下，沿着整洁而宁静的营区大道缓缓走来。他们距哨卡几十米的时候，小女孩甩开军人的大手，呼唤着奔跑过来。

“妈——妈——”

“雯青，妈妈好想你啊！”

晋燕紧紧搂住女儿，泪如泉涌，泣不成声，亲吻着她的小脸……

谁都甭闲着

一

运行途中的乘务员宿营车内空气闷热。刚换下班的男女乘务员脱掉铁路制服，换上色彩明快的睡裙、汗衫、短裤和拖鞋。大家拿着各种牌子的浴液、洗发水等，说说笑笑，交头接耳，排在加装了淋浴器的厕所门外。

太峰光着膀子，手拿毛巾、洗发水，守候在前，不时冲传出沥沥拉拉流水声的厕所内嚷：

“周小姐，你能不能麻利点儿。干吗呢？要搓泥儿，我给你把康保宝派进去。”

“我没意见，”康保宝穿件印有“我烦着呢”的宽松式汗衫，伸脖儿冲厕所门缝大声说，“周小姐，需要搓搓吗？咱可是搓澡带修脚——全包。”

一旁双手捧着浴液、浴帽的陈静白了他俩一眼：“人家就要搓，也轮不到你们，美的吧……”

周娜穿件碎花裙，湿漉漉地出现在厕所门口，看着太峰、康保宝，笑问陈静：

“他俩刚才冲里面瞎喊什么呢？我在里面听不清。”

“他们想给你搓泥儿并兼修脚。”

“那好呵，”周娜用身体堵住太峰、康保宝，给陈静让开道，“——陈静快进！叫你们再瞎说。”

陈静灵巧地闪身而进，刚准备关门，被太峰从外面一把拉住，“快出来，该哥哥我了。”

“我先进来的。”陈静用身体顶着半合的门，摇头晃脑气太峰。

“你别气我呵，排也该我了。”

他俩僵持不下。

康保宝把脸凑到半合的厕所门前，笑着和里面的陈静协商：“这样下去谁也淋不成浴，我提个建议：咱也改回革，变‘日本混合浴’怎么样？”

太峰手把门：“我没意见，看她吧。”

“康保宝，你又出骚点子了！”门里的陈静乜他，“亏你敢说……”

“别误会！咱这不是为提高就浴效率么，”康保宝看着众乘务员煽动，“行动起来，行动起来，后面的开始找对子，俩俩进去冲，既能互搞个人卫生，还省水，又快。”

“这又是谁在胡说八道呢？”晋燕披头散发，套件连衣裙走出宿营车通道。见太峰与陈静僵持着，命令太峰：“撒手！洗完一个洗一个。我就知道又是你俩在这儿祸害……”

二

13 号硬席车厢内气温颇高，车窗外吹进来的也是江南湿热的风。旅客们一个个汗淋淋的，穿着汗衫背心，手持小报或各种封面艳俗的刊物不停地呼扇。

脖子上挂着条“一拉得”领带的王有财，手牵身怀六甲、腰身如口二号水缸的婆姨，在车厢通道内艰难往厕所方向移动。

“日他的，咋有这多的人？来，老哥给让一下，叫咱婆姨过个，”他低骂一声，高求一句，并还责怪着身后挺着大肚的婆姨，“咋就笨得像头猪，脚跟脚地快些走呀！”

婆姨原本就有身孕，加上车厢热，又添上裤裆里憋，脸红得柿子似的：“有财，娥(我)不是在急走了么。”

夫妻俩终于挤到车厢厕所门口，王有财哈腰盯住厕所门把手上方的小显示孔：红色——有人！

“等等哇，”王有财用手压压门把手，再推推，门反锁着。他回头告诉已急出一头汗的婆姨，“有人在里面屙呐，等等哇。”

婆姨用手抱着自个儿的大肚子，央求道：“有财，你就不能叫里面蹲的人快些——娥(我)可快屙裤子了。”

他俩旁边一位穿着齐整的妇女提醒有财：“你找乘务员用钥匙开下厕所门，看看里面到底有没有人。有时车出了站，乘务员有可能忘记开的。”

王有财却无动于衷。

婆姨可已经憋白了脸，骂：“蔫蛋，还不快给你娘娘找去！”

王有财无奈，敲开厕所隔壁乘务员室的门，满脸堆笑问在中途接班的曹丽霞说：“大姐，茅房里是有人蹲了的，还是锁了的？”

“开了呀，刚才车一出站我就开了呀。”

曹丽霞走出乘务员室，掏出一串明晃晃的车门钥匙，重重地敲了敲厕所门，问：“里面有人吗？”

“有，有！”里面的人厌烦地回答。

曹丽霞扭身告王有财：“听，有人吧。再坚持一会儿吧。”

此时，王有财盯着婆姨的裤裆惊叫：“咋，咋，咋就尿到裤子里了！”

婆姨脸色苍白，伸手摸摸湿漉漉的裤裆，声泪俱下：“有财呀——

夹不住了……”

旁边的那位妇女见多识广，果断道：“不对，我看她是羊水破了——快，她要生了！”

三

“同志，往开让让，师傅，先叫我过去，有急事儿！”

曹丽霞从 13 号硬席车厢挤到 1 号乘务员宿营车，好话说了一道，衣帽歪斜，汗流浃背，气喘吁吁。她一闯进鼾声四起的宿营车，便扯着嗓子喊：

“晋车长！晋车长呢？”

“小曹，出什么事儿了？”

被惊醒的乘务员从上、中、下铺格里纷纷把头探出铺外问。

陈静揉揉睡眼说：“小曹，你到厕所看看，晋车长总是最后一个洗澡。”

曹丽霞过去砸宿营车厕所的门：“晋车长！晋车长在里面吗？”

“谁呀，怎么啦？”

“我，小曹！”她嘴冲门缝儿，大声说，“您快去看看吧，13 号我车里有位孕妇要生娃娃。”

晋燕迅速打开厕所门，用毛巾擦着水淋淋的头发问：“多会儿的事儿？”

“就刚才，听一位旅客讲，孕妇的羊水已经破了——我也不懂。”

“行了，你先回你 13 号车去，我换上制服马上就去。”

晋燕打发走曹丽霞，抓着毛巾、洗发香波匆匆往自己休息的铺格走，边走边大声招呼：“陈静、太峰、周娜、康保宝，都别睡了，快跟我到 13 号车去。有位孕妇要生孩子！”

太峰、康保宝同时从铺格里探出头，异口同声：“生孩子，我们男的也去？”

“都去，”晋燕迅速穿上制服，命令道，“你们四个都跟我去，谁都甭闲着。”

四

几分钟后，晋燕率领陈静、周娜、太峰和康保宝匆匆走出宿营车，向列车后部赶。康保宝紧随在最后，一边系制服的扣子，一边念念叨叨抱怨：

“这什么事儿呀，刚交班躺下就有事儿。生孩子，是不是跑几年车什么事儿都得做做才行呀……”

一干人即将穿过3号硬卧车厢时，晋燕回头指住列车广播室的门道：

“康保宝，广播找大夫归你——找不来大夫，你别回来见我！”

“……”

“怎么，你们小偷公司的领导也出国考察呀？”

“对呀，你想呀，要想赶上和超过国际的偷盗水平，我公司也得引进和学习人家外国的先进偷盗技术和手段。”

车厢广播喇叭里正播放牛群、冯巩的相声《小偷公司》。

广播室内，广播员孙晓梅正独自听着录放机里放出的相声，不时地咧嘴笑。忽然，外面有人粗暴砸门。

“哐哐哐，哐哐哐……”

孙晓梅收敛起笑容，沉下脸：“谁呀？一点儿礼貌也不懂？”说着，她打开门，见是康保宝，毫不客气，“不好好睡你的觉，跑我这儿来祸害什么。”

“祸害？”他伸手关掉录放机，“今天还就在你这儿祸害定了。哎，冲车厢里讲话该扭哪个钮儿呀？”

孙晓梅见他把放了一半儿的录音给关了，愤然指住门：“康保宝，你开玩笑也开得太出格了！车厢里好几千旅客正听着呢，你就敢给我随便关机……你出去！不出去，我到宿营车把晋车长叫醒，出不出去呵？”

康保宝置若罔闻，仍低头仔细在机器上找播音开关，并且还问：“哪个钮儿呀？哪个是管播音的钮儿呀？”他东扭西扳。

孙晓梅见状，气得面无血色，吼道：“康保宝！我再说最后一遍：你出不出去？不出去我可走呵！”

康保宝也怒气冲冲，质问：“你嚷什么你，你再大声点儿！——你气大，老哥还一肚子火儿呢。老哥不知道累了六七个小时躺在宿营车打会儿鼾好呵，没事儿我来你这儿，撑的呀？”

“再有事儿，你也得跟我说一声呀！”孙晓梅和缓了许多，“你也不能进来就瞎按乱扭吧，机器弄坏了算谁的……”

康保宝打断她：“我这不是急么——有什么事儿还能比生孩子更急的……噢，跟你说没用，你还没生过孩子呢。”

孙晓梅转怒为笑：“我没生过，就像你生过似的。到底谁生孩子？”

“13 号车的一位旅客……”

转眼，车厢广播喇叭里传出孙晓梅的声音：

“旅客同志们，现在播送一条紧急求援：13 号车厢现在有位孕妇濒临分娩，车厢里哪位是有接生经验的大夫，请速到 13 号车厢……”

五

太峰在 13 号车厢手指离厕所最近的两张对着的三人座席上的几个时髦男女，命令："听见了没有？让你们站到一边去！"

座席上，一个油头粉面的年轻男子搂着女友，无动于衷："我们为什么要让？我们的票是有座号的——吓唬谁呀？"

"我可是告你第三回了：那儿有位孕妇要生孩子，"太峰耐着性子指指厕所门口地板上的孕妇，"要临时借用一下你们这两条三人座席。"

"不会叫别人让让么？三人座席又不是就这两条。"

顿时，太峰火往上撞，挽起袖子："再不让，老子今天练你个王八蛋！"

年轻的男子冲女友嗤之以鼻："哼，你列车员敢动我？"

太峰一把拽住他的衣领，从座席上提溜起来："老子今天就打你了，怎么地？"

众旅客站在座席上往这里看，愤愤不平：

"是，你们是买了坐票，可你们的座位离孕妇最近呀……"

"这小子欠练，带个妞儿逞硬汉呢……"

"太峰，你给腾好座席了没有？"

陈静从厕所挤过来。见太峰欲对年轻男子动拳脚，扑上去掰开他的手，扭脸批评几个同龄人："这就是你们不对了，也告诉你们厕所门口有个孕妇要生孩子——你们也不是没看见，可让你们临时给让让座就这么难。咱们不是常说：让世界充满爱么，怎么一到动真格的时候，反倒都忘了……"

几个时髦男女不情愿地站起来。那个年轻男子嘟哝：

"让就让，干吗要打人……"

“谁打你了，我打你了吗？”

陈静扯住太峰往厕所方向走：“别理他，别理他，快帮晋车长抬孕妇吧。”

六

每一节车厢的广播喇叭里都回响着孙晓梅寻找大夫的声音。康保宝边一节车厢接一节车厢地往13号车厢走，边在车厢通道里横冲直撞、左顾右盼，大嚷大叫：

“哪位旅客会生孩子，哪位旅客会生孩子？”

众旅客交头接耳，环视四周，同时不乏窃窃讥笑。

一位年长的老翁叫住康保宝：“年轻人……”

康保宝猛一转身，双目陡然烁烁放光：“大爷，不，爷爷——您会生孩子呀？”

“不不，我是大学教中文的，”老翁亲切地说，“年轻人，你这句话应该是：哪位旅客会接生孩子！”

“啊，噢——”康保宝豁然开朗，点头哈腰，“对对。我这不是急得么，您纠正得对。”

康保宝更正他的话，继续边走边吆喝：

“哪位旅客会接生孩子？哪位旅客会接生孩子？”

他喊叫着走到10号与11号车厢连接的风挡处，一位矮个中年妇女迎向他：

“乘务员同志，找到大夫了吗？”

“没呐，”康保宝说，“平时在车上要找内科大夫，哈——能来一打儿科妇科的。今天你正经要找位妇科的，嘿——又一个也逮不到啦。”

中年妇女拎着自己的行李，说：“那正好，我是太原铁路医院的妇产科大夫，我姓李。走，我跟你去看看。”

“哎哟，李大夫你算救了我了！”康保宝喜出望外，伸手就夺李大夫的行李，“包儿快叫小的拎着。李大夫呀，今天要找不着位大夫，甭说我们晋车长饶不了我——您看见那开着的车窗了吗？”

“哼，看见了。”

“——再要找不着大夫、医生什么的，我就从那跳下去了！”

说着，康保宝拎着李大夫的行李直往 13 号车厢穿，路上遇阻便喊：“让开，让开——让会接生孩子的同志先走！”

七

“这嫂子的身子也真不亏，肚里还装着一位，我敢打赌——少说半吨有余。”

太峰一人抬着孕妇的上身，晋燕、王有财他们扶着、抬着孕妇的腰和下肢，大伙儿摇摇晃晃把她从厕所门口的地板上抬到一张腾出的三人座席上。

孕妇不停地呻吟、咬牙。晋燕他们轻手轻脚摆弄着孕妇的姿势……

太峰擦着额头的汗，不知此时又该如何。忽然，他想起什么，拍拍晋燕：“晋车长，你叫康保宝找的大夫呢？”

“问谁？我也不清楚，他不会是……”

“不会？会！这小子肯定又踅回宿营车睡觉去了，”太峰踮起脚尖儿眺望车厢通道，“晋车长，你刚才是怎么跟他讲的？”

“我跟他说，找不来大夫，他就别来见我！”

“这下完了，这等于给了他个枕头。”

正当大家心急如焚，孕妇疼痛得连哭带叫的当口儿，只听得从车厢一端陡然传来一嗓子吆喝：

“让开，让开，让会接生孩子的同志先走！”

八

王有财盼观音、佛爷似的向李大夫、康保宝点头哈腰后，李大夫吩咐晋燕，让太峰、陈静他们几个乘务员先用身体遮挡一下，她要检查一下孕妇的宫缩情况。于是，太峰、康保宝、晋燕、王有财、周娜、陈静和曹丽霞背朝内，脸向外，将李大夫和孕妇围了起来。

太峰见远处有几位男旅客站在座席上朝这边探头探脑，大喝一声：

“嘿，别看！咱谁也都是这样出来的——你们都忘了？”

“哈……”众旅客笑。

“谁是列车长？”

“我是。”

李大夫举着两只戴有消毒手套的手，叫晋燕把身体扭向内侧，说：“车长，我已经检查了一下，她骨盆刚开了二指多，还得让她难受一会儿……”

“大夫，”王有财闻声忙转过身去，央求，“大夫，你少叫咱婆姨难受阵子，你要多少钱咱都掏。”

“去去，背过身去，”李大夫呵斥道，“看你也是头一胎，生孩子有钱就不难受了？”她接着跟晋燕说：“车长，生看来还得等会儿，你最好趁现在找些卫生纸来，大量的。再是一个洗脸盆和一件遮挡的东西——就这样靠你们挡着还是不太方便。”

“就需要这些东西吗？好，我马上派人去想办法。”

九

康保宝嘴里嘟嘟哝哝又往1号乘务员宿营车踅，路过列车广播室，抬手又是“哐哐”两声。

广播员孙晓梅打开门，见又是他，说：“都播过五六次了，车上有大夫去了没有？”

“倒是去了一位本科大夫，可还需要大量的卫生纸。晓梅你快……快招呼车上的女同胞捐些卫生纸来。”

“好好，我这就播。”

康保宝大汗淋漓迈进乘务员宿营车，听到里面不知哪个铺上传出的奇特鼾声。顿时他妒火心中烧，边循声而去边自言自语：

“行啊，老哥在前方卖命，你们倒打鼾还带变调儿的。”

他终于判断出鼾声是从一个挂有白布帘的卧铺格传出的。于是往起一跳，一咬牙，一把扯下白布帘，同时恶狠狠道：“再叫你过瘾！”

“谁？”

鼾声戛然而止，乘警王彪一翻身就要从铺上起来，同时右手敏捷地伸向枕头下。

康保宝抱着扯下来的白布帘，见王彪摸枕头，忙叫：“‘王四儿’(王彪外号)别动家伙——自己人！”

“噢，是你小子呀，”王彪从枕头下抽出手，皱眉头不解，“你小子扯我的白帘儿干吗？”

“这是什么？白帘儿？错了，现在改遮羞布了。”康保宝计上心来，“‘王四儿’，你也早该去呀，晋车长怎么把‘专政工具’给忘了呢？”

“去哪儿？”

“13号车有个孕妇要生娃，我们几个都没闲着，全在那儿忙呢。”

王彪重新躺下：“生孩子我去没用。”

“你怎么这样瞧不起自己呀，那车厢里的男旅客尽瞄人家生孩子。这总得有个人管吧——你穿上那身衣服往那儿一站，起码能叫男旅客少犯错误，对不对？”

“倒也是。”王彪侧身爬起来，穿衣戴帽。

十

“盆呢？给我找个洗脸盆来。”

太峰风风火火撞进餐车厨房，向几个准备餐料的厨子嚷：“听见没有，给找个洗脸盆来。”

一个切菜的厨子说：“捣什么乱，这儿除了瓢儿就是勺儿，哪儿来的洗脸盆？”

太峰不置可否，只顾在厨房东翻西找。

另一个正炸鱼块儿的厨子用漏勺从油锅里捞起一勺儿鱼块儿，说：“瞎翻啥呀你，告你没洗脸盆，还偏不信……”说着他把一勺儿炸好的鱼块儿倒进一个印有“熟食”字样的大盆里。

太峰见状茅塞顿开，指住已经放有半盆鱼块儿的“熟食盆”，说：“你们厨子尽长膘不长脑子，这不是‘洗脸盆’么？”

“哎哎，这可是我们的餐料盆。”

“餐料、洗脸，用的都是盆。”太峰端起“熟食盆”，将鱼块儿全部再倒回滚烫的油锅，又抓了一把去污粉，掉头走出厨房。

“哎哎，”炸鱼块儿的厨子追出厨房，问，“你拿我的餐料盆干吗去？”

太峰头也不回：“估摸着是洗澡——给孩子洗澡。”

他拎着油乎乎的盆出了餐车，路过一节车厢的洗面间，用手里抓的去污粉将盆里里外外洗得干干净净。

十一

王彪身穿警服，神情严肃，带着怀抱白布帘的康保宝匆匆走入13号车厢。王彪见车厢通道里站满拿着卫生纸和各种食品的妇女，不由分说，高声命令：

“都走，都走，不许卖了！这是哪儿的小贩又在车厢里卖起卫生纸了……”

一个怀抱几包卫生纸的年轻少妇白了王彪一眼：“乘警同志睡醒了再说话，我们是来给孕妇捐东西的。”

“噢，”康保宝蹭到王彪面前，低声解释，“忘告你了，这些女同胞是给孕妇捐卫生纸的。您管住男旅客就行了。”

“那你应该进车厢前就告我呀，”王彪瞪康保宝，转脸对少妇赔笑，“对不起呵！还让您猜着了——我刚睡醒，不了解情况。”

“看你那双泡泡眼就知道你还在做梦呢……”少妇排在队列中慢慢向前挪动。

“晋车长，盆！”太峰挤到孕妇的座席旁，举起盆叫晋燕，“——盆，洗脸盆来喽！”

“帘子，晋车长——”康保宝随即也到了，团着布帘叫晋燕，“遮羞帘子也来啦！”

晋燕分别接住盆子和帘子。

太峰、康保宝准备开溜。

晋燕喊道：“你们俩先甭走，站这儿给撑起帘子！快！”

太峰、康保宝站住，面面相觑。

十二

“妇女同胞们，我们伟大的中华女性，在世界上一向是以善良、无私和温柔而亭亭玉立于世界的东方。现在13号车厢里有位姐妹正濒临分娩，然而眼下列车上没有足够的卫生纸。但是，我坚信，列车上的女同胞会为自己的姐妹做出无私的奉献……”

“这是心的呼唤，这是爱的奉献，这是人间的春风，这是生命的源泉……”

列车广播喇叭里，广播员孙晓梅仍不知深浅地一会儿做番鼓动宣传，一会儿又放阵子韦唯的《爱的奉献》。随着她一遍遍地播放，整个列车上除了个别更年期的女旅客，大量风华正茂、风信年华、风度翩翩的妇女纷纷抱着、夹着、携带着数量不等的卫生纸、卫生巾向13号车厢潮水般涌来。

“大姐们排好队，一个捐了一个捐。”陈静在车厢里跑前跑后招呼前来捐卫生纸的女同胞。忽然，她发现早已排到13号车厢外的队列中，夹杂着几位男性旅客。于是她面带笑靥上前：

“先生，您是来……”

“噢，我妻子来例假了，来回走动不方便，非逼着我来替她捐不可。”一个手拿两大包卫生巾的汉子红着脸说。

“那这位老大爷呢？”陈静扭头问一个拿小纸包儿的老汉，“您老人家这是来……”

“闺女，一看你就没生过娃，”老汉托着手里的小纸包儿，十分严肃，“——红糖！在俺们村里，娃娃一落地，媳妇头一桩事就是喝红糖水。红糖水暖肚呵！”

太峰、康保宝按晋燕和李大夫的吩咐，背着身，一人扯着印有“宿营车”三个字的白布帘儿的一个角，高高举起，将孕妇躺着的座席与车厢通道隔离开。

白布帘内不时传出孕妇的呻吟，以及王有财不停的安慰，还有就是李大夫指使晋燕、曹丽霞不停地从白帘儿一角出出进进。

白布帘儿的对面座席格里，陈静、周娜正登记、存留一个个捐献者的物品。

“周娜，记上没有？”陈静从一个少妇手中接下卫生纸，说，“太原柳巷副食批发部出纳，刘翠芹，一包半卫生纸，三块卫生巾。”

“……一包半纸，三块儿卫生巾，”周娜趴在小桌上刷刷地记录下，“——下一个呢？”

“北京市民，刘慧芳……”

“什么，刘慧芳也来了？”周娜抬头找。

陈静催促：“找什么找，记吧！说不定一会儿‘大成’还来呢。三包卫生纸。”

高举白布帘子的太峰、康保宝面向陈静她们，见堆满一座席的卫生纸、巾、“娃哈哈”等募捐物，忍不住赞不绝口。

“啧啧，女人为女人想得真周到！”

“还真全。”

康保宝突兀扭脸告太峰：“下辈子我说什么也要变个女人。”

“咋，见捐的东西眼红啦？”

“也不全是，关键是男人对男人缺心眼儿：我这儿举帘子举得膀子都酸了，可车厢里没一个爷们儿来替我。还能怪女人常说——男人没良心么？”

十三

“嘿，说你第几回了？”

乘警王彪在车厢另一端又呵斥一位站在座席上往白布帘内窥视的年轻男子："告诉你，再站起来往人家生孩子那里看，小心轰你走……看看就行了，还看起来没完了……"

一位年迈的老翁，西服革履，衣冠楚楚，颤巍巍走出软卧车厢，直接来到陈静、周娜面前，掏出一叠台币，操口生硬的普通话，道：

"小姐啦，我这趟回大陆什么也没带，这些钱给那位生孩子的太太补补营养。"

陈静莞尔一笑："老先生，钱我们不收，但您的心意我们替孕妇领了。"

"怎么能不收啦？"老先生把钱放在小桌上，"一点点钱，小意思啦。"

太峰高举白布帘，看在眼里急在心头，见老先生要走，大叫道："您不能走呀。"他情不自禁，就要上前用另一只手拉老先生。

顷刻，李大夫为孕妇做产前检查、准备接生的动作大曝于众目之下。

"嘿，帘子！"晋燕见遮挡的帘子没了，失声大叫。

太峰也大惊失色，忙退回原位，举起白布帘子重新挡住。

康保宝撇嘴："人家老台胞捐台币，你急个什么劲儿？"

太峰举着帘子，忧心忡忡："我怕咱们乘务组犯错误。陈静，你先停停手里的活儿，快把台币给老爷子送过去。这钱咱不能要。他要是来投资的，那来者不拒，多多益善。"

陈静拿起那叠台币，追进软卧车厢。

十四

"哎哟哟，哎哟哟，王有财呀王有财，你这个讨债鬼呀讨债鬼，可是把你娘娘害死了……"

随着孕妇撕心裂肺的叫嚷、诅咒、谩骂和深深的喘息，进而是一声清脆、动人的婴啼回荡在车厢上空。

“哇呜，哇——哇——”

又随着婴儿的啼哭，传来王有财悲喜交加的喊叫：“儿呵，儿，你这个小冤家呀……”

“呀——生啦！”众旅客群情激动。

“好啦，收拾吧。”

李大夫举着两只血淋淋的手，用肘掀开白布帘出来，歪头在自己肩头蹭蹭头上的汗水，告诉太峰、康保宝：“白帘儿可以撤了。”

经历了一场生死拼搏的孕妇，面无血色，双目微闭，有气无力躺在座席上一动不动。

晋燕怀抱用自己制服包裹着的婴儿，热泪盈眶，她亲吻着这个新生的生灵。

“给你们钱，我王有财有的是钱，”王有财不知是喜还是愣，噙着两眼泪，把自己兜儿里的钱全部掏出来，“全留下，全给你们留下！”

“哎，这就又不对了，”康保宝和太峰两人叠着白布帘儿，康保宝看眼王有财双手捧着的一把人民币，说，“你要真打心眼儿里过意不去，就让我们给咱儿起个名。”

王有财一口答应：“起吧，起吧，唤二蛋，叫臭小……都行。”

陈静望着晋燕怀里的婴儿问：“晋车长，您说起个什么名好呢？”

此刻车厢里的旅客争相献名：

“就叫铁路吧——在铁路上生的嘛。”

“不不，得动一个字，叫路生吧。”

“……”

“哎，这路生倒也可以呵。”晋燕看王有财。

不等王有财回答，康保宝抢先道：“不好，不好，路生这名儿俗气，也没他出生时的那种氛围。”他问不知所措的王有财：“老哥儿，你姓甚？”

“姓王。”

康保宝冲众旅客嚷：“定了，我给咱儿定名了，就叫王不闲吧！你们想，为了他出来，多少人没闲着；再者了，还寄托着一种希望。‘王不闲’——不闲就是勤劳，勤劳才能致富！”

王有财高兴得摇头晃脑，赞同：“好，‘不闲’好，就叫‘王不闲’了！”

十五

一个多月以后。

在太原站站台上，王有财提着一大篮水果，婆姨抱着王不闲，与一起前来接车的男女云集在站台上，等候列车到达。

列车缓缓停稳，晋燕他们身穿制服，走出车厢，站在每节车厢门口彬彬有礼地或搀扶下车的旅客，或与旅客握手道别。

王有财提着篮子气宇轩昂大步走到软卧车厢门口，乐哈哈冲晋燕、周娜打招呼：“咳，他姑们，咋不认识了？”

“哼——噢——这不是不闲他爸么？”晋燕惊喜万分，往他身后眺望，“不闲呢，不闲没舍得给我们带来？”

“咋能不舍得给他姑们带来瞅瞅呀，”王有财回身向远处的婆姨招手，“不闲他妈——快过来！”

车厢里的旅客很快全部下完。一群又说又笑的乘务员们在站台上把王有财和她婆姨团团围住。陈静、周娜、曹丽霞、孙晓梅和晋燕等争先恐后抚摸、亲吻王不闲胖胖的小脸蛋儿，其间或为王不闲的五官何处像其父母而争执、辩论着……

“蔫蛋哇，”婆姨提醒忘乎所以的老汉，“还不快把吃的、抽的，给他姑、舅们散散！”

“对对，”王有财抓着水果，拿着“红塔山”往太峰、康保宝手里塞，“拿住，拿住，全拿住——吃、抽！”

晋燕、太峰他们一帮乘务员深情地目送王有财一家三口消失在出站口外。33岁的晋燕手里拿着一张婴儿笑盈盈的照片，她低下头，一滴沉甸甸的泪珠落在照片上……

下海前奏曲

“想发财么？你得快辞了职飞过来——TCA 公司已经同意委托我一项洋浦港的建筑工程，就差最后签合同了。”光升从千里之外的海南通过程控电话对我说，“喂，来就得把职辞了。我公司不接纳脚踩两条船的主儿——这是公司的纪律，明白吗？”

“明白，断了后路，全心全意一条道走到黑。”我握着话筒说。

“对，明白就好，你得快辞了职飞过来，否则错过这个机会可别再怪哥们儿有好事儿不惦着你呵！”“好，你给我三天时间，我辞了职，登机前再给你打个长途。”

“OK，哥们儿一定在海口滨海大酒店为你接风——拜拜！”

“……”

我放下话筒，退出电话间，从记录通话时间的邮电员小姐手中接过扣除通话费剩余的押金，昂首阔步穿过邮电大厅，走向灯火通明的市区大道。

光升原是我们这个大型企业文联的一位颇有才气的基层文学作者，是我的文友。三年前，他因婚变舍弃了十多年的国营工龄，弃文从商，独闯海南。那时，文友们对他这一举动，除惊愕之外还抱以嗤之以鼻的蔑视。然而，一晃几年，去海南旅游的文友回来讲：光升小子在海南开公司发达了，身家起码不下几十万……于是，我迅速打电话与他联系。记得第一次与他通话时，我在电话里对他大加声讨，说他不够朋友，尽管自个儿发了，饱汉子不知饿汉子饥。光升十分爽快地答应，我要真眼红、真吃“官饭”吃得没劲儿了，也可以去海南捞一把。

“实话实说吧，我公司什么都不缺，缺就缺像你这样编故事编得既拿稿费又扬名而且还脸不变色心不跳的主儿——一位侃倒谁算谁的‘侃爷’。”

最后，他冷嘲热讽地问：“你能舍得辞掉你文联干事的差么？”

我不假思索：“只要能挣个几万，孙子不舍得辞，这年头儿……”

“什么、什么？几万——少了，像你这种编瞎话水平，我保你一年下来十几万地点吧！”

“真的！”我大惊失色。

“看看，还没来呢，就信不过我了。”

“不是不是，”我忙笑着说，“我也听人说了，海南遍地是金子！”

“这不假。这样吧，我最近要去新开发的洋浦港做生意，要谈得有了眉目，立马和你联系，别到时想吃猪肉又怕油了嘴——不舍得辞职还想挣大钱，你可别缩了。”

“谁缩，谁不辞，谁是孙子！”

从邮电大楼出来，已是夜里十一点多了。妻子早已熟睡。我像往常一样，扭亮台灯，端坐在写字台前，拿出一沓稿纸，提笔写下三个大字：“辞职书”。但是，接下来的内容，我不知道该找个什么由头。为什么要辞职？为了想挣大钱，为了想发大财……能说得出口么？于是，我小口小口呷茶，大口大口抽烟，思前想后，思深忧远，直到思绪万千起来。

“嗳嗳，你傻坐在哪儿，不写不看，装什么鬼神呢？”突兀，床上的妻子翻过身，嘟嘟哝哝，“不‘编故事’就早睡，还嫌早晨上班迟到，你们文联秘书长臭骂你的少呀！”

“哎，正好，你醒醒，跟你说点儿事儿，”我把书写转椅转向床一边，一口气将光升拉我做生意的事儿全盘托出，“……你说，这辞职书该怎么写？为了加速经济繁荣？为了使自己提前跨入小康？还是……”

“傻 × 哇！”妻子猛然坐起来，二目圆睁，“我说，全国有多少像你们这样的大型企业？工资、奖金一个子儿不少。再说，你凭‘编故事’从一线工人‘编’到了机关大楼的文联干部，容易么？辞，要辞，先辞了我，再辞职去……”

“得，得，机枪头子城门楼子，哪儿跟哪儿呀，”我将烟头儿摁在烟缸里，愤愤道，“那依你呢，把人光升给的这个机会白白漏掉？”

“不，”她双臂抱在胸前，若有所思，“最好想个既不辞职，还能捞一把的招儿……”

“噢——舍不得孩子，还要套住狼！”我忍不住笑，“好，我听着，你给咱侃出部《渴望》来。”

翌日上午，我迷迷糊糊拖着疲惫的身体，刚迈进机关大楼文联办公室，良秘书长衣冠楚楚，正襟危坐在自己的桌后，冲我呵斥：

“看看表，先看看表，几点了！全机关大楼里，行政加党务口有一个像你的吗？我可警告你，下步机关精简干部，专门精简你这样儿的——别怪没提醒你。”说着，他掉头朝正勾工笔画线条的晋红说：“红红，停下笔，看看咱们这位，还像个文联干部的样儿么——级别高低先不论。”

“不像，倒像东四条街的菜贩子，一脸的翠绿。”她侧脸冲我乐：“怎么，昨晚又‘编故事’了？”

“编，使劲编，编得死去活来。”我径直走向她，紧蹙眉头，一手按着自己的右腹部，面带痛苦，说，“晋红，你来文联以前不是在职工医院待过么？我昨晚写着、写着，这儿隐隐作痛，疼痛难忍——这儿是什么‘机构、部门’，炒肥肠，还是冷拼肚丝儿？”

“不，应该不是红烧排骨，就是爆炒腰花。”她笑着用玉指在我右腹部边按边询问，“这儿么？”

“不不，再往下。”

“这儿？”

“不，再往右点儿。”

“这儿？”

我忙收腹，后退，惊呼：“哎呀——轻点儿好不好？都像你这样，婴儿生出来还不都成了马王爷三只眼呀——就这儿疼！”

接着，她又翻开我的眼皮，仔细端详了一会儿，嘴里自言自语纳闷儿：“不黄呀，难道是早期？”

我二愣子般，问：“什么黄不黄，是艾滋还是梅毒？咱可一向守身如玉……”

良秘书长神色严肃：“你正经点儿行不行，怕你是肝炎早期！”

“住口！”我强打精神，怒视晋红，“我要得了肝炎，你就得得乳腺炎。”我环视他俩，话带哭腔：“干什么呀你们？想把我精简掉，也不能这样吧？想想，企业失去我辈，精神文明将会怎样！”

良秘书马上否认有精简我的意思，并苦口婆心埋怨我平日烟酒过量，阴阳颠倒，写起东西来废寝忘食。

“这下尝到苦头儿了吧？我平日一再讲——身体是革命的本钱！这下好了吧，真要得了肝炎，少则休养一两个月，多则半载一年，唉……”

“行了，我也是‘编故事’的选手，我懂这个，”我声嘶力竭，“现在这关头，谁休长假，谁就得被精简了。我可正告你俩：谁劝我去职工医院，我和谁玩儿命！”

“良秘，别理他，这种人不知好歹，有病。”晋红坐下，继续勾自己的工笔画线条。

“唉，不管怎么讲，从这一点就可以看出，改革前是干部职工没病装病，如今成了有病装没病。危机感有喽！”良秘书长长吁短叹、感慨万千。

“……对对，是我，你快点儿来，晚治不如早看。什么？不行呀，他要和我们拼命，谁也劝不了，就看你的了。”

我去厕所方便了一下后，往办公室踅时，听见办公室里，良秘书长压低嗓音打电话。我推门进去，他早已放好了电话，一副若无其事的悠闲样儿。我心说：良秘书长，谢谢您的合作！但我嘴上却问：

“听见你打电话，是《西山文学》主编找我吗？”

“与你无关。是省企业文联催咱们局快交团体会费的事儿。”

“噢——”我哈着腰，捂着右腹部，坐回自己的办公桌，闷闷不乐，“我当是宿主编又催我的‘故事’呢。催好几回了，跟逼命似的。”

“是吗？”晋红头也不抬，低声说，“也不知是谁，为发表一篇小小说，三天两头儿跑人主编家擦桌子抹地，就差抱孩子喂奶了，都快把人家保姆逼下二线了。”

“你别气我呵，还没给你置办齐嫁妆呢，还差个原装痰盂呢！”我哭丧着脸，心事重重，拿笔在一张信纸上反复练习着签名，直到把信纸正反练满自己龙飞凤舞、张牙舞爪的名字。

“龙子呢，我家龙子呢？”

话音刚落，妻子风风火火、上气不接下气闯进办公室，见了我母虎般直扑过来。不容分说，双手捧住我两腮，急不可待地问：“龙子，你怎么了？哪儿不舒服？”

“谁呀，谁哪儿不舒服了？我舒服得很——哈哈……”我搬开她的手，冷笑着站起身，逼问晋红与良秘书长，“你俩谁？谁想把她急得背过气去，好让我更新个媳妇？说！”

“没谁，”妻子左右扫视晋红、良秘书长，怯生生道，“谁都是为你好。有病就得治，硬撑着对自己不好，再传染给别的同志就更不好了，是吧龙子？”

“是个屁，”我大声嚷嚷，“想精简我，明说，干什么借坡儿下驴呀！怕传染，好哇，别喝我给你们沏的茶，别抽我递的烟，别向我饭盒里找吃瘦肉呀。我就不去医院。我就没病，看谁能怎么着我！”

大开着的办公室门口，围满了其他科室的男女干部，探头探脑，窃窃私语。

“龙子，你不为谁，也得替我想想呀，”妻子拥着我往外走，央求着，“你要真有个三长两短，可叫人家怎么办呀！”她泪水涟涟。

“去吧，去吧，”众干部七嘴八舌，“职工医院挺近，检查个肝功也就放心了……”

良秘书长冲门口的众人，一脸的无奈，“是呀，我也是这个意思，可人家领会到别的问题上去了。”他白我一眼，“还自称青年作家呢，我看充其量也就是个文学爱好者的思路。”

下午，职工医院挂号处门庭冷落、人迹寥寥。

“喂，同志给挂个传染科。”

妻子一手捏着病历本和挂号条，一手搀扶着步履蹒跚的我，朝传染科一步步挪去。就诊室里，一位文静的年轻女大夫正翻阅着一本医学专业书籍。妻子将我的病历本、职工医疗证及挂号条放到女大夫桌上，轻轻推过去，央求道：“大夫，看病。”说着，妻子把我扶到桌旁的患者椅上。

“怎么了？”女大夫盯着手里的书，头也不抬，“哪儿不舒服，说。”

“哪儿都挺舒服，唯独工资不够花。”我说。

“嗯？”女大夫的视线离开书本，移向我，“你——”

忽然，她的视线越过我，皱眉注视着我身后。我猜妻子在我后面定是给她做了个什么手势。于是，女大夫厌烦地翻开我的病历本，抓起笔：

“想吃肉类和油食么？”

“想，尽想着吃红烧肉和四喜丸子。”

她置若罔闻，继续说：

“呕吐吗？”

“吐，喝上一瓶子‘高粱白’就哗哗吐个不止。”

“哎，你这人怎么回事儿呀，该挂神经科是不是？”女大夫忍无可忍，凤目圆睁，拿起我的医疗证，“噢，还是局文联的干部呢，你就是这样丰富职工文化生活的么？这算什么——幽默小品？”

“小品？你这儿可不算生产一线，没义务。”我艰难地站起来，一手按压肝部，嗓音发颤，“你知道我们坚守在生产一线岗位上的职工发扬的是什么精神么？轻伤不下火线，重伤不进医院！”说完，我扭身就往诊室外走。

“龙子，龙子，局领导怎么劝的你，”妻子大声说，“快坐下，让人大夫好好检查检查。”

我走到就诊室门口，回头，斩钉截铁道，“别管我，我要给一线职工编剧本去。”

我独自坐在走廊的候诊椅上，听见里面妻子一个劲儿地替我给大夫赔不是：“大夫，他这个人就这犟脾气。他的座右铭是：生命不息，耕耘不止！您消消气，他的真名您不熟悉，我说出他的笔名，您肯定知道。”

“叫什么？”

“龙王的龙，子孙的子——龙子！”

“喔——就是在《晋北风》上写《一个男人和一帮女人》的那个龙子吗！”

“对对，就是他，您读过他的作品？”

“读过，读完就吃了两片‘抗菌优’，又打了三天青霉素——真是文如其人。”稍顿说，“去，叫他明天早晨甭吃饭，来医院化验室抽个血，化验一下肝功再说。”

妻子拿着一张空白化验单走出诊室，伸手搀扶起我，边往医院外走，边埋怨道：“你最坏的毛病就是：一想到工作就什么都不顾！”

市区大道车水马龙，晚霞普照。我与妻子并排骑着自行车谈笑风生。在一个繁华的十字路口，红灯截住我们。妻子撇腿下了自行车，侧脸道：“你没听我导演的，我策划中可没你那场戏——也太过分了。人大夫问你哪不舒服，你就顺着说么，还偏逆着说。”

“是，我属于演员临场发挥，”我坐在车座上，叉腿支着车，“不过你想，万一顺着大夫说，说错了症状怎么办？与其那样，还不如顶着讲，多少还透着股革命加拼命的劲儿呢。”

交通灯由红变绿。她抬腿跨上自行车，笑道：“你别玷污革命二字呵，都像你我这样，革命事业还不葬送了呀。”

“话可不能这样讲，咱们还不是为经济腾飞，为响应‘让一部分人先富起来’的号召么。”

“不过手段恶劣了点儿……”

我们夫妻来到火车站附近的一个个体餐厅的厨房门口，妻子撩开半截油渍斑斑的门帘，指着里面一个正玩翻勺的胖厨子，说：“瞧见了没有，就那个正翻勺儿的胖厨子，就是他——甘魁。”说着，冲胖厨子喊：

“甘师傅，等着你呵！”

“好喽，凤枝，等我炒完这道菜。”

我见甘魁那家伙红光满面、膀大腰圆的，和妻子坐到一张空着的小餐桌边，满腹狐疑：“就他——还多年的肝病患者？跟日本相扑二郎似的。”

“信不信由你，人也真奇妙，”她探着脖子注视着厨房门口，说：

“反正我们饮食公司每年体检这主儿肝功都有问题，所以来个体餐厅掌勺儿。人大饭店洗碗都不用他，怕传染。”

不一会儿，甘魁挽着袖子，嘴上叼支香烟，手里端个泡满茶叶的大号缸头瓶从厨房出来，冲我们走来。

“甘师傅，给您添乱来了。”我起身与他握手，敬烟，微笑。

妻子也客气道：“我们家龙子非要面请您不可。”

“没那个必要，坐，坐！”甘魁大大咧咧拉过一把椅子坐在我们对面，笑着冲我说，“凤枝一大早给我打电话，说让我替你‘献点儿血’。小事一桩。”他乐得摇头晃脑，“我还纳闷儿呢——本来凤枝和我在饮食公司一起待了七八年，见我跟不认识似的。看来，人一离开一段就变亲人了。”

“一点儿没错，”我附和说，“其实这事儿不该咱国家干部做，不实事求是。可是，甘师傅，我是作家协会会员。协会对会员有规定，每年得发表一部有轰动效应的作品，但我们局不给我请创作假，所以凤枝才硬着头皮来求您帮我这忙。只要您能保我请一个月的假，我那部长篇小说《财途探险》就能脱了稿。”

“别说一个月，”甘魁豪气道，“一年的假都保你，你书出来送咱一本瞅瞅就行了。”

“哎，”妻子命令我，“听见没有，等拿到稿费请客——广东酒家请甘师傅。”

临别时，我与甘魁讲定，明天一大早叫出租车请他去“献血”。

“你们职工医院不会来个验明正身吧？”甘魁把我夫妻送出餐厅，忽然有些忧心忡忡地问。

“不会，不会，”我乐，“这又不是刑场执法。”

傍晚，我夫妻吃过晚饭，又一同去我在民航工作的同学兰慧家。我们被兰慧让进她宽敞的居室时，她的丈夫正陪他们的儿子打游戏机。

我和兰慧相互把各自的爱人介绍给对方后，大家分别落座。我点燃一支为民航特制的香烟后，开诚布公说：“咱是无事不登三宝殿。”

“有事儿你就说，谁让咱俩在一个课桌上趴了三年呢。”兰慧无所顾忌她那位书呆子丈夫，与我开玩笑。

“可不是，”我也脱口而出，“三年呵，俗话怎么讲的：一日夫……’”我发现妻子乜着我，忙改口，“一日……一日不见，如隔三秋呀——挺留恋那无忧无虑的学生时代。如今，都老喽！”

“你不老，”兰慧深情地望我一眼，“你还那么精力旺盛——一双贼眼仍透着百倍的自信。”

“是么？”我绷脸睁大双眼，直视妻子，“——自信么？”

我已察觉到她内心燃起一股嫉妒之火。

“还是快说正事儿吧！”妻子强颜欢笑，“等会儿，我还得去邮电大楼给海南饮料厂打个长途，定接机时间。”她首先开侃，想尽早离开兰慧家。

于是，我也开始给兰慧编起故事来。我说，我妻子他们饮食公司想订一批海南产的“芒果汁”，但由于产品紧俏，厂家提出一手交款一手提货。

“我们经理特急，所以催我快去。”妻子有意避开兰慧的视线。

“是让我给订机票吧，几个人、几号？”

“就我一个，越快越好。”

我觉得妻子的“故事”编得不够圆，有些漏洞，忙抢先道：“原本是两个人，可她公司的采购已经飞到海南了，现在是让她去办财务手续的。”

“对对，”妻子附和，“最好是后天早晨，飞广州的班机——有困难吗？”

“哟，后天飞广州还真困难，都订完了。”兰慧苦笑，“怎么办，再往后推一两天行不行？”

“那深圳吧，”我冲妻子说，“你也是一条道走到黑——深圳不也一样嘛，反正去的是海南，深圳、广州不一样都得倒回机么！”

兰慧莞尔一笑：“还得说你呀——聪明。”她掉脸对妻子，“后天飞深圳的票倒可以试试。”

“怎么，如果明天有，通知你么？”她又盯住我。

“别别，”我笑着摇头，“如果明天有机票，你还是通知我当家的，让她去取。”

“这么大老远的路，你替夫人取一下不行么？”

“不是不行，”我说，“最近我特忙，召集基层作者开笔会，又请省、市作协的名家讲课……”

“那好吧，明天搞到机票，我给凤枝打电话。”

深夜，我们夫妻躺在床上，毫无倦意。床头灯下，我们谈论、设想、计划着如何开销即将挣到手的那笔款子。

我进入境界，激动不已：“新的，只要跟光升在海南做成了这笔生意，一两个月回来，咱把家里全换成新的——‘春笋’彩电换2185平面直角……”

“对，媳妇也换个新的，”妻子说，“换个小点儿、嫩点儿的。”

“咳，不能瞎换这个呵，”我说，“没你，我编不了故事。”

“怎么不行，看你刚才跟兰慧那眉来眼去的，还编的尽是意识流和朦胧诗呢，心照不宣呀。”

她翻身钻进自己的被窝儿，悲悲戚戚。“现在还是个穷小子呢，就当着我的面儿这样，等腰缠万贯了，还保不准怎么样呢！”她抽泣着，双肩颤动，“唉，我傻呀，现在帮你胡编乱侃，让人你顺顺当当、神不知鬼不觉去了海南，一个人在那儿待个把月，还不搞出点儿什么现实主义‘故事’来？”

我扳她膀子，发誓说：“要做那事儿，让我得艾滋！”我用劲儿把她搂到我怀里。

“说真的，龙子，我想让你去捞一把，又怕你像其他男人一样——有钱就变心。”稍顿，她破涕为笑，“我怕，我怕失去一个著名的侃家。”

“这不结了么，其他男人能把无中生有的瞎话编得既合情合理又天衣无缝么？不行的，我和他们是有区别的。”我伸手关掉床头灯，威胁道，“不许哭了，哭可不‘干活儿’了！”

早晨，我起了个大早，出了小巷便截了辆出租车。我先去甘魁家把他接上，再告司机去职工医院。在去职工医院的路上，我把昨天大夫给我开的空白化验单交给肥头大耳的甘魁，并一个劲儿地说：“甘师傅，您辛苦，您辛苦——等会儿抽完血，我给您买二斤猪肝儿补补。”

“别买肝儿，我爱吃‘六味斋’的酱肉，肥的。”

出租车径直开到职工医院门口，停下。我忙下车给甘魁打开车门。他也真不含糊，厅局级般从车里钻出。我付过车费，秘书般随他步入门诊大厅。

门诊楼内，尽管已经过了上班时间，但医护人员却边不紧不慢穿着白大褂儿，边大声谈论着昨晚的电视剧和现场直播的球赛。此刻，各科室门外已经排满了或病入膏肓，或面带痛苦的男女老幼。

“同志，让让！龙作家——这边请。”

为节省时间，我簇拥着甘魁直接往队伍前面走。那些病歪歪等待抽血的人们听见我的招呼声，一并朝甘魁投去迷惑的目光。这时，甘魁也高挺着肚子，连我都不看一眼，直往前冲。化验室门口，一位二十多岁的女护士正在抽血台上用一个注射器从一位患者胳膊内侧抽血……挤到抽血台前，我指着甘魁，客气地问护士小姐：“能不能先给‘龙作家’取下血样，他时间紧。”

“什么龙作家？”女护士看都没看我，说，“后面排队去。什么龙作家，没听说过。”

“什么？”我忙把甘魁往护士跟前推，惊诧道，“他……郑万龙，你都没听说过？那你没看过《渴望》吗？人家是策划人之一！”

“就他！”女护士侧脸瞧甘魁。

“就是他，”我说，“以前是咱们局的一个工人，咱们局不起用人家。人家去北京策划出一部电视剧后，咱们局急了，这不又招回人家，来给咱们局拍部企业剧。人家现在忙着呢，北京电视制作中心又策划一部连续剧，还得给咱们局忙——忙得见肥肉就恶心，闻油腥味就想吐……”

甘魁脸羞成猪肝儿，喃喃说：“没事儿。”

“什么没事儿呀，”我把他那主食面包般的胖胳膊按到抽血台上，“等你把咱们局电视剧策划到一半儿时病倒了，才算有事儿呀！”

“也是，一定是累的。”女护士换了副嘴脸，迅速给甘魁做抽血前的准备，换注射器，往胖胳膊上缠橡皮管儿……取出血后，女护士凑近我的耳朵，小声说：

“你问问他，能不能在咱们局的电视剧中，给我也策划个角色——村姑甲乙丙丁也成，给问问。”

“不用问，不用问，”我边替甘魁往下划拉衣袖，边说，“你只要尽快把化验结果拿出来，至于角色，那还不是他多策划一笔的事儿么。”

“给她策划个局长女儿的角儿怎么样？”我用询问的目光看甘魁。

“呵——噢，”甘魁忍不住乐，忙背过身说，“倒是可以研究研究。”说完，他扬长而去。

“齐了，下一个‘刘慧芳’就是你！”我冲护士挤眉弄眼。

“龙子，上午甘魁替你‘献血’，护士没怀疑化验单上的年龄吧？”

“怀疑了，小护士怀疑甘魁不给人家在电视剧中策划个角儿……”

我笑着把上午在医院发生的事告诉妻子。

“我可太服你了，”她也笑，“不过，我可正告你，你就这样走哪儿把故事侃哪儿，总有一天遇上大侃家，反倒把你侃倒了。”

“侃我的人还没生出来呢。”

妻子把机票放在饭桌上，说：“给，明天飞深圳的。”她转身进厨房，“吃饭——午饭刀削面。”

吃午饭的时候，我和妻子又详细清点了一遍出发前的准备工作。

“对了，”妻子停下筷子，含着一口的碎面，说，“还差‘登岛证’，得县团级以上单位开的登岛介绍信！”

“对，怎么把这茬儿给忘了？”

“我准备去海南洋浦采访，写一篇大型报告文学《当代‘租界’》。”

“好，这名儿好，一听就有轰动效应。”

下午，我到作协开登岛介绍信，作协的老曹边给我开介绍信，还说。“哎，这就对路了。去好好采访采访，把解放前的租界与改革开放后的特区的本质不同写出来。”

“对，我的创作意图也是如此。”

最后，老曹把盖有作协公章的登岛介绍信交给我，语重心长说：“只要往后别再瞎编些不健康的东西，写好的、写正面的——咱们作协出面、咱们作协大力支持。”

“不放空炮，见行动！曹老师，您就瞧着吧。”

第三天一大早，职工医院刚上班，我和妻子便匆匆忙忙赶到化验室。我隔着几位排队等候抽血的患者扬手喊在做抽血工作的女护士。

“嗨嗨——”我昨天忘了问她的名字，见她毫无反应，急中生智改叫，“嗨嗨，‘慧芳’！”

“这嗓子倒挺像‘大成’的。”妻子在我身后讥笑。

我这一嗓子果真把女护士喊得抬头左顾右盼起来。她看见我，朝我招招手，我侧着身挤到她跟前。她迅速找出一张已经填写结果，盖有红章的化验单，指着上面的一排“+”号说：“看化验结果，咱们的策划人可病得不轻。”

我发现她今天化了浓妆，安慰道：“他病得不轻好，马上打发他起身。等他退出策划组，策划的事就我一个说了算了。不就拍部歌颂咱们局长的企业剧么，我把你策划成局长年轻时的恋人，叫他好好地晚上想你、白天追你……”

她搔首弄姿：“我行吗？”

“什么叫行吗？”我拉下脸批评她，“刘晓庆、巩俐生下来就行么——我最不喜欢没自信心的演员。”

“怎么样，那天我就发现你有大病。”

妻子拿着写有结果的化验单与我又来到传染科，找到那位女大夫。

女大夫看眼化验结果，说：“——这下行了，也别编故事了——住院治疗吧。”

“我不住院，”我扬头用哀求的目光望妻子，“我不住！”

“不住怎么行？”女大夫十分生硬，“别看你现在没什么症状，越这样的患者越可怕，突然一发作，马上就是肝腹水、肝癌……”

“你别唬我，死我也不住院。”

我要二百五。

妻子哄小孩儿似的对我说：“龙子，不住院怎么行，只有住院才能治得快、治得好。否则，你要真有个三长两短，我……”说着说着，她悲悲切切起来。

“哭，哭我也不住院，我在家养病。”我说，“我明白，我清楚——你们合谋叫我住进医院写不了作，我懂！”

“瞧，让我猜对了吧！”她用手点着我，看着大夫说，“我就知道，他那部《财途探险》长篇一天不结稿，他就一天不安心。”妻子将视线移向我，瞪大眼睛，“龙子，我明告诉你吧，就是不住院，住家里也不许你再编你的故事！”

“对，绝对不许，”大夫赞同，“先不论你编那小说有没有人看，首先熬夜就对你的肝脏有害。”

我边频频点头，边说：“我知道你们都为我好。我就在家养病，保证不写作。这行了吧！”

“这可是你亲口说的，这儿可有大夫作证呵。”妻子掉头命令大夫，“开，你给他开假条儿！我看他敢在家创什么作，我给他全烧了——看他再毒害青少年。开！”

于是，女大夫在妻子的催促下，先给我开了一个月的病假条，并附加满满一处方的治肝针药。妻子拿着处方与《诊断证明书》，挽着我就往诊室外走。大夫在我们身后警告说：“在家可绝对注意休息呵——别病情加重了，然后怪我没建议你们住院。”

“放心，”我说，“死了也就是中国文坛坠落了一颗星星。”

“对——扫帚星！”大夫低低道。

“龙子，门儿在这边，你上哪儿呀？”

“噢，对了，我当自个儿真有病了，还要去药房取药呢。”

我把大夫开的处方揉成团儿，扔进不锈钢垃圾筒，与妻子走出职工医院门诊楼。我们分别从存车处取出自行车。我看下手表，说：“现在离飞机起飞还有三个多小时，你去单位给我送假条儿，我去邮电大楼给光升打个长途，让他到海口机场接我。”

妻子推着车问我：“那要你们良秘书长问你的病情，我怎么说？”

“哎，咱这部‘家庭里的故事’不是您的总策划么，你怎么问起演员了？”我将车头掉到与她相反的邮电大楼方向，回头对她说，“你告诉他和晋红，就说你怕传染，已经叫救护车把我送到我二大爷家养着去了，也省得他们一个个假惺惺地要来探视我。”

“你可快点儿打电话呵，别跟光升侃起来没完。过几小时，等你飞到海口，见了面你们侃倒谁算谁。”

“我知道。快！我登机要带的行李还没收拾好呢。”

说完，我夫妻各奔南北。

我来到邮电大楼，拿程控电话赶快与海南的光升联系上：

“喂——我呀——龙子！什么？职辞了没有？辞了，我下了决心，听你的给辞了——你讲话，想挣大钱就不能脚踩两条船，得断了后路。”

“喂，你听着，我的行李还没收拾好呢。咱们长话短说，我三小时后从这里登机，先飞深圳，再从深圳飞海口。你去机场接深圳飞海口的班机就行了！”

“别，先别急你——”光升在电话里说，“我先问你，你手头儿有‘绿卡’么？”

我笑着说：“操，我要是有‘绿卡’，早飞美国发财去了。”

“唉，你怎么连‘绿卡’都没有呀，这就难办了。昨天刚和以色列总理沙米尔谈妥，准备承揽以色列在加沙地带扩建的定居点。半小时后，我公司就要全部迁至以色列首都耶路撒冷……”

“去你妈的！”我义愤填膺，声嘶力竭，“——你竟敢侃到老子头上！”

篮　子

“站住，篮子呢？”爸爸放下手中的《人民铁道报》，“我的篮子呢？”爸爸的目光从花镜的上面逼射过来，“你说呀！”

“我，我……”我尴尬地笑笑。

传家宝种类繁多，有金银玉翠，也有分文不值的东西。我这位退了休的火车司机爸爸现在问我要的就是他传给我的“宝贝”——一个篮子！

您一定会把它想象成一个用金丝编织的宝篮。其实不然，它是这样的：长，一尺二；宽，半尺；高，有七寸；外形长方形，质地是竹条儿的。

就这样一个篮子，还被用得实在可怜。两个耳子是用八号铅丝改装过的，耳子上套着两根四寸多长的细铜管儿。篮子口的边缘虽说用朱红色的塑料条儿缠了一圈，但四个角的塑料条儿早已磨破了，露出断裂不齐的竹条儿。再往下看，四面周身都是因雨而断裂开的痕迹，不仅如此，竹条与竹条的夹缝间还嵌入不少黑煤粉和机油的“混合物”。还好，唯独两根不长的细铜管儿反倒闪闪发亮，而不忍叫人再看的是，细铜管中穿过的八号铅丝老化得已脱了一层皮……

“说吧，我给你的东西呢？”爸爸往沙发里面挪了挪，腰贴靠背，两臂平放在扶手上，这气势好似我把祖传的金砖弄丢了一样。

我没有抬头，只是把肩上背着的崭新仿羊皮旅行包往上托了托，“篮子在厨房水池下面。”

“什么，什么——去，拿出来！”

这时，妈妈已把篮子放在我身边的一把椅子上，“唉——这孩子……”妈妈出去了。

一阵沉默。

爸爸看看挂钟，又掏出自己磨得有些发黄的怀表，然后点燃一支香烟使劲吸了一大口。

“这篮子放个油袍儿（油工作服）、茶缸、毛巾什么的，不比个洋包包强？再说了，这东西不怕油、不怕脏，又结实……我用了它快十年，不信你问问旁边的小吴子。他给我当司炉的时候也是拎着这样的篮子。我退休的时候，都舍不得扔了它，想的就是叫你接班后再用……我看现在是钱多烧的！”

“现在我们开的是‘电力’，不是‘蒸汽’了。你看看乘务员还有几个提它的。”我真不知怎样给他解释。

“电力机车怎么了，就不叫提篮子了？就非得穿你这西服戴领带？你看看你，全身上下，连一件劳动布的都没有——还像个乘务员吗？”

“谁说我没有工作服，在背包里，不信你检查。”

“不用看，像你这西服领带出勤的没几个，我说这几天耳朵怎么烧得很——没错，段上的老伙计又指着你骂我了！别废话，把洋包包里的东西倒到篮子里再走。”

“你也太有点……”

“老司机长，上报了，上报了！”这时，小吴段长高兴地跑进来。

他是我家的老邻居，是爸爸的徒弟，现在又是我们段的一段之长。“老司机长，您没看今天的《铁道报》吗？”

爸爸抓起身边的报纸。他一边翻着报，一边说：“小吴子，在哪呵？

我这个人呀，读报慢得很。”他有些兴奋。

“这不，这不是吗！”

“新上任的段领导班子从职工生活入手，从标准化作业抓起……截至本月 20 日，实现了该段有史以来的第一个安全无事故三百天！”爸爸一字一句地读着。

“够意思！”我大叫了一声。

“哎，你怎么还没有出勤去？不是今晚开 1402 次吗？”小吴段长问我。我给他使了个眼色。

“老司机长，我的职工是违章了，还是违纪了？想叫漏乘不成！”

“你还有脸问我呢？你不是他的段长吗——你看看这身打扮。”爸爸冲着旁边沙发上的小吴段长叫，“太过分了，瞧——今儿把我给他的篮子也甩了。放下洋包包，提上篮子走——没事！”

“噢，就为这篮子呀，哈……”小吴段长大笑起来，“老司机长，您说叫他穿上沾满油煤的工作服，手里再提上这篮子？这是过去的乘务员。现在可不是您开车，我当司炉的年月了，人家今儿开的是电力机车，干净得很哩！”

爸爸瞪大眼：“你敢和我搞‘正面冲突’，好你个小子。”

“冲突，不敢，这是‘重大事故’，咱俩还得去分局党委打官司呢——”小吴段长严肃起来，“老司机长，您想想，昨天我们开蒸汽的提篮子，今天开电力的背洋包儿，明天说不定还要拎小皮箱。这难道不是一种进步的表现吗？工作条件好了，为什么不能叫我们的乘务员穿戴得讲究一点呢？您穿了一辈子油袍儿，提了一辈子篮子，难道还不够吗？”

爸爸不由自主地点点头：“原来后面有你这台‘补机’顶着呢，我说他怎么有这么大的胆，你就好好惯他们吧！”

“我当段长的不娇惯他们，还会有谁呢？他们这些乘务员难道不是我们大动脉的‘宝贝’吗？”小吴段长走到我的面前，拍拍我，“年底，我还指望他们这些宝贝给段上往回抱‘先行杯’呢。”

“他们要能给你抱回杯来，我请你喝汾酒！”爸爸绷着脸和段长打赌。

小吴段长给我整下领带。“我了解他们……”他深情地看着我，“好了，走吧！注意，今晚预报有大雨，千万要做好瞭望工作。”

“这篮子——”我没敢挪步。

“它归我了！”妈妈从厨房里走出来，“给你老头放鸡蛋。”

哈，哈……我们全笑了。

……

明月当空，满天星斗，一条弯曲的钢轨向远方伸去，傲气十足的高柱信号机睁大绿色的眼，正迎候着远道奔来的嘉宾。

无圆满的结局

我与王兄结伴乘车参加一个笔会。

“这次还是写那些满身油污的乘务员吗？”王兄说，“分给老兄点儿素材怎么样？”

“这——”我忽然想起自己经历的一件事，便讲给他听，不知能否写成小说。

1984 年 10 月 24 日深夜，我们的机车停在车站待发。夜异常宁静，只有机车上的发电机发出单调的响声。程大车在车下，间或敲击着机车的螺母。我下意识地向车后扫了一眼，忽见一个黑影向我们机车飘来……。顷刻间，我毛骨悚然，便小声喊程大车，他抬抬手示意不让我出声。

“呜——”一声汽笛震颤着夜空，驶进一列车来。

黑影继续向我们飘移。

列车进站减速，那黑影倏地向车轮扑去。

我被惊得跳了起来。

“你找死呀！”程大车一把薅住那人，“给老子起来吧！”回头又冲我吼：“你小子是在那里看戏的？还不滚下来！”我硬撑着发软的双腿下了司机室。借着微弱的灯光，我看见地上瘫着个娇小的身躯。

“抬上！”程大车命令我，“车站派出所，走！”

民警从她上衣口袋里掏出个小红本，细看看，说：“她叫李敏，21岁——”

“二十几咱哥们儿管不着，也不娶她，”程大车说，“反正她活着，算咱哥们儿够江湖的，对不对？开路！”

“哎——慢点！”民警说，“请把单位、名字留下。”

程大车脖子一梗，“得啦，你负责就好了。”

我忙说一句：“他叫程德贵。”

“快走吧！”程大车猛力推我出门，“哪儿来的废屁！”

我把烟蒂拧熄在烟缸里。

“怎么，完了？”王兄失望地说，“应该有个圆满的结局才好。”

“你说的是小说，我这件事可是到此为止了。”

王兄不再言语。他的眼睛眯得更小、更亮，他在想着什么。

我又默默地点上一支烟……

铁字六居委

去年，我母亲与铁辉他妈之间爆发了一场二十多年来从未有过的争吵！故此，去年年底，“铁字六居委”没被区委评为“先进居委会”。区委的理由是：居委会主任与一般职工家属发生邻里间的纠纷！

确切地说，这个“铁字六居委”的居委会主任就是我母亲；那位文件称之为“一般职工家属”的人，就是与我家和睦相处了二十多年的铁辉他妈——刘姨！

说来，事情本身与她们老姐俩无关，致使她们几十年的老邻居闹“掰了”的原因是，这些整天戴着“红箍儿”在“铁字六居委”大院乱转的老太太们对分局的一举一动过于敏感！

别小看这些似乎整天一手拉着孙子，一手抱着外孙子在宿舍大院里，表面上悠哉悠哉的老太太，她们心里揣着的事儿“老”了。诸如：几排几号已娶亲嫁女，几楼几单元几号的大闺女几日几点能从北京车退勤到家；再如，娃娃们几点至几点在谁家门口玩耍，会影响谁谁谁夜间出乘……如此这般的“铁字六居委”的新闻与秘密，每每在我退勤回到家里，不是从母亲嘴里，就是从与母亲窃窃低语的刘姨她们嘴里或多或少地有所耳闻。

为此，我不止一次地当着全家人劝过母亲：“您要真闲着没事儿的话，能不能练练‘鹤翔庄’什么的，整天东家长、西家短，当饭吃呀？”

但令我费解不已的是，这些居委会的老太太们“铁字六居委”的闲事管不完不说，不知从何时起，又开始操心起分局的大事来。我曾暗暗注意过，凡是我们出退勤传达的一些分局会议精神，这些老太太们都能及时，甚至是比我们还要超前一些知道。比如说，分局职代会上定的某类住房实行“房屋改革”后一平方米多少钱，我们还不知道，她们却已嚷成一片了；再是，我们刚在退勤时听派班员通知“从下趟车开始，誓保分局安全运输生产多少多少天”，但等我们退勤回到宿舍大院，“嚯”，头上已挂上了“誓夺安全运输生产多少多少天”的彩纸标语，楼墙上的宣传栏里也写满了就连我们都记不太清的一些安全口号。

总之，“铁字六居委”的这些以我母亲和刘姨为首的老太太们，连续几年都能将路局、分局群众性的指示精神领会落实：在职职工知道的，她们已经在“铁字六居委”开始深入；在职职工还没有领会的，她们正在宿舍里广为宣传！

也正因此，几乎每年，母亲都能代表“铁字六居委”从市区委和路局、分局抱回几个“先进居委会”“安全好后勤”之类的奖状或奖杯来！母亲本人也因此戴红花、披彩带，上与分局党委书记，下和区长合影。与此同时，她虽与刘姨她们谈论的还是那些家长里短的事，可从话里能明显听出她用的词汇多了、俚语少了；对邻里间发生的矛盾，调解性的语气重了，挑动性的腔调没了！

然而去年汛期，确切地说是在分局安全运输生产第一千九百九十七天的时候，在一个暴雨刚刚过后的深夜，我操纵的电力机车牵引着一列货物列车运行到刘姨儿子铁辉负责的工务区段，因路基旁的土丘塌方致使列车中途停车。事故发生后十几分钟内，铁辉带领数十名工务职工赶到事故现场。紧接着，分局长坐着抢险车也赶来了……在整个抢险过程中，大家一门心思就是：早一分钟叫这条铁路干线恢复畅通！

尽管大家竭尽了全力，这起事故仍造成“延误正线运行 45 分钟”的后果！分局长临离开时，扔下一句话：后天分析事故原因——谁砸了分局的“两千天”，我叫谁吃不了兜着走！

我们都很清楚，要确定谁来“兜着走”，一靠细致的分析，二凭严谨的科学依据。该谁“兜着走”，由路局安全监察处最终认定！但是，我和铁辉万万没有想到的是，排除事故后的早晨，当我俩拖着一身的泥水回到我们“铁字六居委”大院时，我母亲与铁辉的母亲——刘姨正因为这起事故的责任人吵得一蹦三尺高。老姐俩针锋相对，互不示弱，声音激烈，唾沫乱飞。

我和铁辉在人群里实在待不住了。我俩会意地对视了一下，几乎同时挤进人群，各自将自己的母亲生拉硬拽劝回家中……

翌日无事，第三天下午，我和铁辉在分局电话会议室参加了“事故分析会”。会上，在路局、分局负责行车安全工作的人员细致而科学地分析后，路局安全监察处处长郑重宣布：此次事故纯属天灾，绝不影响分局今晚 18 点安全运输生产两千天的实现！

傍晚，我和铁辉如释重负，一同骑车回到“铁字六居委”大院。刚一进院，就见母亲和刘姨正带领着几位老太太将一幅写有“热烈庆祝分局实现安全运输生产 2000 天”的彩纸标语往大院的楼群中间悬挂……

捎回明天的太阳

今年春运前，分局路风办居然拿我们这些分局文协的创作员也当了回“窝头”——路风办主任说：“一来去抓点‘春运新闻’报道、报道；二来也代表分局工作组把把列车乘务员的关。”

这样，我幸运地被安排到客运段广州临客车队。我很清楚，广州临客列车的开通，对我们这座北方城市来说，是件前所未有的大事，对客运段的乘务员更是一件向往已久的美事。因为，广州是众所周知的经济发达城市。

分局路风办的人讲，春运前夕，客运段为从各乘务组抽调广州临客列车的乘务员是煞费苦心：因为此前跑北京、天津、成都、西安等等线路的乘务员是纷纷要求跑广州。有少数乘务员甚至托领导的领导给客运段的头头们打电话，明确点名让某某某跑广州。尽管如此，段长为在京广线上跑出本分局、本段的“高素质、高水平”来，在安排春运工作的段务会上，当场拍板，任命客运段路风办吴主任兼任“广州临客车队”队长，并一再强调几项组建车队的基本原则：有路风劣迹的不要；身体不好的不要；不听从指挥的不要……最后段长说：“据人讲广州的进口香烟较咱内地便宜得多，所以每个乘务员只限捎买两条，超过按‘路风事件’处理！”吴主任笔记做到这里，停下笔，抬头说：“如发生‘路风事件’，我老吴请求组织给予处分。”

这天是第一趟广州临客列车开通。我身穿路服提前三个小时来到车库，登车厢，向列车长亮明身份。她邀我一起去车厢里检查一下乘务人员的整备情况。我们即将步入6号硬席车厢时，听到一个男人在扯着沙哑的嗓门儿训斥着什么人：“……哎，你以为我不知道你是怎么混进广州车队的？要不是分局任科长给段上打电话，能轮上你吗——快把地板再拖一遍！”列车长低声给我介绍说，训人的那位就是段路风办主任兼车队队长吴主任。我边向吴主任走，边注意了一眼那个被训斥的乘务员，他二十五岁左右，人挺精神。从他墩地时两肋一鼓一鼓的样儿看，我猜这主儿一定不是盏省油的灯。我走到吴主任跟前，经列车长介绍后，吴主任干瘦的脸上才露出笑容。他握着我的手说：“早听分局路风办的领导讲，今年要给我们车队派一个分局的要——分局领导添乘把关！噢，对了，还说你能帮我们在报纸上宣传、宣传呢。”我笑着说：“只要乘务组出现好人好事，我保同志们在《太原日报》上光荣、光荣。”我、吴主任和列车长往7号车厢走，快出6号车厢时，吴主任扭头又叮咛一声那个男乘务员：“方光，告你，这下分局领导也来添乘了，你老实点！”

两个小时后，我添乘的广州车底被牵出车库，停靠在始发站的站台旁。借车站还没有放行旅客的机会，吴主任简单向我介绍了一下方光的情况：两年前，吴主任在成都车队任队长，方光在他们队跑成都。那时，段上传闻吴主任要接替到点儿的客运段副段长。谁曾想，就在这个节骨眼儿上，方光因为母亲住院治病急需钱，便开始从成都倒起了“红梅”烟。一趟车上，他被铁道部稽查组在车上当场查到一箱精心伪装过的香烟！为此，吴主任不但代表车队在分局电话会议上做了检查，而且还断送了他升迁的好事。方光呢，想倒烟赚钱，没能救下母亲的命，反落个开除路籍留路察看一年的下场。吴主任说到这儿，愤愤不平：“你说，这样的人怎么可以跑广州呢？可分局任科长却三番五次给段上来电话，说不能用老眼光看人……”我透过车窗看见车站已开始放行旅客，便说或许人家方光已经改了。

“改个屁，狗改不了吃屎！”吴主任说。

方光给我的这第一印象导致我开始无意识地注意起6号车厢。果然，开车前有一个时髦的妙龄女青年找到正在“守口”查验旅客登车票证的方光。他们嘀咕了一会儿，女青年将一个纸包儿悄悄塞给方光，并且还吻了他一下，而后迈着模特步扭向出站口。这一可疑的现象使我在列车开往广州的近两千公里的旅程中，除履行一个工作组人员的职责外，始终在猜测、推断那位女青年与方光的关系，以及她塞给他的究竟是一包什么东西？我敢肯定他们之间有不可告人的猫腻儿！

冬季在京广线上值乘能领略到春夏秋冬四个季节。途中，方光没有异常举动，他也能按标准化作业执行：大站前大扫除，中间站勤扫除……。这趟临客列车到广州后的停留时间，休班的和我们这些无固定岗位的人员便或三三两两或“单机运转”——就近到广州站外的“站西个体集贸市场”去购买一些不属国家控购和纪律限制的日常用品。

我和吴主任在“站西市场”闲逛时，不时碰到一些本车班乘务员。他们多拿着比内地价格便宜数倍的“名牌”衬衣、袜子，也有携带最多不超过两条进口烟的……其间，我和吴主任在一个专售电脑学习机的店铺前站住观瞧。他指着品种繁多的学习机说，他这趟临来前，他大儿子就想让他给上幼儿园大班的孙子捎一台这玩意儿，“说这儿比咱那儿便宜。瞧现在的大人们，不说叫娃娃们好好认字，玩得倒邪乎！我就告我大儿子——绝对不给买！”我们准备要走。就在这时，只见一个穿铁路制服的人肩头搭着八九个绑在一起的“小霸王”学习机的盒子走过，两只手里还提着七八个。不等我开口，吴主任神色惊愕地朝那个背影努努嘴，低声说：

“看，那是谁，方光！”

“对，是他，他买那么多学习机干吗？”我觉得有些纳闷儿。

“这你就外行了，他是把烟倒到那些盒子里，以遮人耳目，”吴主任讥笑道，“小子，你还嫩点！”我们无心再逛，掉头尾随步履蹒跚、汗流浃背的方光回到车库，亲眼看着他将十几台“小霸王”倒腾上空无一人的6号车厢。方光的确很狡猾，在整个“倒货”过程中，他眼观六路、动作神速……此时，我已经犹如波洛探长一般，将出乘时的那个女青年以及她塞给方光的纸包和此事有机地串联到了一起——她给他的那个纸包必定是此次“倒货”的钱款！

返乘一路无事。

两天后，我添乘的列车正点抵达我们这座北方城市。车一停稳，我和吴主任迅速下到站台上，躲在距6号车厢很近的一根水泥柱后，死死盯着6号车厢门口的动静：方光边搀扶老弱旅客下车，边焦躁不安地左顾右盼着什么人……蓦地，从站台远处传来一阵童声齐唱：“我们是共产主义接班人，继承革命先辈的光荣传统……”我猛一回头，见一队五六岁的娃娃在一位女青年的带领下，精神抖擞，边唱边向6号车厢走来。我已经认出这个带队的人就是那天在站台上塞给方光纸包的女青年！她把孩子安顿在6号车厢门口后，随即同忐忑不安的方光登上6号车厢，转眼，他俩分别从车厢里抱出数台“小霸王”。孩子们见状，顿时把他俩团团围住，举着一双双白嫩的小手，争先恐后地嚷：“任老师给我！”“方叔叔给我！”方光慌乱地给孩子们分发着，还不时唬娃娃们：“低点，低点声，谁要再大声嚷，就不给谁发！”正在这时，吴主任忽然向孩子们跑过去，大声唤道：“文文，好你个乖孙子，怎么上幼儿园上的跑这儿来了……”他从孩子们中间抱起一个小男孩儿。孩子被吴主任强行抱在怀里，却仍挣扎着向女青年伸着小手：“任老师，我的，我的！”女青年递给孩子一台“小霸王”，并叮咛说：“文文同学记住：从明天起，我们大一班就开始学习‘电脑课’，明天来别忘了带呵！”

吴主任盯着孙子怀里如获至宝的“小霸王”学习机，惊愕道：“谁叫你买的？”

“我爸！”孩子美滋滋地说，“我爸让我们任老师给买的。”

吴主任望着兴高采烈的孙子，自言自语：“你爷爷我都玩不了这个，你个小毛娃还能懂了？”

女青年笑着冲吴主任说：“下个世纪谁不懂‘电脑’，谁就是文盲！”

“文盲！不至于吧……”吴主任把惶惑的目光移向胆怯的方光……

此刻，我看见方光显得有些不知所措……

后　记

火车在旅程中吟唱……

我已故去的父亲，开了大半辈子火车，靠着没明没夜在南同蒲线上值乘，把我们5个兄弟姊妹拉扯大。我是其中最小的一个。我出生时，他老人家正担当南同蒲线的乘务，所以给我起的大名叫“保安”，小名起了个“成龙”——可能他老人家是想“望子成龙”吧。我年少时是在山西太原市黑土巷和永定路的铁路宿舍长大的。在我的记忆中，我的同学、朋友和邻居家的大人都在铁路上工作，包括车、机、工、电、辆和车站、客运段。铁路带来的优越感的上升，是在我上育英中学之后。这所中学里，地方的孩子居多，尤其是同班同学，一听我家在铁路宿舍，眼睛里都或多或少流露出一丝羡慕。同学们常问我的是：“你们坐火车花不花钱？”我当然神气活现，吹牛：“别说坐火车，就是坐火车头，我也不花钱——我爸就是开火车的！”

上初中时，我曾经在“太铁俱乐部”，也就是现在的“太铁职工文化广场”，学过一段时间的绘画和素描。到我顶替父亲，子承父业，也成为一名蒸汽机车司炉后，刚开始的几年，每次出乘我都带着一个速写本，趁停车时，画司机开车的样子、画副司机投煤的动作，或画他们在乘务员公寓吃饭、睡觉的场景。渐渐的，我觉得画画不适合机车乘务员——既不方便，还影响司机、副司机工作和休息。

一个作家的童年记忆会影响他一生的创作主题与方向。

记得是 1983 年前后，我们的机车在原平站驻点加补，休班也回不了太原的家，住在原平站附近的乘务员公寓里。一天，我躺在公寓里读铁凝的短篇小说《哦，香雪》。故事讲的是，一个大山里的小火车站，每天有一趟绿皮车要在这里停靠。于是，附近村庄里一个叫香雪的小姑娘就趁短短的一两分钟停车时间，将自己采摘的山货隔着车窗，向车厢里的旅客兜售。慢慢的，香雪的心随着远行的列车飞向大山之外……年少轻狂。

读罢《哦，香雪》这篇小说，我突然之间觉得：哦，这故事呀，我们铁路多的是。我也能写得出来！可结果是，这可不是想象的那么简单，屡写屡被退稿。我没有上过大学中文系，写小说之前几乎没看过名著，常看的是《十月》《当代》《收获》之类的文学杂志，后来才反过头来读名著，比如《红楼梦》和《战争与和平》……对我影响最大的书是刘勰的《文心雕龙》，我对语言、意境、文字韵律的把握，都是从这儿学来的。

上世纪80年代，是改革开放之后文学最鼎盛、最火的时期。甭说谁的手写体能在报刊上变成铅字，就是谁谁谁被别人称为“文学青年”，都能被漂亮姑娘或俊小伙高看一眼！我在那时还没成为我妻子的她的那种鼓励、信任和仰慕的眼神中，苦苦耕耘，默默反思——为什么我写的字就变不成铅字呢？

忽然有一天，我在我们机务段里看见一张名为《人民铁道》的报纸。第四版上有小说、散文和诗歌。我如获至宝，似乎找到了创作的方向。经过对《人民铁道》报上发表的小说反复研读，我似乎明白一点什么叫做题材和语言了。接下来，我结合自己顶替父亲担当蒸汽机车乘务员的真实生活，创作了一篇名为《篮子》的短篇小说。投到《人民铁道》后，很快被采用发表了——这就是我的小说处女作！

很快，我被机务段段长发现是个“人才”，随即被抽调到段办公室助勤，开始学习公文写作。这期间，我利用业余时间创作了机务题材的短篇小说《区间》、铁路子弟题材的中篇小说《此时，甲肝正流行》和为数可观的铁路题材的散文。1991年春，我被正式调到分局文协后，我又创作了中篇小说《黄色演义》《崴泥》《提速提速》及系列短篇小说《真快乘务组》……

总结在铁路分局、铁路局机关工作的20多年，相比小说创作，我为局里写报告文学、长篇通讯和电视专题片解说词要更多一些。说这话的意思，我是要印证毛主席在“延安文艺座谈会”上提出的“文艺为什么人服务”的问题，以及实践高尔基所说的“生活是艺术的母亲”，和习近平总书记在“中国文联十大、中国作协九大”上讲的“用积极的文艺歌颂人民”“深入生活,扎根人民”……一个铁路企业的文艺工作者、一个宣传干部，不来回走几趟大秦铁路，好好接接地气；不与机车乘务员、调车员和接触网工成为无话不说的兄弟、哥们儿，就没有“火热的生活”。

构思《高铁穿越煤窑村》之前，我写过很多反映铁路的故事，并一直想写一部以铁路视角反映山西的小说作品，但始终找不到故事的“核”。2009年，“石太客专”开通运营。这期间，我经常在铁路一线从事新闻采访，目睹了动车为山西，尤其是为太原人从铁路去北京带来的快捷和便利，以及煤老板们一夜暴富、挥金如土的社会现象……我就想，假如这些煤老板们开矿正开得好好的，建高铁要征用他们的矿区地界，煤老板们将何去何从——这就形成了《高铁穿越煤窑村》的故事“核”。

我祖籍是山西祁县，也就是“乔家大院”所在的那个地方。山西的民俗、方言土语，我略知一二。山西方言非常丰富，好多词汇和用法难以用书面表达其意思、意向与意境。作为铁路局的宣传干部，我平时走铁路沿线多，经常深入山区和乡村，对乡村里的人物、地域、建筑等见多了。所以，塑造几个村民形象还是能够信手拈来。再加上，我爱人的祖籍是山西灵石。那个地界以出煤、产煤而闻名，是煤老板居多的富县。在灵石煤老板中间，有一些甚至还是我爱人家的亲戚。听她讲，其中几个煤老板家之前都是种地的,有的甚至是衣食不保。进入 1980 年代中期，政府允许私人开煤窑后，他们一夜暴富，富了以后就“活不下了”（放纵、任性）。

2012 年 12 月 8 日，我经过近 4 年的构思，开始先在稿纸上创作，20 天写了 47000 字。又花了 10 天，往笔记本电脑里边录入边修改。终于在 2013 年 1 月 8 日，形成了《高铁穿越煤窑村》的电子版初稿。

小说创作是一个从一见钟情、恋爱、结婚、受孕、怀孕、胎教、直到分娩的过程。写到《高》的三分之一时，我仍立意在铁路部门建高铁怎么怎么难上。但情节接触到煤老板的妻子“柴翠翠”后，我觉得小说寓意豁然深邃起来：当代表最现代化铁路的高速列车与代表最古老行业的煤窑冲撞、叠加、交会在一起时，必定带来观念与习俗、金钱与欲望的较量……后面的人物个性、情节发展与语言风格走向，已经由不得我来把控、摆布了。我只能尽量把人性中的善与美留下，尽量呈现人性的两面，让他们丰满、站立起来。

比如，煤老板贾四狗，重男轻女观念根深蒂固，为了传宗接代，勾搭在娱乐场所工作的杜秀美，生下龙凤胎，抛弃原配柴翠翠。但就是这样一个看似忘恩负义的煤老板，在汶川地震后，却冒着频发余震的危险，亲自押运向灾区捐献食物的车队奔赴震后的重灾区。途中，由于余震，他失去了一条腿，成了残疾人。这也算是我作为作者的主观意识：善恶有报吧。

2014 年第 12 期的《中国铁路文艺》公开发表了我的中篇小说《高铁穿越煤窑村》。2016 年初，我参加山西省作家协会例行的全委会会议时，得知即将评选“2013-2015 年度赵树理文学奖”。此后又接到报送作品的文件。我心知肚明，评“赵奖”很严、很难，竞争激烈。其次，可能是性格或自信心使然吧，开始我没敢报送。我自认为自个儿的文学天赋不高，山西文学圈里比我写小说写得棒的人多了去了！可架不住圈里的文友鼓动我，说“凑个热闹也不丢人嘛！”。就这样，2016 年 11 月 7 日，《山西日报》公示备选作品名单，我的中篇小说排在该奖项的第三名。12 月 20 日，终评获奖名单出炉，我的中篇居然跃居第二名。

一个作者作品的获奖，得益于一批人的滋养。回顾我为爱好文学而一路走过的 30 年，我要感谢入门恩师——中国文学艺术界联合会副主席、著名作家张平和山西省作家协会副主席、著名散文家张锐锋——对我的引领。因为30年前，他们都是文学期刊的领导、编辑，对我的稿件特别负责，退稿要写退稿信，改稿会把我叫到编辑部，告诉我哪一段、怎么改。通过与他们的学习、交流，我的写作技巧逐渐得到提升。让我记忆犹新的是，1988年我的中篇小说处女作《此时，甲肝正流行》发表在《黄河》后，著名文学评论家雷达在《新华文摘》发表文章，把著名作家王朔、刘毅然和我的作品，归类为“王朔现象”。这些文学恩师、导师对我的教诲与肯定，让我每每回想起来都倍感亲切与感激！

至于说获“赵奖”，对一个铁路企业里爱好文学30余载的人来说，不代表什么。就如同一列旅客列车，开过来，停下，旅客上下完后，再长鸣一声，继续它以笛当歌、吟唱不绝的旅程一样。回想我家三代铁路人的过往，我为半军事化的铁路人严谨、守时和无条件的担当、奉献而骄傲、自豪。所以，我愿继续把对铁路的爱全部倾注笔端，把铁路人的故事写入每页稿纸的字里行间……

2017年4月19日，“2013—2015年度赵树理文学奖”颁奖典礼首次在赵树理的故乡山西沁水县举办。我如期前往领奖，举办方安排我接受一家电视台的采访。不知是什么原因，站在镜头前，面对话筒的瞬间，我突然感到心潮涌动，双眸里游动着薄薄的液体。我的原话是：太原铁路局作为驻山西的一家央企，为山西省的经济发展和社会稳定做出了不可替代的贡献。我作为太原铁路局的一名业余作者，同样也有责任和义务，用自己手中的笔，讴歌三晋这片沃土，挖掘积淀在山西这片土地上的优秀文化……

最后，诚恳恭候广大读者对我的这本集子提出宝贵意见！感谢中国铁道出版社和太原铁路局对我一个老文学爱好者的支持、关怀与抬爱！

成　龙

2017 年 5 月 14 日，于太原